No juzgarás

Rodrigo Murillo

No juzgarás

ALFAGUARA

Papel certificado por el Forest Stewardship Council®

Primera edición: junio de 2024

Printed in Spain – Impreso en España

ISBN: 978-84-204-7776-3
Depósito legal: B-21444-2023

Impreso en Unigraf, Móstoles (Madrid)

AL77763

A María Angiolina

«*Tienen miedo —respondí—, tienen miedo de todo y de todos, matan y destruyen por miedo. No es que teman a la muerte (...) Y tampoco es que tengan miedo a sufrir. En cierto sentido, podría decirse que aman el dolor. Pero tienen miedo de todo lo que está vivo, de todo lo que está vivo aparte de ellos, y también de todo lo que es diferente a ellos. Sufren un mal misterioso. Tienen miedo sobre todo de los seres débiles, de los indefensos, de los enfermos, de las mujeres, de los niños. Tienen miedo de los ancianos*».

CURZIO MALAPARTE, *Kaputt*

I
La parte de los jóvenes

—¿Ahora? —susurró el Nicoya, de brazos cruzados, la espalda en el muro.

—Ahora —se escuchó, desde el otro lado, la voz de Abraxas.

Una silueta encapuchada se sumergió entre las sombras del parque. Cruzó el puentecito de madera que bordeaba la acequia, los cartones y botellitas del mendigo que dormía al aire libre, y se detuvo sobre un árbol espiralado de ramas azules. Jingo se escondía en las alturas frondosas, era una figura inmóvil, encaramada sobre las bifurcaciones del tronco decapitado por la bruma.

—Ahora —instruyó el Nicoya, alzando la mirada.

—¿Ahora? —dudó Jingo.

—¿Estás sordo? —dijo el Nicoya.

El mendigo orinaba hincado en la acequia, y levantó una mano al verlos pasar. Parecía asentir con el mentón, como diciendo está todo en orden y vayan, antes de sumergirse en su tugurio de cartones y botellas apiladas, iluminado tenuemente por el reflejo de los faroles a extremos de la cuadra.

—Nos está autorizando —dijo el Nicoya.

—¿Tú crees? —dudó Jingo.

—Cuidado... —dijo el Nicoya—. Apura, está libre.

Cruzaron la calle pedregosa, amparados por la soledad de las veredas vacías, y llegaron al muro que protegía el campanario. Era una iglesia muy antigua con una torre de piedra, rodeada de flores y jardines bien cuidados, que fungía como parroquia para un albergue de hermanos Recoletos. Abraxas aguardaba al otro lado del muro. Contemplaba la pila de ladrillos que había recogido durante la tarde —mientras los obreros encargados de las refacciones se despedían de Petronio—, agazapado entre los rosales lejos de la caseta de vigilancia. Entonces, al advertir los pasos del Nicoya y de Jingo, susurró muy bajito si estaban ahí, y el Nicoya estamos, estamos, lánzalos con cuidado, Abraxas. Jingo añadió: sin fuerzas, Abraxas; y uno por uno, los ladrillos surcaron el aire por sobre el muro. El Nicoya los cogió sin problemas.

—Ya está —susurró, cuando los hubo apilado en la vereda, formando un morro pequeño—. ¿Trepamos, Abraxas?

—Viejo, la voz... —advirtió Jingo.

—¿Se puede, cholo? —dijo el Nicoya.

—Ahora, ahora —dijo Abraxas.

Treparon rápidamente, la luz de los postes esparciéndose entre las buganvilias que brotaban del jardín, Abraxas sosteniéndolos con sus brazos para que no se fueran de espaldas. Jingo fue el último en cruzar. Los ladrillos, sin embargo, perdieron equilibrio cuando los pisó al descolgarse en los predios de la iglesia. Se fue de bruces contra las flores.

—Mierda, puta.

—¿Estás bien? —preguntó el Nicoya.

—Silencio, Nicoya —dijo Abraxas.

—¿El cholo duerme? —musitó el Nicoya, asomándose para aguaitar la caseta del vigilante.

—Creo que está sangrando —dijo Abraxas.

—¿Está sangrando? —se volvió el Nicoya—. ¿Dónde te duele?

—El codo —dijo Jingo.

—No griten —dijo Abraxas.

—¿Puedes mover los dedos? —preguntó el Nicoya.

Jingo abrió y cerró los puños, y se limpió como pudo la cara. ¿Vamos? dijo el Nicoya, y Abraxas dijo rápido por aquí y cruzaron los jardines húmedos, esquivando los faros que marcaban el sendero adoquinado, hasta los ventanales de la construcción adjunta a la iglesia, una casita donde funcionaba la sacristía del padre Filomeno.

—Ahora, Abraxas —susurró el Nicoya.

—¿El mendigo cumplió? —dijo Jingo.

—¿No ves la ventana? —cuchicheó Abraxas.

—Está abierta, huevas —celebró el Nicoya.

—Te lo dije, Jingo —dijo Abraxas—. ¿Estás listo?

—Sube —dijo Jingo, haciéndole patita contra el muro—. Cuidado, mi codo.

—¿Alcanzas, Abraxas? —dijo el Nicoya.

—Un momento —resopló Abraxas, alzando los brazos.

—Oh, súbelo un poco más, Nicoya, falta poco... —dijo Jingo.

Abraxas descolgó las rodillas y desapareció tras la ventana de la sacristía. Entonces destrabó el seguro de la puerta: no había nadie, Nicoya; y Jingo cuidado, mejor revisar. En puntas de pie, el Nicoya cruzó la sacristía y se asomó al umbral donde nacía la iglesia, con sus profundidades frías, los altares apagados, el eco dormitaba a través de las bancas en silencio. Volvió sobre sus pasos: no había nadie, Jingo; y, ¿ya ves, Jingo?, siseó Abraxas corriendo, mientras cruzaban la sucesión de santos en la nave central, cada uno con su latita de limosnas para los pobres, hasta los retablos dorados del sagrario. La oscuridad de los altares empequeñecía sus pasos, y sus sombras se perdían en las lindes de los reclinatorios vacíos, el confesionario con sus crujidos de vejez, como si formaran parte de los óleos bajo las mamparas con escenas del vía crucis. A la altura de la pila bautismal, giraron a la derecha, buscando el desnivel alfombrado del altar. El Nicoya entonces sumergió los dedos entre los bordes que enlazaban los tapices, cerrando concentrado los ojos, con el rostro alzado hacia el rayo lunar que bajaba desde el orificio en la cúpula.

—Lo sabía —suspiró—. Carajo, aquí está.

—¿Encontraste la puerta? —dijo Abraxas.

—Tiene que ser una cripta —dijo el Nicoya.

—Eso —dijo Abraxas—. Una cripta, según mi abuela.

—¿Una cripta? —dudó Jingo—. Mejor regresemos, Nicoya.

—Chivo —dijo Abraxas—. ¿Tiene candado, Nicoya?

—Las alfombras —dijo el Nicoya—. Ayúdame, Jingo, por la esquina.

Mientras Abraxas extendía los brazos para sostener las alfombras, el Nicoya comenzó a trabajar en el pequeño candado que aseguraba la abertura. Manipulaba un alambre angosto de aluminio cromado, que había pertenecido a su hermano

Gregorio. Los ojos muy grandes y serios, giró las yemas de los dedos hasta que un crujido, dos, y ya estaba. Alzaron la compuerta evitando sus bordes astillados, los orificios con clavos en punta. La apoyaron contra las bisagras que servían de soporte. Y a su vista se descubrió un orificio cuadriculado, una suerte de hueco en el que no se veía nada, apenas distinguible entre las sombras del altar, que apestaba a musgo y madera humedecida.

—La linterna —dijo el Nicoya, volviéndose a Abraxas—. Ahora, cholo.

—No puedo —dijo Abraxas, cargando la alfombra—. Pesa mucho.

—Yo te ayudo —dijo Jingo—. ¿La tienes en los bolsillos?

Encendieron la linterna y alumbraron la sucesión de maletines deformes que cubría los bajos de la cripta. Eran unos costales voluminosos con tiras de nailon oscuro. El Nicoya metió medio cuerpo en el orificio esforzándose para alzar alguno, pero fue incapaz por el peso de las valijas, que estaban adosadas a candados con combinaciones numéricas. Fue entonces cuando escucharon los primeros rumores, pasos que se acercaban por el sendero adoquinado, a espaldas del portón de la iglesia. Al primer crujido de la aldaba, Jingo apagó la linterna, el Nicoya pateó la compuerta para cerrarla y Abraxas acomodó como pudo las alfombras, estirándolas con manos de miedo. Se habían escondido en uno de los retablos laterales, ante las rejas puntiagudas donde una virgen asumía su martirio con las manos en el pecho, cuando advirtieron la luz del candil aceitoso y la forma contrahecha que avanzaba enrollada en una frazada. Además de Petronio y de la sotana del padre Filomeno, a quien reconocieron entre las sombras por el brillo de sus barbas, contaron a cuatro individuos que surcaron el pasaje alfombrado entre las bancas desiertas, cargando maletines similares a los que habían encontrado bajo el altar. El Nicoya diría posteriormente que estos intrusos estaban armados, que portaban gruesas cartucheras con revólveres, aunque ni Jingo ni Abraxas alcanzaron a distinguir las armas, absortos como estaban en escabullirse a las gradas del coro y finalmente al portón de la iglesia, que había quedado entreabierto. Recorrieron el sendero que cruzaba el jardín, el rocío de la madrugada brillando sobre el pasto verde, y llegaron hasta el sector del muro por el que habían trepado. Jingo fue el primero en saltar. Cuando era el turno del Nicoya, sin embargo, Abraxas reparó en el hombre que deambulaba por los barracones del albergue. Vestía el hábito de la hermandad del padre Filomeno, y contemplaba con curiosidad las lucecitas que titilaban tras los vitrales de la iglesia.

—¿Quién es? —dijo el Nicoya—. ¿Es tu tío, Abraxas?

—¿Estás viendo, Jingo? —se volvió Abraxas hacia el muro.

—Sube, Nicoya, cuidado con los brazos —susurró Jingo, sin descolgarse del muro.

—Creo que está espiando a alguien... —dijo Abraxas.

—¿Tú crees? —dijo el Nicoya—. ¿Esa no es la ventana del padre Filomeno?

—Apúrense, está libre —susurró Jingo, ni bien aterrizó en la vereda.

—Ayúdame, Nicoya —dijo Abraxas.

—Van a meter más plata —dijo el Nicoya.

—¿Más plata? ¿Cómo más plata? —dijo Abraxas.

—Yo los toqué —dijo el Nicoya—. Eran fajos, eran fajos de billetes.

—¿Por qué no trepan? —se escuchó la voz de Jingo desde la calle.

—¿Me ayudas, Nicoya? —susurró Abraxas.

—Apuren —insistió Jingo—. Si el cholo regresa jodimos.

—¿Qué haces acá? —se asomó a la puerta el Nicoya—. ¿Te tiraste la pera del colegio?

Jingo se vigiló las espaldas.

—Necesito que me des una mano.

—¿En qué problema te has metido?

—Ya quisiera que fuera mi problema, Nicoya.

—¿Entonces? —se alejó dos pasos el Nicoya—. Por cierto, qué bonito te queda el uniforme con la banderita de Estados Unidos. Pareces niño de bautizo.

—Huevas —dijo Jingo—. Se trata de Silvia. Y es urgente.

El Nicoya exhaló un bufido de aburrimiento. Conocía la historia de Jingo y Silvia de memoria, la había escuchado a lo menos diez veces. Aunque, a decir verdad, aquel chisme recorrió como un torbellino las casas del barrio. Nadie sabía a ciencia cierta cómo ni cuándo había empezado aquello. Por casualidad, seguramente, y el Nicoya añadiría, por accidente: en una tarde lejana en que Abraxas se demoró al volver del colegio tras las vacaciones de medio año. Jingo y el Nicoya lo esperaban en el parque. Sobre sus cabezas, el cielo se había encapotado bajo un enjambre de nubes sin color, podría decirse un típico día limeño, podría decirse un típico día horrible, en que la ciudad se envolvía en la bruma que llegaba de las playas. Entonces, al distinguir el auto en cuyo asiento llegaba Abraxas, el Nicoya susurró: chesu, y ¿quién es esa?, y Jingo se volvió y ahí estaba.

Recordaría por años la impresión que le dieron los cabellos castaños que asomaban tras la ventana, la naricita levemente colorada, los ojos claros que contemplaban el campanario de la iglesia. Vaya si se trataba de una sorpresa, cholito. Silvia Falcó se dejaba ver muy de vez en cuando en el barrio. Según Abraxas, que había sido su amigo y vecino de toda la vida, no la soltaban porque su padrastro era un hombre tremendo, uno de esos locos que se peleaba con todo el mundo, y la tenía castigada siempre. En todo caso, bastó que Jingo la viera aquella tarde para que se empeñara en invitarla a salir. No sale con chibolos maricas, dijo el Nicoya. Y necesitarás un huevo de plata, dijo Abraxas. Pero al fin aceptó presentarlos, y después a solas, Jingo le tiró piedritas en su ventana, y la acompañó al paradero cuando tuvo clases de inglés, y la buscó al poco tiempo a la salida del instituto.

Y así llegó el día de cielos violetas en que las mariposas tomaron los paseos del faro naval. A Silvia le habían cancelado una clase, y Jingo le invitó una cremolada en el Curich de la calle Bolognesi. Contra todo pronóstico, entonces, se le declaró muerto de miedo, los ojos en el suelo anticipando lo peor. Y Silvia dijo que sí. ¿Perdón?, juró Jingo que se había equivocado. Pero Silvia le tomó la mano y le dijo que sí, mil veces sí. Claro que bastaron aquellas palabras para que a Jingo se le fueran todos los miedos de su vida, y pasara a ser algo así como un héroe, el ídolo de la patota en el colegio, el capitán del equipo de fútbol, y hasta el abanderado de la escolta cuando el colegio marchó por la avenida Brasil, en fiestas patrias. Una historia macanuda comenzó entonces: paseos por el centro, encuentros a escondidas del padrastro que perdía la paciencia, veranos con apapachos en el mar, fiestas en que no se despegaba de la mano de Silvia, y notaba cómo lo miraban admiradas las jovencitas, y respetuosísimos todos los hombres. Pero el verdadero paraíso comenzaría poco después, realmente, cuando Silvia empezó a trabajar y se mudó a una pensión en el óvalo Bolognesi. Para envidia de Abraxas y el Nicoya, por supuesto, que se acostumbraron a ver a Jingo volver por las madrugadas al barrio, con los crespos hechos, medio sudado, a medio vestir y recién salido de la cama, hecho un jijuna de felicidad. ¿Acaso por tal motivo el Nicoya no respondía su pregunta, todavía? ¿Era por eso que lo contemplaba con ojos indecisos, como intuyendo una mentira? El sol le formó una hendidura de sombras bajo las cejas. Cerró la puerta. Y, cruzado de brazos, asintió:

—¿En qué problema se ha metido tu hembra?

—Su padrastro —dijo Jingo—. Necesito que te metas a su casa.

—¿Estás loco? ¿Para que me encuentre?

—Acaba de salir —dijo Jingo—. No volverá en todo el día.

—¿Y por qué no se mete ella? ¿O tú mismo?

Jingo negó con el rostro.

—Sabes que le tiene pavor. ¿Y por qué no yo? Huevas, es tu alambre el que hace milagros. Además, escúchame, hay dinero de por medio.

—¿Cuánto? —pareció dudar el Nicoya—. ¿Estás seguro de que el viejo ha salido?

—¿Por qué crees que no fui al colegio? Esperé hasta que salió del garaje en su carro.

—¿Y cuánto me caería? Ojo, no he dicho que sí. Eres muy alocado, Jingo.

—Es que tiene que ser en este momento. Ya te he dicho que es urgente.

—¿Por qué diablos? ¿No sería mejor en la noche?

—Tiene para toda la mañana en el hospital. Y escucha, hay seiscientos dólares que pertenecen a Silvia en el velador del viejo. Puedes quedarte con cincuenta, si te parece.

Bastó aquella frase para que el Nicoya se diera media vuelta y regresara de la casa con el morral y el alambre de Gregorio. Jingo le explicó dónde debería estar el dinero, oculto bajo el cajón del velador en la primera habitación a la izquierda, subiendo por las escaleras: de acuerdo, viejo. El Nicoya salió hacia el parque, y desde ahí contempló los ventanales oscuros de la casa, la fachada de ladrillos que miraba al albergue desde el otro lado. Abrió la puerta manipulando el alambre con suavidad. Pronto atravesó un salón polvoriento y oscuro, repleto de colillas de cigarros, botellas vacías, vasos a medio tomar. Siguió las indicaciones de Jingo hasta que llegó a la habitación del segundo piso. Asumió entonces que estaba en el cuarto principal, dada la amplia cama y los medicamentos en ampollas e inyecciones, que se amontonaban en el velador. Encontró el manojo de billetes en el cajón de la mesa de noche, seiscientos dólares contados, junto a una caja de preservativos y dos pomos que parecían de crema. Guardó quinientos en uno de sus bolsillos, y cien en el otro. Aunque podría haber regresado al parque en aquel momento, se volvió hacia el corredor con ánimos de inspeccionar el dormitorio de Silvia. Era una pequeña recámara de paredes verdes, con un ventilador de hélices en el techo, y baúles colmados de revistas y juegos de mesa. El Nicoya abrió los cajones del armario. Alzó unas piezas de la ropa interior con manos temblorosas, y se las llevó a la nariz, entrecerrando los ojos. Revisó luego los cajones del velador. Frunció el ceño al encontrar un pomo de la misma crema como el que tenía su padrastro. Había tres preservativos de la caja que encontró en la otra habitación, y varias piezas de lo que parecían ser juegos de lencería, y disfraces. Decidió regresar.

—¿Cómo te fue? —salió a su encuentro Jingo.

—Viejo —le entregó los billetes el Nicoya, secándose el sudor de la frente—. Solo había quinientos en la mesa de noche.

—¿En serio? —dudó Jingo—. Silvia me dijo seiscientos.

—Y un huevo de cosas asquerosas.

—Nicoya, Silvia me dijo seiscientos.

—¿Conoces tú la casa, Jingo?

—No —dijo Jingo—. Nunca he entrado.

—Con razón. ¿Y qué es de su mamá?

—¿Por qué lo dices? Hace meses que salió del país.

—¿De vacaciones? ¿Por trabajo?

—¿Por qué lo preguntas?

—Es una casa fea, cholo.

Jingo contó los billetes.

—Bueno. Ahí están tus cincuenta.

—Gracias —dijo el Nicoya—. Y dile a Silvia que no se meta en problemas.

—Ojalá te haga caso —dijo Jingo—. Oye, ¿te quedarás en tu casa todo el día?

—¿Y a ti qué te importa? Hace años que terminé el colegio.

—¿Y no has pensado en postular a la universidad?

—¿Para qué? —se dio la vuelta el Nicoya—. Se gana más plata afuera.

Ni siquiera contó el dinero cuando Jingo se lo entregó sonriente en la pensión del óvalo Bolognesi. ¿Se habrá percatado de que no escuchó una sola de las palabras que le dijo entonces? Como tantas otras veces, Silvia hizo el amor sin darse cuenta, y Jingo partió feliz. Vio su melena perderse entre los prados del malecón, y cerró las cortinas. Se escuchó decir, sin embargo, mientras se desvestía para acostarse: no te mereces tanto cariño, mentirosa. Contó el dinero y maldijo a su padrastro. Pero ni siquiera pudo maldecirlo con la voluntad con que solía maldecirlo siempre, pues la historia de Antonia Pineda le taladraba la cabeza sin cesar. Antonia Pineda, la chama, su compañera de la pensión, la venezolana llegada de Caracas que le había salvado la vida. Tenía grabado su rostro en la misma posición, y el tono indeciso de su voz, sus labios tiritando de angustia. Había sucedido esa misma mañana. Volvían del ejercicio en el circuito de playas. Supo de inmediato que algo le pasaba. Los vellos de Antonia se asomaban al óvalo por la ventana, sus codos apoyados en el marco, las manos suspendidas bajo el sol del malecón.

—No se atreve —asintió, frotándose los ojos.

—¿No se atreve? —se escuchó responder Silvia—. ¿Quién no se atreve?

—Tú sabes quién, chama —dijo Antonia.

—¿Tu enamorado que no tiene nombre? —bromeó Silvia.

—¿Tú qué crees? Nunca hablará con su esposa.

—Dale un poco de tiempo.

—Es que lo conozco. Y está acostumbrado a mentir.

—¿Algún día me dirás cómo se llama?

—¿Quién? —bromeó Antonia—. ¿Su esposa?

—¿Te dijo que lo haría? —murmuró Silvia—. Hablar con su esposa, me refiero.

—Sí... desde hace unas semanas. Me lo prometió.

—¿Cuándo exactamente te dijo que lo haría?

Antonia no respondió. Ahí seguía, sin moverse, suspirando de pena: los pómulos brillantes, dos ojos profundos, unos brazos muy tersos extendidos sobre los marcos de la ventana. Se cubrió la boca al bostezar.

—¿Y no podrías hacer nada, digamos, para propiciar el asunto?

—¿A qué te refieres? —dijo Antonia—. ¿Propiciar qué cosa?

—La crisis —dijo Silvia—. La conversación. Para que hable con su esposa.

—¿Él? Si se muere de miedo, chama.

—Veamos... ¿Y si fuera su mujer la que hablara con él?

—¿Su esposa? ¿Qué se entere de mí, te refieres?

—¿No se te había ocurrido, Antonia?

—¿Pero cómo podría? No tiene idea de lo que pasa.

Entonces el reflejo de su cuello que se giraba pareció difuminarse en el pensamiento de Silvia. Ha olvidado la claridad inteligente con que los ojos de la venezolana brillaron, y su ilusión contenida, la media sonrisa que anunciaba una esperanza. La voz rebosó de energía. ¿Sabes?, me acabas de dar una idea, chamita.

—¿Tú crees que está enamorado de ti?

—Sí —devolvió Antonia—. Creo que se ha enamorado, y es la primera vez que le pasa.

—¿Qué esperas, pues? ¿Por qué no se lo dices?

—¿A su esposa? ¿Pero cómo? No lo había pensado.

Silvia aguardó un instante:

—Sutilmente, sin que nadie se dé cuenta.

Antonia se sentó en el umbral de la cama, la indecisión estrujándole las manos, y cruzó y descruzó las piernas. Se quedó unos minutos en silencio. Una brisa aguda llegó desde los abismos que miraban al mar, escalando los prados del óvalo Bolognesi, para remover las cortinas en un suave murmullo. Antonia había hundido el rostro entre las manos. Dijo que estaba cansada, y dejó la habitación.

El padre Filomeno reconoció la preocupación en el andar de Petronio ni bien cruzó por el ventanal de la sacristía. ¿Hace cuántos años lo tenía a su lado, como incansable celador y secretario personal, para advertir en los gestos de su rostro o la postura de sus brazos las dudas que lo asolaban cada cierto tiempo? Había descubierto al recluta Petronio Pumacahuac Chumpi en el asentamiento humano del Señor de los Temblores. Era un cusqueño macizo y de rostro quemado por el sol de las alturas, que combatió en la división Túpac Huallpa del Ejército. Cumplió el servicio militar con una hoja de servicios impecable. Tanto que decidió, al cabo de su comisión, emigrar con su familia a la capital. A los meses de su llegada, sin embargo, Petronio malvivía en una casucha sobre las lindes del desierto, abandonado por sus colegas, que en la costa parecían desconocerlo; y sus superiores, que no tenían tiempo para recibirlo, ocupados como estaban con los juicios que comenzaron a abrírseles por crímenes de guerra y corrupción. Fue entonces cuando lo encontró el padre Filomeno. Advirtió sorprendido sus manos cuadradas, ásperas como las rocas de los muelles, que se ofrecían para trabajar de lo que fuere, padrecito santo, tenía tres bocas que alimentar en su casa, padrecito santo. Cuando el padre preguntó por su pasado, el sacerdote que prestaba servicios en el asentamiento dijo que lo utilizaba de ejemplo cada vez que ilustraba lo milagrosa que era la Virgen. ¿Cómo así?, se interesó el padre Filomeno. Contaba la leyenda que los muros donde vivía Petronio se derrumbaron mientras dormía, tarde por la noche, en las postrimerías del terremoto de Pisco. Y que él, en la más absoluta oscuridad, a punta de invocaciones a la Madre para que salve a sus pequeños hijos, alzó las estructuras derruidas, las vigas de fierros ensartados, de rodillas y aguantándolas en la espalda. El padre Filomeno quedó maravillado: bastó que escuchara esa historia para que decidiera incorporarlo al personal del albergue, primero como jardinero y lavador de altares y frescos y, después, como vigilante y asistente de la dirección parroquial.

—Robarnos, han querido... —murmuró Petronio con labios de miedo, acercándose ni bien despidió al maestro de obras en la sacristía, y sus hombros parecieron encogerse—. Los ladrones se nos han dentrado, señorcito, y quién sabe lo que nos habrán robado de su oficina.

—¿De la sacristía? —dijo el padre Filomeno—. ¿Abrieron el candado de la sacristía, me estás diciendo?

—Sí, acompáñeme, por el muro de los rosales se han metido.

Caminaron primero hacia el sector del muro que daba a la calle, oscuro bajo la sombra de unas buganvilias, donde quedaron desperdigados los ladrillos. Petronio conjeturó que, al descolgarse, uno de los ladrones cayó seguramente sobre los rosales del muro, padre, mire nomás cómo están de aplastados. Siguieron por el sendero adoquinado que separaba la iglesia del jardín, e ingresaron por la puerta de la sacristía. Pronto recorrían las mayólicas blanquinegras de la nave central, Petronio guiándose por las gotitas de sangre que pespunteaban el camino hacia la pila bautismal y el coro.

—¿Cómo sabes que son manchas de sangre? —dijo el padre Filomeno, apoyándose en la baranda que miraba al altar. Sus ojos lucían descoloridos, y sus largas barbas blancas, por efecto del mediodía gris, adquirieron la oscuridad de los vitrales bajo la cúpula—. ¿Y que antes no estaban ahí? Podrían ser cualquier cosa.

—No, señorcito —devolvió Petronio, los ojos en el suelo—. Yo limpieza de lunes a sábado siempre hago, toditos los días al detalle nomás. Esas manchas de sangre son, y del sábado noche son. Alguien se nos ha dentrado el sábado noche. Su ventana entreabierta de la sacristía estaba. Eso domingo me lo he dado cuenta.

El miedo fue sustituido por una malevolencia irónica en los ojos del padre Filomeno.

—¿Encontraste el ventanal de la sacristía abierto?

—Así lo habían dejado. Pero recién domingo mañanita me lo he dado cuenta. Eso sí, nadita del altar lo han tocado. No han descubierto, pues.

—¿Y dices que utilizaron los ladrillos de las obras? ¿Para saltarse el muro de la calle?

—Por su parte más oscura... —dijo Petronio— se han dentrado, y probablemente por la ventana a la sacristía. Álguienes de la comunidad tienen que haber sido, álguienes que de toditas sus cosas se lo ha enterado.

—En principio... —lo cortó el padre Filomeno—. ¿Se lo has dicho a los hermanos?

—Ni a mi esposa se lo he dicho, padre, ni a nadies, la verdad.

La sotana deambuló por las sombras del altar en silencio, una sonrisa tímida bajo las gafas, los ojos reluciendo de curiosidad.

—Ya encontraré al responsable, descuida... —suspiró, volviéndose a la sacristía.

—Señor... —dijo Petronio—. Hay algo más, señor, un momento.

El padre Filomeno se detuvo en el dintel de la puerta.

—Se trata del hermano Tereso... —añadió Petronio, mordiéndose el dorso de la mano.

—¿Qué pasa con el hermano Tereso? —dijo el padre Filomeno, aunque sin volverse.

—Sus sospechas tiene el hermano, señor.

—¿Sus sospechas? ¿O serán tus plumas de cóndor? Ya te he dicho, no quiero brujerías.

—Sospechas tiene —repitió Petronio—. Descreído no seas, señorcito. ¿Cuándo se lo ha equivocado Petronio, a ver?

—¿A qué te refieres? —dijo el padre Filomeno.

—Está buscando algo... —susurró Petronio—. Eso que estamos haciendo en el altar nos lo va descubrir, el hermano. Ya más no les acepte a esos señores. Muchísimos maletines son. No se da abasto la iglesia para tanto, peligro nomás vamos correr.

—Investigaré el asunto. Cierra con llave la puerta.

—Después de usted, padre... —cuchicheó Petronio, encorvado el rostro en una mueca de obediencia—. Y lo ayudo, cuidadito en las gradas se resbala.

—El cholo se ha dado cuenta —dijo el Nicoya, entre el tumulto de matronas del mercado.

—¿El cholo Petronio? —repitió Jingo.

—Se lo preguntó al mendigo, la noche del domingo.

—¿Al mendigo? ¿Y qué respondió?

—Lo que debía nomás... —dijo el Nicoya—. Mientras le demos lo que pide, estará tranquilo.

Avanzaban entre el gentío que colmaba los puestos de pescado, un corredor de lenguados sobre hielos, atunes y corvinas entreabiertas. Giraron a la izquierda en el pasaje de las frutas. El hombrecito que aguardaba tras el cerro de lúcumas los reconoció de inmediato. Desapareció bajo un enjambre de moscas en las profundidades de su puesto. El Nicoya y Jingo quedaron en silencio, cuidándose las espaldas del policía que patrullaba por los corredores, a la vuelta del altar de la Mercedaria.

—¿Comprarás también para el viejo? —preguntó el Nicoya.

—¿No te conté? —dijo Jingo—. Se lo propuse, en el colegio.

—¿Y qué te dijo? —devolvió el Nicoya—. ¿Lo convenciste, finalmente?

—Depende —dudó el anciano, lanzando en torno una mirada suspicaz.

Tenía el rostro surcado de arrugas, los ojos brillosos y pardos, la piel bruñida adherida a unos huesos que comenzaban a notarse, incluso por debajo de la camisa. Era un mestizo de cuello moreno que caminaba ayudándose con un bastón de puño plateado. Un colgajo de piel flácida caía sobre los músculos de su garganta. Aunque había empezado a encorvarse, era alto, de piernas y manos corpulentas, los dedos los tenía nudosos y gruesos, y a menudo se secaba con ellos la frente. No lucía cansado, sin embargo. Sus ojos mantenían el gesto severo, la altivez sin pestañear, como si formaran todavía ante la diana del cuartel.

—¿De qué depende? —inquirió Jingo.

—¿Será seguro? —susurró el viejo.

—Todo el mundo lo hace —dijo Jingo—. No es tan grave como cree, profesor.

—¿Y cuánto dices que debe fumarse?

—Más, menos, no le hará daño.

—Muchacho, mis pulmones no son los de antes.

Interrumpió su frase ni bien advirtió a los uniformados de segundo que regresaban del recreo a las aulas. Los verdes prados del colegio se movían al vaivén de la brisa veraniega, bajo la sombra de los cerros circundantes, el desierto con sus dunas de piedra. El sol quemaba en el cielo.

—¿Cuánto debe fumarse? —insistió el viejo.

—Según como le duela, no estoy seguro.

—¿Y en verdad alivia los dolores?

—Eso al toque, y sirve también para dormir.

—¿Dormir? —temblaron los labios del viejo.

Jingo asintió, con tristeza. Tenía las manos en el vientre, la cabeza inclinada entre los hombros. Hundió la puntera de los zapatos en el suelo de tierra, apenado e incómodo, rehuyendo la mirada del viejo. El Nicoya entonces interrumpió sus recuerdos:

—¿Sufre mucho?

—Se está muriendo.

—¿Y así todavía trabaja?

—Es el mejor profesor del colegio.

—¿Tanto así? —dijo el Nicoya—. ¿Qué enseña?

—Historia del Perú, Historia Universal.

—¿Y cómo sabes que se está muriendo?

—Por la enfermera —dijo Jingo—. Vi las cajas de las pastillas que toma, y un día fui a preguntarle. Tiene una vaina pendeja en los pulmones. Además, lo han atendido un par de veces, y en una casi se desmaya porque no podía respirar. Trajeron una ambulancia.

La cabecita del frutero volvió a asomarse tras el cerro de lúcumas. Aglomeraciones de viandantes colapsaban los pasajes del mercado. Racimos de perros pululaban entre los puestos de los carniceros, husmeando pellejitos, lonjas de grasa. Con disimulo, el frutero ocultó el paquete en una bolsa atiborrada de plátanos y chirimoyas, y la extendió encaramándose sobre su banquito de plástico.

—¿Sabes cuál es su enfermedad? —dijo el Nicoya, caminando de nuevo.

—Me atreví a preguntárselo, después.

—¿Y qué respondió?

El anciano entornó los ojos.

—Me ha tocado una cruz pesada esta vez.

Una sonrisa agrietada, aunque llena de compasión y tristeza, se asomó por sus labios con un leve temblor. Había enarbolado el puño de una mano. Estaba lívido y con las pupilas hechas agua. La brisa sacudió la camisita que le bailaba en el pecho, como si fuera una sábana, resaltando la angostura de su vientre. Tenía los hombros humedecidos, lamparones de sudor en las axilas.

—¿Sabes, Jerónimo? —suspiró—. No le tengo miedo a la muerte.

—Qué chucha hablas —dijo el Nicoya—. ¿Te dijo eso?

—Me he hecho mayor —continuó el viejo—. Y todos nos vamos a morir. Es la ley de la vida. Solo me apena una cosa. Hubo gente que me hizo daño. Hubo gente que se burló de mí.

—Cholo... —recordó Jingo—. Se emocionó ahí mismo. Y ahí mismo nomás la cagué, porque intenté entregársela.

—¿La droga? —palideció el anciano—. ¿Tienes la droga en el colegio?

—¿Le dice droga a la marihuana? —se carcajeó el Nicoya.

—Baje la voz, por favor —dijo Jingo—. No pasa nada, la guardo en mi casillero.

—Sácala inmediatamente —enarboló su bastón el viejo, pero al cabo lució cansado, y chasqueó los labios. Volvió a jorobarse—: Es peligroso. Te expulsarán.

—No le falta razón —dijo el Nicoya.

—Me pidió que se la deje en su casa —dijo Jingo.

—Y con la máxima discreción posible —pareció restablecerse el viejo, secándose el sudor de la frente—. Vivo en la cuadra dos de la calle Ocharán.

—¿En la calle Ocharán? —dijo el Nicoya—. Había tenido plata.

Emergieron de los puestos de ceviche por la entrada del pasaje Leguía. Un rayo vertical de luz se colaba por entre los toldos movedizos que servían de techo, iluminando la circunferencia de camisas caqui de los policías que entonces almorzaban, con sus quepis colgados en el espaldar de las sillas. La sombra sigilosa de Abraxas los abordó por la espalda.

—¿No habíamos quedado a las nueve? —lo recriminó el Nicoya.

—Es mi abuela —pareció lamentarse Abraxas—. Se ha puesto rarísima, no sé qué tiene.

—¿Y sabes, además? —lo cortó Jingo—. Yo sigo sin creerte, Nicoya. Eres muy imaginativo.

—¿Yo? —dijo el Nicoya—. ¿Cuándo te he mentido, a ver?

—No eran billetes lo que el padre Filomeno escondía en el altar.

—No eran billetes —repitió el Nicoya—. Eran fajos de billetes. Un pincho de plata.

—En fin... —dijo Abraxas—. ¿Cuándo lo intentamos de nuevo?

—¿Qué le ha pasado a tu abuela? —dijo Jingo.

—Esta semana imposible —dijo el Nicoya.

—¿Cómo que imposible? —dijo Abraxas—. ¿A mi abuela? Puta, hace días que no duerme, y se pasa la noche hablando y buscando cosas. Da miedo, un poco.

—Es que el cholo se ha dado cuenta —dijo el Nicoya—. Le preguntó si vio algo al mendigo.

—¿El cholo? ¿El cholo Petronio? —susurró Abraxas—. Me estás jodiendo, Nicoya.

—¿Y no que necesitabas la plata? —dijo Jingo—. ¿Quién te entiende, viejo?

El Nicoya asintió, sin moverse.

—Es que ustedes son muy huevones.

El hombre que aguardaba junto al tráiler estacionado en la trocha contemplaba el horizonte soleado, las hileras de montañas que marcaban los lindes de la costa desértica, a orillas de la cordillera. Se levantaban entonces las primeras sombras del atardecer. Como manchas púrpuras que ocultaban las faldas de los cerros, las serranías cubiertas de bosque comenzaban a oscurecerse, y afloraban tímidas las luces de los poblados que bordeaban los badenes de la carretera central. El rugido del convoy vació de pájaros las copas de los árboles. Era una columna de chasises pequeños con arreglos de cóndores y serpientes que brillaban, que ascendía destartalada entre las quebradas del río, cubierta en una nube de polvo, haciendo señales con las luces.

—¿Son ellos, Gordo? —dijo el Rubio, un rostro insolado y de ojos oscuros, desde la ventana del tráiler.

El Gordo suspiró tras volverse:

—Alista la carga, rápido.

—¿Toda? —preguntó el Rubio—. ¿El diésel también?

—Lo que quede —dijo el Gordo.

—¿Cuántos son? —dijo el Rubio.

—Los mismos que la vez pasada —dijo el Gordo—. Doscientos galones.

—¿Y tendrán espacio? —dijo el Rubio.

Los camiones se detuvieron en la berma con un chillido de motores y frenos sin aceite. Entonces, del que se había estacionado primero, emergió un hombre henchido y de pelo muy negro, que caminaba muy abierto de piernas, los botones de la camisa conteniendo apenas su vientre.

—¿Están los mil? —saludó, estrechando la mano del Gordo.

—Mil galones —precisó el Rubio, tras abrir las compuertas de la carga.

—¿Son los que ya pagamos? —se acercó cuidadoso el camionero.

—Sí —dijo el Gordo—. Los de la última entrega, según parece.

—Eran novecientos, entonces, de gasolina —dijo el camionero.

—Están —dijo el Rubio—. Puedes contarlos, si quieres.

—¿Empezamos? —dijo el camionero.

Un grupúsculo de adolescentes se bajó de los camiones. Trabajaron por cerca de cuarenta minutos, primero bajo la luz de la noche estrellada, y después bajo una lluvia que deshizo la trocha y la colmó de barro y charcos pedregosos. Concluyeron el traslado cuando las luces de los poblados comenzaban a desaparecer entre los vientos henchidos de lluvia. Entonces el Gordo y el Rubio volvieron al tráiler y emprendieron el camino de regreso a la ciudad. A diferencia de los cielos cubiertos y ventosos de las montañas, la bahía de Lima estaba despejada, y en poco tiempo divisaron la línea de las playas, las luces de los malecones y los abismos negros que marcaban el inicio del mar. Guardaron el tráiler en un galpón a medio construir de la avenida Huaylas, cerca de la Escuela Militar de Chorrillos. Una silueta deambulaba entre los escombros del depósito.

—¿Quién es? —dijo el Rubio, arrugando los ojos—. ¿Esperabas a alguien?

—Imposible. ¿Hay alguien adentro?

—¿No lo ves, acaso? ¿Es el hermano de Gregorio?

—¿Qué mierda? —se incorporó el Gordo.

—¿Llaves le diste? —preguntó el Rubio.

El Nicoya se acercó por el costado del tráiler. Sonreía con aire humilde, cruzaba los brazos en ademán friolento.

—¿Qué haces aquí, chibolo? —dijo el Gordo, tras bajarse.

—¿Trabajo hay? —susurró el Nicoya—. Rubio, ¿te ayudo con los galones?

—¿Cómo mierda entraste? —lo cortó el Rubio—. Mira que si has robado...

Encendió la luz de la pequeña caseta que utilizaba como despacho. Para su sorpresa, los escritorios lucían impecables, el suelo había sido barrido y trapeado con detergente. El Rubio entonces se volvió a la puerta.

—¿Cómo diablos abriste la llave de la caseta?

—No es difícil —dijo el Nicoya, alzando una mano—. Este alambrito sirve para todo.

—¿Y dices que quieres trabajar? —dijo el Gordo—. ¿Qué ha pasado? ¿Necesitas plata?

El Nicoya inclinó los ojos.

—¿Tienen algo disponible? —susurró, acercándose.

—No lo sé —dijo el Gordo—. ¿Crees que pueda hacerlo, Rubio?

—¿Eso de lo que hablamos en el camino? —dijo el Rubio—. Es bueno para meterse a lugares sin que lo inviten, al parecer.

—¿Y cómo te va con las casas de gente importante? —dijo el Gordo.

—Sin problema —dijo el Nicoya.

—No lo sé... —dudó el Rubio—. Su hermano no hubiera podido, Gordo.

—Es cierto —dijo el Gordo—. Pero este tiene talento, y cuando algo se le mete a la cabeza...

—¿Qué tienen en mente? —pareció dudar el Nicoya—. ¿Políticos? ¿Jueces?

El juez expuso la propuesta sin soltar un instante su corbata. Con el índice en el entrecejo fruncido, descansaba cruzado de piernas en el mullido sillón del despacho, atento a los gestos previsibles de la sotana que aguardaba en el escritorio. Los confines de la calle Ubaté irrumpían entonces por el ventanal con su zumbido de silbatos y bocinas estrelladas. Volviéndose a la luz que calentaba sus hombros, el padre Filomeno contempló la perspectiva movediza de las copas en el parque, los transeúntes cuyas melenas refulgían como hormiguitas bajo el sol de la mañana. Asintió finalmente en un murmullo:

—No estoy seguro, perdóname, siento habértelo ofrecido.

—¿No estás seguro, primo? —dijo el hombre.

—¿Sabes? —resopló el padre Filomeno—. Me parece un exceso, qué te puedo decir.

—Veamos... —insistió el hombre—. De qué te preocupas, si sabes lo serios que son.

El padre Filomeno se pasó los dedos por las barbas. El hombre mantenía su sonrisa, una boca muscular y cuadrada, y jugaba a enlazarse las mancuernas en las mangas de la camisa. Brillaba en su dedo índice un grueso anillo plateado. Un prendedor con el escudo del Poder Judicial le colgaba del pecho.

—¿Por cuánto tiempo sería? —susurró el padre Filomeno—. Es que el fiscal Roca, si...

—A lo mucho —lo cortó el hombre—. Hasta que la situación se regularice en el Parlamento.

—¿En el Parlamento? —dijo el padre Filomeno—. Eso podría tomar meses, o años inclusive.

—Pero piensa nada más en lo que podrías hacer si es que aceptas.

—¿Y si se entera el arzobispo? —dijo el padre Filomeno—. Estoy lleno de enemigos, tú sabes.

El hombre desplegó una sonrisa de ingenuidad.

—¿Cómo podría enterarse el arzobispo, si el vicario está de nuestra parte? En fin, voy fregado de tiempo. Piénsatelo bien, de todos modos, y me avisas. Eso sí, no te tomes muchos días, porque esta gente no va a quedarse de brazos cruzados. Si te duermes como la última vez, buscarán a otro y perderás la oportunidad.

El padre Filomeno asintió titubeando, y alzó el teléfono para comunicarse con la caseta de vigilancia. Tras un instante, la figura sofocada de Petronio emergió en el despacho. Tenía los puños de la camisa remangados, el pecho empapado de sudor brillante, y una tijera de jardinero entre las manos. Hizo una reverencia cordial y acompañó al hombre hasta la salida. El padre Filomeno permaneció en el escritorio. Entonces la puerta crujió.

—¿En qué estabas trabajando? —dijo el hermano Tereso, y se puso a espaldas del escritorio.

—Olvídalo —sonrió el padre Filomeno—. El avance de las refacciones tendrá unos atrasos, es todo. Me da dolores de cabeza.

—¿Unos atrasos? —dijo el hermano Tereso, y acomodó una mano en su hombro—. ¿Por qué tienes esa cara? ¿Estás preocupado?

El padre Filomeno suspiró.

—Descuida —besó las manos de Tereso—. Pronto habrán terminado, y estaré más tranquilo.

Silvia maldijo a su padrastro cuando consultó la hora en su reloj. Era lunes, y había vuelto a robarle un dinero que le era muy necesario por aquellas épocas. ¿Tendría que volver a hacerlo, entonces? Casi contra su voluntad, se vistió y maquilló en el baño. El chofer de la señora Gertrudis la vino a recoger en el automóvil descapotable, muy cerca del mediodía. Reconoció el rostro de Antonia en la repisa de mármol donde funcionaba el bar del Hotel Marriott. Entonces, como solía sucederle cada vez que estaba en hoteles, pensó en Jerónimo. ¿Comenzaba a amarlo? No, ya lo quería, se había enamorado muy pronto. Y los domingos que pasaba a su lado eran tan especiales que detestaba la perspectiva de los lunes, de las nuevas semanas, tener que maltratarse en un trabajo que la llenaba de culpa. Cómo no fueran todos los días domingo, cerró un instante los ojos. Habían salido muy temprano para pasear entre los tolditos verdes de la bioferia en el parque Reducto. Compraron unas papayas, unas granadillas grandes como toronjas, unos mangos fresquísimos y unos sánguches de berenjena y de pavo con salsa criolla. Luego, en un taxi, enrumbaron a las playas del sur. Esta vez al Silencio, con sus arenas blanquísimas, el mar transparente que devolvía la luz, imposible verlo sin lentes. ¿Se bañaron dos, tres, cuatro horas? A Jerónimo le gustaba flotar con los brazos abiertos, henchido boca arriba como un pez globo tras el tumbo. Almorzaron en una sombrillita de caña que pertenecía a una cevichería sin gente. Vieron el atardecer en la orilla y, solo cuando el brillo de la luna encendió los espumones donde corrían los últimos tablistas, se sumaron al torrente de tráfico que volvía por la carretera Panamericana.

Su historia había empezado como por accidente, un juego de azar. Aunque también era cierto que los unía algo muy especial, una suerte de debilidad común que compartían: la soledad. Ambos eran hijos únicos, se habían criado sin hermanos, y no eran de pasarse el día entero en la casa si podían estar en la calle. Claro que Jerónimo desconocía los detalles oscuros de la vida de su padrastro. ¿Alguna vez se animaría a contárselos? Silvia trastabilló con los zapatos de tacones en las losetas de mármol, adoloridos los tobillos porque le quedaban pequeños, y Antonia alzó la mano para llamarla. Ralentizó la marcha evocando los primeros días que pasó en la pensión. Atardeceres en el malecón, las bromas inocentes de Jerónimo a las que reaccionaba con sorpresa o, mejor dicho, con disfuerzos y gestos que pretendían emular la sorpresa, y esa sensación de empezar de cero con alguien que apenas conocía la dirección de su casa. No tuvo siquiera la necesidad de incidir en sus mentiras. Jerónimo la escuchaba tranquilo, y daba por ciertas sus historias: el padrastro que bebía, fumaba, podía ponerse violento si le daban la contra. Lo odiaba, Jerónimo; y Jerónimo entendía, claro, pero ahí nomás se callaba, no hacía preguntas. ¿O será que se olía los detalles? Antonia se acercó para saludarla: parecía feliz.

—Lo que me dijiste —le plantó un beso en la mejilla—. Parece que funcionó.

—¿Lo que te dije? —repitió ella, sin ánimo.

—Habló con su mujer, chamita.

Silvia inclinó los ojos.

—¿Llegaste a llamarla?

—Sí —murmulló Antonia—. Y quiere verme.

—Son buenas noticias —se volvió Silvia, cubriéndose las piernas con la cartera.

Un grupo de ejecutivos enfundados en trajes oscuros emergió por el vestíbulo del bar. Silvia buscó al hombre pequeño y de cabellos colorados cuya fotografía le había entregado la señora Gertrudis. No estaba entre ellos.

—Llegó —dijo Antonia—. Es ella, ya están aquí.

Caminaron entre los botones por el acceso a la rampa diagonal del centro de convenciones, hasta la columna de los ascensores en la torre principal. Efectivamente, la señora Gertrudis aguardaba nerviosa junto a la baranda de ornamentos florales y candelabros de plata. Era una mujer menuda y de grandes ojos pintarrajeados, con los cabellos largos y teñidos, sus muñecas rebosantes de alhajas. Tenía los labios arrugados por la edad. Inmóvil y espléndida, sostenía las compuertas del ascensor.

—¿Qué te he dicho del pelo? —se dirigió a Antonia.

—Mejor me queda suelto —dijo Antonia—. No me gusta llevarlo amarrado.

—¿No te gusta? —dijo la señora Gertrudis—. Esto no es la selva, mamita, ubícate.

—Déjela, déjela, está feliz —dijo Silvia—. ¿Por qué no le cuentas, Antonia? Ahora mejor.

—¿Qué cosa? —susurró la señora Gertrudis, dirigiendo una mirada suspicaz al rostro de la venezolana—. No friegues, hija, no me digas que te has enamorado.

—¿Tanto se me nota? —dijo Antonia, acomodándose el cabello.

—Así parece —dijo Silvia—. Con esa carita, no puedes fingir.

—¿Y de quién? —dijo la señora Gertrudis—. ¿De uno de los míos? ¿Alguien que yo conozco?

—Se dice el milagro, pero no el santo —terció Antonia, sonriendo dulcemente.

—Bueno, bueno —se palmó las rodillas la señora Gertrudis—. Ya vamos a llegar. Concentraditas, por favor.

El ascensor se abrió en el piso doce.

—¿Están juntos? —dijo Silvia—. ¿En la suite que da al malecón?

—Separados —dijo la señora Gertrudis—. Y Antonia, el pelo, rápido.

—Está bien —dijo Antonia, arreglándose—. ¿El mío a la derecha?

—Sí —dijo la señora Gertrudis—. Y el tuyo a la izquierda, Silvia.

Se despidieron con una mirada silenciosa y expectante. Silvia enfiló por el corredor entre una sucesión de marcos que esparcían la luz del día nublado. Trataba de distraerse haciendo números, en su cabeza colmada de incertidumbres calculaba el alquiler de la pensión tras el aumento del último mes, y cuánto le sobraba para el instituto. Fue entonces cuando abrió la puerta de la habitación. Una voz la convocó desde la sala en el centro de la suite. Era el hombre de las fotografías, un anciano de rostro enrojecido y pecoso, con los cabellos escasos peinados de costado, de una tonalidad guinda que comenzaba a aclararse por efecto de las canas. Le habló en un idioma distinto al inglés, doblado el rostro en una venia de respeto, y señaló la puerta a sus espaldas. Silvia le devolvió la sonrisa cuando se dirigió al umbral entreabierto. Contempló su rostro pálido en el espejo del baño, y encontró junto al lavatorio un fajo de billetes. Puso llave al pestillo de la puerta, se quitó la ropa controlando el temblor de sus dedos. El chorro de la ducha caliente aligeró el dolor de sus tobillos.

El Nicoya visualizó la cabellera del Gordo entre las sombras plomizas del jardín. Se escondió tras un arbusto, en el más completo silencio, atento al bullicio de la casa. Le pareció escuchar entonces los murmullos joviales del Gordo, y lo pensó sonriendo, de brazos cruzados ante el televisor donde veía jugar al Sport Boys cada domingo. Descansaba sobre la cama pequeña del estudio donde se había preparado su hermano Gregorio para el examen de la Escuela de Oficiales. ¿Recordaba todavía cada uno de los detalles de su rostro? No, había comenzado a olvidar, la imagen de su hermano perdía la firmeza de los primeros años, en que era una figura muy nítida, un pensamiento rígido que llevaba a todas partes. ¿Les pasaría igual al Rubio y al Gordo? Nunca se atrevió a preguntárselo. Ni discutió con ellos los detalles del accidente que acabó con la vida de Gregorio, aunque el automóvil en que se estrelló era conducido por otro compañero de la Fuerza Aérea, que sobrevivió. Aquella casualidad lo incomodó por meses sin cesar. Hubiera podido charlar con ellos, y de hecho su madre lo hizo en un par de ocasiones, pero los recuerdos de Gregorio, cuando venían con fuerza, solían llenarlo de miedo y de una sensación parecida a la nostalgia, al aturdimiento triste; era preferible evitarlos. Recordaba gráficamente, eso sí, los tiempos en que vivía Gregorio, aquellos días en que la muerte era una presencia desconocida y sin importancia en su vida, cuando el Gordo no era todavía el Gordo, y la contextura despanzurrada que adquiriría su cuerpo luego de su expulsión del escuadrón de cazabombarderos era todo lo contrario, un torso atlético, un pecho esbelto y de porte militar, con la espalda de nadador acostumbrado al oro en las pruebas nacionales. Gregorio decía del Gordo que era un amigo a prueba de balas. ¿Habría imaginado el giro que daría su vida pocos años después? No, nicagando lo hubiera hecho, se escuchó responder el Nicoya, agazapado aún entre los árboles de la casa a oscuras. Su madre le había mostrado el ejemplar de *La República* una mañana de domingo: acusaban al

Gordo de malversar los fondos de la base aérea de La Joya. Era él, no había dudas, su foto estaba en la portada. Y perdió su trabajo.

El Gordo, sin embargo, era un hombre noble y carismático, de los que no era fácil despedirse, sabía hacerse querer por todo el mundo. Era además persistente, firme, jamás se daba por vencido. Se las ingenió para mantener el contacto con sus superiores ni bien dejó la Fuerza Aérea. Hacía todo tipo de mandados, fungió incluso de chofer para las esposas de los generales. Y a pesar de sus problemas —pues no pudo conseguir otro empleo tras el escándalo de *La República*— recordaba religiosamente a Gregorio, y se aparecía en la casa los días de su cumpleaños. Entonces el Nicoya pensaba que era un amigo de verdad, o como decía su madre, un muchachito de «buen corazón tocado por la mala fortuna de la burocracia y el periodismo». Hasta que en una de esas le ofreció trabajo. ¿Trabajo, Gordo?, respondió el Nicoya mientras tomaban el té. Solo si necesitas billete, siseó el Gordo, evitando los oídos de su madre. El parqueadero de camiones quedaba en la cuadra diecisiete de la avenida Huaylas, chibolo. Le tomó un tiempo al Nicoya entender los vaivenes del negocio. Aprendió que la creatividad y la inteligencia no servían de nada si no había empeño, constancia, ganas de hacer las cosas. Para entonces el Gordo se había convertido en el brazo derecho de los comandantes para traficar con el combustible de la Fuerza Aérea. Junto al Rubio, era dueño de tres camiones, y se había comprado una casita muy cerca del mar en Chorrillos.

El Nicoya se desplazó por el jardín intentando repeler estas memorias, que lo desconcentraban, que lo hacían perder el paso. Advirtió las ollas y platos de la cocinita amarilla en la ventana que daba al garaje. Como había anticipado el Rubio, una joven de trenzas oscuras bordaba con palitos en la mesa del comedor. Calculó la distancia que debía recorrer hasta el cobertizo de la puerta principal, una suerte de gruta pequeña con tejados de ladrillo, adosada a las sombras proyectadas por el muro de la calle. Conteniendo la respiración, agazapó el pecho y echó a correr evitando la perspectiva de la ventana. Hurgó con manos estremecidas por los guantes de látex que le suministró el Rubio y, cuando los tuvo entre los dedos, descubrió el alambre angosto que le permitió, en un par de giros, abrir quedamente el pestillo de la puerta. El salón de la casa se descubrió entonces a su vista, la cómoda recubierta de fotografías con marcos plateados, unos cuantos adornos de porcelana en el mostrador, y las escaleras de barandas blancas que conducían al segundo nivel.

Reconoció el estudio del coronel por la doble manija que aseguraba la puerta al otro extremo del corredor. Manipuló los candados sin mayor inconveniente. Con la puerta cerrada a sus espaldas, respiró distendido y hasta satisfecho y lleno de esperanzas, mientras recogía los papeles que colmaban el escritorio atareado de expedientes, junto al ordenador portátil. Revisó también los cajones laterales del pupitre, donde encontró dos agendas y un librito de direcciones y tarjetas personales. Finalmente, atento al bullicio que provenía de la cocina, emergió al corredor desierto y dio un paseo por las habitaciones del segundo nivel. Indagó en los cajones del armario de la habitación principal, y encontró una caja rebosante de relojes escondida entre los uniformes y el baúl con los medalleros de gala. Contó hasta dieciséis relojes que brillaban como si fueran de oro, y los guardó a puñados en su mochila.

Volvió sobre sus pasos por las escaleras y dejó entreabierta la puerta del jardín. Saltó a través de las matas de flores agazapado contra el muro, y vio por última vez a la muchacha de nariz aguileña que continuaba paciente su bordado. Emergió a la avenida sin descolgarse, como cualquier hijo de vecino, saliendo por la puerta de la calle. Imaginaba entonces la cara que pondrían el Gordo y el Rubio cuando comprobaran la pulcritud de su incursión, cuando enfiló la mirada hacia el frente y distinguió la camioneta destartalada en el semáforo de la avenida More. Un hombrecito parecido al coronel cuyas fotos le había mostrado el Rubio esquivaba las luces del tráfico. El Nicoya giró sobre sí mismo, y continuó su camino hacia los buses. Conocía a un viejito jorobado que compraba joyas de oro en una tienda a todo dar de la calle Cantuarias, en Jesús María. ¿Estaría abierta, todavía?

Las luces del taxi proyectaban las ondulaciones del acantilado hacia el circuito de la Costa Verde. Vacías las playas a su izquierda, el mar se mecía en torno a los muelles de rocas puntiagudas, aunque desprovisto de olas en sus rompientes, como un pozo que se perdía en el horizonte de la noche. Los ojos entrecerrados y ociosos, Antonia dormitaba contra la ventana.

—¿Con quién hablas? —susurró—. ¿No estás muerta, chama?

—Con Jerónimo —dijo Silvia.

—¿Con tu chico? —se incorporó Antonia.

—No sé qué ha pasado con su profesor.

Antonia abrió la cartera que llevaba entre las piernas y contó, una vez más, sus billetes.

—No te entiendo, chama. ¿Es que tú lo quieres, o lo necesitas?

—¿A Jerónimo? ¿Por qué lo necesitaría?

—¿No ha vuelto a molestarte, tu padrastro?

—Ya te lo dije, no hago esto por placer.

—Lo sé —dijo Antonia—. Será un tiempito, solamente.

—No puedo volver a mi casa —dijo Silvia.

—¿Y Jerónimo? ¿No podrían mudarse?

—Todavía. Se daría cuenta.

—Eso sí. Lo sabría, chama.

—Quizás más adelante.

La circunferencia del óvalo Bolognesi emergió al final de la vía con sus arreglos florales de caléndulas y girasoles. La penumbra de las calles dotaba a los árboles de un rubor oscuro y sereno y, en torno a los postes encendidos de la calle Francia, pululaban como redes los mosquitos. Silvia y Antonia se despidieron en el corredor de la pensión, una sucesión de puertas cerradas con aldabas pequeñas. Antonia encontró las cortinas de su habitación flameando por efecto de la brisa que llegaba de las playas. No recordaba haber dejado la mampara del balcón entreabierta, sin embargo, se apresuró a revisar el cajoncito donde escondía sus ahorros semanales. Guardaba el dinero que la señora Gertrudis le había pagado cuando le entró una llamada al teléfono.

—Soy yo —dijo la voz—. ¿Dormías? ¿Te desperté?

—No, no podía —fingió Antonia—. ¿Y tú? ¿De dónde me llamas?

—¿De dónde crees? —dijo la voz—. Estoy en Lima. Llegué tardísimo.

—¿Y qué número es este? —dijo Antonia—. ¿Cambiaste de celular? ¿Estás en tu casa?

—He tenido problemas con el mío —dijo la voz—. Hasta el viernes usaré este teléfono.

—¿Entonces? —dijo Antonia—. ¿Hablaste con tu mujer? No quiero perder el tiempo.

La voz tardó un instante en responder.

—Me he encargado de todo —susurró—. Cumplí mi parte del trato. Ahora quiero verte.

—¿Cuándo? —dijo Antonia, conteniendo una sonrisa—. ¿Puedes venir?

—Mañana —dijo la voz—. No puedo ahora, estoy molido.

—¿Mañana? ¿En la casa de playa?

—Pasarán a buscarte. No, en la hacienda.

—¿En la hacienda? ¿Por qué tan lejos?

—Tranquila —dijo la voz—. Mandaré a alguien de confianza.

—¿Dormiré aquí? Para alistar mis cosas, te lo digo.

—Sí, por algunos días. Y después saldremos de viaje.

Cuando cortó la llamada, Antonia distinguió el canto madrugador de las gaviotas en el malecón. El cielo sobre sus ojos había variado su matiz, y las estrellas brillaban como candelabros, delineando las primeras luces en el muelle de pescadores.

Abraxas tomó la decisión de buscar ayuda cuando, por seis noches consecutivas, su abuela amaneció ojerosa, cabeceándose en la mesa del desayuno. El objeto de sus desvelos era obvio. Había reconocido los recortes de los diarios antiguos regados por la alfombra de su habitación, las viejas fotografías en blanco y negro, la copia apenas legible de un informe forense emitido por el Ministerio Público. Entonces, sin comentar lo que estaba por hacer con Jingo o el Nicoya, atravesó la caseta de vigilancia del albergue fijándose apenas en los ojos sospechosos de Petronio, y preguntó en la iglesia por el hermano Tereso. Al cabo de un instante lo vio salir por la sacristía, enfundado en su hábito de la hermandad con capucha a la espalda, los pies desnudos sobre las ojotas de caucho. El saludo familiar con que lo recibió no pudo ocultar el temblor de su voz. Lo invitaba a sentarse con ánimo parsimonioso, amable, aunque no lo miraba.

La historia que vinculaba a Abraxas con Tereso tenía larga data, y no estaba exenta de dudas y secretos. La propia historia de Abraxas era un cuento plagado de desdichas, aunque Abraxas no guardaba de ellas más que un vago recuerdo. Nada que no puedas superar si te esfuerzas lo suficiente en el estudio, le había dicho su abuelo Martín, y Abraxas lo entendió con los años: sus padres habían muerto estando él muy chico, se habían convertido en dos angelitos guardianes, según la señora Pascuala, que lo esperaban en el cielo cuidándolo. Claro que Abraxas no creía en ángeles ni cosas por el estilo, y no tuvo la consciencia suficiente para conocer a otros padres que no fueran sus abuelos, hasta que uno de ellos falleció, y Pascuala se convirtió en su única familia. ¿Era eso lo que lo tenía tan preocupado? Era eso, justamente. La sola perspectiva de imaginarse en el mundo a solas le escarapelaba la piel. Aunque no debes olvidarte de Tereso, hijito: así le repetía su abuela cada vez que se agripaba o se ponía mal del estómago o los riñones.

Sobrino de Pascuala, Tereso era tío carnal de Abraxas. Pero no era un familiar cercano. Había dejado de pasar por la casa a desayunar, llamaba apenas en algún cumpleaños, e incluso dejó de ir en las navidades. Era siempre muy atento en la iglesia, por supuesto, pero Abraxas tuvo la impresión de que ambos preferían evitarse, casi siempre, como impelidos por una vergüenza compartida. ¿Por qué tenían ese trato tan raro? Su abuela le había comentado que Tereso se alejó de la familia cuando se ordenó como seminarista en la hermandad del padre Filomeno. Pasó unos años en una obra social alejada, navegando por los pueblos y ríos de la sierra, y hasta viajó a Roma y conoció al papa Benedicto. Claro que la señora Pascuala narraba su historia como una fábula imantada por su paz meditabunda, y no precisamente verdadera: Tereso había sentido el llamado de Dios desde muy temprano en su vida, hijito, y la misericordia divina le iluminó el camino. Y de poco sirvieron las preguntas de Abraxas. Siguió sin entender las razones que motivaron su reclusión lejos de todos, ni el motivo por el que todos en la familia parecían darle la espalda. Pero le bastaron los recortes de los diarios que había comenzado a amontonar su abuela, y las ojeras nerviosas que oscurecían sus ojos en los desayunos, para sospechar que Tereso tendría las respuestas que necesitaba.

—Se trata de mi abuela —dijo Abraxas, ni bien se acomodaron en la fila de bancas.

—¿Mi tía Pascuala? —cuchicheó Tereso—. ¿Se siente mal? ¿Qué ha pasado?

—No lo sé —dijo Abraxas—. Pero hace días que no duerme.

Un grupo de señoras trabajaba en el altar, instalando unas coronas de flores. El hermano Tereso posó los ojos en las ondulaciones blancuzcas del incienso que ascendía a la cúpula. Tras un instante de permanecer en silencio, preguntó en voz baja:

—¿Y por qué? ¿Se ha preocupado por algo?

—¿Te puedo hacer una pregunta?

—¿Una pregunta? —repitió Tereso.

—¿Qué le pasó a tu hermana? —dijo Abraxas—. ¿Sabes?, es por ella que no duerme, mi abuela.

El rostro del hermano Tereso se crispó en una mueca de perplejidad. Había abierto la boca para contestar, pero quedó inmóvil, estrujándose las manos sobre las rodillas. Las ojotas de caucho en el reclinatorio comenzaron a temblar. Abraxas descubrió los recortes de los diarios.

—Empezó hace días, investigando este asunto.

—¿Este asunto? —vibró la voz de Tereso, los ojos en los periódicos.

—Las noticias de lo que pasó con tu hermana, hace años.

—¿Son tuyos? ¿Estos periódicos?

—¿No los reconoces? —señaló con el meñique Abraxas—. ¿El militar aquel no es tu papá?

—Sí, aunque no entiendo... —cuchicheó Tereso—. ¿Y te dijo por qué tiene estas cosas?

—Sí —dijo Abraxas—. Cuando se lo pregunté, dijo que quería recordar.

—¿Recordar? —dijo Tereso—. ¿Los recortes los tenía ella?

—¿La mataron? —dijo Abraxas—. ¿Asesinaron a tu hermana?

Una garúa ligera comenzó a piquetear contra los vitrales de la iglesia. Las señoras que trabajaban en las coronas del altar se habían sentado en la primera fila, y conversaban silenciosas, a la espera de que la puerta de la sacristía crujiera. El hermano Tereso contempló brevemente las portadas de los diarios, los titulares sensacionalistas en letras chillonas y las fotos del cuerpo tendido en la calle San Martín, y se mordió los nudillos. Pasaron unos segundos hasta que asintió finalmente, entre suspiros: María del Carmen tuvo un accidente que nunca pudimos esclarecer del todo. Ni encontrar a los responsables, a decir verdad. Si has leído esas noticias, conoces los detalles mejor que yo. ¿Pero cómo podría explicártelo? Esta ciudad era muy difícil, otra cosa, pues. Todos los días, balaceras, secuestros, paros, coches bombas. Y recuerdo que María del Carmen volvía de la universidad por la noche, y en Miraflores la asaltaron, o sucedió algo parecido. Lo siento, yo era menor que ella, tenía nueve o diez años, recuerdo apenas los detalles. Pero recibió una herida en el cuerpo, y no hubo forma de salvarla. Dios la tiene en su gloria, bendito sea. ¿Qué más puedo decirte?, una tragedia que enlutó a nuestra familia. Su muerte devastó a mis padres, y fundamentalmente a mi mamá, que enfermó poco después. Pero no lo entiendo, por qué mi tía Pascuala... y además a su edad, qué le estaría pasando, para qué habría guardado los recortes, no lo entiendo, no es posible.

—Y a un tal señor Remigio... —dijo Abraxas— ¿Lo conoces?

—¿A quién? —dijo Tereso.

—A un anciano que se llama Remigio.

—¿Por qué lo preguntas?

—Va a mi casa, y le hace preguntas a mi abuela sobre tu hermana.

—¿Sobre mi hermana?

—¿Lo conoces o no?

—Sí, lo conozco.

—¿Y quién es? —dijo Abraxas—. ¿Por qué le interesa esta historia?

Los pies en las ojotas de caucho se sacudieron como cascabeles, al tiempo que la puerta de la sacristía crujió. El padre Filomeno emergió de las oscuridades de su pequeño estudio, y fue agasajado por las señoras que aguardaban ante el altar. Dirigió, sin embargo, una mirada de sorpresa al rincón que ocupaban Tereso y Abraxas en las bancas posteriores. El hermano se levantó:

—Hablaré con ella —dijo a modo de despedida—. Descuida, y también con Remigio.

—¿Pero por qué la busca para hablar de estas cosas? —dijo Abraxas—. Desde que empezó a ir a la casa, mi abuela ha dejado de dormir.

—Iré mañana o pasado —dijo Tereso, alzando el hábito para salir de las bancas—. Discúlpame, debo irme. Y no prevengas a tu abuela, de ser posible.

—¿Por qué no? —dijo Abraxas.

El hermano Tereso se volvió.

—Si en realidad quisiera recordar a mi hermana, hubiera venido a buscarme.

—¿Y entonces? ¿Qué puede estar pasando?

—No lo sé. Pero pienso ir y preguntárselo.

Jingo encontró la dirección entre las casitas brumosas de la calle Ocharán. Era una construcción angosta y de paredes percudidas, con macetas resecas en los aleros de las ventanas, y un balconcillo en el segundo nivel. Una reja de marcos metálicos en formas octogonales protegía el ventanal de los intrusos. Tocó la puerta, percatándose de la hora en su reloj, y atento a la calle vacía, por la que zumbaban las olas rompiendo contra los muelles, las orillas rocosas de la playa. La puerta emitió un chirrido metálico, y se abrió levemente. Jingo se volvió a la calle, curioso. Dos hombres sin edad, cabizbajos y melenudos, fumaban un cigarrillo bajo el poste de la esquina. En alguna parte ululaba una sirena. La garúa sacaba lustre al asfalto desigual en la calle Porta. Jingo extendió el brazo al otro lado de la puerta, y cruzó el umbral. Una fría oscuridad reinaba en la casa. El aire estaba impregnado de olores extraños: a alcoholes, a guisos de grasa, a hierbas que escocían la nariz. Había pelusas desperdigadas por todas partes, y una gran cantidad de fotografías, recortes de diarios, cartas manuscritas, y un plano a carboncillo en la mesa del comedor. La noche desaparecía los bordes del pequeño altar junto al perchero. Jingo atravesó los sillones que decoraban el zaguán. Giró a la izquierda y advirtió, en el fondo del pasillo, una luz que dibujaba el marco de una habitación cerrada. Entonces alzó la voz: ¿Profesor? ¿Profesor Espada?, soy Jerónimo, ¿se encuentra bien?, disculpará que me haya metido, pero la puerta estaba abierta, y pensé que podría haberle pasado... Entonces la luz se apagó. Jingo se detuvo sobre sus pies. Unas botas pesadas retumbaron sobre el entarimado de madera, y una suerte de ruido agudo, quebrado, lo hizo estremecerse. Alguien había dado un golpe contra una ventana. Jingo regresó a la calle. Pensó preocupado en llamar a la Policía cuando distinguió la mancha que llegaba desde el malecón, un perro de orejas pardas que rebasó su posición en la vereda, y se coló en la casa. Una voz emergió desde la esquina.

—¿Jerónimo? —dijo el profesor Espada—. ¿Es hora? ¿Son las ocho, ya?

Avanzaba apoyado en su bastoncito, la figura corva, el cráneo brillando a la luz de los postes.

—¿Profesor? ¿Es usted?

—¿Esperaste mucho tiempo?

—¿Era su perro? ¿Es esta su casa?

—¿Dónde está? ¿Ha cruzado la calle?

Jingo negó, sacudiendo las manos.

—Se ha metido. Es que estaba abierta la puerta.

—¿De la casa? —dijo Espada, llavero en mano.

—¿Dejó a alguien adentro?

—¿Qué dices? —trastabilló el profesor—. ¿Alguien estaba en la casa?

—Es que yo encontré la puerta empujada, y pensé que usted se había puesto mal, y había una luz prendida...

Las facciones en el rostro del viejo se crisparon. No hizo más preguntas, y desapareció en la oscuridad del pasadizo. Jingo lo siguió a unos pasos, atento al bullicio del perro que bebía de su tazón de agua en la cocina. Sin acercarse al interruptor de la luz, Espada revisó los corredores entre el comedor y la sala, el pequeño garaje cerrado, y la habitación principal. Salió al cabo de unos instantes, desprendido del abrigo con el que había llegado, y cubrió con su pecho la puerta.

—¿Dices que la puerta estaba abierta?

—Sí —dijo Jingo—. Pensé que podía haberle pasado algo, y entré.

Espada frunció el ceño.

—¿Y dices que alguien estaba adentro?

—Sí, es que la luz de la habitación...

—¿La luz? ¿En qué habitación?

—La luz de la habitación —tragó saliva Jingo—. Escuché algunos ruidos, y la luz estaba prendida. Es que yo traté de avisarle que estaba adentro, porque pensaba que era usted, y la apagaron. Le juro que la luz se apagó. Alguien estaba en esa habitación, palabra. Luego sonó como si golpearan un vidrio. Y salí corriendo.

Mientras trataba de calmarse, la garúa le empapó la nariz y la frente, difuminando con su bruma los faros que brillaban al borde de la calle. El profesor, sin embargo, permanecía apoyado contra la puerta, los ojos muy abiertos. Un hociquito regado de babas pugnaba por salir entre sus rodillas, intentaba asomarse a la calle.

—¿Y así nomás te metiste?

—Perdóneme, la puerta estaba empujada.

—¿Y entraste a revisar los cuartos?

—No, porque la luz se apagó, alguien estaba adentro.

—Ya veo —suspiró el profesor—. Bueno, en todo caso no había nadie, y quizás no cerré bien, y la electricidad en esta zona, es que a veces parpadea la...

—Alguien estaba adentro —lo cortó Jingo—. Se lo juro, escuché ruidos, y apagaron la luz cuando entré. Y unos pasos como de alguien que corría. Luego golpearon un vidrio.

—Por cierto... —Espada se hurgó los bolsillos—. ¿Tienes el encargo, muchacho?

—Sí —dijo Jingo—. Pero hay que ir a la Policía, alguien estaba en la casa. Se lo juro. No fue mi imaginación. Alguien se había metido. Le digo que la luz del cuarto estaba encendida. Y cuando hablé la apagaron, y chancaron un vidrio.

—¿Cuánto te debo? —tembló Espada, alzando un billete entre los dedos—. No es la primera vez que me pasa, descuida.

He dejado la puerta abierta una barbaridad de veces. Y este barrio es muy seguro. Aunque se nos está haciendo tarde, es verdad. A partir de ahora podría ser peligroso. Y te están esperando en tu casa.

Abraxas distinguió la silueta a lo lejos, entre la oscura fila de carros, ni bien emergió tras las palmeras de la calle Francia. Entonces la noche se había despejado, y la luz de la luna dibujaba en tonos azules los confines de la costa durmiente, con sus playas de arena negra, los espumones rompiendo contra las crestas del Morro Solar.

—Gracias por venir —lo abrazó Silvia, su naricita roja y constipada, en la penumbra del alero de la pensión—. Y perdóname las molestias. ¿Te mojaste? ¿Sabe tu abuela que estás aquí?

—La brisa... —dijo Abraxas, palmeándose los hombros. Un mechón de cabello le cubría los ojos—. ¿Qué ha pasado? ¿Estás bien? Sonabas preocupada en el teléfono.

—Lo sé, discúlpame. Pues la verdad, no lo sé, no sé lo que pasa, pero quiero que me acompañes. Y, por lo que más quieras, no se lo digas a Jerónimo. Te lo imploro.

—¿A Jerónimo? —dijo Abraxas—. ¿A dónde quieres ir? Estás pálida, Silvia.

—A la comisaría, rápido.

—¿A la comisaría? —dijo Abraxas—. ¿Ha vuelto? ¿Es eso lo que te asusta?

No, no había vuelto, se dijo Silvia mientras ponía llave a la puerta de la recepción, pero era cierto que el miedo que entonces sentía traía a colación esas épocas, los momentos de asco perdurable, la culpa que cargó entre los hombros desde que sucedió por primera vez, en su cumpleaños número doce. ¿Lo sabía, Abraxas? Desde luego, algo tenía que saber, pero no toda la historia. Habían sido vecinos desde chiquitos, y le había contado el origen de los moretones en los veranos, los arañones que tenía entre las piernas, cómo era eso que se rompió el labio en la bicicleta cuando tenía quince, pero no imaginaba lo demás, nunca se atrevió a preguntarlo. Y ella tampoco a contarlo, por cierto, había justificado su mudanza con explicaciones de lo más variadas, que iban desde los institutos en que pensaba estudiar, pasando por la partida de su madre al extranjero, hasta contratos misteriosos, vinculados a su trabajo como modelo, que sustentaban el alquiler de la habitación donde vivía, a pocas cuadras del malecón de Miraflores.

—Queda en la segunda cuadra de la calle Vidal —interrumpió sus pensamientos Abraxas, tras revisar el mapa en su teléfono—. Cerca del cruce de Angamos con Arequipa.

—Es cerca —dijo Silvia, y saltó a la vereda—. Ahí viene un taxi, vamos.

El chofer sacó el brazo por la ventana, antes de detenerse. Tocaba la bocina sin tregua, mientras avanzaba entre los nubarrones de humo que desprendían los buses de la avenida Pardo.

—¿Cuándo fue la última vez que lo viste? —se volvió Abraxas, desde su posición en el asiento de adelante.

—¿A quién? —arrugó la mirada Silvia.

—A tu padrastro. ¿Cuándo fue la última vez que lo viste?

La última vez que lo vio fue cuando volvía de la fiesta de carnavales, semanas después de que su madre partiera a buscarse la vida en Europa. ¿Qué hora sería entonces? Posó los ojos en la oscuridad verdosa del pequeño jardín, la luz de los postes titilando sobre el sendero que daba a la puerta. Un vientito ligero llegaba desde los troncos que cubrían el parque, levantaba las hojas en remolinos angostos, a intervalos crujientes y adormecedores. El campanario torcido de la iglesia estaba cubierto por nubarrones que volaban muy bajo. Y la cruz que dominaba la cúpula, totalmente absorbida, era una prolongación invisible que se perdía en el fondo de la noche. Silvia se quitó los tacos, volvió la vista a la avenida desierta, subió en puntas de pie por las gradas del primer piso. Una penumbra muy densa oscurecía las ventanas. A un lado, se vislumbraban apenas los armarios entreabiertos de la cocina, algunos platos sin lavar en el fregadero.

—¿Estas son horas de llegar? —dijo una voz, a sus espaldas.

La silueta de su padrastro emergió desde la silla mecedora, bamboleándose. Apenas perceptible en la oscuridad, advirtió las manchas que tenía en el rostro inflamado por la bebida, la enfermedad de pigmentación que sufría desde que perdió su puesto en el banco. La trusa interior contenía apenas su vientre sembrado de lunares. Tenía el pecho descubierto, y la voz gangosa, gutural, como si tuviera adormecida la lengua.

—No empieces... —suspiró ella—. Es tarde, has estado tomando.

—Y tú también, seguro —sonrió el hombre—. ¿Quién te trajo? ¿Esto es un hotel?

—Una amiga —dijo Silvia—. Estoy cansada, y el médico te ha prohibido tomar, ya es suficiente.

—Antes, cuéntame... —la siguió el hombre, tras apurar de un trago el vaso de la mesa—. ¿Bailaste con alguien? ¿Conociste a algún chico en tu fiesta?

No hubo respuesta, la puerta de la habitación se cerró ante su rostro. Silvia quedó en el dintel, sin moverse. Tras un instante de silencio, los pasos comenzaron a alejarse, arrastraron su peso lentamente por el corredor. Entonces Silvia advirtió el sobrecito que descansaba sobre la cama. Lo leyó dos veces, y volvió a la sala.

—¿Dónde está el dinero? —se quejó, alzando las manos—. No seas así, me lo ha mandado mi mamá de su trabajo.

—Ah, para eso sí me necesitas, ¿no? —hipó el hombre, de nuevo sobre la silla mecedora. Tenía las piernas estiradas, los pies cruzados sobre la alfombra—. Cuando se trata de dinero, claro, en una nomás te amansas. Pero para lo demás, te olvidas de que estoy enfermo. De todos modos, tú mamá no trabaja para mantener borracheras. El dinero es para el instituto.

—Por favor... —susurró Silvia—. Es importante, mi mamá me lo ha mandado de su trabajo.

—¿Qué dices? Anda, sírveme un vaso —ordenó el hombre, tras limpiarse la nariz con los dedos. Silvia se acercó a la cocina. Sirvió un vaso de pisco, casi hasta hacerlo rebalsar, con la esperanza de que tumbase a su padrastro, que se resistía a dormir. Sin embargo, ni bien volvió a la sala, escuchó—: Ahora, tómatelo.

La orden la sorprendió como un golpe de hielo en la espalda, y le hizo cerrar los ojos, el aroma del pisco escociéndole la nariz. Finalmente, cuando la voz insistió, dos, tres, cinco veces, bajo la amenaza de quedarse con los dólares, alzó el vaso entre temblores, y bebió. El líquido le quemó las encías y el paladar, descendió por su pecho lentamente, y se refugió en la boca del estómago, causándole ardores.

—Quieres la plata, ¿no? —dijo el hombre, apoyando el mentón en el cuello.

Pasaron varios minutos hasta que Silvia fue capaz de responder:

—Sí, por favor.

—¿Y estás dispuesta a cuidarme? ¿A ser buena conmigo, me refiero?

—Lo que tú digas, como siempre.

—Papá —susurró el hombre.

—Lo que tú digas, papá, como siempre —repitió Silvia.

—Muy bien —exhaló el hombre—. De rodillas, entonces.

—¿De rodillas? —preguntó ella, sin moverse. Ligeramente mareada, miraba sus dedos sobre la superficie de la alfombra.

—De rodillas, he dicho.

—¿Así? —dobló el cuerpo, recogió los empeines, estiró finalmente los codos. Cuando alzó la mirada, había quedado en cuatro patas.

—Sí —dijo el hombre, incorporándose en la mecedora. Dejó el vaso en la cómoda, la trusa quedó en los tobillos—. Ahora acércate. Gatea despacio. Así, lentito, lentito, no hay apuro. Ya casi llegaste. Y la boca, ábrela. Perfecto, tranquilita, usando la lengua, tú sabes lo que me gusta. La lengua, eso mismo. ¿No es mejor, así? ¿Por qué peleas tanto? Con lo fácil que es ponernos de acuerdo.

Ella quiso contestar, pero las náuseas se lo impidieron, y se limitó a asentir. Entonces, el rostro contrariado de Abraxas se corporizaba en la oscuridad movediza del taxi, era una figura borrosa que gesticulaba con las manos erguidas. Estaba despeinado, todavía, con el mechón de cabello en la frente, aunque con los ojos descubiertos, grandes como dos platos. A sus espaldas, la calle había dejado de moverse, los transeúntes eran sombras que desaparecían entre los faros del tráfico. Y una voz, de pronto, desde el frente: llegamos, bajen por la derecha. Abraxas le sostuvo las manos, volvió a preguntarle si se sentía bien, si prefería volver a la pensión. Ella, sin embargo, abrió la puerta y bajó. Dos policías somnolientos aguardaban junto a la baranda de acceso para discapacitados, ante los muros de mayólicas verdes, el escudo nacional representado sobre una lata curva donde decía: *República del Perú - Comisaría de Miraflores.*

—¿En qué puedo servirle, señorita? —saludó un suboficial joven, acodado en el mostrador. De su pecho colgaba una placa bordada con letras doradas. Apellidaba Huamaní.

—Quisiera poner una denuncia —dijo Silvia, sin alzar el rostro.

—Para servirle —sonrió el hombre, y abrió un cuadernillo de tapa gruesa, con recuadros en líneas rosadas y celestes, al estilo de un libro contable—. ¿Porta su documento de identidad? ¿Por qué motivo es la denuncia?

Abraxas se acercó por la espalda, echó un ojo a los oficiales que contemplaban a Silvia, y se interpuso en el medio, tapándoles la vista.

—Sí, aquí está —dijo Silvia, el documento en las manos.

—Muy bien —lo recibió el suboficial—. ¿Y qué quiere denunciar, señorita?

—No estoy segura... —tembló Silvia—. Por el momento, una desaparición.

El hermano Tereso perdió la cuenta de las horas que pasó con el rostro alzado, los ojos absortos en la oscuridad de los vitrales, tras dejar a la señora Pascuala. Se había dirigido al espacio silencioso y pacífico donde solía rezar sin ser interrumpido. Conocía todos los vericuetos, los pasajes ocultos, los lugares apartados y tranquilos de la iglesia. Fundamentalmente aquel donde se encontraba ahora, cuando durante los atardeceres la luz rociaba con su vigor pacífico al órgano del coro, apagando los rumores de la ciudad. Las palabras de la señora Pascuala se repetían en sus pensamientos como si aún la tuviera al frente. Más aún, el recuerdo de su hermana María del Carmen, y la tragedia que acaeció en la calle San Martín, volvieron con su estruendo de sirenas, gritos de gentes asustadas. Inspirado por la oscuridad de los lienzos, le pareció distinguir todavía las luces de las cámaras, los reporteros que bregaban por abrirse paso entre la vereda colmada de gente. Alguien gritaba hagan paso, hagan paso, el Ejército, y un grupúsculo de uniformes verde olivo desplazó a empujones a los curiosos junto a la ambulancia. El hermano Tereso suspiró. Lo había reconocido entre las espaldas de los oficiales congregados, a su pobre padre, y junto a él al tío Remigio, ausente su sonrisa bonachona y pálido como una calavera.

La señora Pascuala le había dicho a cuentagotas que pensaba en María del Carmen, y que solo quería recordar. Pero cuando él respondió que estaba a su disposición para hablar sobre su hermana, su boquita enmudeció de repente, y así se quedó hasta el final de su encuentro. Pensó entonces en indagar sobre el paradero del tío Remigio y los motivos de sus visitas. Pero el temor plagado de vergüenza que todavía le inspiraba su padre hizo que las palabras murieran en su garganta. Remigio se enteraría de su visita, y la compartiría con su mejor amigo, y él todavía no estaba listo para ver a su padre, desde que se despidieron casi sin dirigirse la palabra, cuando se ordenó como sacerdote en la hermandad de Filomeno. ¿Cuánto hace que lo echó de la casa? Decidió obviar la respuesta. Había abierto los ojos, como si despertara de un largo sueño. Se acercó a los vitrales del coro. Susurró, entonces: lo sabía; y consultó la hora en su reloj, era cerca de la medianoche. Desplazó el ventanuco girable desde el que se vislumbraba la caseta de vigilancia, y contempló las siluetas que se acercaban por el sendero de grava. Caminaban lentamente y sin hacer bulla en dirección a la iglesia, guiados por la silueta encorvada de Petronio. El tintineo de un manojo de llaves tras el portón lo hizo respingar. Las aldabas crujieron en el primer piso y un haz de luz trasvasó la doble fila de bancas, al estilo de un rayo breve, se difuminó en las alturas de la cúpula.

Dos hombres cargaban unos costales gruesos en los que relucían pesados cerrojos. Junto a ellos, una silueta alumbraba la superficie de mayólicas blanquinegras, mientras Petronio permanecía a un costado, su manta como chal entornado en la espalda. Las linternas recorrieron el pasillo alfombrado deteniéndose de tanto en tanto en las bancas, y se hicieron a la izquierda en el altar principal. Petronio se puso de rodillas, corrió a un lado la alfombra que protegía el atrio desde el que solían leerse los evangelios, y alzó la compuerta que cubría la cripta. Los costales fueron depositados en aquel lugar con extrema precaución, uno por uno, entre cuchicheos y órdenes silenciosas. Al cabo de pocos minutos, los hombres volvieron sobre sus pasos por la nave central, el manojo de llaves resonó contra el portón, y el templo quedó vacío.

Se dirigieron entonces al descampado del campo de fútbol. Desde el ventanuco que dominaba el albergue, el hermano Tereso advirtió el resplandor de las linternas en los vestidores recién construidos. Inseguro de lo que acababa de contemplar, y dudando de si Filomeno estaba al tanto de aquello, descendió por las gradas del coro. Observó el área donde se había inclinado el celador, y salió por la puerta de la sacristía. La comitiva regresaba entonces a sus vehículos. Eran hombres pequeños, de aspecto oscuro, que caminaban como en una procesión. Petronio los seguía de cerca. Tereso enfiló al edificio donde estaban las habitaciones de los hermanos. Quería acostarse al lado de Filomeno, compartirle los detalles de su encuentro con la señora Pascuala, lo que acababa de descubrir con sus propios ojos en la iglesia. Al llegar al umbral de su habitación, sin embargo, se sorprendió al escuchar voces que charlaban en silencio. Puso el oído contra la puerta, pero al instante se sintió fuera de lugar, en caso algún hermano lo estuviera observando, y enrumbó a su habitación. Contemplaba el ventanal junto a su cama incapaz de conciliar el sueño, cuando Petronio abrió las rejas del albergue. Eran las cuatro de la mañana. Y el mendigo regresaba al parque.

—¿Antonia Pineda? —dijo Abraxas, en el borde de la cama, cotejando el registro de la denuncia policial—. ¿No estarás exagerando? ¿De dónde la conoces?

Del día después de la fiesta de carnavales, dijo Silvia, mientras las lucecitas del óvalo perecían entre los altos de bruma, como globos borrosos, a orillas del vacío que marcaba el océano. ¿Del día después de la fiesta de carnavales?, preguntó Abraxas. Y ella repitió, con nostalgia: del día después de la fiesta de carnavales.

Recordaba aquel episodio como si hubiera sucedido ayer. La última noche que pasó en casa de su padrastro sería imposible de olvidar. Sobrevivían todavía los aromas, los bullicios de la calle, la náusea permanente. Se había acomodado boca abajo en el edredón, el estómago todavía revuelto, con ardor en la garganta. La luna brillaba muy alto, y era amarilla, regaba la noche con una luz suave, cálida, que moría en las copas de los árboles. Entonces abrió los ojos. El cielo inmaculado y azul llegaba hasta las mayólicas del baño. El parque refulgía en tonos verdes, los rayos de luz calentaban la cúpula de la iglesia.

—¿Esto fue cuando despertaste? —preguntó Abraxas—. ¿Tu padrastro seguía en la casa?

—Al día siguiente —dijo Silvia—. No, había salido.

—¿Y ahí encontraste la carta de tu mamá? —preguntó Abraxas.

—Estaba sobre la mesa de la cocina —dijo Silvia.

—¿El dinero también? ¿Sabía tu madre que te ocultaba sus cartas?

Se lo imaginaba, pensó Silvia, los dedos humedecidos y temblorosos. Antes de salir a su terapia de los sábados, su padrastro había dejado las cartas y el dinero en un atado de documentos en la cocina. Silvia los encontró cuando bajó a desayunar. Sintió la voz de su madre, entonces, vital y concisa, un susurro tierno que se quejaba de su falta de respuestas. Claro que la comida española era muy buena, se había acostumbrado al calor del verano en Madrid, y, Dios mediante, conseguiría un trabajo, hijita, te extraño muchísimo. El dinero enviado en cada una de las cuatro cartas ascendía a novecientos sesenta dólares.

—No lo dudé un instante... —recordó Silvia, acercándose a la ventana—. Sabía que Jerónimo conocía esta pensión, metí cualquier cosa a la mochila, y salí al paradero. Antonia fue quien me abrió la puerta.

—¿Venías aquí con Jerónimo? —dijo Abraxas—. ¿Antonia vivía en esta pensión?

—En el cuarto de la segunda ventana... —dijo Antonia, ayudándola con su pequeño equipaje, una mano sosteniendo la mampara de la recepción—. Y no es ninguna molestia, chama, ¿vienes a alojarte?, ¿no tienes más valijas?

—Hablaba con un acento graciosísimo... —dijo Silvia, y sacó una fotografía del velador—. Como alguien de la selva, pero más lindo, se comía las eses y cantaba.

—¿Es ella? —dijo Abraxas, ojeando la imagen—. Vaya cataratasas, Silvia, muy guapa, además. ¿Dónde se tomó esa foto? ¿De dónde era?

—De Venezuela... —dijo Antonia—. Llegué a Lima hace un tiempo. ¿Cómo te llamas? ¿Piensas vivir aquí? Ay, perdóname, es que no me he presentado, mi nombre es Antonia, Antonia Pineda, es un placer conocerte.

La salita que fungía de recepción estaba ubicada entre dos mamparas con dibujitos de peces, una que daba a las flores del óvalo, y la otra a un patio con macetas y utensilios de lavandería. Una mujer gruesa, achaparrada, de rostro colorado, emergió desde el pasillo que conectaba con las habitaciones. Sacó un cuaderno de hojas hinchadas, se mojó los labios con la puntita de la lengua, y encendió un cigarrillo. Sus ojos quedaron muy quietos, contemplaban a Antonia con desconfianza.

—¿Son amigas, ustedes?

—Descuida... —susurró Antonia—. Siempre es así.

—Nos acabamos de conocer—murmulló Silvia, acodada en el mostrador.

—Habitación seis... —respondió la mujer, el cigarrillo suspendido entre los labios, enarbolando un pequeño llavero—. Segundo piso, por la izquierda.

Avanzaron por un pasillo alfombrado de paredes blancas y puertas barnizadas con aldabas brillantes. Silvia caminaba despacio, ambas manos en los tirantes de su mochila, contando expectante los números de las habitaciones. Entonces Antonia se detuvo. Abrió la puerta que estaba a su izquierda, tras forcejear brevemente con el cerrojo, y la luz irrumpió en el pasillo.

—Tengo vista al malecón... —dijo Silvia, abriendo las cortinas.

—Válgame Dios... —Antonia se tapó la boca—. ¿Qué te ha pasado en el muslo, niña?

—Tenía un moretón inmenso —dijo Silvia—. ¿Te acuerdas? Y ella lo vio, cuando me agaché.

—¿Y ahí le contaste lo de tu padrastro? —dijo Abraxas.

—No, todavía... —dijo Antonia, ni bien volvió de su habitación trayendo una pomada—. Espera que desinflame un poquito. Tengo unas pastillitas que son la tapa, en caso las necesites, que me recomendaron en la productora.

—Trabajaba como modelo... —recordó Silvia—. Se le veía tranquila, contenta.

—Ahora entiendo —dijo Abraxas—. ¿Ella te consiguió el trabajo de modelo?

—Unos días después... —dijo Antonia—. Esta semana estaré viajando a Buenos Aires, pero cuando vuelva, hablaré con la señora. Eres muy linda, ya verás que te sobrarán las propuestas.

Sus cabellos caían en torno a su rostro agraciado, no dejaba de mostrar los dientes. Iba vestida de colores claros, sus piernas bronceadas brillando por la humedad, los tobillos descubiertos en sandalias de verano.

—Y de esa mañana van a cumplirse ya nueve meses... —asintió Silvia, frotándose los ojos—. Al poco tiempo mi padrastro me pidió perdón, aceptó que viviera sola, y dejó de molestarme. No te lo dije, y Jerónimo tampoco lo supo, pero Antonia siempre estuvo conmigo, incluso cuando mi padrastro quería que habláramos a solas.

—Eso no lo sabía —dijo Abraxas, acercándose también a la ventana. Permaneció un segundo en silencio, con los brazos cruzados, moviendo nervioso una rodilla. Al fin, suspiró—: ¿Dónde se habrá metido, caracho? Aunque sigo pensando que nos estamos haciendo bolas por gusto. Siendo tan guapa, puede haberle pasado cualquier cosa.

—Por eso, chama, hay que tener cuidado... —dijo Antonia, cuando estaba por dejar la habitación. Sus ojos habían cambiado, entonces, desde que observaron el moretón, contemplaban a Silvia llenos de cariño, casi con lástima.

—Es que no me creyó cuando le dije que me chanqué en la ducha —dijo Silvia.

—En fin, mira la hora que es —suspiró Abraxas—. No te lo he dicho, pero mi abuela está rara. Y si se entera de que salí, va a preocuparse, tengo que volver.

—¿Qué ha pasado con tu abuela? —dijo Silvia—. Espera, te pido un taxi.

—No te molestes ... —dijo Antonia, desde el corredor—. Me gustaría quedarme a conversar un poquito, pero se me hace tarde para el trabajo.

—Y quisiera hacerte una pregunta, antes de irme —dijo Abraxas—. ¿Por qué no llamaste a Jerónimo? Soy malo guardando secretos.

—¿A Jerónimo? —dijo Silvia—. Ya lo conoces, se preocupa por todo.

Jingo supo que estaba en problemas ni bien cruzó el portón de la entrada en el colegio. Su casillero había sido vaciado, no solo de los paquetes de marihuana, sino de las listas con anotaciones, deudas y ventas pasadas, y hasta de los cuadernos que utilizaba en las clases. Permaneció unos minutos sin moverse, la cabeza abochornada de sudor frío, encorvados los brazos contra el casillero. ¿Quién pudo haberlo acusado? Los nombres le eran esquivos y no podía concentrarse. Reaccionó finalmente cuando sonó el timbre de la formación para cantar el himno. Pero ni bien se levantó junto a los restantes alumnos en la gradería, una asistente lo convocó al despacho del director. La oficina estaba ubicada pasando las salas de cómputo, sobre un promontorio desde el que se veía la avenida y la entrada del cuartel Alfonso Ugarte. Unos soldaditos enfundados en colores arenosos hacían guardia bajo el sol. El cielo brillaba en un azul muy intenso, quemaba los carros atorados en el tráfico de la avenida Parra. Las montañas que circundaban el colegio estaban sumidas en una polvareda estática, que parecía flotar. Un racimo de ambulantes ocupaba las veredas a ambos lados de la calle, vendiendo ropas, bebidas, esperando seguramente por los militares que salían de permiso. Cuando Jingo cruzó el marco del despacho, distinguió apenas el rostro enjuto de la subdirectora —una mujer muy fea, gorda y con bigotes— que aguardaba junto al escritorio. El director estaba sentado del otro lado. Era un hombre pulcro. Usaba lentes ovalados de carey, corbata ceñida, y mancuernas en las mangas de la camisa. Lo invitó a sentarse con voz melosa. Jingo entonces dio unos pasos vacilantes por el estudio, sintiendo el sudor de sus manos desprendiéndose a través del pantalón hacia su ropa interior, y se percató de que los paquetes de marihuana y sus libretas estaban arrumados a un extremo del escritorio.

—Jerónimo —susurró la subdirectora—. ¿Qué es esto?

—Siéntate, por favor —añadió el director.

—¿Se refiere a esas cosas? —atinó a decir Jingo, antes de sentarse.

El director gesticuló con las manos.

—Oh, me temo que es tarde para eso, Jerónimo.

—¿Cree que son mías?

—Venimos siguiéndote —sonrió el director—. Hace semanas, de hecho.

—¿Pensaste que podías vender droga en el colegio? —dijo la mujer.

Jingo se frotó la frente.

—Está todo comprobado —respondió el director—. Imaginas la sanción, seguramente.

—¿Cómo dijo? —tembló sobre el asiento Jingo.

—Serás expulsado —dijo la subdirectora.

El director abrió la libreta en una página que había marcado con un prendedor de colores. Jingo pasó una mirada breve por el escritorio. Los paquetes estaban rigurosamente ordenados a un extremo de la mesa, salvo uno, que había sido abierto con un abrecartas. Los copos secos yacían desperdigados en torno a una estatua ecuestre.

—Necesito los apellidos de quienes te compraban esto, por favor.

Jingo negó con el rostro.

—¿Qué cosa? No tengo nada que ver con lo que dice.

—Y también —continuó el director, como si no lo hubiera escuchado—, quiero saber si el profesor Espada estaba al tanto de esta situación. Es necesario que me lo digas.

—¿El profesor Espada? —dijo Jingo.

—No te hagas el sorprendido —lo cortó la subdirectora—. Mira, *profesor Espada*. Está escrito en tu libreta. Quién sabe si no está enfermo por eso. La marihuana destruye los pulmones.

—Es tu letra, ¿no? —alzó la libreta el director, contrastándola con las hojas del cuaderno que tenía sobre la mesa—. ¿Sabes lo que eres, Jerónimo?

—Señor —tragó saliva Jingo—. Por favor, no es mía esa letra.

—Un delincuente —dijo el director—. Y quién sabe si también un adicto. Tu permanencia con nosotros es inaceptable.

Entonces la subdirectora ocupó la silla del escritorio que estaba libre, y se acomodó al costado de Jingo. Permaneció un segundo en silencio, los dedos de las manos extendidas, como si estuviera revisándose las uñas. Se volvió para decirle que, si colaboraba y decía la verdad sobre el profesor Espada, lo ayudarían con una carta de recomendación para que el motivo de su expulsión permanezca en reserva, y sea aceptado en otro colegio. Pero necesitaba una respuesta. Quería saber si el profesor Espada estaba involucrado. Su voz, sin embargo, se había transformado en un cuchicheo lejano, apenas perceptible, para Jingo. Entonces había dejado de mirarla, y sentía los latidos de su corazón mientras algo muy ácido le subía por la garganta. Pensó que se pondría a llorar. Tuvo náuseas y se tapó la boca.

—Bueno, bueno —suspiró el director—. No nos dejas otra opción, Jerónimo.

—¿Lo pudiste ubicar? —dijo la subdirectora a la secretaria, desde la puerta del despacho—. Muy bien. Cuando llegue, que pase.

—¿Y? —preguntó el director—. ¿Está en camino ya?

—Sí —respondió la mujer—. Llegará en un instante.

—¿De quién hablan? —preguntó Jingo.

El director olfateó los paquetes.

—Dices que esto no es tuyo, ¿verdad?

—Se lo juro que no, señor.

—A ver si lo cree tu padre.

Cuando pudo al fin descansar, aunque muerta de miedo tras despedir a Abraxas, el canto de los pájaros en el óvalo anunciaba un día de sol. Silvia sintió los pies fríos y húmedos bajo las sábanas, y se dejó ir en un bostezo sin fondo. ¿Intentaba dormir? No, hacía más bien un esfuerzo para extraviarse en las memorias de los últimos meses, con la esperanza de encontrar una respuesta. El murmullo de las olas la entumeció con su cadencia imperturbable. Las palmeras del malecón de Punta Hermosa se mecían, una junto a otra, frotando sus copas de cocos. Un aroma a pescados frescos recorría las playas. Entonces creyó despertar. Tenía los tobillos enterrados en la orilla, cubiertos los empeines de espuma muy líquida. El estruendo del mar la bañó de gotitas tibias. A su izquierda, los ojos de Antonia reflejaban en miniatura los paisajes del atardecer. Hacía sombra con la palma de sus manos. Las vellosidades rubias de sus pechos brillaban como si fueran de oro. Su belleza, sin embargo, tenía una expresión aislada, melancólica, y desaparecía conforme su rostro adquiría los matices de la noche.

—¿Piensas hacerlo, al final?

Se volvió al fondo del mar, donde los tablistas se esparcían como manchas oscuras sobre las olas.

—No estoy segura.

—¿Por qué no? —dijo Antonia—. ¿Sigues pensando en Jerónimo?

—Es difícil para mí. Nunca antes lo hice.

—Nadie lo sabrá, y no es poco dinero.

—¿Tú conoces a esta gente?

—Son caballeros, chamita.

Las luces de la terraza en la mansión que apuntalaba el peñasco se encendieron, y la señora Gertrudis apareció en el balcón. Mientras volvían cabizbajas por la arena, Antonia dijo que quizás lo haría ella también, aquella noche, y que se estaba cansando de esperar que la llamara. Pronto se maquillaba en el amplio baño de azulejos portugueses que miraba a las playas, entre un cúmulo de acentos argentinos, venezolanos y colombianos. Esperaron después en la sala, expectantes y nerviosas, los mayordomos de guante blanco circulando las copas de champagne, primero, y luego las mezclas de pisco, whisky, vodka, ron, vermut, y tequila con que la señora Gertrudis aderezaba sus festivales en Punta Hermosa. Con una copa de champagne en la mano, Silvia advirtió los tobillos temblorosos de Antonia, cada vez que revisaba el teléfono.

—¿No te escribe todavía?

—Nada —chasqueó los labios Antonia.

—No te desesperes —dijo Silvia.

—Ya debería saber algo.

—¿Intentabas llamarlo?

Ni bien dijo aquello, la señora Gertrudis emergió desde el pasillo que daba al garaje, sonriendo suntuosamente. Una comitiva de trajes oscuros la seguía de cerca. Silvia apenas distinguió los rostros que llegaban a sus espaldas, porque entonces las modelos se levantaron al unísono, como impelidas por un mismo resorte, para agasajar a los visitantes. No tiene mayores recuerdos de lo que pasó después, salvo que bailó hasta que la corriente de la terraza le erizó la piel de los hombros, y que un hombre de rostro pálido y mirada triste se acercó a preguntarle su nombre, y luego su edad, y de dónde era, disculpe, no reconocía el acento, y no podía creer que fuera peruana, señorita, en su vida había visto una peruana guapa, tanto que llamó al resto de hombres que eran como él, pequeños, de ojos claros, y la presentó como si fuera una pieza de orfebrería del antiguo Perú, alzando su mano para darle una vueltecita, miren cómo está esto, y todo ante las llorosas sonrisas de los ejecutivos que celebraban borrachísimos, existen, hay mujeres guapas en este país, con su acento agudo y cortado y velocísimo, el mismo que para Silvia se hacía incomprensible conforme se iban sucediendo los brindis y los habanos, hasta que Antonia emergió por su espalda, sonriendo afectuosamente, mintiendo afectuosamente, cuidándola afectuosamente, y le susurró no hagas caso, no estés tensa, es que son chilenos, ríete un poco y te dejarán tranquila, y dicho y hecho, Silvia festejó el griterío de aquellos acentos velocísimos e intentó inclusive burlarse de sí misma, o de su país o, mejor dicho, de las mujeres peruanas que no eran como ella, sorbiendo su vasito mentiroso de agua mineral, y efectivamente la dejaron tranquila, los ejecutivos volvieron su atención a la risa de una argentina que se acercó empinando los pechos y festejándoles las ocurrencias, tanto que al final se quedó sola, Silvia, sentada en el sillón con las manos sobre los muslos, mientras los hombres subían a las habitaciones dando vivas a Chile y al Perú y a la vida, la señora Gertrudis contando sus dólares en la cocina, los mozos desaparecidos, las modelos desaparecidas, restos de cocaína y habanos —que no podían tocar las mujeres— en la mesa de caoba que decoraba la sala, los rayos lechosos de la luna alumbrando la larga fila de olas en el circuito de playas. ¿Cuánto tiempo habrá permanecido bostezando y con los dedos de los pies acalambrados por los tacos que le apretaban? No lo supo con exactitud, pero cuando se disponía a acostarse, pensando quizá en descansar a solas en el sofá del salón, bajó el personaje con el que había hablado primero, el ejecutivo de rostro pálido y mirada triste, pero cambiado, la camisa abierta y rasgada, la nariz colorada como una cereza. Iba dando tumbos y trataba de apoyarse en la pared conforme descendía lentamente por las gradas. Ni bien lo vio, Silvia fingió un dolor de cabeza que la indispuso, pero el hombre ya había extendido su manita hacia ella, y le hablaba en un tono de voz que no era insultante, ni ofensivo, ni bromista, sino comedido y hasta podría decirse que solidario. Sacó un fajito de billetes que tenía enrollado en el bolsillo, y se lo puso en la mano libre, halándole la otra con suavidad, y llevándola gradas arriba, de nuevo dando tumbos y apoyándose en la pared, hacia un pasadizo de techos inmaculados y blanquísimos y donde Silvia alcanzó a reconocer a Antonia por la ranura de una puerta entreabierta, con los ojos cerrados, desnudos los pechos, un hombre besándola en los labios y otro frotándole los pies, hasta que llegó a una habitación con vista hacia el mar que estaba vacía, y el chileno le dijo eres hermosa, no me malentiendas, quiero mucho a este país y como si fuera el mío, todo mientras flexionaba los brazos para quitarse la camisa, entre bostezos prolongados, abriendo apenas los ojos, y antes de caer despanzurrado en la cama. Claro que Silvia imaginó que aquella situación formaría seguramente parte de alguna broma, de alguna comedia extraña, y permaneció inmóvil en el umbral de la puerta. Pensó, finalmente: vaya primera vez; e intentó acostarse junto al cuerpo pequeñito que roncaba como un niño, o, mejor dicho, como un abuelito cansado, mientras la noche llegaba a su fin y el mar parecía vibrar, crepitante y lívido, bajo el brillo de las estrellas que alumbraban el cielo.

—Pero mira quién llegó... —dijo el Rubio, encaramado contra el parabrisas del tráiler.

—Si es el hermanito de Gregorio —cantó el Gordo—. ¿Qué dices, Rubio? ¿Lo dejamos entrar?

El Nicoya aguardaba en el portón de la avenida Huaylas, a través del sendero que formaban las galoneras y los toneles de agua donde habían puesto a remojar los trapos. Junto a él, un perro que cojeaba descendía a saltitos una cuesta de basura. La avenida a sus espaldas colapsaba de tráfico. Los silbatos de la policía se mezclaban con las bocinas de los autobuses y el altoparlante de un patrullero. El Nicoya avanzó unos pasos y, cuando reconoció al Rubio y al Gordo entre los fierros escombrados y el camión, se arremangó las mangas de la camisa.

—¿Qué estás haciendo? —dijo el Gordo.

—¿No están lavando? Ayudar, pues.

—¿Tú qué dices, Rubio? ¿Queremos la ayuda de Gregorito?

—Siéntalo —dijo el Rubio—. Y que espere en la oficina.

El Gordo manipuló su llavero con manos de grasa. Abrió el pequeño despacho y, sin dirigirse apenas al Nicoya, le señaló con el brazo un banquito. El Rubio se acomodó en la mesa de plástico que utilizaba como escritorio. Permaneció un instante en silencio, frotándose el entrecejo con las yemas de los dedos. La piel de su rostro se había ruborizado.

—Entiendes lo que te pedimos que hagas, ¿no es cierto?

—¿En la casa del coronel? —dijo el Nicoya—. Claro, si les entregué los papeles.

—¿Y sabes por qué lo hicimos? —dijo el Rubio.

—¿O a quién se le ocurrió la idea? —añadió el Gordo.

El Nicoya dudó.

—No lo entiendes, chibolo —dijo el Gordo.

—¿Es una broma o qué? —dijo el Nicoya.

—Hay mucho pendejo en la Fuerza Aérea —añadió el Rubio—. ¿No es cierto?

—Ciertísimo —dijo el Gordo—. Y todos quieren lo mismo.

—¿Qué crees? —dijo el Rubio—. ¿Qué quieren todos, Gordo?

—Billete —dijo el Gordo—. Todos quieren billete, Rubio.

—El coronel Benito, por ejemplo, a cuya casa te metiste, era un tremendo pendejo —dijo el Rubio—. ¿Podías imaginarlo?

Había estado vendiendo la gasolina de su unidad, como nosotros, pero a espaldas de la comandancia.

—Más tacaño —suspiró el Gordo.

—¿Y? —sonrió el Nicoya—. Si yo les entregué todo, como pidieron.

El Rubio y el Gordo compartieron una mirada irónica. Permanecieron en silencio un instante, al tiempo que la tela que cubría la ventana sobre el mosquitero se infló por efecto de la brisa. El Rubio entonces susurró:

—Explícaselo tú, haz el favor.

—Porque nada es casualidad, chibolo —respondió el Gordo—. Te metiste a esa casa por algo. Para buscar unos papeles y, además, porque a nosotros nos los había pedido gente de peso. Gente que se ha ganado los galones por algo, y a la que no le gusta que la hueveen. Y mucho menos dos pendejos como nosotros. ¿No es cierto, Rubio?

—Exacto —dijo el Rubio—. Nos acabas de joder la vida, mocoso.

Enlazó sus manos empinando los codos. Tras quedarse nuevamente callado, sacó la cajetilla de cigarrillos que llevaba en el bolsillo de la camisa. Ofreció uno al Gordo, encendió el suyo con el mismo fósforo, y aseveró con la boca humeante:

—Resulta que el coronel Benito tenía una debilidad, después de todo.

—¿Cuál crees que era, chibolo? —dijo el Gordo.

El Nicoya negó con el rostro.

—No entiendo nada —repitió—. ¿Cómo los he jodido?

—Los relojes —dijo el Gordo—. Tenía miles de dólares en relojes.

—¿Ahora entiendes? —dijo el Rubio.

—Miles de dólares —volvió a decir el Gordo—. ¿Sigues sin entender?

—No —tembló el Nicoya—. ¿De qué hablan? ¿Quién tiene los relojes?

—Mocoso —dijo el Rubio—. Más te vale que los devuelvas, o...

Se levantó de la mesa, pero el Gordo se interpuso antes de que llegara al banquito. El rostro del Nicoya había palidecido.

Aguardaba con las manos sobre las piernas y, aunque trataba de mantener la compostura, inseguro de lo que estaba sucediendo, un aro de perlitas brillantes se perfiló sobre su frente.

—El asunto es muy simple —continuó el Gordo—. La misma gente que nos pidió los papeles del coronel, porque sospechaban de sus cochinadas a espaldas de la comandancia, se ha enterado de lo que hiciste. ¿Cómo?, el propio pendejo de Benito confesó haberse gastado parte de las ganancias del combustible en relojes. Y ahora todos piensan que nosotros fuimos los que los robamos. ¿Entiendes nuestro problema? ¿No, todavía? Piensan que, además de habernos quedado con los relojes, los hemos desaparecido en algún remate del centro, porque, claro, no los tenemos con nosotros. Entonces, como creen que nos hemos quedado con los dólares de esa venta, han empezado a jodernos. No nos dejan volver a trabajar. Y nos han congelado lo que nos deben.

—¿Dónde están los relojes? —dijo el Rubio, cerrando los ojos.

—No los tengo —atinó a susurrar el Nicoya—. Rubio, perdón.

—Esto no es broma —repitió el Rubio—. ¿Dónde están los relojes?

—¿Los vendiste? —dijo el Gordo.

—No —dijo el Nicoya—. Es que, yo no sabía...

—¿No los vendiste? —dijo el Rubio.

—No —cuchicheó el Nicoya—. Es solo que...

Excelentes noticias, lo interrumpió el Gordo, y añadió, sin lugar a réplica: ahora escúchame con atención. Vas a irte por donde llegaste, hasta donde mierda sea necesario, y vas a volver con esos relojes. ¿Está claro? Nosotros nos inventaremos cualquier cosa, mientras tanto, quizás diremos que los empeñaste, o que los tienes guardados en algún lugar especial, o algo por el estilo. Pero tienes que traerlos de vuelta cuanto antes. Y no se te ocurra confiarte, o hacerte el pendejo, o desaparecer. Esta gente no es cojuda, y saben del accidente que sufrió tu hermano pero...

—Yo mismo te romperé los huesos si es que no traes los relojes —dijo el Rubio.

—Ahora, anda —enlazó el Gordo, y levantó al Nicoya de un tirón, alzándolo de las solapas.

El padre Filomeno despidió a las señoras de la cofradía sin sacar las manos de la casulla. Las vio alejarse con su andar cabizbajo, contraídos los cuerpos que avanzaban dócilmente, a través del portón de la iglesia. Se volvió entonces para acomodar las vinajeras del altar. Una vez que las hubo guardado, pasó la puntera del zapato por la alfombra que cubría la cripta. No había rastros de polvo o tierra, ni bultos que indicaran que la alfombra había sido recogida. Aliviado, se dirigió a la sacristía. Colgaba la casulla en el perchero junto al escritorio, cuando escuchó una voz a sus espaldas:

—¿Estuviste con alguien en tu habitación?

—¿Tereso? —sonrió el padre Filomeno—. No te vi. ¿Cómo entraste?

—¿Estuviste con alguien? —repitió el hermano Tereso.

—¿Qué dices? No, por supuesto que no.

El hermano Tereso mantenía un gesto inquieto en la mirada, las pupilas extenuadas en sendas ojeras. Lamparones de sudor cubrían su hábito a la altura del pecho y la espalda. Comenzó a moverse de un lado a otro, sin alzar los ojos, las manos zumbando como moscardones.

—¿No te da vergüenza?

—Un momento —dijo el padre Filomeno, y cerró la puerta de la sacristía.

—Es que vi algo en la iglesia, y fui a tu habitación...

—¿A qué hora? ¿Fuiste a mi habitación?

—Era tarde. Y escuché voces.

El padre Filomeno arrugó los ojos.

—No es posible. ¿Por qué no tocaste?

Un rayo de luz se filtraba desde el altillo en la penumbra de la sacristía. Nubecillas de insectos zumbaban contra el ventanuco que daba al jardín. El hábito del hermano pareció encogerse cuando se sentó en el divancito de patas felinas que decoraba el salón.

—Todo esto es por el nieto de la señora Pascuala, ¿no es verdad?

—No lo entiendo —dijo Tereso—. ¿Por qué me mientes? Estabas con alguien, lo escuché.

—Nada de eso —lo arrulló el padre Filomeno—. ¿Por qué lo recibiste? Ya sabes que te hace daño recordar esas cosas.

—¿A mi sobrino? —dijo Tereso—. Ya te lo dije. Algo pasa con la señora Pascuala.

—Son solo recuerdos —dijo el padre Filomeno, y se acomodó junto él—. ¿Para qué ahondar en las tristezas, Tereso? Era obvio que el muchachito iba a perturbarte. Debimos haberlo previsto. ¿Te mencionó acaso a tu padre? ¿Estás teniendo vergüenzas? Cada vez que repasas la historia de tu hermana comienzan los insomnios, las pesadillas. Recuérdalo, pasó lo mismo hace meses... —suspiró—. ¿Cómo si no escucharías algo en mi habitación, ahora, si estuve completamente solo? Déjame preguntarte: ¿Pudiste descansar? ¿Estás durmiendo bien? Oh, no debiste recibirlo, Tereso.

Su voz ronroneaba como un murmullo, como un susurro muy quieto. El hermano Tereso le rehuía los ojos, aunque, por ratos, los cerraba, y balanceaba el cuello hacia atrás, arrullado por las caricias que lo calmaban dócilmente. Al fin, alzó la mirada, y se encontró con el reflejo gris que imantaban las gafas del padre Filomeno. Entonces las barbas le rozaron el mentón. Intentó desviar el semblante, con la duda de si las puertas tenían seguro, pero acabó cediendo, finalmente, y se dejó ir. El beso fue prolongado y silencioso.

—Te prometo que esta noche estaremos juntos, desde temprano.

—Pero escuché voces —insistió Tereso—. Dime, ¿quién estaba contigo?

—Ya pasó —respondió el padre Filomeno—. Ya pasó, no pienses cosas raras.

Se dirigió al escritorio, acomodándose la caída del pantalón, y comenzó a trabajar en el cronograma de los arquitectos. El hermano Tereso permaneció sentado. Auscultó por unos minutos la moqueta maltratada que cubría el parqué, calmándose, los ojos pensativos en el vientre.

—Tereso —dijo el padre desde el pupitre—. ¿Me pareció escuchar que habías visto algo en la iglesia?

—¿Qué? —dijo el hermano Tereso—. A Petronio, y a unos tipos cargando unos baúles, en los bajos del altar.

Las barbas respingaron levemente.

—Utensilios —dijo el padre Filomeno—. Usamos la cripta para las obras, también.

—¿A esa hora? ¿Eran obreros?

—Hablaré con Petronio, descuida.

—¿Pero sabes de quiénes se trata?

—Me lo dirá él —ensayó una sonrisa el padre Filomeno—. Y tienes razón. Es un despropósito que trabajen tan tarde.

—¿Qué te pasó? —dijo el Nicoya.

—¿Te refieres a esto? —dijo Jingo, señalándose el pómulo.

—¿Quién te chancó? —dijo el Nicoya.

Jingo desvió la mirada.

—¿La tienes? ¿Sabes si ya llegó?

Aguardaban junto al puentecito de madera que cruzaba la acequia. Bajo su arco de aguas menguantes, discurría la corriente con sus montículos de hojas enrevesadas, cáscaras de fruta y pegatinas. La ciudad entonces profería sus ronquidos nocturnos, el arrullo del mar entremezclado con ecos de aviones y sirenas lejanas. Una garúa tibia sacaba lustre a los prados del parque. Las calles silenciosas y vacías devolvían el matiz titilante del alumbrado que se acababa de encender.

—Sí —dijo el Nicoya—. Pasé por el mercado.

—No tengo mucho tiempo ¿Cuánto costó? ¿Sabes a qué hora viene?

—¿No tienes mucho tiempo? Mírate la cara. ¿Quién te ha reventado?

Jingo estaba por contestar, cuando advirtió los pasos sobre la hierba a sus espaldas. A través de las sombras quietas, reconoció el rostro encorvado, el andar renqueante del mendigo que los media de lejos, entrecerrando los ojos. Pero su aspecto había cambiado. Iba vestido con una camisa de mangas gruesas, guantes de obrero y anchos pantalones de tela. Su rostro también era otro. Las carachas que cubrían sus mejillas habían desaparecido. Un amague de peinado sacaba lustre a su cabellera. Era un hombre muy blanco, de grandes ojos grises, y atisbos de patillas que le bajaban por las orejas. Los saludó en silencio y casi sin abrir la boca, al tiempo que desplegaba las rodillas bajo el arco del puente. Descubrió la pequeña gruta que se formaba entre los fustes.

—¿Qué esperan? —repitió desde abajo—. Pueden verlos, arriba.

Jingo y el Nicoya cruzaron los ojos.

—¿Aquí vives? —dijo Jingo, apoyándose con la mano en el muro.

—Vivía —devolvió el hombre—. Hasta que el padre me dio trabajo.

—¿El padre Filomeno? —bajó también el Nicoya—. ¿Estás trabajando en el albergue?

El mendigo asintió sin decir nada. Descansaba en cuclillas sobre una colchoneta con manchas de aceite, la cabeza inclinada entre los hombros. Trozos de cajas cubrían la superficie de la pequeña gruta, por las que yacían desperdigados restos de papel higiénico, colillas de cigarros, crucigramas a medio llenar y botellas rasguñadas y vacías. La acequia arrullaba en torno con un murmullo tranquilo.

—Es mejor que lo dejemos ahí, muchachos.

—¿A qué te refieres? —dijo el Nicoya.

—A que puede ser peligroso insistir en lo mismo.

—No jodas —dijo Jingo—. ¿Ahora que tienes trabajo?

—Nada de eso —dijo el mendigo—. Es solo que el padre no es tonto, tiene contactos.

—¿Y eso no lo sabías? —dijo el Nicoya.

Le costaba respirar en el ambiente oloroso a orines y desagüe que desprendía la acequia. Se cuidaba de mantener el equilibrio con la postura mínimamente erguida, sin tener que apoyarse en el muro, dadas las telarañas que caían desde la techumbre.

—El dinero que esconde... —susurró el hombre.

—¿Qué tiene? —dijo Jingo.

—No es dinero suyo.

70

—¿Cómo sabes? —dijo el Nicoya.

—Porque es un asunto peligroso.

—¿No es dinero de la iglesia, te refieres?

—Exactamente —dijo el hombre—. No es dinero de la iglesia.

—Tonterías —dijo Jingo—. Serán donaciones.

El mendigo pareció quejarse:

—Es de gente con poder.

—¿Y eso quién te lo dijo? —preguntó el Nicoya—. ¿Eres espía, ahora?

—Tengo ojos —dijo el mendigo—. El padre Filomeno está metido hasta el cuello en algo grande.

Jingo chasqueó los labios.

—¿Para eso nada más nos llamaste, huevas? ¿No pudiste averiguar algo que sirva?

—¿Trajiste lo que te pedí? —dijo el mendigo.

El Nicoya hurgó en su morral. Sacó un bolso pequeño por el que asomaban los contornos de unas mandarinas. El hombre recibió el encargo como si se tratase de una ofrenda, formando una gruta con ambas manos. Retiró los envoltorios con sumo cuidado, dejando al descubierto un polvo brillante. Bañó en él la uña del dedo meñique, y se pasó los dedos por las encías. Entonces las sombras de su rostro se afilaron. Pequeños remolinos le nacieron en la piel a la altura de las sienes, y su boca de pronto se cerró, tensando mucho las mandíbulas. Asintió con apuro:

—Los llamé para decirles tres cosas. La primera, que Petronio ha cerrado los bajos con candados gruesos, nuevecitos —estiró las rodillas, se puso de pie—. La segunda es que el padre Filomeno guarda también un dineral en su habitación. Y pude ver este dinero. Estoy hablando de muchísima plata. A vista y paciencia de cualquiera, en su cómoda junto al velador. Sería sencillo sacarla.

—¿En qué cómoda, exactamente? —dijo Jingo.

—¿Y cómo diablos te metiste a su cuarto? —dijo el Nicoya.

—Y la última cosa que quería decirles... —continuó el mendigo—. Sonará increíble, pero creo que es maricón, el padre.

Su aseveración no tuvo respuesta.

—Eso es todo —concluyó, guardando la droga en el bolsillo de la camisa—. Por cierto, esta será la última vez que nos reunamos. Desde ahora, tengo un lugar en el barracón de los obreros.

Los dejó a solas con el rumor de las aguas sobre las que crepitaba todavía la garúa. Apoyado contra el muro, Jingo se golpeaba la frente con el dedo, los ojos como desanimados, absortos en la acequia brillante. El Nicoya fue el primero en reaccionar:

—Estoy en problemas. Y necesito la plata.

—Yo también estoy en problemas —dijo Jingo—. ¿Pero no escuchaste? ¿Qué haremos con los candados?

—Eso no es problema para mí —sonrió el Nicoya—. Habría que separarnos, más bien. Uno lo intenta en el altar. Y otro en la habitación del padre Filomeno, donde será todo más fácil. Ya después nos dividimos la plata.

—¿En la habitación del padre Filomeno? —dijo Jingo—. ¿Y cómo piensas meterte?

—Este huevas nos ayudará —dijo el Nicoya—. ¿No te das cuenta? Le gusta la cochinada.

—No estés tan seguro. ¿Será verdad lo que dijo? ¿Que el dinero no es de la iglesia?

—¿Qué te ha pasado en la cara, Jingo? ¿Con quién te has peleado?

—Nada, huevas —dijo Jingo—. Mi papá.

—¿Te pegó? —dijo el Nicoya—. ¿Qué hiciste?

—Después —dijo Jingo, despidiéndose—. No sé qué mierda pasa con Silvia.

—¿Hace cuánto dices que no la ves? —preguntó la señora Gertrudis.

Los faroles que iluminaban la terraza brillaban entre las aguas quietas de la piscina. La noche había disuelto las ramas de las palmeras con cocos maduros y, muy cerquita, casi de forma amenazadora, rugía la marea en las playas de Punta Hermosa.

—Hará ya diez días —dijo Silvia.

—¿Y qué dice la gente de la pensión?

—No saben nada. Nadie sabe absolutamente nada. Me han pedido que empaque las cosas de su cuarto. Lo van a desalojar.

—¿Tendría otro lugar en donde quedarse, Antonia?

—Imposible —dijo Silvia—. Todas sus cosas están ahí.

—Ya veo... —devolvió la mujer, alzando la copa que sostenía entre los dedos. Un mayordomo de guantes blancos emergió entonces desde el otro extremo del jardín. Recogió la copa en silencio, y desapareció por donde había venido—. Bueno... —continuó la señora Gertrudis—. Tú quédate tranquila, nomás. Estoy segura de que Antonia aparecerá. ¿Sabes?, segurísima estoy.

—¿Señora —inquirió Silvia—, por qué está tan segura?

La mujer sonrió con aire maternal.

—¿Que cómo estoy tan segura, dijiste?

—Puede haberle pasado cualquier cosa.

—Ay, hijita... —suspendió el cigarrillo en el aire—. Te lo digo por experiencia: todas estas marujitas se comportan igual. Para mentirosas y convenidas, no hay quién les gane.

Dejó el divancito de caña donde estaba descansando, y tincó el cigarrillo. Déjame que te cuente una anécdota sobre estas selváticas, suspiró cuando volvió a sentarse. La primera venezolana que contraté se llamaba Maribelita. La historia de siempre, figúrate: su familia lo había perdido todo, era la esperanza de sus padres y abuelos y primos, Chávez era, por supuesto, Satanás, una oportunidad me pidió con lágrimas en los ojos. Me llegó al corazón lo que me dijo cuando la conocí, te soy honesta, la bandida hizo que se me corriera el maquillaje. Así que la contraté nomás como modelo. A las semanas, sin embargo, le conseguí unas citas con unos mineros que habían llegado de China. Tonta yo, realmente. Debí haberlo pensado dos veces. Es que vieras cómo bailaba, hijita, tenía unas caderas, en el merengue era estupenda... Lo cierto es que a partir de ahí se dedicó exclusivamente a los chinos. Salía a todas partes con ellos, y hasta los acompañaba en los viajes a sus minas. Valgan verdades, cumplía con lo que le pedía sin quejarse. Y era todo terreno. Pero un día de esos, de buenas a primeras, desapareció. ¿Qué crees que hice? Ay, hija, cómo me preocupé, fui a la Policía, a los bomberos, a la morgue, puse avisos en la radio, en la televisión, y hasta conseguí el número de su familia en Caracas. ¿Y de qué crees que me vengo a enterar a los meses? Que a Maribelita le había gustado tanto el Perú, pero tanto le había gustado nuestro país, que quería ser una más de las empresarias peruanas. Claro que dedicándose a mi mismito negocio. Así como lo oyes, cáete del palto. Esta sinvergüenza comenzó a traer a otras señoritas de Venezuela con precontratos para echar a andar su empresita de acompañantes en Lima, ofreciendo mis mismos servicios, y todo a mitad de precio. Y los chinos la han vuelto millonaria. ¿Entiendes ahora a lo que me refiero? ¿Ves lo que le enseñan a una los años? Por eso te digo, mamita, no me cansaré de repetirlo: mal hace nuestro país en recibir a estas gentes que tienen tan poco sentido de la lealtad y la gratitud. Nosotros como siempre nos desvivimos por los extranjeros. Ay, es que nuestro país, también, tan generoso...

—¿Señora Gertrudis? —volvió a acercarse el mayordomo, esta vez con un teléfono bajo el brazo—. Disculpe, mi señora, pero tiene una llamada.

—¿Por qué interrumpes, Gabrielito? ¿Quién es?

—Señora —titubeó el mayordomo—. Es urgente la llamada.

La mujer se volvió a Silvia.

—Cualquier cosita me avisas, entonces.

—¿Qué hora es? —atinó a responder Silvia.

—Y ya sabes... —asintió la señora Gertrudis, sin verla—, tranquilita nomás. Más sabe el diablo por viejo que por diablo. Acuérdate de mis palabras. Ya cuando aparezca Antonia me darás la razón —miró al mayordomo—. Tú, acompáñala a la puerta.

Silvia regresó al óvalo Bolognesi en un taxi que la vino a buscar. Caminó en puntas de pie desde la calle hasta la vereda, esquivando los surcos de agua que se habían acumulado durante la tarde. Abrió la mampara de la recepción sin hacer bulla. Avanzaba por el pasillo de paredes blancas y marcos barnizados de madera, cuando advirtió que la puerta de su habitación estaba entreabierta. Un tenue haz de luz dibujaba un trazo en la superficie alfombrada del corredor. Caminó lentamente, y se detuvo bajo el dintel. Dejó de respirar al advertir que las ventanas estaban abiertas, la cama destendida, los cajones en el suelo, la ropa y los zapatos desperdigados por todas partes. Entonces la puerta se cerró a sus espaldas. Alguien la tomó de los brazos.

—¿Se puede saber dónde estabas, pendeja?

—Dios mío... —susurró Silvia, tragando saliva—. ¿Jerónimo? ¿Qué te ha pasado?

—¿Dónde chucha estabas? —repitió Jerónimo, y su rostro se aclaró en la penumbra. Tenía los labios morados, los ojos enrojecidos y grandes, y un moretón en el pómulo.

—¿Qué haces acá? —dijo Silvia—. ¿Qué has hecho con la habitación?

—¿Me estás engañando, acaso? —la calló Jerónimo, y la empujó contra la pared—. ¿Dónde estabas? ¿Por qué no contestas mis mensajes?

Silvia encendió el interruptor de la lámpara.

—Qué has hecho en el cuarto, Jerónimo, Dios mío.

—¿Eres idiota? Lo mismo te pregunto yo a ti.

—No puede ser. ¿Qué hiciste? Estás loco.

—¿Qué chucha te pasa, más bien? Hace días que te escribo y nada.

—¿Me estás diciendo que alguien se ha metido en la pensión? —dijo Silvia.

—¿Qué has estado haciendo? —repitió Jerónimo, y volvió a tomarla de los brazos—. ¿Olvidaste que tengo llaves? ¿Pensaste que podrías engañarme?

—Tenemos que ir a la Policía, por favor. Mira cómo han dejado mis cosas.

—¿Para hablar de tu denuncia? —dijo Jerónimo, alzando un papel—. Encontré esto en tu mesa de noche. Estás llena de secretos, Silvia, puta madre.

—Por favor, acompáñame a la Policía —insistió Silvia.

—Explícame lo que está pasando, primero.

—Necesito que me acompañes a la Policía, Jerónimo.

—Pronto me buscarán en mi casa... —dijo Jerónimo—. Además, tú no sales de acá si antes no me explicas quién es Antonia Pineda, Silvia, y más te vale que seas honesta.

Guarecido en una duermevela apacible, alcanzó a distinguir el bullicio de la calamina cerrándose en el comedor. Recordó entonces la celebración dominical de la Candelaria. Los niños estarían bajando seguramente a la iglesia del asentamiento. Como sucedía cada domingo, sin embargo, su esposa lo había dejado dormir hasta pasadas las doce, pues consideraba que el único día en que podía acostarse en un colchón propiamente dicho era el domingo, y tenía derecho a disfrutar. Pero a él le resultaba difícil volver a dormirse, cuando ya se había despertado. Así pues, se desperezó en un bostezo, apoyó los pies descalzos en las mayólicas con que su esposa había renovado la casa. Se calzó el traje con corbata que reservaba para los días festivos, con el prendedor de la Virgen en el pecho, y descendió por la cuesta de arena. Antes de girar en la esquina, sin embargo, se detuvo.

—¿Pumacahuac Chumpi? —escuchó gritar a sus espaldas.

Junto a unos niños que aguardaban en la cuesta, vislumbró la figura de un hombre.

—¿Petronio Pumacahuac Chumpi?

—Sí, señor. ¿Quién es usted?

—Cholo, ¿no me reconoces?

Petronio distinguió en el semblante que tenía al frente la silueta corpulenta de otras épocas. Los labios encarnados dejaban entrever una sonrisa, pero apenas, compasiva y astuta. El rostro tenía una cicatriz muy gruesa que lo cortaba por la mitad. Los ojos titilaban como antes, sin embargo, estaban felices, y la voz era idéntica.

—¿Teniente? ¿Es usted, mi teniente?

—Pumacahuac Chumpi —lo abrazó el hombre—. ¿Quién más, pues?

—Qué sorpresa —hizo sonar los talones Petronio.

—Mírate, carajo, si estás idéntico.

—También usted, mi teniente.

—¿Y esto? —se señaló la cicatriz el hombre.

—¿Quién lo ha rajado, mi teniente?

—¿Tendrás un minuto, cholito?

Petronio volvió la mirada a su casa. Levemente ruborizado, asintió:

—Irlo a mi casa podemos. Pero austera es.

—Subamos —dijo el hombre—. Aunque tu familia, ¿está?

—No —dijo Petronio—. La Candelaria es hoy, mi teniente, a la misa hace ratito se han ido.

Se acomodaron en las sillas plásticas que amoblaban el salón de ladrillos sin estuque. Petronio sirvió dos vasos de Inca Kola, y contempló al hombre que lo miraba sin dejar de sonreír. En efecto, una cicatriz amarillenta le cruzaba la nariz de lado a lado. No lo recordaba tan lastimado, pero pensó que la guerra había continuado tras su servicio, lo habría herido alguna esquirla. Se sentó junto a él.

—¿Sabes? —dijo el hombre—. Estuve recordando a los hombres de la Túpac Huallpa.

—Tantos recuerdos de la división, señor.

—Parece otro mundo, ¿no es verdad?

—Harto ha cambiado todo, pues.

—Y pensando en algunos nombres, me acordé de ti.

—¿De mí? —dijo Petronio—. ¿Ayuda necesita?

—Éramos diferentes —dijo el hombre—. ¿No te parece, cholito?

—¿Diferentes? ¿En qué sentido? Claro, claro, señor.

—La mejor división del Ejército —aplaudió el hombre—. Y me vino a la mente la historia esa del Magdalena.

El rostro de Petronio se oscureció.

—¿La historia del Magdalena, mi teniente?

—¿Es verdad lo que sucedió en el río?

—¿En el valle del Huallaga?

—A orillas del Magdalena, sí.

—Harto nomás se ha hablado sobre eso.

—¿Y es cierto, o no?

—¿Qué quieres saber, pues?

—El problema que tuviste con la Marina.

Los ojos azules del capitán Doig se materializaron en el recuerdo de Petronio. Era un hombre de cabellos negros y mejillas coloradas, con grandes manos blanquísimas, sus botas parecían dos troncos. Una sensación de calentura y nervios le subió entonces por la espalda. Insolado su cuerpo por el sol y sarpullidos los brazos por las picaduras, venían marchando desde el puesto avanzado de Umachiri, quince kilómetros río abajo por el Magdalena. Él iba al frente, cargando el pesado rifle, y atrás suyo caminaba la fila de prisioneros esposados, atados del cuello con sogas. Los comandos de la Marina habían arrebatado aquel sendero a los subversivos tras fuertes combates, cercados como estaban más allá de los Andes, y esperaban entonces su relevo. Petronio escoltaba a los prisioneros a través de los racimos de hombres que fumaban en silencio, sus barbas tristes reluciendo entre los rayos filtrados por los árboles. ¿Cuántos oficiales habría? ¿Diez? ¿Quince? Entonces escuchó los primeros pasos. El capitán Doig se había levantado. Salió a su encuentro con andares inestables, como tambaleándose, los ojos muy líquidos. ¿Estaría bebido? Uno por uno, alzó el rostro de los detenidos, tocándoles el mentón con un palo astillado, hasta que se detuvo en las tres muchachas que cerraban la fila. Compartió entonces una mirada con su segundo. Y pidió que las prisioneras pasen a custodia de sus hombres, que se encargarían de escoltarlas el resto del trayecto. Petronio, sin embargo, se opuso. Anunció que tenía órdenes de entregar esa cuadrilla en el puesto de Yanay, mi señor capitán. Sin alzar la voz, Doig contradijo sus órdenes y dispuso que un sargento desatase a las muchachas. Pero Petronio se interpuso en su camino. Explicó que los prisioneros de su responsabilidad eran, mi señor capitán, según había dispuesto el comandante Quispe, y que a nadies dejaría que los detengan a las señoritas porque su deber protegerlos era. Sonriendo con aire indulgente, Doig se volvió a sus hombres. Dos comandos se acercaron y redujeron a empujones a Petronio en el fango del río. Lo golpearon con tal ensañamiento que tardó varios días en abrir nuevamente los ojos. Advirtió, sin embargo, el rugido de las hélices en el cielo, esa misma noche.

—¿Era el almirante Castillo? —interrumpió su relato el hombre.

—El almirante Castillo, sí señor.

—Y llegó con los relevos de la Túpac Huallpa, según tengo entendido.

—Con sus relevos más de los marinos. Es correcto, señor.

—Y seguro te liberaron al toque.

Petronio se besó el prendedor de la Virgen que llevaba en el pecho.

—Gracias a la Virgencita —susurró.

—¿Y por qué lo hiciste?

—¿Señor?

La cicatriz del hombre se torció en una mueca de curiosidad.

—¿Por qué defendiste a las terrucas?

—Porque no es de cristianos abusarse de mujeres, señor.

El cacareo de unos gallos se coló por la ranura de la calamina. La brisa que surcaba los callejones estaba impregnada de arenilla suave, y de los aromas empedrados del desierto. Apenas por un instante, la corriente trajo consigo el eco de las plegarias en la iglesia. Petronio se animó a preguntar:

—¿Para eso nomás me lo has visitado? ¿Por qué querías saberlo esa historia?

—Porque te tengo confianza —devolvió el teniente—. Eres un hombre bueno.

—¿Y usted cómo ha estado? De tiempo, pues, que no lo veo.

—¿Yo? Los años no pasan en vano, Petronio.

—¿Es cierto que a la cárcel lo metieron?

—Cometí errores —dijo el hombre, palpándose la cicatriz.

—¿Y ahora qué está haciendo?

El hombre aguardó un instante.

—¿No es obvio? —asintió en silencio—. Pedirte que me ayudes.

Abraxas tomó el desayuno como de costumbre: avena con leche, huevos, y un vaso de jugo de naranja. Luego se despidió de su abuela, estaba tardísimo para el colegio, y cerró de un golpazo la puerta. Se escabulló de regreso por el jardín y aguardó en el umbral del salón hasta que sintió los pasitos en la cocina. La señora Pascuala horneaba galletitas de chocolate, una torta de choclos, cantando feliz una canción. Abraxas subió las escaleras en puntas de pie. Como había anticipado, tocaron el timbre. La voz de un hombre irrumpió en la casa como un ventarrón. El tal Remigio era un anciano grande y de hombros alzados, la cabeza regada de canas, que sonreía con maneras de caballero. Llevaba unas gafas en la punta de la nariz y, además de su maletincito, un ramo de flores. Se sentó junto a la señora Pascuala en los divanes de la sala. Abraxas fue incapaz de escuchar su conversación, aunque reconoció el crujido de los periódicos que se abrían. Los sintió finalmente dirigirse por el zaguán a la calle, y la casa quedó en silencio.

Sobre la mesita con adornos de velas y ceniceros de plata yacían los recortes de prensa que daban cuenta del asesinato. Antiguas fotografías mostraban a una muchachita enfundada en su traje de primera comunión, acompañada de un militar que la tomaba de la mano. El hermano Tereso, entonces solo un niño al que le quedaban ridículos el trajecito y la corbata roja, contemplaba el altar desde los brazos de su madre. Abraxas alzó el maletín con que había llegado Remigio. En su interior había un cartapacio de documentos, un plano a carboncillo de lo que parecía ser una casa, y un paquete de tela que habían cerrado con una hilera entreverada en un nudo. Abraxas desplegó el cartapacio sobre la mesa. Leyó brevemente el informe sobre la muerte de María del Carmen: presunción homicidio, causa terrorismo, interrogatorios DIRCOTE, evidencias del Ministerio Público; y el historial de un teniente expulsado del Ejército, y posteriormente condenado a prisión. Sostenidas con un broche en la parte superior de la primera página, había también una serie de fotografías actuales, tomadas al mismo hombre, en lo que parecía ser una barriada de las afueras de Lima. Abraxas acercó los ojos. El hombre tenía el rostro marcado por una cicatriz a ambos lados de la cara. Una de las secuencias lo mostraba fumando un cigarrillo al volante de un automóvil, y otras lo captaban charlando con un grupo en un pasaje colmado de escolares, y en lo que aparentemente era la barra de una pollería, con el fondo de un cerro con casitas de colores. Abraxas intentó destrabar el nudo que cerraba la tela cuando escuchó que abrían la puerta. Devolvió como pudo los documentos y el paquete al maletín, y emprendió la carrera al segundo piso. La puerta, sin embargo, se abrió cuando aún no llegaba a las gradas. Enfrentado a la luz de la calle, quedó inmóvil, y distinguió una silueta que lo miraba desde el dintel.

—¿Abraxas? —palideció el Nicoya.

—¿Nicoya? —respondió Abraxas—. ¿Qué haces aquí? ¿Cómo abriste la puerta?

—Te estuve esperando en el paradero —tragó saliva el Nicoya. Le temblaban los labios, parecía nervioso—. ¿Qué ha pasado? ¿Por qué no has ido al colegio?

—¿Por qué mierda te metes a mi casa, Nicoya?

—¿Qué? —vaciló el Nicoya—. No, perdona, solo quería...

—¿Has visto a mi abuela? —lo cortó Abraxas.

—Pensaba que estabas enfermo.

—Cierra —dijo Abraxas—. ¿Has visto a mi abuela?

El Nicoya dijo que no, y cerró la puerta.

Siguiendo al pie de la letra las indicaciones de Jerónimo, Silvia enrumbó a la avenida Larco por los altos abismos del malecón Cisneros, y se trepó a un autobús en el paradero de la avenida Benavides. Pronto estaba ante la casa de su padrastro.

—¿Señorita? —le abrió una mujer mayor, los dientes manchados de tabaco, con un plumero en el mandil celeste.

Pequeñas máculas de sudor oscurecían su uniforme a la altura del cuello y las axilas. Se llamaba Marisa y limpiaba, señorita, desde hace tiempo la casa los jueves. ¿Está mi padrastro? No, señorita, había salido al mercado. ¿Necesitaba algo con urgencia, señorita? Silvia desplegó una sonrisa mentirosa, y se dirigió con premura a la habitación principal. Tras cerrar la puerta a sus espaldas, quedó inmóvil ante el camastro con espaldar de madera, las mentirosas fotografías familiares felices, inamovibles como de costumbre de su posición en la mesa de dormir. Una sensación de humedad viscosa le subió por los dedos de los pies. El espinazo de miedo fue inmediato. Pestañeó, mareada, y se apoyó en la pared. La cama yacía destendida. Hizo con la mano un gesto con la intención de repeler el aroma que brotaba de su cuerpo. Nada, apestaba, olía muy fuerte. Y apreciaba cómo, desde su cadera desnuda, ascendía la estrechez de su muslo flexionado y brillante, y sus pies tenían la apariencia de dos guirnaldas, los talones tintineando como pececitos sobre un pecho henchido de sudor. Los dedos humedecidos de una mano de uñas turbias encadenaban como grilletes sus rodillas. Se supo recostada cuando quiso moverse y las sábanas se adhirieron a su espalda. El sudor le abochornó las mejillas. A la altura de su tobillo, reconoció los ojos vidriosos y pálidos que la miraban con gesto adormilado, los labios como tirabuzones que lamían sus pies. ¿Te gusta, pendeja? Lo odiaba.

El alivio que sintió al encontrar su pasaporte ahuyentó de un plumazo esas imágenes. Entonces recordó a Jerónimo, nuevamente impelida por un mareo que la hizo suspirar, y se cuestionó el motivo por el que había decidido esperarlo para encontrarse con su madre en España. ¿Creía realmente que sería capaz de conseguir el dinero para los pasajes, tal y como le había prometido con los ojos llenos de culpa por haberla empujado? Es que en este país no se puede hacer una mierda, razón tenía el profesor Espada: aquí, no importa donde mires, brota el pus. Ella permaneció en silencio, atenta al bullicio de la empleada en las escaleras. ¿Te habían expulsado del colegio? Yo también estoy en problemas, Silvia, y como estés diciendo mentiras... ¿Ir a la comisaría? ¿Para que se burlen de nosotros, esos tombos que no sirven? No quería ir a la comisaría, pero le paraba los pelos de punta que se hayan metido a la pensión. ¿Escuchaste, Jerónimo? No podía dormir, no podía descansar, se moría de miedo. ¿Y si le pasaba algo, Jerónimo? Tenía los crespos hechos, Jerónimo. Cállate, mira, tengo una idea. ¿Dónde vivía tu mamá? En España. ¿Y no te gustaría mudarte? Yo no pienso volver a mi casa, mi viejo me tiene reventado, prefiero vivir en la calle. ¿Estás hablando en serio, Jerónimo? ¿A España, Jerónimo? Sentía todavía los ojillos despiertos que la miraban conforme inventaba una historia sobre Antonia y la ocasión en que se habían conocido. ¿Una amiga del instituto? ¿De Buenos Aires? ¿Que había llegado por trabajo? Jerónimo ocultó el rostro entre las manos, hasta que asintió finalmente como aceptando su derrota o su confusión o simplemente claudicando, y la abrazó: a España, pues. A partir de ese momento, ella compartió todo con él —a excepción de la verdad— y se ocupó de ordenar la habitación que a todas luces había sido intervenida por alguien que, por cierto, nadie en la recepción pudo ver o siquiera escuchar. La vocecita inquieta de la empleada interrumpió sus recuerdos. Elevaba el plumero en el umbral de la habitación entreabierta, señorita, ¿buscaba algo entre las cosas del señor?, pero ella ni se molestó en responder, volvió sobre sus pasos a la puerta. El aroma del parque con sus flores azules le calentó la frente salpicada de gotitas y nervios, y se sintió más tranquila.

Petronio fue incapaz de cerrar los ojos. Mientras aguardaba el amanecer, guarecido del frío en su frazadita de polar, pensó por un instante que sus recuerdos lo envolvían entre sueños, aunque podría jurar que lo engañaban, pues sentía su cuerpo y sus manos al acurrucarse en la silletita, y el ardor que le producía el calor en los ojos cuando lo asolaba el insomnio y no podía dormir. ¿Cómo así respiraba, entonces, aún como en los años que pasó sumido entre los bejucos forrados de espinas, el aroma de la pólvora y los paiches que ahumaban a orillas del Magdalena? La visita del teniente hacía unos días había despertado sus memorias, claro que antes los malos que los buenos recuerdos, y el crujido de los golpes que recibía en el rostro lo acompañó al acostarse. Abrió los ojos asaltado por el frío de la madrugada, y tenía las yemas de los dedos mojadas, y el reloj marcaba las tres. Dejó la caseta de vigilancia sin hacer bulla. Los jardines dormían plácidamente, reluciendo bajo la noche que hedía a herrumbre, a fierros y brea. Todas las ventanas de los edificios estaban apagadas. Entró a la cocina de grandes calderas empujando apenas la cerradura, por el lado más oscuro del fogón, que conectaba con las bateas de la lavandería. Alzó el bidón de agua, dos latas de leche y arroz hervido, una bolsa de pan, atún en conserva, y un poco de los huevos revueltos que habían dejado las señoras para el desayuno. Asomó el cuello por el umbral de la puerta: estaba solo. Cargó los pertrechos y salió al jardín. No tuvo problemas en ocultarlos bajo unas cajas en la caseta de vigilancia. Intentó dormirse en la silletita, cruzó los brazos bostezando. El silencio entonces recreó todas sus dudas. ¿Había creído en las palabras del teniente? No, hasta que una foto de la muchacha se lo ha mostrado. Su voz entonces asintió: ¿por qué te sorprendes, Petronio? Si a las mujeres les pasan cosas como estas todos los días, y más aún en nuestro país, donde apenas se respeta nada. Y si no quieres creerme: ¿cómo crees que acabó Doig, después de que te lo cruzaste en el Magdalena? Él no lo quiso respondérselo a esa pregunta. No es posible eso, teniente. No es posible, y se frotaba los ojos lleno de incredulidad: no es posible eso, teniente, no es posible. Mira, cholito. Leyó el recorte de un periódico: Aurelio Doig había ganado un escaño congresal en las elecciones. No es posible tanto injusticia en el Perú, señor. Quizás aquel injusticia, más que cualquier otro, se lo ha impulsado a creérselo, y a creérselo con decisión en su historia del teniente, y a dedicárselo a salvarlo esa vida que él le había dicho. Pensó: no es de cristianos abusarse de mujeres. Por esito nomás para ayudarlo al teniente se lo ha pedido un permiso al padre Filomeno, volverlo por la tarde al asentamiento pidiendo, aquel mañana. Mi hijo tenía visita médica en el seguro, padre. Le dolía su barriguita, algo en la escuela podrido se lo había comido, padre. Y así pues el padre lo había dado el permiso, y mientras trepaba por la cuesta con los bidones de agua, unas ollas pequeñitas, unas cuantas bolsas de arroz y menestras, se lo pareció cruzárselo con las lavanderas que trabajaban con su esposa. Lo miraron con sospechas nomás, cada que lo subía comidas, frazadas, hasta un televisor pequeñito que se lo había conseguido en ambulantes para ayudarlo al teniente, con sospechas hartas de las mujeres cada vez. Y lo he pensado, pues, hay veces cuando me lo he caminado por el desierto tan solo, cuando me lo he dormido en la casetita molido, quizás la verdad a tu esposa debes decírselo, Petronio. Pero rápidamente no, no, me lo he dicho también. Mi mujer jamás se lo creería en su historia esa del teniente. Algún vicio seguro lo encontraría, mañoso Petronio diciendo, malas intenciones has tenido diciendo, mujeriego diciendo. ¿Y si conocerlo a la señorita quería su esposa? Imposible, no, mejor calladito así, mejor calladito, Petronio.

Avanzaba por el suelo de tierra, sorteando los vasos de plástico con restos de escupitajos y pepitas, en dirección a la mesa donde estaba el Nicoya. En alguna parte, probablemente a espaldas del rústico madero que hacía las veces de barra, cacareaban unas gallinas. Un anciano de mirada rígida contemplaba el reflejo de su vaso, imantado por un chorro de luz que se colaba por la calamina entreabierta. Salvo la jovencita que limpiaba las mesas, la mayoría de los comensales vestía overoles azules, manchados de grasa.

—¿Aquí almuerzas? —dijo Jingo.

—A veces —dijo el Nicoya—. Cuando mi vieja tiene que hacer.

Jingo encendió un cigarrillo.

—Estoy jodido de tiempo. Mis viejos no saben que estoy acá.

—Obvio, si te tiraste la pera del colegio.

—Seguro... —suspiró Jingo—. ¿Hablaste con Abraxas?

—Sí, pero olvídalo. Tiene la cabeza en otro lado.

—¿Abraxas? No entiendo.

—Lo busqué ayer y, por más que le hablaba y le hablaba, está en otra cosa.

—¿Se lo dijiste? ¿Sabe que lo intentaremos?

—No —dijo el Nicoya—. Y quizás sea mejor así. Al final, habrá más para los dos.

El aire estaba envenenado por el humo de las frituras que salían de la cocina. Una morena de rizos castaños y acento extranjero se acercó a la mesa sonriendo, y se ofreció a traerles algo de beber.

—Puta que están ricas estas cojudas —dijo el Nicoya.

—Es venezolana —dijo Jingo—. Lo que cobrará, pobre.

—A la mierda —dijo el Nicoya—. Ojalá llegaran otras. Las peruanas son una patada en los huevos de feas.

Jingo miró su reloj.

—¿Cómo lo haremos? ¿Esta noche? ¿Mañana?

—Antes cuéntame. ¿Por qué te pegó tu viejo?

—Ah, me expulsaron del colegio.

—No jodas. ¿Por qué?

—No tiene importancia. El asunto es que me ha metido en el colegio militar.

El Nicoya arrugó la mirada.

—¿Me estás hueveando? ¿Te vas interno?

—Ya lo ves. Esta mierda me urge.

—No sabía nada. ¿Qué vas a hacer?

—¿Qué crees? No seré militar en mi vida. Prefiero que me atropellen.

—¿Te vas a escapar? ¿Y Silvia?

Jingo sonrió, mordiéndose los labios.

—Viene conmigo.

—¿Se lo dijiste, ya?

—Al grano, Nicoya —dijo Jingo—. ¿Qué has pensado? ¿Cómo lo haremos?

La muchacha volvió con dos botellas de cerveza, y el Nicoya bebió la suya de un tirón. Respondió entonces, limpiándose la espuma de los labios: tienes razón. Escúchame bien. Sabemos que hay dinero en dos lugares del albergue, la habitación del padre Filomeno, y en los bajos del altar. Aquí, aparentemente, han instalado unos candados jodidos, así que me tomará algún tiempo abrirlos. En fin, esta es la idea que se me ocurrió. Vamos a darle al mendigo mi teléfono, para que nos comparta el instante en que el cholo va a la cocina a recoger su comida, y a esa hora trepamos el muro. ¿Me sigues hasta aquí? Ya, tú te irás directito al árbol que está cerca del barracón donde viven los hermanos. ¿Lo ubicas? Sí, ese justo. Lo he inspeccionado de cerca, y si trepas puedes saltarte a la habitación del padre por la ventana. Tranquilo, huevas, no me interrumpas. ¿De qué te preocupas? Si el padre estará en el comedor con los hermanos. No, no tengo la menor idea de cómo tiene acceso el mendigo a su habitación. Qué chucha estará haciendo, no me preguntes. Pero es una oportunidad de oro, porque me ha dicho que puede dejarte la ventana abierta. A mí me dejará empujado el portón de la iglesia. Y cuando todos estén cenando, entonces te metes y sales con la plata, pero cuidado, te quedas en el árbol hasta que cierren el albergue para dormir. Qué importa si se hace tarde. Mejor. Claro, claro, tienes que llevar una mochilita. Yo mientras tanto estaré trabajando en la iglesia. Y, en el caso de que el cholo Petronio regrese, o el padre Filomeno por casualidad vuelva, se ha ofrecido a distraerlos si le conseguimos un poco más de droga. Además, el padre lo ha contratado para pintar los muros del albergue, ¿sabías? Podría pedirle ayuda a Petronio con los baldes de pintura en caso de cualquier urgencia. Es un plan que no puede fallar. Por donde lo mires, todos ganan, negocio redondo.

—¿Yo iré a la habitación del padre? No seas pendejo, Nicoya.

—¿Prefieres trabajar con los candados, a vista y paciencia de todos? Tu parte es la más fácil. El padre estará en el comedor, tendrás al menos una hora sin que nadie te moleste.

—¿Y si lo que dice el mendigo es verdad?

—¿Qué cosa dice el mendigo?

—Lo de la gente importante.

El Nicoya pareció burlarse.

—¿Estás huevón? ¿Acaso no sabes? Los curas tienen todo gratis, y, como no trabajan, no se les ocurre que les puedan robar. Eso sí, nos repartiremos la plata a mitas. Incluso si es que alguno no encuentra nada. A mitas, Jingo, no te pases de vivo.

Jingo se cruzó de brazos.

—¿No sería mejor poner sobre aviso a Abraxas?

—Mientras menos lo sepan, mejor. ¿Tienes miedo, acaso?

—¿Qué hablas? Si Abraxas quiere, es nuestro amigo.

—Está más confundido —dijo el Nicoya—. Piensa ahora que un viejo enamora a su abuela.

La risotada que se desató en una de las mesas interrumpió su aseveración. La muchacha que atendía se había sentado en las piernas de un obrero, inicialmente forcejeando y como si no quisiera, víctima de las burlas de los comensales que lo acompañaban. Aunque ahora parecía más cómoda, le quitaba de la boca el cigarrillo al obrero sobre el que la habían sentado, para fumar. El Nicoya se llevó las manos a la nuca. Estiró la cabeza hacia atrás, y cerró los ojos. Parecía inquieto. Sus rodillas comenzaron a temblar, e hizo un movimiento brusco con los hombros. Asintió finalmente, a baja voz:

—¿Sabes? Me apena todo esto. Yo también estoy en problemas.

—¿Qué pasó? —dijo Jingo—. No me contaste la otra noche.

—Olvídalo —suspiró el Nicoya—. Ojalá tengas suerte en lo que decidas hacer.

—¿Te guardarás el secreto? ¿No me vas a contar?

—¿Para qué? Complicaría las cosas, y no serviría de nada. Jingo entornó los ojos.

—¿Soy yo o te acabas de poner triste, Nicoya?

—Me da pena tener que hacer esto, nada más.

—¿Te da pena? ¿Por qué te da pena?

—Porque fue un placer haber sido tu amigo. Cuando te largues de aquí, me refiero.

—Seguiremos siendo amigos —rio Jingo—. Aunque es cierto, no nos veremos un tiempo.

—No lo creo —dijo el Nicoya—. No será lo mismo, después de mañana.

—¿Estás hablando en serio, Nicoya? ¿De dónde te viene la nostalgia?

El Nicoya inclinó la mirada.

—En todo caso, recuérdalo. A mí también me jodieron, y no fue mi culpa.

Oculto tras la columna del baño, Abraxas aguardó hasta que los pequeños dejaron el salón de clases. Emprendió entonces la carrera a través del corredor tachonado de florecitas y banderas peruanas, hacia el aula donde morían las últimas luces del atardecer. El hombre del hábito con capucha estaba de espaldas. A la luz de los rayos violetas que se colaban por las ventanas, su traje lucía raído, con motas desperdigadas de polvo blanco, seguramente del pizarrón. Recogía unos papeles en las carpetas del fondo silbateando una melodía. Respingó de susto cuando cerraron la puerta.

—¿Por qué me estás evitando? —dijo Abraxas.

—Hola —tembló el hermano Tereso.

—Si dijiste que me ibas ayudar.

—Tengo que irme —dijo el hermano Tereso.

—¿Pudiste hablar con mi abuela, o no?

—Para mí esto es muy duro, discúlpame.

—Seguramente —dijo Abraxas—. Pero no te irás a ningún lado.

—Oh, tengo que irme, lo lamento.

Abraxas, sin embargo, permaneció en el dintel. Reconocía en los ojos del hermano la mirada del niño de la fotografía que había visto esa mañana, encaramado en brazos de su madre. El hermano intentaba esquivarlo, moviendo apenas los labios, como si rezara para sus adentros.

—Ya sé lo que está haciendo el señor Remigio —dijo Abraxas—. Y no tiene nada que ver con mi abuela.

—No quiero saberlo —dijo Tereso—. Por favor, me esperan para cenar.

—Tiene que ver con el hombre que mató a tu hermana.

El hermano Tereso se mordió el dorso de la mano.

—¿Sabes? —dijo Abraxas—. Creo que lo están buscando.

—¿Lo están buscando? ¿De qué hablas?

—Y por eso visita a mi abuela, el tal Remigio, para sacar información.

—¿De qué hablas? ¿Quiénes lo están buscando?

—Este tipo, que ha sido militar, y seguramente también tu papá.

—¿Mi papá? ¿Conoces tú a mi papá? ¿Sabes la edad que tiene?

—¿No fue compañero del señor Remigio?

—¿Y eso qué tiene que ver?

—Por cierto, ¿hace cuánto que no lo ves?

—¿A mi padre? No es asunto tuyo.

—No, pues —dijo Abraxas—. Es asunto tuyo.

A través del ventanuco de la puerta, emergió el semblante oscurecido de Petronio. Giró la chapa con fuerza, y empujó hacia adelante. El hermano Tereso se escabulló al pasadizo. Se dirigió casi corriendo por las escaleras que conducían al primer nivel, y atravesó la cancha de fulbito, los débiles faroles que iluminaban el sendero en el jardín. Volvió la vista cuando estaba por atravesar el portón de la iglesia. Distinguió a su sobrino caminando muy rígido, tomado del brazo por Petronio, que lo llevaba a la calle. Entonces quiso rezar por algunos minutos, pero le fue imposible, no podía concentrarse. En la iglesia preguntó a una mujer qué hora era. Filomeno atendía hasta las siete en la sacristía, falta todavía. De todos modos, buscó la llave de su habitación que tenía para casos de emergencias. Subió las escaleras del edificio principal, casi en puntas de pie para evitar ser escuchado, y giró con delicadeza la chapa de la última puerta. A oscuras, se quitó los zapatos. Se percató entonces de que la luz del baño estaba encendida. Antes, sin embargo, advirtió que el cuarto apestaba a cigarrillos. Había en el velador una hielera, dos vasos, y un cenicero atiborrado de colillas. Un pantalón y una camisa con manchas de pintura yacían dobladas en la base de la cama. Al percatarse de los rumores que llegaban del baño, se acercó. Distinguió entonces, como envuelto en la bruma que ascendía desde la bañera, a un hombre desnudo. Estaba lleno de cicatrices en la espalda y los brazos, y tenía un sarpullido amarillento en los tobillos. Sus cabellos caían por la espalda, inclinado como tenía el rostro hacia el techo. Sostenía en una mano una botella, y de sus labios pendía un cigarrillo humeante. El padre Filomeno era la forma contrahecha, mínima, que, inclinada de rodillas, yacía a sus pies con los ojos cerrados.

—¿Esperaste mucho tiempo? —preguntó el Nicoya, acercándose.

El hombre le dirigió una mirada perezosa, volviéndose lentamente. Arqueó el cuello para escupir, y tincó el cigarrillo a la arena, no lejos de la orilla donde morían las espumas verdosas del tumbo. Vestía una bañera ceñida que parecía nueva, alpargatas de tela, y una camisa de algodón remendada en hilos de colores.

—¿Teníamos que venir hasta aquí? —mostró los dientes picados en una sonrisa—. Oye, ¿sabes cómo me llamo? Si vamos a trabajar juntos, al menos deberíamos conocernos. Tú te llamas Nicolás, ¿no es cierto?

—No me interesa tu nombre —respondió el Nicoya—. Hice una de dos, nada más.

—Melitón —dijo el mendigo, como si no lo hubiera escuchado—. Llosa, Melitón. Es un placer conocerte.

El Nicoya lo dejó con la mano en el aire, y se alejó dos pasos para contemplarlo.

—¿Y esa ropa de baño? —preguntó—. ¿Estás cobrando? ¿Así te paga el padre?

—No es tan malo —asintió Melitón—. Me ha comprado antibióticos y cremas. ¿Sabes? Ahora que lo pienso, te convendría conocerlo, Nicolás.

—No me llames Nicolás —lo cortó el Nicoya—. No te conozco.

—Todavía —sonrió Melitón—. Pero soy tu compañero de trabajo.

—¿Y qué fue lo que dijiste? ¿Quieres que vaya a conversar con el padre? ¿Para que terminemos de arruinarte? No te lo repetiré de nuevo. Si quieres tu plata, ten la boca cerrada.

—Sabe que necesitas el dinero, de todos modos.

—¿El padre Filomeno?

Un grupo de zambos mojados cruzó la orilla entre carcajadas.

—Creo que lo sabe por tu madre —susurró Melitón—. ¿Por qué pones esa cara? ¿Acaso no conoces el confesionario? Te sorprendería saber todos los secretos que el padre Filomeno conoce, de la gente que va a la parroquia. Sabía lo de su alquiler, y que los quieren correr del apartamento.

El Nicoya sacó un paquetito de motas verdes envueltas en una malla de ligas, y las lio en dos cigarrillos con papel de fumar. Encendió uno con un fósforo, y el otro con el que había encendido primero.

—¿Dijiste la verdad, anoche? —le entregó uno a Melitón—. Eso de la gente poderosa.

—¿Tú qué crees? —aspiró el pucho Melitón—. Me pediste que asuste a tu amigo, ¿no? Así él optaría por la habitación del padre, y tú por el altar. Solo por eso solté lo de los candados, y lo de los militares. ¿Me salió bien?

—¿Y lo del origen del dinero? ¿Crees que pertenezca a gente brava?

—¿Sigues pensando que son donaciones? —dijo Melitón.

—Esos pendejos reciben plata de todo el mundo. Me sorprendería que fuera otra cosa.

—Pues lo es —sonrió Melitón—. Pero no creo que sea un problema, a estas alturas. No, al menos, con el señuelo que tenemos.

—¿El señuelo? Ah, te refieres a Jerónimo.

—¿Pudiste convencerlo? ¿Por qué me dijiste que hiciste una de dos, solamente?

Mientras el Nicoya meditaba su respuesta, unos pescadores se asomaron a la orilla arrastrando un cayuco de madera. Alistaban las redes, los cordeles y los anzuelos dándose ánimos para combatir el calor, salvo un hombre bajito y de gruesas pantorrillas, que se había alejado unos metros, y parecía medir la rompiente de las olas a lo lejos, y la fuerza del viento que soplaba en dirección del Callao.

—Jerónimo lo hará como quedamos. Pero lo otro, no pude hacerlo.

—¿Y por qué no?

—Lo intenté por la mañana, y no pude.

—Si te vi meterte en la casa.

—Es que estaba Abraham —dijo el Nicoya—. Es el nieto de la señora Pascuala, no sé cómo mierda estaba adentro, cuando debía estar en el colegio.

Melitón chasqueó los labios.

—¿Puedes intentarlo de nuevo? Una por otra, habíamos quedado. Yo actué de lo lindo delante de tu amigo. Y el padre Filomeno me pagará de su bolsillo por cualquier cosa que averigüe sobre la señora.

—¿Qué mierda quiere el padre con la abuela de Abraham, se puede saber?

—Ya te lo dije. Algo raro está pasando en la casa. Y el padre está preocupado por uno de los hermanos. Creo que hubo un accidente hace años, una jovencita murió. Y me pidió que le preste atención a la señora. Y también al viejo, ese que se hace llamar Remigio. A cada rato la pasa a buscar.

El Nicoya entrecerró los ojos, con los cachetes inflados por el humo.

—¿Te puedo decir algo? —preguntó Melitón, exhalando una bocanada blanquísima—. ¿Por qué no hablas con el padre? Échales la culpa a tus amigos por haberse metido en la iglesia, y si estás en problemas, pídele plata. Te evitarás así cualquier riesgo. Y ya verás que te dará una propina.

—¿Eres sordo? Ya te lo dije, no me vuelvas a decir Nicolás.

—Okey. Pero piénsalo, no sería mala idea.

—¿Por qué haría algo así? —lo cortó el Nicoya—. ¿Para que Jerónimo le diga que yo lo ayudé a meterse en la iglesia? Escucha las cojudeces que hablas. Una cosa es acusarlo. Y otra muy distinta que lo encuentren con las manos en la masa. Además, ya lo expulsaron del colegio, y lo metieron en el colegio militar. El pobre está jodido, no pueden joderlo más. Y ya sabes, yo necesito más que una propina. Por eso estoy haciendo todo esto. Carajo, estoy confiando en ti.

Melitón caminó hacia el mar, y restregó en la orilla las vendas que llevaba en los tobillos. Volvió a la arena, y se sentó, aplicándose una pomada entre los dedos del pie. El Nicoya mientras tanto contemplaba su puño henchido de arena. La dejaba caer entre los dedos, como si estuviera contando los segundos, los minutos, las horas. Al cabo de un instante, se levantó. Le entregó a Melitón su teléfono.

—Sabes lo que tienes que hacer, ¿no es verdad?

—¿En serio? ¿Vas a repetirlo?

—Quiero escucharte decirlo. Cojudo, puedes olvidarte las cosas.

—Cuando tu amigo me lo indique por el teléfono, y estén todos en el comedor... —comenzó a recitar Melitón—, abriré el seguro de la ventana del padre. Entonces bajaré a la cocina y pondré sobre aviso a Petronio y al padre, diciéndoles que me ha parecido ver a un muchacho colgado sospechosamente del árbol junto al edificio. De tal manera, cuando tu amigo se haya descolgado en la habitación, lo sorprenderán con las manos en la masa, y tú tendrás todo el tiempo del mundo en la iglesia. Y para esto, ya la noche anterior, yo habré dejado mis cosas hechas en el albergue. Así que ni bien encuentren a tu amigo y se arme todo el bolondrón, vendré volando a esta playa, y te esperaré para recibir mi parte.

—Y no puedes volver jamás al parque —lo cortó el Nicoya—. O a hablar con el padre, o con el cholo Petronio, o con cualquiera de los hermanos, o conmigo, o con Jerónimo, o con Abraham. Con nadie del maldito barrio. ¿Entendiste? Tienen que pensar que fuiste tú el que se robó la plata. Y si cumples tu palabra, nadie tendrá cómo buscarte. Eres inubicable.

93

—Ojo. Haré eso solo en caso me des mi parte, como quedamos.

—Te la daré —dijo el Nicoya—. Te la daré. Por eso no te preocupes.

—Entonces me haré humo. ¿O crees que me gusta vivir con el cura?

Cuando llegó al trabajo tras dejar a los niños en la escuela, las bateas rebosaban de espuma, el altoparlante mugía una cumbia a todo volumen, y sus compañeras habían comenzado a trabajar. Sus rostros cansados brillaban de sudor. Burbujitas de espuma pendían de sus pechos como luceros, como escarchas. Ella se acomodó en la batea que estaba libre, y buscó en su carterita los guantes de látex que le había comprado Petronio. Maldijo al percatarse de que los había olvidado. Exhausta, volvió a revisarse las manos. Se le habían formado muñones entre los dedos, y tenía las uñas quebradas.

—Te lo dije —escuchó decir a su derecha—. Era cuestión de tiempo para que nos invadan aquí también.

—¿Y qué esperas? —respondió alguien a su izquierda, una señora que lavaba con gruesos lentes en el rostro—. Si han tomado el país por asalto.

—¿Saben? —dijo la lavandera más abrigada—. No perdemos nada. Habría que decírselo al padre Zósimo.

—¿Para qué? —gruñó la del flequillo—. Seguro también le entra a la mañosería.

—Además —dijo la enguantada—. ¿No lo ampayaron la otra vez en el confesionario?

—¿Al padre Zósimo? —dijo ella.

—Eso es mentira —dijo la de lentes.

—Cómo mi esposo se atreva... —susurró la mujer que se cubría el rostro con un tapabocas—. Lo peor de todo es que han traído sus enfermedades de allá.

—Huácala —dijo la que lavaba con un cigarrillo en los labios—. Pero es cierto, así son en la selva. Su sangre caliente las traiciona.

—¿Y qué quieres? —respondió la de lentes—. Por quince o veinte soles, todito.

—¿Sabes cuánto cobran, acaso? —dijo la del tapabocas.

—Tu hermano debe saber —dijo la mujer enguantada—. Eso se sabe, entre hombres.

—¿No vieron acaso las noticias? —dijo la del cigarrillo—. Las tienen incluso encerradas, durante el día. Unos pocos tienen las llaves. Y en la noche...

—Pero no entiendo —la cortó la única que usaba mandil—. ¿Han abierto uno acá? ¿Están seguras?

La del flequillo bajó el volumen del altoparlante. Entonces, matizando su voz para ocultarla en el rumor de bateas y chapotes, susurró:

—Yo la he visto. La subían por la noche, a escondidas.

—Era la primera de varias, seguramente —dijo la del tapabocas.

—Así se las llevan —dijo la que fumaba—. De una en una. Y cuando te enteras, son veinte.

—¿Quién? —dijo la de lentes—. Quién la llevaba, me refiero.

—Un hombre que daba miedo —dijo la del flequillo.

—¿Tú también lo viste? —dijo la de lentes.

—Tenía los ojos inyectados en sangre, y una cicatriz en la cara.

—Esos son los peores —asintió la que fumaba—. Los proxenetas.

—No tienen perdón de Dios —dijo la del tapabocas.

—Y son también extranjeros —dijo la del flequillo.

—¿Y sabes dónde la dejaron? —preguntó la del mandil.

—Seguro está trabajando ahorita —dijo la del abrigo.

—En la última casa del Lote B —devolvió la gordita.

—¿Acá nomás en el asentamiento? —dijo la de los guantes.

—A dos cuadras de la bodega —se lamentó la de lentes.

—Todavía cerca del colegio... —añadió la que fumaba—. Si no respeta nada esta gente.

—¿Pero estás segura de que no era peruana? —insistió la del tapabocas—. ¿Cómo sabes de dónde era? ¿Acaso la has escuchado hablar?

—Ay, mamita —dijo la de lentes—. Las peruanas no son así.

—Estas están bien dotadas —reconoció la del cigarrillo.

—¿Bien dotadas? Hechas para el pecado nomás —dijo la gordita.

Siguieron lavando hasta que el atardecer acabó por silenciarlas. La mujer de los dedos maltrechos volvió sobre sus pasos a la cuesta arenosa. Caminaba con ritmo enjuto, sumida en la desesperanza y el hastío, y colmada de una sospecha que la ponía muy triste. Recordó entonces la primera vez que encontró el llavero en el velador, poco después de que le dijeran que habían visto a Petronio merodeando en el Lote B, cuando debía estar en el albergue. Las llaves concitaron de inmediato su atención. Relucían como si estuvieran recién pulidas, y eran distintas a las que el padre Filomeno le había entregado. Decidió de todos modos quedarse callada. No dijo ni hizo nada hasta que estuvo a solas, cuando regresó por la mañana tras dejar a los niños en la escuela, y pudo llevarlas a la feria de artesanos. Sacó un duplicado en un puestito. Solo entonces preguntó a su esposo por la función que cumplía aquel llavero. Vislumbró las lindes de su casa al final de las escaleras pintadas de amarillo, entre las sombras de la noche que caía, y recordó el cuento que le soltó sobre los obreros y las refacciones del padre Filomeno en el albergue. Pero Petronio no sabía mentir. Casi de inmediato, los labios empezaron a temblarle. Y su voz se tornó difícil, tartamuda, pues se le había secado la boca.

Aún con ese recuerdo entre los ojos, abrió la puerta y lo primero que hizo fue sacar el duplicado que tenía escondido bajo el colchón. Los niños avanzaban con sus tareas, echados en silencio, compartiendo la cama. Salió a la calle un instante para preguntarle a la vecina si podía darles una mirada, no más de quince minutos, por favor, es que había olvidado la bolsa con las caiguas en la tiendita. Entonces se echó a caminar por las callejuelas terrosas, los basurales desperdigados donde revoloteaban moscas y perros, en dirección al montículo de casas a medio construir que conformaba el Lote B. Se frotaba las llaves en los bolsillos, y tuvo miedo cuando el alumbrado público comenzó a escasear. La sombra de un gato pululaba junto al camino.

Y cuando se vigiló las espaldas, creyó adivinar las siluetas de animalitos que la veían pasar, ocultos entre las dunas.

Atravesó el candilito de aceite que iluminaba la bodega, y reconoció la construcción entre las casas de la derecha. Tenía el segundo piso a medio construir, con fierros desnudos que se perdían en la noche, y una puerta franqueada por dos ventanas circulares. La brisa del arenal envolvía aquel extremo del asentamiento en una fría quietud. Camino arriba, solo quedaban piedras inhóspitas, lotes de terrenos separados con estacas, y un crucifijo. La mujer se acercó a la puerta enarbolando el llavero con manos de miedo. Las protestas de las lavanderas bullían en sus recuerdos. El pulso le latía en las sienes. Ingresó la llave en el pomo esperanzada en que no quepa por la cerradura. Pero la llave calzó perfectamente.

Jingo ha olvidado la última conversación que tuvo con el Nicoya, los ánimos esperanzados de Silvia, la silueta de Petronio mientras se alejaba hacia las brasas del fogón. Y no recuerda tampoco lo que pasó después, cuando se escuchó dudar en silencio: se van a dar cuenta, se van a dar cuenta, para huevón que eres, Nicoya, a quién se le ocurre confiar en un drogadicto. Pero los hechos se sucedieron con rapidez, y se descolgó del muro raspándose las rodillas, y el Nicoya volaba a la iglesia, era esa sombra resuelta entre las oscuridades del jardín, con una cara de nervios terrible. Entonces volvieron a su mente con la brevedad de un respiro la sucesión de sus últimos días: la luz encendida que de pronto se apagaba en la casa del profesor Espada, los labios embadurnados de cerveza en el rostro del Nicoya, una ruma de prendas desperdigadas por la habitación y el baño de Silvia.

Recordaría, eso sí, la carrera que emprendió a través del jardín en dirección al árbol cuyas ramas rozaban el monasterio de los hermanos. Velaba su emoción con movimientos certeros y metódicos, desplazándose sigiloso entre los faroles desiertos, bajo el horizonte despejado de la noche. Pudo trepar por el tronco a pesar de sus dedos agarrotados, y se acomodó entre dos ramas espinosas, el rostro cubierto por el follaje áspero, atento a las voces del jardín. Alzó la mirada al cielo regado de estrellas y distinguió, en lo alto de la noche que empezaba, cortada en múltiples trazos por las hojas, el brillo de la luna. Fue entonces cuando escuchó un crujido en la ventana de la habitación. La silueta presurosa del mendigo liberó el picaporte desde el interior. Lo vio cruzar el jardín cuidándose las espaldas, cargando una maleta rugosa, y perderse finalmente en la vereda del parque.

Se descolgó en la ventana ni bien observó que el Nicoya cruzaba el portón de la iglesia. Los pies en la alfombra de la habitación, recordó su voz entre el bullicio de la cantina: estarán todos en el comedor. Tendrás al menos una hora sin que nadie te moleste. ¿Pero cuál era la cómoda, ahora? La cómoda es esa, cholo, a tu izquierda. ¿La viste? Era fácil, cholo, un negocio redondo, cholo. Y se escuchó responder: gracias, pendejo; al tiempo que se volvía hacia el mueble de madera que estaba junto al velador. Pero los cajones estaban vacíos. Todos estaban vacíos. Amable huevas, estaban vacíos. Y, sintiendo su corazón acelerarse con cada uno de sus pasos, los abrió y cerró varias veces, alterando inclusive el orden, pero jamás encontró el dinero. ¿Y ahora, cholo? Pensó, como dándose ánimos: no pierdas la calma, los billetes están en el armario, los ha escondido debajo de la cama, podrían habérselos robado, claro, esa es, y los tiene en los muebles del baño. Claro, cholo, claro, esa es.

El sordo murmullo de unos pasos que se acercaban por el corredor lo hicieron asomarse a la ventana. Sintió que el cuerpo se le desvanecía cuando advirtió que Petronio marchaba a la carrera en dirección al edificio. Entonces escuchó el crujido de las llaves en el pomo de la puerta. Alcanzó sin embargo a envolverse junto a la cortina cuando el padre Filomeno irrumpió en la habitación regada de prendas y cajones rebuscados. Un nudo de hielo atenazó su garganta, durante los segundos que siguieron a aquel instante memorable, cuando los ojos del padre se abrieron desmesurados y blancos, infladas las barbas por la sorpresa. Las gafas circulares se posaron sobre su rostro con la consistencia de dos piedras. Y a sus espaldas, en el dintel de la puerta, asomó el mentón corpulento de Petronio. Quedaron inmóviles ambos, guarecidos en una mirada de odio. Y él tuvo ganas de llorar, y por su mente pasó el aroma de Silvia, y la voz del Nicoya a su costado, que de pronto le decía, desde el humo trágico de la cantina, y sobre el fondo de obreros que reían: en todo caso recuérdalo, a mí también me jodieron, y no fue mi culpa.

Aguardó unos instantes tras la pila bautismal para cerciorarse de que la puerta de la sacristía estaba cerrada. Se acomodó el pasamontañas carnavalesco que había conseguido en el mercado de artesanías. Era uno de esos textiles con cuernos, muchos colores, y ranuras angostas para la boca y los ojos. El Nicoya respiró hondamente, atento al silencio de los altares, y aguaitó la cúpula arqueando el cuello por el borde de una columna. Todo estaba tranquilo. Nada parecía moverse. Una vela rojiza brillaba cerca del rayo de luz que bajaba desde la cúpula, en el muro a espaldas del púlpito. Echó a andar guarecido entre las sombras de los altares laterales, advirtiendo apenas la silueta de sus piernas que se perdían en la oscuridad. Pasó al lado de la fila de santos percatándose apenas de los ojos sombríos que lo miraban desde sus cúspides talladas. A su alrededor, la iglesia dormitaba en un murmullo fantasmagórico y débil, interrumpido de cuando en vez por un crujido en la fila de bancas, una gota de humedad que se desprendía desde las alturas de la nave central, o el zumbido del viento impactando contra los vitrales.

Cuando llegó al sagrario, se inclinó sumergiendo los dedos entre los desniveles de los tapices que alfombraban el altar. Los hombros y la nuca regados de polvo, cargó las pesadas moquetas en la espalda hasta la puerta de la sacristía. Tres candados nuevos, cuyo grosor superaba al candadito que encontró la última vez, habían sido adosados a la compuerta que cubría los bajos del depósito. Sus manos evolucionaron sosteniendo el alambrito, lenta y metódicamente, desprendiéndose de su rigidez nerviosa, y los candados fueron cediendo, uno tras otro, casi sin dificultad. Alzó la compuerta cargándola de las esquinas con cada mano. El chirrido de las bisagras retumbó en la iglesia con el estruendo de un vidrio que se parte. Vislumbró el orificio profundo, un agujero que apestaba a tierra fangosa, donde según su madre en épocas de la Colonia funcionó una catacumba de los españoles. Antes de descender, encendió su pequeña linterna, y de pronto se vio rodeado de costales oscuros, una suerte de muro inconexo y rugoso que rebasaba la superficie pequeña de la cripta.

La imagen de Jingo y Abraxas surcó su mente mientras alistaba la navajita que perteneció a Gregorio. Creía verlos todavía entre las sombras desperdigadas por el incienso, sus ojos expectantes y temerosos, atentos al portón que cerraba la nave central. El primer vestigio de los dólares lo hizo reaccionar. Había cortado el costal que tenía a su izquierda con la navajita, y sintió los latidos de su corazón acelerarse ni bien tuvo entre las manos un fajo del grosor de un ladrillo, organizado en billetes de cien. Llenó la mochila de dinero hasta que le fue imposible cerrarla. Pensó que tenía suficiente, aunque de todos modos se colmó de fajos los bolsillos del pantalón, las medias y la ropa interior y la chaqueta, y emergió nuevamente al altar. La iglesia permanecía desierta, las sombras en torno a las bancas inmóviles, la vela del altar con sus retablos de oro como suspendida en su brillo rojizo. Tanto que tuvo tiempo de cerrar la compuerta y el candado, y acomodar nuevamente la alfombra. Bordeó la iglesia en sentido contrario al sendero del jardín. Se saltó con los codos el muro. Emprendió la carrera a través de los prados del parque controlando apenas su respiración, las rodillas parecían temblarle. ¿Lo había conseguido? Tenía en el cuerpo más dinero del que podía contar. Pero no se sentía feliz. Se había detenido entre ahogos y con las manos en la cadera, sus pulmones latiendo como tambores, oculto entre las sombras del parque. Coqueteó con la idea de ir en ayuda de Jingo. No lo hizo, sin embargo, y se perdió en dirección a las playas.

II
La parte de los hombres

El ejecutivo que contemplaba los planos verdes sobre la mesa del despacho tenía el nombre de un emperador. Y, de cierta manera, en las formas gráciles de su cuerpo, en el brillo astuto que desprendían sus ojos, existía todavía un atisbo de aquella mezcla de momentos radiantes, ambiciosos, violentos, alegres, solidarios, impíos y románticos con que se forjaron los países del continente. Indudablemente, el ejecutivo, que medía ahora con un compás y una regla estilizada los alcances de su jungla en miniatura, calculando los límites a su explotación que mandaban los decretos, representaba también al tipo de hombres bien educados que décadas de crecimiento habían legado al país. Pero había algo más en el ejecutivo que enrollaba el plano con las concesiones de oro, al momento que alzaba el anexo del escritorio con una sonrisa delicada y triste. Había también algo más, en el paisaje marino que se colaba desde las mamparas entreabiertas y ventosas de la oficina, en aquella noche remota de estrellas azules, mientras el ejecutivo tensaba el rostro esperando una respuesta. Una voz irrumpió en sus cavilaciones, desde los mullidos sillones de cuero:

—¿Todo en orden? —dijo Iñigo, las piernas cruzadas, un cuaderno en el muslo.

—¿Llegó? —dijo el ejecutivo al teléfono—. Muy bien. ¿Está solo?

—¿Quién es? —siseó muy bajito Iñigo.

—¿Y te ha dicho el asunto? —dijo el ejecutivo.

Se volvió a su secretario y, con el rostro silencioso y severo, le pidió que se fuera. Antes, sin embargo, susurró: no lo olvides, la Banca Privada de Andorra. Iñigo tomó nota y salió. Bajo el umbral alfombrado de la puerta, entonces, aparecieron las charreteras de un uniforme verde olivo.

—General Cabanillas —saludó el ejecutivo, levantándose—. Qué placer, por favor, adelante.

El general dispuso el quepis contra el pecho y, con una leve sonrisa, descansó en los sillones. Tenía edad suficiente para haber pasado al retiro hacía mucho tiempo, era un viejo de ojos brillantes que contemplaba al mundo con suspicacia, los labios cerrados en una boca protuberante, acostumbrada a mandar. Un gesto extraño, como de vergüenza y disgusto, horadaba sus pómulos. Quedó en silencio, cruzados los brazos, tintineando con los dedos sobre la mesa:

—Tenemos un problema.

—¿Qué problema? —remedó el ejecutivo.

—Cómo decirlo, ahora...

—No me diga que quieren más plata.

—Se trata de su amiga, señor.

Aunque fingió una sonrisa, el ejecutivo alzó la botellita de agua mineral y sorbió un trago. Había empinado los codos. Enlazaba los nudillos, ocultando sus ojos.

—¿Qué problema?

—Ha vuelto a lo mismo.

—¿A lo mismo? ¿Cómo a lo mismo?

—Bueno... —suspiró el general—. De antemano, no son buenas noticias.

—¿Entonces? —dijo el ejecutivo.

—La muchacha... —tomó aire el general—. La muchacha ha participado en una de las fiestecitas, ¿me entiende?, las fiestecitas de Punta Hermosa.

—¿Las fiestecitas de Punta Hermosa?

—De esas que organiza la señora Gertrudis.

—La señora Gertrudis —suspiró el ejecutivo.

—Y hubo alguna gente de Chile. Y, bueno, ya se imagina lo que...

—Ahórrese los detalles —lo cortó el ejecutivo—. ¿Algo más?

El general resopló.

—Sí.

Abrió su maletín asiéndolo con torpeza de la empuñadura, y alzó unos papeles. Se había calzado las gafas en las sienes cubiertas de lunares, y revisaba los documentos mojándose el dedo índice con la punta de la lengua. Los entregó tras ponerse de pie.

—¿Y esto qué es?

—Una pequeña atención de nuestra parte.

—¿Sus llamadas? ¿El registro de sus llamadas?

—Y las transcripciones de sus conversaciones.

—Los audios, sin embargo... —dijo el ejecutivo, tanteando con las manos sobre la mesa.

—Está todo en el expediente —devolvió el general, poniéndose de pie—. Ahora, si me disculpa.

El ejecutivo accionó los archivos en el reproductor de la computadora. ¿Era ella, segurísimo? Fuera de dudas, era ella. El acentito tropical lo trasladó a noches mejores. La vocecita narraba su historia en infinidad de conversaciones, le gustaba tanto y lo quería, pero no sabía si decía la verdad, chama, ¿o la estarían engañando, chama? Antonia había cumplido su palabra, eso sí, y obviaba mencionar su nombre o dar datos referidos a su trabajo o edad, a pesar inclusive de las preguntas a las que la sometían sus interlocutoras. El ejecutivo pasó revista a cada uno de los documentos y, cuando los hubo revisado todos, descansó en el espaldar de la silla. Dirigió la vista a las oquedades luminosas de los edificios vecinos. A pesar de que Lima no tenía la imponencia de ciudades como Nueva York o Chicago, se convertía de a pocos en un escenario vibrante y de espléndidas oportunidades. Y todo mejoraba con la presencia serena del mar, pensó el ejecutivo aspirando la brisa, antes de retomar con Iñigo los asuntos que habían dejado pendientes: un testaferro más, y la Banca Privada de Andorra. No sería hasta la noche siguiente cuando advertiría que, en la larga lista de llamadas efectuadas desde el teléfono de Antonia, habían quedado registrados hasta tres intentos de comunicarse con su esposa. Y entonces el panorama cambió de repente, y el ejecutivo comprendió la incomodidad del general Cabanillas, y se supo devuelto a un problema cuya solución, sin embargo, no le era desconocida: se llamaba Manongo, y vivía en el cerro San Cosme.

El dinero que le envió el ejecutivo desde San Isidro estaba completo. Atento a la brisa que se colaba por las rendijas del mosquitero en la ventana, Manongo se desperezó en un bostezo. Vio la cicatriz de su rostro en el espejo sombrío, antes no era tan gruesa, el tiempo la había alargado, y salió. Vislumbró las primeras luces de los edificios gubernamentales, las cúpulas coloniales, los palacios del centro con sus faros encendidos. La voz de Benancio se mezcló con el barullo del mar, entonces, y los copos de bruma que bordeaban las casonas en el puente del río Rímac. Mostraba los dientes chuecos en una sonrisa medio borracha, con el fondo de los barrotes que cerraban la celda, un perro con cojera husmeaba en el pasillo donde dormía sentado el policía. ¿Cuándo fue que le había confesado el motivo por el que fue a parar a la cárcel? Manongo recordó la primera vez que cruzó una mirada con él: Benancio era un hombre de grandes orejas caídas, y ojos enrojecidos y cansados. ¿Estaba triste? Había perdido muchos kilos. Aunque lucía todavía enérgico, y se jactaba de manejar la cárcel al derecho y al revés, zambito. Y no le faltaba razón. Su vida daba para varias novelas de aventuras. Huérfano de padre y madre, Benancio se había criado en un albergue muy humilde de monjitas dominicas, no lejos del puente Atocongo. Fue un muchacho fuerte, ágil, dulce. Y mil oficios, además. Trabajó de canillita en un puesto de periódicos, de pescador en las bravuras de Punta Negra, como talabartero en el mercado de Santa Anita. Se había incorporado incluso a las divisiones menores del Sporting Cristal hasta que, en una jornada aciaga de neblina y garúa, cuando volvía de un partido en que marcó un triplete de ensueño al Municipal, lo atropelló un mototaxi. Su cadera, a partir de entonces, le generó incapacitantes dolores. Tanto que volvió al albergue de las monjitas dominicas tambaleándose, medio muerto de hambre, y con lágrimas en los ojos. Quiso el destino que entonces se encontrara con Justo Yacupaico, un gordinflón bienintencionado que había sido criado también por las monjitas y quien, bajo su fachada de hombre devoto y adinerado que financiaba la olla común del convento, escondía su real ocupación: desde el puerto de Ilo, donde estaba lleno de compadres, traficaba con opio del Amazonas. Claro que Benancio se incorporó al equipo ni bien Justo lo vio tan maltrecho, y por varios años se dedicó a recorrer las trochas de la selva y los Andes, recolectando el material de las amapolas verdes, bañándose en ríos dorados y cataratas y pozas termales, y sobornando a quien se le pusiera en frente, educado y feliz. Vistos en retrospectiva, fueron aquellos los mejores años de su vida, zambito. De haber tenido que asaltar con pistola a un cambista gentil para saldar la última operación de su cadera, pasó a tener carros, a reventarse la plata en viajes a ciudades como Arequipa o Puno o Cusco, y hasta al mismísimo Machu Picchu, zambito, acompañado de su novia, y quien posteriormente se convertiría en su mujer, Genara Huanca. Pero como toda alegría encumbra entre sus albores la tragedia, a los pocos meses de celebrado el matrimonio —en un caserón espectactular, zambito—, su vida dio un giro y la desgracia se ciñó con su destino. ¿Qué te pasó, Benancio? Era un domingo cualquiera, que nada tuvo de extraordinario, en que tuvo con Genara una discusión de padre y señor nuestro: le corroía el alma que insistiera en trabajar como peluquera en un puestito del terminal de buses, zambito, cuando podía mantenerla sin mover un dedo.

Y así fue como Genara desapareció, zambito, de buenas a primeras. Y claro que para misterio de todo el barrio, pues todo el barrio había escuchado los gritos de Benancio, y Genara era una buena mujer que no estaba loca para irse así nomás a la calle. Benancio además no parecía ser quien decía ser, comentaban las comadres desconfiando, no tenía oficio conocido y vivía lleno de lujos, y así comenzaron las habladurías en los comedores, en los mercados, en las iglesias, y una mañana la División de Homicidios le tocó la puerta. Un fiscal de anteojos le informó que quedaba detenido por la desaparición de su esposa. Manongo volvía a verlo entre las luces de la plaza San Martín y los espacios hacinados de la prisión, un hedor a grasa, a lonjas de carne flotando en aceite, tantos pechos desnudos que yacían en los patios bajo el sol. Una voz ofrecía cervecitas, pollos a la brasa, paltas frescas. Grotescas pelucas pululaban entre los hombres arropados en el suelo, hola, papacito, qué guapo eres, papacito, haciendo comentarios coquetos y fingiendo dejos de señoritas, por cinco soles una paja churrísimo, te la chupo, aprovecha. Alguien apostaba a los dados carcajeándose, cuarenta, cincuenta soles, ni el cholo Fano, carajo, cien soles. Manongo salió por la carretera Panamericana. Y recordó lo sencillo que fue hacerse su amigo: Benancio tendía a la honestidad y la reflexión transparente, más que nada cuando bebía. Tanto que sufría de insomnios, y de un zumbidito permanente en las orejas. ¿Descansaba en su catrecito desplumado? Acababa de despertarse, tenía el vientre desnudo, su panza era un morro de piel brillante. Sus dedos enlazados sobre el pecho jugaban con un anillito. Erguía un mondadientes apretando los labios. ¿Qué dijiste, zambito?, encendió un cigarrillo.

—¿Quién te denunció? —se escuchó preguntar Manongo.

—Mi suegra —respondió Benancio, envuelto en una nube de humo.

—¿Tu suegra? —dijo Manongo.

—Con los tombos, zambito.

—¿Y?, ¿les dijiste lo que pasó?

El zumbido de unos zancudos muy gordos se paseó por la celda. Apilados contra los barrotes, brillaban los plásticos de unas gaseosas, y un cajón de cerveza llenecito. Dos botellas heladas humedecían el suelo terroso. Bajo los catres oxidados, yacían cartones del tamaño de ladrillos, apilados unos sobre otros, con cajetillas de cigarros recién traídas del puerto. La letrina grisácea se perfilaba bajo la luz del ventanuco, por donde se colaba un rayo de niebla.

—¿Para qué? —alzó su botella Benancio—. Cuando Genara se fue, me echaron la culpa.

—¿Y no te defendiste? ¿Por qué no te defendiste?

—¿Cómo? Ya te dije, se hartó de estar conmigo.

—Si tenías billete.

—No me hubieran creído, Manongo.

—¿Pero por qué no recurriste a un abogado?

—¿A ti te ayudó el abogado?

—Lo mío fue simple.

—Y estuviste en el Ejército, además.

—Serví en la selva, como teniente.

—Tienes trato de héroe, saldrás pronto.

—¿Y tú? ¿Por qué no dices la verdad?

Benancio cerró los ojos.

—¿Para que me linche todo el mundo?

Su voz se perdió entre los crujidos que sacudían al automóvil mientras Manongo esquivaba las piedras y los baches fangosos, ni bien dejó la Panamericana por una salida de trocha. El paisaje entonces había cambiado. Los espejos retrovisores devolvían el brillo lejano de la ciudad, las nubes iluminadas en su fulgor grisáceo, recortando las dunas del desierto. Manongo advirtió los lindes de la casa en el promontorio que miraba los sembríos. Tras apagar los faros del automóvil, quedó en silencio, contemplando el entorno. La luna brillaba a lo lejos. Las chacras formaban un agujero de sombras, pacífico y quieto, con los sembríos acariciados por el fresco de la noche. Y, más allá del camino, casi al otro lado del valle, asomaban desperdigados unos postes, los trazos de una barriada. ¿Benancio habría dicho la verdad? ¿Era esta la dirección, zambito? Una sensación de sospecha le enfrió el pecho conforme se acercaba por el sendero barroso, recordando al pie de la letra sus indicaciones. La casa emergió en lo alto de una colina. Era una construcción antigua de madera, de cuyo techo pendía una canaleta oxidada por las lluvias del invierno. Las ventanas del segundo nivel se habían desportillado. Y del tejado colgaban barrotes, maderos a medio caer con superficies de clavos y pernos. Manongo se asomó a la puerta. Revólver en mano, asentó las botas en la polvareda que cubría las tapias. Supo entonces que Benancio había dicho la verdad, ¿sí o no, zambito?, ¿tenía o no la razón, zambito? La tenías, Benancio, la tenías. El plan podía funcionar. La casa estaba abandonada.

La gorda de los ceviches se jactaba de ser la mejor cocinera de todo Lima. Regentaba un puestito de mayólicas blancas en el mercado municipal Santa Cruz, que era por un lado pescadería, y por otro cevichería y centro de abastos. Iñigo la conoció de la manera más peculiar una vez que la gorda lo abordó por la espalda, cuando compraba mangos y granadillas para el desayuno del domingo: mira, ve, señorcito, ¿español, hablas? Hablaba, señora, era de Madrid. Ah ya, pues, es que tan rubio gringo pensaba que eras y sabrás disculpar, le iban a hacer un reportaje para una revista conocidísima a su puestito, y se preguntaba si podías hacerte cliente, señorcito. ¿Hacerme cliente?, dijo Íñigo, y la gorda claro que sí, hacerte cliente, pues, un gustazo y la mejor cocinera de todo Lima, señorcito, te invito, ven, aprovecha. Claro que Íñigo no se movió, y se quedó más bien mirando a la gorda que olía a limones, a cilantros, a cebollas, a camotes que hervían con piñas y canelas, sin dejar de sonreír con sus dientes rojos por el ají y tan contenta que lo conmovió. Era una mujer pequeña y esforzada y ciertamente muy fea, a ver, pues, le dijo, solo un poco señora, y la señora: ¡no faltaba más! Esta cucharadita de caldo, esta otra de lechita de tigre, dos trozos de ceviche, alguito de langostinos y pulpo, ¿verdad que te gusta, señorcito? Nada que hacer, le gustaba, le gustaba. Hazte cliente, pues, señorcito, repitió la señora, pero Íñigo no entendía lo que significaba hacerse cliente, si todavía no era la hora del almuerzo, señora, cómo podía hacerse cliente tan temprano, señora, y la gorda se mató de risa: ¿qué almuerzo, oye? Necesitaba un cliente que se deje fotografiar por el *Trome* el próximo domingo, es que le iban a hacer un reportaje a su puestito, el negocio se hundía, habían subido los precios de los lenguados en el muelle de pescadores. Cautivado por sus sabores tan deliciosos, Íñigo estuvo de acuerdo, dijo que claro que le daría una mano, ¿cuándo había que venir para las fotos?, y la gorda le dijo cerrado y le agradeció meses enteros, tanto que no le cobró ni un solo ceviche cuando efectivamente se hizo cliente, porque Íñigo se hizo cliente, y no solo se hizo cliente, sino que corrió la voz de su puestito entre su gente y así el puestito se llenó de españoles, y cuántos españoles había en Lima, abundaban, por todas partes trabajaban españoles que amaban los ceviches de la gorda, tanto que la cevichería del mercado municipal Santa Cruz creció tres puestos más —se puso de gala con una decoración de espejos a todo dar, un candelabro que ni en la Rosa Náutica— y cambió de nombre para llamarse «La española, de ceviches y pescados», y hasta contrató un paquete de televisión para que la clientela vea los partidos de fútbol. Más que su trabajo, más que todas las reuniones y las cenas en restaurantes carísimos y en todos los centros de convenciones que visitó mientras vivió en Sudamérica, aquella gorda trabajadora e implacable, permanentemente sudada, permanentemente apestosa, permanentemente esperanzada, enseñó a Iñigo el código cultural que imperaba en esta parte del mundo: si te ven blanco, señorcito, tienes la vida hecha. ¿Cómo es eso?, le bromeaba Iñigo, y no te hagas, pues, calabaza, respondía la gorda, aquí los blanquiñosos son reyes, tú mismo siendo medio gringo trabajo tienes para regalar, los cholos nomás sufrimos. Claro que Iñigo la dejaba hablar y hablar, prefería no discutirle esos temas que podían ser muy complejos si uno prestaba atención, porque además la gorda tenía un olfato muy bueno para varias cosas de la vida, y así una vez que había quedado con unos amigos para ver un partido importantísimo, la gorda lo recibió feliz y con la cara roja de júbilo, hasta medio maquillada y con los labios violetas, y claro que sin oler a cebollas, a rocotos. Es que el fiscal Aniceto Roca había hecho sus compras en el mercado municipal esa misma mañana, señorcito. ¿El fiscal Aniceto Roca?, dijo Iñigo, y la gorda que sí, que sí, que todos los comerciantes lo hemos aplaudido al señor fiscal, que hasta se sonrojó feliz en mi puestito, de lo bueno que es seguramente muy humilde su persona. ¿Y quién es Aniceto Roca?, dijo Iñigo sin saber por supuesto lo que se le vendría más adelante, y el pavor que le inspirarían las investigaciones de Roca, porque lo que se le vino no pudo preverlo ni la gorda misma con toda su sabiduría, y el ayudante de cocina se llevó la hoja de un cuchillo al cogote, diciendo: el fiscal Roca le va a cortar la cabeza a los políticos, señor Iñigo, a los corruptos de este país, pero la gorda le dijo cállate y para adentro, lo mandó a la cocina susurrando ¿tus amigos van a venir, señorcito?, unas brochetas de corvina he preparado, y quiero que pruebes, por favor, tu opinión sincera necesito para ampliar mi menú, siéntate, siéntate y aprovecha, fresquito te sirvo.

—¿Ves algo? —dijo Manongo, de cuclillas ante el hueco terroso.

Las maderas de la construcción temblaron ni bien el Mulato y Bambi dejaron la galonera de combustible. Entonces la voz del

Piojo emergió como un susurro desde la oscuridad subterránea, el hoyo desfondado bajo el zaguán: está seco, Manongo, tienes razón.

—Lo sabía... —dijo Manongo, volviéndose al Mulato y a Bambi.

—¿Cómo conoces esta casa tan antigua, Manongo? —dijo Bambi.

—Ayúdame a salir, Mulato —dijo el Piojo.

—Hazte a un lado, Bambi —dijo Manongo.

—Chucha —dijo el Mulato, extendiendo las manos—. Agárrate fuerte, enano.

Manongo se secó el sudor de la frente, incorporándose en los postigos de la ventana. El paisaje apenas había cambiado desde la última vez que lo vio. Las olas brillantes despuntaban a lo lejos, más allá de los sembríos humeaba una hilera de basurales, formando pequeñas dunas. Cuando se volvió, el Mulato se había acuclillado, cargaba al Piojo a través del agujero. Bambi se volvió a la puerta.

—¿La bajo, entonces? —preguntó, alzando la galonera del combustible.

—¿Cómo conoces esta casa, Manongo? —repitió el Piojo.

—Un amigo la conocía... —recordó Manongo.

—¿Un amigo de por aquí? —dijo el Mulato, sacudiéndose el polvo.

—¿De antes de la prisión? —dijo Bambi.

Manongo se rascó la cicatriz.

—Un amigo de la prisión, Bambi.

—¿De la prisión? ¿No será Benancio? —dijo Bambi.

—¿Cómo lo haremos, entonces? —lo cortó el Piojo.

—Hay que recogerla de la hacienda al mediodía —dijo el Mulato.

—Piensa que se va de viaje —dijo Manongo.

—¿Con el señor? —dijo Bambi.

—¿A Venezuela? —bromeó el Piojo.

—Tiene indicaciones de venir con nosotros —dijo Manongo.

—¿Y después? —dijo el Piojo.

—¿Y después? —dijo Manongo—. Y después se largan. Yo haré el trabajo sucio.

—Manongo... —dijo el Mulato, aún con la galonera entre los brazos—. ¿Bajo los revólveres también?

El morral que contenía las armas estaba acomodado junto a la puerta empujada de la casa. Manongo dejó su posición en la ventana y se dirigió a donde estaban el Piojo y Bambi. Ordenó: ayuda al Mulato, Piojo, al tiempo que alzaba uno de los grandes revólveres, contando la munición en el tambor. El Mulato y el Piojo escondieron la galonera con el combustible en las profundidades del agujero destapado que formaban las tapias de madera en el primer piso. Cruzaron la puerta hacia el arenal, y regresaron a Lima.

—¿Es cierto lo que dicen del señor? —preguntó el Mulato, ni bien encendió el automóvil.

—¿A qué te refieres? —dijo Manongo—. ¿Ya están con chismes de viejas?

—Eso que hizo con la otra señorita... —susurró Bambi—. Espada, creo, apellidaba.

—Salió en la televisión —asintió el Mulato—. Hace años, Manongo, no te hagas.

Manongo permaneció en silencio.

—Nunca se lo he preguntado, Bambi.

—A mí la señorita Cristina me cae muy bien —opinó el Piojo, en el asiento de atrás.

—Pero mejor está la venezolana, Piojo —dijo Bambi.

—A ti se te caen las babas por cualquiera —dijo el Piojo.

—¿Y habrá alguien más en la hacienda, Manongo? —preguntó el Mulato.

—Nadie —confirmó Manongo—. ¿Qué hora es? Acelera, nos está esperando.

—¿Y el español? —dijo Bambi—. Él también lo sabe, seguramente.

—¿Iñigo? —dijo Manongo—. No creo que lo sepa. No es tonto, el señor.

—Es su secretario, Manongo —dijo el Mulato—. Uña y mugre son.

—Y ese Iñigo me da mala espina —resolvió el Piojo.

—Habla gracioso —dijo Bambi—. Habla gracioso, como abuelito.

—Oye Manongo, y... —lo cortó el Mulato—, ¿nos podremos divertir, esta vez?

—¿Divertir? —repitió Manongo—. ¿A qué te refieres?

—A que está guapísima la venezolana —dijo el Mulato.

—Me dejarán solo con ella —dijo Manongo.

—Yo nunca he estado con una venezolana —dijo el Piojo.

—No hay que desperdiciar la carne tierna —concluyó Bambi.

Cruzaban los arrabales de la ciudad atorados en el tráfico de camiones de la Vía de Evitamiento. Salieron a la carretera Panamericana a la altura de las primeras playas del sur, y pusieron rumbo al distrito de Pachacamac. Se detuvieron en una estación de servicios con un gran comedor. Almorzaron en completo silencio —ensalada de atún, locro de pecho y mazamorra— y pusieron rumbo a la hacienda. Llegaron pasadas las doce del mediodía. Entonces el Piojo cruzó los jardines desiertos, los establos vacíos, y se encontró con una mujer de cabellos oscuros que esperaba junto a los arcos de la entrada. Aunque estaba vestida, parecía recién salida de la ducha; tenía el cabello amarrado en un moño y, entre las manos, una delgada cartera blanca.

—¿Señorita Antonia? —preguntó el Piojo.

—¿Tú me vas a llevar? —dudó la mujer.

—Tengo el carro en el garaje, vengo de parte del señor.

—¿Y la casa se queda abierta? —dijo Antonia.

—Sí, pierda cuidado —dijo el Piojo—. ¿Maletas tiene?

—Nada —dijo Antonia—. Solo mi cartera.

—Mejor salir de una vez —miró su reloj el Piojo.

—¿El carro está en el garaje? —dijo la mujer.

—Por supuesto —se hizo a un lado el Piojo—. Después de usted, señorita.

—Fuimos nosotros... —sonrió el ejecutivo.

—¿Por la estructura del capital también? —objetó el visitante.

—Incluido el financiamiento de las primeras inversiones —dijo Iñigo.

—Claro que la relación con los inversionistas era sólida, para entonces —añadió el ejecutivo.

El visitante se mordió los labios, rozando sus bigotes canosos.

—¿Y ahora? —suspiró—. Los parlamentarios se niegan a recibir un centavo.

—¿Es la primera vez que rechazan el dinero? —bajó la voz el ejecutivo—. ¿Le han dicho la razón, señor Neves?

—Nunca pasó algo similar... —dijo el señor Neves—. La razón exacta la desconozco. Pero creo que temen que haya un informante entre ellos. El fiscal Roca lo ha puesto todo de cabeza.

—¿El fiscal Roca? —dijo el ejecutivo—. ¿El fiscal Roca está metido en este asunto?

—Le tienen pavor al fiscal Roca —dijo el señor Neves—. Si está por meter presa a la candidata, imagínense como estarán en el partido.

—¿Habla usted de la candidata presidencial? —dijo Iñigo.

—No parará hasta meter preso a todo el mundo —dijo el señor Neves—. Presidentes, ministros, gobernadores, alcaldes. Los parlamentarios creen que hay un informante entre ellos.

—Un momento —arrugó los ojos el ejecutivo—. ¿Un informante en el mismo Parlamento? ¿Un parlamentario, dice usted? ¿Del mismo partido?

—Un parlamentario, y del mismo partido, que está cooperando con el fiscal Roca —repitió el señor Neves, deteniéndose en cada palabra—. Yo tampoco lo podía creer, caballeros. Pero así de graves están las cosas.

Una de las secretarias empujó la puerta de la sala de reuniones, y se postró ante el ejecutivo para darle un recado. Entonces Iñigo volvió los ojos al rostro que tenía a su derecha. Fabio Neves era un hombre de mirada indulgente, ancho cuerpo de cargador, y escasos cabellos que cubrían su cráneo brillante. Hablaba con el dejo agudo de la selva. Acaso en honor a las temperaturas abrasadoras de su tierra, llevaba el rostro y el pecho permanentemente sudados, y las manos con manchas de tabaco y motitas arcillosas de tierra. Iñigo lo contemplaba disimuladamente, casi sin volverse, y advirtió las burbujitas que bañaban el umbral de sus cabellos oscuros. Tras un instante, y aún con la secretaria postrada a su costado, el ejecutivo se excusó sonriendo: tenía una llamada de Cristina, señores, ¿lo disculpaban unos minutos? El señor Neves asintió sin decir palabra. Cuando el ejecutivo abandonó la sala de reuniones, sin embargo, pareció desinflarse en un gesto de agobio: no sé cómo vamos a resolver este asunto sin que lo sepan los inversionistas, señor Iñigo. Una situación como esta era imposible de anticipar, no me lo tiene que decir usted, aunque las cosas todavía podrían ser peores, y serán todavía peores, acuérdese de mis palabras. Y perdone que lo abrume con esta perorata, pero ¿sabe quién es el culpable de esta situación? ¿Sabe quién tiene la culpa de la incertidumbre que ha desatado esta cacería de brujas? Ese abogaducho que destruirá nuestro país, hombre. Disculpará usted que me explaye, pero es que dígame, por favor, si no estoy en lo cierto, si tengo o no la razón, señor Iñigo. Estoy harto del periodismo. Y la gente dice en las calles: acaben con la corrupción, castiguen a los políticos, muerte a los mineros ilegales. Pero ya quisiera verlos en la suciedad de esa selva pestilente, trabajando como trabajamos nosotros, de sol a sol, sacando ese oro para beneficio de nuestras familias y de tanta gente que no tiene un pan que llevarse a la boca. Pensará que me he vuelto loco, señor Iñigo, no me mire usted así. Pero es que estoy hasta el cogote de los argumentos tan básicos. ¿Es así en su país? ¿Tienen estos fiscaluchos en España? La gente dice que no queremos pagar impuestos, dígame usted, cuántos hospitales quiere la gente, cuántos colegios necesita, señor, cuántos asilos. Nosotros en este instante se lo construimos todo lo que nos pida la población, pero a cambio de que nos dejen trabajar. Nunca hemos tenido problemas en nuestras cuentas y siempre hemos sido generosos con quienes nos han ayudado. Pero también es cierto que no tenemos recursos ilimitados, fíjese usted. Y no me malentienda, no crea que estoy en contra del trabajo que viene liderando el fiscal Roca. Es más, a mí también me gustaría ver a esos congresistas-buenos-para-nada encarcelados y cumpliendo las penas que merecen por saquear este país. Pero esta cacería de brujas no puede continuar. Los parlamentarios ahora arriesgan nuestra producción, y seguro ahorita el Ejército y la Policía saldrán con lo mismo. Nadie recibirá un centavo. Esto no puede seguir así, señor Iñigo. ¿Me entiende, usted? ¿Cuándo parará la mano el fiscal Roca? ¿Cuando no quede un solo partido en el país? ¿Cuando todos los presidentes estén tras las rejas? Señor Iñigo, la situación no...

—Déjeme hacer unas llamadas, señor Neves —lo interrumpió al volver el ejecutivo.

El señor Neves bebió un sorbo de su infusión. El tinte colorado que había adquirido su rostro desapareció lentamente. Llenó el pecho de aire y se dejó ir en un suspiro muy largo, entrecerrando los ojos.

—Ello, sin embargo, no nos exime del problema principal, doctor.

—¿El problema principal? —sonrió el ejecutivo—. ¿No eran los parlamentarios el problema principal, señor Neves?

—No me diga que tiene el dinero en Lima... —se anticipó Iñigo.

—Nueve millones de dólares, señor Iñigo.

—¿Eso era para los parlamentarios, solamente? —dijo Iñigo.

—Los pagos para el parlamento, por el último mes —dijo el señor Neves.

—¿Incluye a alguien más? —dijo Iñigo.

—A nadie más —dijo el señor Neves—. Los parlamentarios son el único problema. Y eso que recibieron el último pago como de costumbre. Es el de este mes el que nos están rechazando. ¿Por qué se sorprenden, caballeros? Ya se lo dije. Son las investigaciones del fiscal Roca, hay un informante, mucho miedo.

—¿Y dónde tiene el dinero? —dijo el ejecutivo.

—Eso es lo que les pregunto yo a ustedes.

—¿Quiere que escondamos el dinero? —dijo Iñigo.

—Todos estamos en este barco —dijo el señor Neves—. Es mejor esconderlo antes que alertar a los inversionistas. Si se enteran de que los congresistas quieren bajarse del negocio pondrán el grito en el cielo, y perderemos la plata.

—Esconder tanto dinero será complicado, además de costoso —suspiró el ejecutivo.

—Hasta que los parlamentarios entren en razón... —dijo el señor Neves—. No les estoy pidiendo una opinión. El dinero está en Lima, y hay que guardarlo. ¿Tienen otra solución? ¿O quieren devolverlo a la selva?

El ejecutivo se pasó la mano por el mentón, los ojos en el paisaje del ventanal. A esas horas de la mañana, la línea de edificios del distrito financiero era rastrillada con suavidad por la bruma que llegaba de la Costa Verde. Los despachos tenían sus luces encendidas, y titilaban como antorchas entre los copos de niebla. El ejecutivo cerró su libreta de apuntes.

—Déjeme ver qué puedo hacer.

—La situación apremia, doctor.

—Le daré una llamada ni bien tenga novedades.

—¿Podríamos conversar mañana? Urge una respuesta.

—¿Cuándo vuelve usted a la selva? —dijo Iñigo.

—El viernes —dijo el señor Neves—. Bautizo de mi nietita.

—Felicidades —sonrió el ejecutivo—. Y descuide, le tendremos novedades mañana.

Manongo espantó la estela de polvo que dejó el automóvil en que se alejaron el Piojo, el Mulato y Bambi. Habían aceptado a regañadientes su decisión de dejarlo a solas con la venezolana, y nada de preguntas, órdenes del señor y tenían que hacer caso o ya verían. El Mulato dijo ni modo, así mejor, Bambi, ni modo, Piojo, regresemos a Lima. Y Manongo mejor, mejor, así mejor, Mulatito, los vio alejarse feliz. Se volvió entonces a la vieja construcción que dominaba los sembríos desde el promontorio de arena. Sudaba copiosamente, el viento esparcía el aroma de los basurales entre las chacras, sacudía los postigos de las ventanas. Un gusto dulzón, como el de los desagües del cerro San Cosme, le calentó el rostro. Olía a herrumbres con musgos, a barriadas inundadas por pestilencias, a baños sin agua potable, y su recuerdo volvió a Benancio. ¿Era esa casa la que impulsaba su nostalgia? Manongo dio un paso al frente, pensando en el hotelito barato, un reencuentro anticipado por la gratitud y la pena. Acababa de salir de la cárcel, zambito. Pero no en las condiciones que hubiera querido. A pesar del tiempo que pasó entre juicios, tantas idas y venidas con fiscales que cambiaban cada año, todas esas pruebas obradas incorrectamente, no bastaron para absolverlo. ¿Existía la justicia en el país, zambito? Manongo celebró el indulto que le firmaron en Palacio de Gobierno, pero apenas reconoció en Benancio la energía de su antiguo compañero de celda, ni bien lo recibió en el hospedaje con sus posturas afanosas y alegres, convertidas en harapos por la enfermedad. La piel de Benancio se había adherido a su rostro como un sudario de paños amarillos. Y había perdido más peso, tanto que sus hombros lucían puntiagudos, los brazos delgados como alambres. Rengueaba al caminar.

—¿Cómo estás? —dijo Manongo.

Benancio se sentó, visiblemente abatido, ayudándose con una muletita.

—¿Con mi diabetes, zambito?

—¿Te liberaron por eso?

—Tengo el pie machacado.

—Salió bien el indulto, al menos.

Benancio se persignó, besó su cadenita brillante.

—Dios lo colme de bendiciones a tu jefe.

—¿Y cómo estás? ¿Podrás trabajar?

—Depende. ¿Estás en lo mismo?

—Si quieres —sonrió Manongo.

—Estoy necesitando, ahora.

Manongo se paseó por la habitación de paredes celestes, esquivando las botellas de trago, el maletín entreabierto por el que asomaban trazos de ropa, menudencias descartables. Esqueletos de avisos luminosos colgaban de los comercios frente al hospedaje. El calor era pesado. A pesar del vaho tibio que ascendía por el cerro, las cortinas estaban cerradas.

—Es que me siguen buscando, Manongo —pareció disculparse Benancio.

—¿Siguen pensando que mataste a tu esposa?

—Son pesados. Quieren información.

—¿Información? ¿Qué tipo de información?

—El cuerpo, zambito —dijo Benancio—. Piensan que lo he escondido.

Manongo advirtió las cuentas del rosario que asomaban por su cuello. Se había sorprendido al descubrir la estampita del Sagrado Corazón de Jesús que descansaba en la mesa de noche, junto a los cigarrillos y las latas de cerveza. Intuyendo su reacción, Benancio se puso en medio y le dijo que pronto trabajaría con ustedes, claro que sí y necesitaba un tiempo, es que no se acostumbraba con la muleta, era libre, qué barbaridad, zambito. ¿Le creías, zambito? Manongo advirtió sus maneras nerviosas, el guiño de ojos con que contemplaba la calle a través de las cortinas, y supo que mentía. No le dijo nada, sin embargo, porque la cojera de Benancio lo había llenado de dulzura, a duras penas doblaba la cadera, sus brazos languidecían bajo las muletas desgomadas, había perdido mucho peso. Claro que sí, Benancio, te estarían esperando el tiempo que quieras, todo el tiempo del mundo. No se quedó mucho más, entonces, apenas lo necesario para entregarle unos dólares, unos pocos billetes para que alquiles un lugar donde vivir, este escondrijo apesta. Y Benancio emocionadísimo, lo mejor que le había pasado era conocerte en la cárcel, no alcanzaba su gratitud y se uniría al equipo, claro que sí, zambito, un tiempito y se uniría, palabra.

El automóvil conducido por el Mulato había desaparecido trocha arriba cuando Manongo reaccionó, lleno de nostalgia por la vida que Benancio agotó en aquellas épocas. Se había quedado a solas ante el dintel de la puerta, los brazos cruzados, contemplándose las punteras de los zapatos aclaradas por la arena. La brisa le alisaba todavía los cabellos con un suave zumbido, refrescándole la frente, y tuvo calor. Aguardó unos minutos repasando los detalles de lo que haría a continuación: sin miedo, zambito, miedo tienen los cobardes, zambito. Dio un paso al frente. Encontró a la venezolana a espaldas de la puerta empujada, recostada y arrastrándose sobre las tapias, con arañones en la cadera. Los vellos de sus brazos eran muy rubios. Yacía boca arriba y con las manos y los pies atados, revolcándose con las rodillas flexionadas. El Piojo le había cubierto los ojos con un trapo humedecido, por el que asomaban enredados sus cabellos. Trazos resecos de lágrimas y maquillajes bajaban por sus pómulos, y su pecho parecía ahogarse, agitado, se inflaba con cada respiro. Manongo alzó la galonera con el combustible y la introdujo en el orificio que formaban las tapias. Luego cargó su revólver. Entonces la tomó de los hombros, y le quitó los anillos, las pulseras que llevaba en las muñecas.

—¿Qué es eso? —se detuvo la muchacha ante el riachuelo.

—No lo toques —dijo su amiga—. ¿Es un animal?

—Y la acequia... —añadió la muchacha—. Se ha llenado, mira, la acequia.

—Pero si no llovió, anoche. ¡Y el olor! Cuántas moscas, mamita.

El pozo de barro humedecido reflejaba en tonos oscuros el cielo. Las muchachas volvieron sobre sus pasos, apuradísimas, y reportaron el descubrimiento en la Comisaría de Virgen de Fátima: no sabían lo que habían visto, señor comisario, pero era tan feo y mejor se acercaba, urgente, urgente. Y así, al cabo de pocos minutos, el equilibrio silencioso de los sembríos fue alterado por una muchedumbre de rostros joviales, madres e hijos, abuelitas y nietos, comadres y compadres, voces múltiples que pontificaban sobre el hallazgo ante el rostro del comisario, que jamás había visto nada parecido y mantengan la calma, por favor, nadie toque nada, darían parte a Lima de inmediato. Claro que al inicio el tumulto se comportó de manera expectante, podríamos decir que hasta alegre, porque cómo así y por qué aquí y qué cosa tan rara, al menos hasta que el sacerdote de la parroquia de Nuestra Señora del Pilar —a quien llamó, desorientado, el comisario— se inclinó ante la acequia para anunciar, de sopetón, y con los ojos en la muchedumbre congregada, que por qué tanto jolgorio si aquello eran los restos calcinados de un cuerpo, ¿es que no se daban cuenta?, a este hombre lo han asesinado. Aquella afirmación dio paso a un silencio gélido que se extendió entre los habitantes del asentamiento; justo cuando llegaban algunos uniformados de la comisaría, y un hombre enfundado en un impecable mandilito blanco, que caminaba de forma rara, casi sin separar los pies. Su voz retumbó en el silencio: era el médico legista, comisario, ¿estaba usted a cargo? Sí, estaba a cargo, aunque no para declarar a los periodistas y quién los había llamado, aparecieron por todas partes, algunas cámaras, reporteros de televisión, minivans con antenas de radio, y ahí sí la situación amenazó con salirse de control, alguien escuchó decir a un periodista que el cuerpo aparecido en la acequia era el de una mujer joven. A duras penas pudo el comisario atravesar el tumulto para recibir a la Policía de Investigaciones.

—Mi coronel... —saludó a un oficial de cabellos grises—. Tenemos un cuerpo, mi coronel.

—Rango y apellido —devolvió el coronel Jáuregui.

—Sí, señor, disculpe, señor —se cuadró el comisario—. David Ancco, suboficial de primera, de aquicito nomás a la vuelta, de la comisaría de Virgen de Fátima, señor.

—¿Qué ha pasado? —dijo Jáuregui.

—Tenemos un cuerpo, mi coronel.

Póngame en autos, ordenó Jáuregui, y Ancco comenzó a explicar que había recibido la llamada de unas mujeres de la zona, mi coronel, pero cómo tartamudeaba y estaba muerto de miedo, el pobrecito, mientras hablaba se secaba la frente con un papelito higiénico que tenía envuelto entre las manos, porque se lo juraba y nunca había visto nada parecido, señor. El coronel Jáuregui caminaba delante de él, los brazos cruzados, un dedo muy sereno en la sien, dando de tanto en tanto indicaciones a su asistente para que la gente no toque nada, esto no es un festival, e insistiéndole a Ancco que siga, comisario, lo escuchaba y sereno. El policía, sin embargo, se calló ni bien superó el anillo de curiosos, pues entonces apareció el pedazo tiznado y horrible, un poco de piernas, de cadera, de tronco, los restos contrahechos de un rostro, medio momificado, medio derretido, con la boca desgarrada y los dientes cubiertos de arena.

—¿Qué tenemos aquí? —dijo Jáuregui.

—Una muchacha... —se acercó el médico legista—. Asesinada, señor.

—¿Pudo reconocerla? —dijo el asistente de Jáuregui.

—Silencio, Salas —dijo Jáuregui—. ¿A qué hora encontraron el cuerpo? ¿Usted ha convocado a la prensa?

—No, cómo cree, señor —dijo el médico legista, sacándose los guantes con un gesto meticuloso—. Quizás el comisario Ancco, aquí presente.

—Yo no —se defendió el comisario—. Seguro las mujeres que encontraron el cuerpo, mi coronel.

—¿Y pudieron reconocerla? ¿Es alguien del asentamiento? —dijo Jáuregui—. ¿Maneja usted alguna denuncia por desaparición, comisario?

—Nada, señor —dijo el comisario.

—Y será difícil reconocerla —completó el médico legista—. El fuego y el agua han hecho su trabajo, lamentablemente.

Sacó entonces unos formularios para la firma de Ancco, y el coronel Jáuregui y el mayor Salas se quedaron a solas, contemplando en silencio los perfiles cautelosos de las mujeres que los miraban con una mezcla de horror y maravilla en el rostro, y el bulto achicharrado que descansaba todavía en el borde de la acequia.

—¿Y? —susurró Jáuregui—. ¿Cómo la ves? ¿Qué opinas?

—Ha llegado con la acequia —dijo Salas, volviéndose a los sembríos.

—¿No crees que sea del pueblo? —dijo Jáuregui.

—Las mujeres lo sabrían... —dijo Salas, los ojos en la multitud—. Aquí se conoce todo el mundo. Están completas, seguramente.

Jáuregui estuvo de acuerdo.

—¿Tienes a alguien en mente? —susurró—. ¿Quizás Condori?

—Esto no es para Condori... —devolvió Salas.

—¿Y el nuevo? —murmulló Jáuregui—. ¿Cómo se llama, el serrano? ¿A ese que han traído de Arequipa?

—¿Salazar? —sonrió el mayor Salas—. ¿El teniente Salazar? ¿Eliseo Salazar, dice usted?

—¿Ha venido en la camioneta? ¿Está con tu gente?

—No estará hablando en serio... —dijo Salas—. Apenas conoce Lima.

—Con mayor razón —alzó la mirada Jáuregui—. Necesita foguearse. ¿Está aquí o no?

Salas se volvió a los vehículos.

—Me parece que sí.

—Lo anunciaron entre bombos y platillos. Primer puesto en el concurso nacional, nada menos. Tiene cerebro, Salas.

—Seguro tiene madera... —dijo Salas—. Pero está recién bajado, coronel.

—Tráigalo —resolvió Jáuregui—. Y a los demás, mándelos de regreso.

Cuando llegó a la posición del coronel Jáuregui en el centro de la aglomeración, el teniente Eliseo Salazar clavó los ojos en el cuerpo que yacía en la acequia, y palideció. Era un muchacho de ojos incisivos, aunque carentes de malicia, y muy joven. Se cuadró para saludar al superior de la brigada, y permaneció con las manos en la espalda, en posición de descanso.

—¿Qué opina, usted? —dijo Jáuregui.

—¿Coronel? —tembló el teniente.

—Sin miedo, Salazar —dijo Salas—. ¿Cuál es su opinión?

—Un asesinato, mi mayor —tragó saliva el teniente.

—¿Y cómo se siente en Lima? —dijo Jáuregui—. ¿Es usted de la sierra, no es verdad? Lleva pocos días con nosotros.

—Así es —respondió el teniente—. Me siento muy bien, mi coronel.

—¿Tiene familia aquí? —dijo Jáuregui.

—Una tía, señor —dijo el teniente.

—¿Y le gusta Lima? —dijo Salas.

—¿Mi mayor? —dijo el teniente—. Por supuesto, mi mayor.

—Perfecto, muy bien —dijo Jáuregui, y se volvió al médico legista, que cubría los restos con una delgada telita del Ministerio Público—. Mírelo bien, teniente. Ya tiene su primera asignación.

—¿Señor? —dudó el teniente—. ¿Mi primera asignación?

—Estás a cargo, Salazar —dijo Salas.

Eliseo Salazar permaneció en silencio, al tiempo que el coronel Jáuregui decía nos vamos y volvía sobre sus pasos a las camionetas estacionadas, cortejado de cerca por el comisario Ancco. Lo seguía el mayor Salas, que en todo momento evitó los micrófonos de los reporteros y las cámaras de la prensa. Y él regresó también apurado, los ojos en las botas salpicadas por la acequia, e inseguro de lo que acababa de suceder. Miró por última vez el cuerpo achicharrado, como despidiéndose, y pensó sin querer en la ilusión de las últimas semanas, la primera vacante en el concurso nacional de traslados de la Policía. Un ascenso y una comisión en la Unidad de Investigaciones de Lima aguardaban por él, carajo, no sabía qué hacer. ¿Quería dejar su natal Arequipa? Vistas las cosas en retrospectiva, el día en que le dieron la noticia fue casualmente el primero en que quiso partir. Mientras cumplía su patrulla de los viernes, bajo un sol que molía las pieles, entre tantos gritos y el polvo, escuchando los mugidos de las bestias bravas. Al fondo, tres volcanes marcaban las lindes del valle en el desierto. Y gente, cuánta gente, un tumulto vocinglero y alegre copaba el horizonte, las cabecitas bronceadas con viseras para protegerse del sol, haciendo cola para entrar a la cancha de toros, y aquí le llamamos cancha y no plaza de toros, aclaró alguien a unos turistas que caminaban con sus sombreritos de paja, y ellos preguntaron por qué y cómo así: porque nosotros no matamos a nuestros toros, contestó una chiquita con voz dulce, los queremos mucho y se mueren, nomás, de viejitos.

Aquella respuesta encontró a Eliseo con el mentón dispuesto, arreglándose el cuello del uniforme. Se aplicaba mantequilla de cacao en los labios resecos, un trapito en la frente que quemaba por el sol. Fue entonces cuando escuchó los primeros gritos. Voces que tronaban sordamente. Y el crujido de una botella. Advirtió el bullicio entre el tumulto de prendas refulgentes y muchas cabecitas castañas, forcejeando con uniformes verdes. Alcanzó el griterío cuando se apagaba, sin embargo, y se sorprendió al encontrar al sargento Aquilino Marchani —pies de niño, pancita abultada— sentado sobre una pira de ladrillos estrellados, la cara con arañones, sangrando en una ceja. A su lado, dos suboficiales jóvenes, una vendedora de chicha fresca y varios niñitos lo consolaban diciendo ya pasó y qué valiente. Solo después se enteró Eliseo de lo que había sucedido realmente. Y esa historia le dio unas ganas inmensas de marcharse de Arequipa porque vivía en un pueblo muy injusto, la Policía de Investigaciones estaba en la capital, y él, para mejores cosas. Se dijo muchísimo, además, sobre el asunto, porque el asunto iba a traer una cola larguísima, y todos tenían sus teorías de lo que había pasado, pero lo cierto era que Luisito Prado, hijo de don Juan Carlos Prado, había estado sonando a Francisquita de Piérola, su enamorada y la hijita de don Mariano de Piérola, con golpes en la cara y hasta una patada, según los entendidos, y quién sabe si por los tragos, añadieron los entendidos, porque eran chicos de familias buenísimas, la cosa es que el sargento Marchani se había acercado a los jóvenes diciendo qué pasa, muchachos, por qué discuten, tranquilos, pues, y nadie le contestó, y entonces dio un paso para interrumpir el abuso que sufría la señorita de Piérola, interceptando los golpes arteros de Luisito, que disparaban salvas de puñetes y codazos a la pobre Francisquita, pero el sargento Marchani, o mejor dicho, el héroe Marchani, no contaba con que Francisquita tenía uñas de gato y amor perruno por su hombre, es decir, por Luisito, que si la zurraba era porque la quería oye y quién es este cholo y cómo se atreve. Y así nomás, cuando el héroe Marchani se aventuró a contener la furia de Luisito, cuyos puños cambiaron de objetivo y le apuntaban ahora a la cara, sintió las uñas de Francisquita clavadas en su espalda y en su cuello, y hasta en su pelo, del que se le cayó un mechón —siempre, según los entendidos— y Francisquita diciéndole abusivo, ay, qué cholo este, déjalo, oye, y cuando Marchani quiso volverse, los ojitos cerrados, gimiendo de dolor, porque esas uñas parecían cuchillos, realmente, e intentaba alejar al leopardo en que se había convertido Francisquita, el jovencito Prado aprovechó la distracción y se le abalanzó con todas sus fuerzas, porque habrase visto las confianzas, atrevido, y no le ponga un dedo a Francisquita, y de pronto Marchani forcejeaba con dos tigres, y no solo con dos, porque los amigos de Francisquita y Luisito acudían en tropel en su ayuda, y alguien rompía una botella, y Marchani se desplomaba, Luisito golpeándose el pecho como Tarzán, y hasta amenazaba con quitarse la camisa, rugiendo: ¡no sabes con quién te has metido! ¡no sabes quién soy!, y Marchani, claro, ya no sabía nada, cómo iba a saber el pobre porque a esas alturas solo sabía taparse la cara y auxilio, socorro, dijeron unas señoras, y los suboficiales que llegaron para ayudarlo no lo ayudaron, para colmo, porque estaban muertos de miedo y obvio, si Luisito y Francisquita pertenecían a familias tan importantes, y qué habrá hecho el sargento Aquilino, a veces se tomaba todo tan a pecho. Al fin, el tumulto se disgregó, y entonces Luisito y Francisquita se alejaron, tomaditos de la mano, sus amigos mirando con cara de asco a todo el mundo, y todo el mundo les sonreía, rarísimo, todos les hacían ojitos y morisquetas, y ellos decían vámonos, vámonos, aquí hay puro cholo y eso nos pasa por llegar tarde.

La historia fue escandalosa, a ojos de varios policías, y a Eliseo lo marcaría por mucho tiempo. Y no solo por lo que pasó aquel día, cuando por primera vez supo que dejaría Arequipa, entre tanto polvo y las acometidas de los toros que bufaban. Sino por lo que pasó después, el mundo de cabeza, realmente: insultadas en su honor las familias Prado y de Piérola, indignadas naturalmente por la agresividad del sargento Marchani, demandaron una compensación humillante, que se saldó con la visita del herido Aquilino, un ojo con esparadrapo y el brazo enyesado —lo apodaron, desde entonces, el «pirata» Marchani— a las oficinas de los señores Prado y de Piérola, uno en el banco más importante y otro en la sede de su compañía minera, ocasión en la cual tuvo que pedir perdón, el susodicho sargento, y hasta ofrecerse a hablar con los afectados, es decir, con Luisito y Francisquita, para hacerles extensivos sus sentimientos de estima y respeto. No contó, sin embargo, el héroe Marchani, con que Luisito y su patota iban a estar esperándolo a la salida de la oficina, en un callejón del Cercado, para llamarlo cholo huevón y ubícate, con tanta insistencia que el pobre Marchani estuvo cerca de batirse en duelo nuevamente, qué importa medio ciego y manco, un mártir, realmente, con tal de acabar con aquella farsa a la que por cierto lo habían obligado sus superiores y hasta el confesor de la iglesia de Yanahuara.

¿Cuánto tiempo pasó hasta que Eliseo pudo confirmar que su tía Amelia iba a recibirlo en la ciudad de Lima? Unas cuantas semanas, al menos, el ejemplo del sargento Marchani lo animó a partir con esmero. Y la tía Amelia, aquella mujer tan complicada —enfundada siempre en magros camisones, siempre feliz, maquillada con esmero en una nube de perfumes—, y que, sin embargo, lo quería tanto, le había dicho que claro, que por supuesto que sí, si tenía la habitación vacía. ¿Sería detective? ¡Qué buena noticia! ¿Podría introducirlo a sus amigas que rezaban el rosario? ¿Cómo que no rezabas, Eliseo? Bueno, bueno, aunque Lima era una ciudad muy peligrosa y donde nadie respetaba nada, tampoco. Y Eliseo decía que sí, indudablemente, la cosa estaba peligrosa aquí también, quiso enterrar los recuerdos de Arequipa pero no pudo, porque nunca hubiera imaginado, tía Amelia, el cuerpo calcinado, medio mezclado con el fango y el basural, y los cuchicheos de las mujeres muertas de miedo. ¿Esto era Lima?, se dijo al tiempo que alzaba los ojos y el cielo gris lo devolvía a la realidad, el mar crujía muy cerca, los basurales apestaban a orines y a perros y gatos de la calle, las sirenas de los autos estaban cercadas por las cámaras y las luces de los periodistas. Esto era Lima, y perdón, perdón, pidió permiso entre susurros, se abrió paso con las manos extendidas, no tenía nada que declarar, señores, permiso y mil disculpas, y subió a una camioneta. El mayor Salas chasqueó los labios: dónde se había metido, caracho, no se esté haciendo esperar que con tanto viaje y el tráfico no habrá merienda ni tiempo para el refrigerio. Y al chofer: avanza, y muévanse, a un costado, a un costado, vagabundos, abran paso, periodistas de marras.

—Todavía nada —dijo la secretaria, sin despegar los ojos del teléfono.

—¿Todavía no habló el juez? —se acercó al escritorio Iñigo.

—En cualquier momento... —susurró la secretaria—. Aunque el juicio empezó hace horas. ¿La reconoces? La candidata es esa, está sentada en la primera fila.

—Vaya cara que tiene —se acercó Iñigo—. ¿Y el fiscal Roca?

—Está exponiendo —dijo la secretaria—. Tan pequeñito, y con esos lentes.

—¿Sabes? Están viéndolo también en la cocina —susurró Iñigo.

—¿En el televisor de la cocina? —dijo la secretaria, con ojos ávidos—. ¿Y sabes si el doctor volverá? ¿Puedo darme una escapada?

—Tiene para rato, todavía... —sonrió Iñigo—. Anda, te avisaré si lo veo.

La secretaria dejó su posición en el pupitre y se alejó en dirección a las gradas. Iñigo entonces abrió la puerta del despacho. Sintiendo su corazón agitarse, cerró las persianas, y sumió a la oficina en penumbras. Reconoció entre las sombras a un costado del escritorio los contornos metálicos de la caja fuerte. Giró la perilla con dedos temblorosos. La compuerta crujió al abrirse. Acomodó con delicadeza los documentos sobre el pupitre: planos, contratos originales, informes de dividendos, cuentas. Tomó tantas fotografías como pudo, respirando apenas, atento a los sonidos del exterior. Pronto había concluido, y volvía a girar la perilla hasta que la compuerta activó el seguro de la bóveda. Levantó las persianas, y se volvió al interruptor de la luz. La secretaria regresó a los minutos.

—Acaba de llegar —anunció desde el umbral de la puerta—. Está saliendo del ascensor.

—¿Vuelves de la cocina? —se desperezó Iñigo en uno de los sillones.

Entonces el ejecutivo irrumpió en el despacho. Traía la cara desencajada, la cabellera revuelta por el apuro. Se desmoronó en el escritorio y asintió, con un hilo de voz:

—Neves tenía razón.

—¿Rechazaron el dinero los congresistas?

—Eso es lo de menos. Tenía razón: Roca tiene un informante.

—Qué dices... —susurró Iñigo.

—Los parlamentarios se niegan a recibir un centavo de los mineros, y no solo ellos, ahora también los partidos.

—Los inversionistas tienen que saberlo —dijo Iñigo—. Por cierto, todavía no la han sentenciado.

—¿A la candidata? —resolvió el ejecutivo—. La van a sentenciar, el apoyo de la gente ha nublado a los jueces. Imagínate, si sus mismos congresistas están colaborando con la Fiscalía. Roca los tiene arrinconados. A candidatos, a presidentes, a congresistas...

—¿Y no lo pueden destituir, joder?

El ejecutivo se arregló los cabellos.

—¿Encontraste a la persona? ¿Abriste la cuenta en Andorra?

—No —dijo Iñigo—. Pero tengo a la persona correcta.

—Que abra la cuenta ya mismo —dijo el ejecutivo—. Incluso nosotros, hay que cuidarse.

—¿Y por qué cojones no lo destituyen? Es lo que no entiendo.

—¿Para que estalle una revolución? Estamos ante una situación nueva. Nunca pasó nada similar, realmente. Y el problema no es solo con la minería.

—¿No es solo con la minería? ¿A qué te refieres?

—A que todos los pagos se han congelado.

—¿En el sector de la construcción, también?

—En la construcción, en el petróleo, en el gas, incluso en los puertos... —numeró el ejecutivo—. Los congresistas se niegan a recibir un centavo.

Iñigo volvió los ojos a las siluetas que poblaban los pisos de los edificios cercanos. Los compartimentos en que estaban divididos los despachos brillaban como pequeñas colmenas, atareadas por los mismos trabajadores minúsculos. A lo lejos, parecían inmóviles.

—Pues sigo sin entenderlo —cruzó y descruzó las piernas.

—Roca no es un fiscal para tomar a la ligera.

—¿Y el dinero de Neves? ¿Tienes una respuesta?

—Precisamente —dijo el ejecutivo—. Mañana vuelvo al Palacio de Justicia.

—¿Pudiste concertar una reunión? —dijo Iñigo—. ¿Crees que pueda ayudarnos?

Una sonrisa se dibujó al otro lado del pupitre.

—¿Por un porcentaje de los nueve millones? Seguro lo hará feliz.

El ejecutivo bebió un trago de la botella de agua mineral y, mientras revisaba los mensajes en su ordenador, pidió que lo dejaran a solas. Iñigo volvió a su despacho. Leyó los resúmenes del juicio en las páginas de los principales medios de comunicación. Tipeó después el nombre de Aniceto Roca en el directorio virtual del Ministerio Público. El portal devolvió decenas de resultados con información, galerías fotográficas, todo tipo de crónicas y artículos biográficos. Una muchedumbre inundaba la plaza San Martín en una de las instantáneas capturadas por *El Comercio*, reivindicando su rostro en multitudinarios carteles: lo llamaban abogado del pueblo, terror de los corruptos, vengador de la justicia. Apagó la pantalla del ordenador cuando la luna brillaba en el cielo, desprovisto de nubes. Entonces se dirigió a la cocina para lavar su taza de café.

—¿Todavía por aquí? —saludó a la encargada de la limpieza, que trapeaba en el comedor.

Se llamaba Vladimira María y, aunque solía ponerse un mandilito azul para cumplir sus funciones, estaba con ropa de calle.

—Señor Iñigo, buenas noches —dijo la mujer—. ¿Le lavo su café? Disculpe.

—No te molestes —dijo Iñigo—. ¿Qué hora es? ¿Qué esperas para irte, Vladimira?

—Es que las secretarias han estado comiendo. Termino estito y me voy.

—¿Y esa pulsera? —dijo Iñigo, los ojos en la muñeca de la muchacha.

—¿Señor? —alzó la mano Vladimira—. Ay, sí, un lindo regalo ha sido, señor.

—¿Es de oro? —se acercó Iñigo.

—Mi pareja Manongo ha sido, señor —rio la mujer—. Una sorpresota me ha dado.

—¿Manongo? —palideció Iñigo—. ¿La pulsera te la regaló Manongo?

—Pero no vayas a estar diciendo —susurró Vladimira—. Es que ya me iba, señor, por eso nomás me la he puesto.

—Tranquila —sonrió Iñigo—. ¿Me dejas verla de cerca? La mujer extendió su brazo.

—¿Verdad que está linda? —asintió, en voz baja.

—Preciosa —dijo Iñigo, sin moverse. Tenía los labios muy tensos, los ojos brillando y con un aire de perplejidad—. Preciosa, efectivamente, es una pulsera preciosa... —aguardó un instante y, al fin, sonrió—: Ahora guarda el trapeador y vámonos. ¿Vas a la estación del tren eléctrico? Mira qué casualidad, justo paso por ahí.

Una nube arremolinada de polvo anunciaba la llegada de un automóvil por el sendero de trocha. David Ancco se acomodó el quepis sobre la frente. Volvió la vista al frontis de la comisaría, y comprobó que las linternas estaban dispuestas, y el uniforme del sargento impecable. La camioneta se estacionó en la calzada del puesto policial.

—Mi coronel —dijo Ancco, acercándose para abrir la puerta—. Bienvenido, señor.

—Buenos días —se bajó un teniente de mirada tímida—. ¿Es usted el comisario Ancco? ¿David Ancco?

—Sí —dijo Ancco, a un tiempo confundido y decepcionado, ni bien comprobó que, a excepción del chofer, no quedaba nadie en la camioneta.

—Un placer. Soy el teniente Eliseo Salazar.

—¿Está usted solo? Pensaba que vendría también el coronel Jáuregui o el mayor Salas.

—Son los superiores de nuestra brigada —devolvió Eliseo, los ojos en la comisaría—. Pero descuide, estoy a cargo de las investigaciones.

Entraron a la comisaría por una puerta de mamparas deslizantes. El edificio tenía dos niveles, unas pocas computadoras de servicio, y una cómoda de madera que fungía de recepción y mesa de partes. El despacho del comisario quedaba entre las columnas del segundo nivel. Era una oficina pequeñita, sin apenas ventanas, decorada lúgubremente por una fotografía en blanco y negro del presidente de la República. Ni bien estuvo ante su escritorio, Ancco alistó el folio de documentos que contenía los testimonios de las mujeres que encontraron el cuerpo, y el reporte rubricado por el médico legista.

—Tengo entendido que la acequia se ha secado… —dijo Eliseo, tras recibir los papeles.

—Precisamente —sonrió Ancco, y se volvió a uno de sus hombres—. ¿Sargento Cruz? ¿Están listas las linternas?

—Señor, buenos días —dijo un suboficial achaparrado, de patillas gruesas y doble papada, que sudaba copiosamente bajo la camisa del uniforme—. A la señorita fallecida la quisieron esconder aquí cerca, señor. Hemos encontrado algunas prendas que podrían ser de su interés.

—¿En la misma acequia? —se volvió Eliseo.

—Es un túnel, de hecho —sonrió Ancco.

El sargento pasó a explicar que había efectuado un reconocimiento de la acequia el día de ayer, señor, y que había encontrado las prendas y algunos restos que parecían ser de documentos o plásticos quemados no lejos de la desembocadura que daba a los sembríos. Las evidencias fueron enviadas a la atención del coronel Jáuregui en el edificio Quiñones de la Policía de Investigaciones, añadió satisfecho el comisario. Eliseo revisaba el testimonio de las mujeres, el informe del médico legista. Cuando hubo terminado, cerró el portafolio, y preguntó:

—¿Podríamos ver el lugar, ahora?

—¿Tienes listas las linternas? —añadió el comisario Ancco.

—Están abajo, señor —dijo el sargento Cruz.

—Dejaré esto en el carro, primero —se levantó Eliseo.

—Muy bien —sonrió Ancco—. Después de usted, teniente.

Descendieron por el sendero que antecedía a la ciénaga del descampado. Por sobre sus cabezas, entonces, los rayos del sol se difuminaban entre un cielo de nubes grises. La brisa envolvía a los sembríos en el bochornoso aroma de la torrentera. Mientras descendía junto a Ancco y el sargento Cruz, Eliseo percibió el sabor dulzón que se cernía como un manto invisible sobre el camino de grava. Advirtió las cáscaras de frutas descompuestas que vadeaban los bordes del sendero, cuando el comisario se volvió sonriente, deteniéndose ante un canalito de barro.

—¿Recuerda usted, teniente? La encontramos en este lugar.

—Lo recuerdo... —dijo Eliseo, agitado aún por el descenso—. Sigue húmeda, la acequia.

—Queda un poquito de barro —extendió su brazo el sargento—. Su linterna, señor.

—¿Y dicen que este canal no suele llenarse? —ponderó Eliseo—. ¿El acceso está cerca?

—¿Lo ve, señor, desde aquí? —anunció el sargento—. Más allasito nomás es la entrada.

Eliseo siguió con la vista las profundidades del surco barroso y advirtió, no lejos de donde estaba el comisario, el desnivel que formaban el sendero y el campo de sembríos. Una grieta rocosa horadaba en un túnel el andén donde crecían los pastizales. El sargento dejó el sendero y prosiguió la marcha por el surco de la acequia hasta que, casi inclinado de cuclillas, penetró en el orificio junto al comisario: por aquí mismo, teniente, agáchese, y bien abiertos los ojos. Aquel era un túnel angosto, tenebroso y helado. Daba la impresión de estar por caerse, piedras filudas se apiñaban en el bajo techo, un eco profundo magnificaba las respiraciones, los pasos. Eliseo encendió su linterna. Marchó por varios minutos con la cabeza inclinada, rozando las piedras frías, hasta que lo prendieron del codo. El sargento Cruz se había detenido. Apuntaba con la linterna a sus pies, palpando con una mano la tierra.

—No están, señor...

El comisario alzó su linterna.

—¿Qué? —se inclinó a su costado—. ¿Estás seguro? ¿Aquí las dejaste?

—¿No ve acaso las piedras? —dijo el sargento.

—Teniente... —se volvió el comisario Ancco—. Aquí encontramos unas prendas.

—Señor... —lo cortó el sargento—. Alguien se las ha llevado, señor, mire usted.

—¿Qué cosa? —dijo Eliseo—. ¿Aquí encontraron los restos, comisario?

—¿Las piedras? —dijo Ancco—. ¿Se han llevado las piedras, Cruz?

La silueta del sargento se había levantado y caminaba a pasos cortos, encorvada en el borde del túnel.

—Están frescas, comisario —susurró, con voz inquieta.

—¿Están frescas? —se inclinó Eliseo—. ¿Son huellas?

—Regresemos —alzó la mirada Ancco—. Puede ser peligroso.

—Mi teniente... —murmuró el sargento—. Se las acaban de llevar, señor, figúrese, están fresquitas nomás estas huellas.

—¿Había dejado algo en este lugar? —trató de concentrarse Eliseo, enfocando con la linterna los surcos delineados de lo que, efectivamente, parecían ser unas huellas.

—Un altillito de piedras... —murmuró Cruz—. Las dejé aquí para guiarnos, señor.

—Es que quedaban cosas por recoger —añadió el comisario Ancco.

—¿Evidencias? —susurró Eliseo—. Acá no hay nada, sargento.

—Debemos seguirlas... —propuso el sargento—. Las huellas, teniente. ¿Está usted armado?

Eliseo Salazar palpó la cacha del revólver que tenía en el cinturón. Avanzaba entonces junto a la silueta achaparrada del sargento, sin prestar atención a los lamentos del comisario, que insistía con voz queda en que mejor sería regresar a la comisaría, teniente Salazar, si le permitía su opinión informada aquello resultaba una imprudencia, una temeridad, ¿Si lo había escuchado, teniente Salazar? Conforme aumentaban sus quejidos, sin embargo, las vetas que sostenían el túnel iban ampliando su grosor, y gotitas ligeras se desprendían de la techumbre, por donde asomaban ahora unos tallos gruesos, los vestigios de unas cañerías. La vocecita insistió en que debían regresar a la comisaría, sargento Cruz, no sea terco y contésteme, las imprudencias se pagan en el servicio y tan caro. Eliseo siguió adelante. Advirtió que el canal se dividía en el ascenso más próximo. A su izquierda, vislumbró una suerte de pasaje angosto y alargado que daba a una gruta de tabiques circulares. El sargento se coló por la abertura, e iluminó los recipientes apoyados contra el muro.

—Cruz... —siseó el comisario Ancco—. ¿Qué es eso, Virgencita santa?

—Silencio —se volvió Eliseo—. No toque nada.

—Galoneras de combustible —murmuró el sargento.

—Las huellas —repitió Eliseo—. ¿Reconoce usted las huellas, Cruz?

—Mi teniente —susurró el sargento—. Aquí hay cemento, señor.

Dirigió el haz de su linterna a las alturas de la gruta. Una faja de cemento se asomaba por entre los orificios desnudos, de tierra a medio caer. Volviendo los ojos a la línea pespunteada que todavía formaban las huellas, advirtió también la superficie de madera astillada que asomaba a un extremo. Eliseo presionó las tapias con suavidad. Pronto, y con la ayuda del sargento Cruz, había trepado a la casa. Era una construcción antigua, de ventanas desfondadas, que dominaba los sembríos desde un promontorio en la duna. El comisario Ancco reconoció la locación donde se encontraban y se comunicó con el puesto policial de Virgen de Fátima. Y así, a los pocos minutos, no solo arribaban los uniformados de la comisaría, sino también las cámaras y reporteros de los telediarios y, finalmente, el mayor Salas y el propio coronel Jáuregui. El descubrimiento de la guarida donde se cometió el crimen fue anunciado entre bombos y platillos por el superior de la Brigada de la Policía de Investigaciones. Sin imaginarse que por entonces el coronel Jáuregui mencionaba su nombre como el artífice de la incautación —además de las galoneras de combustible se encontraron dos revólveres, algunas botellas de pisco, ropa interior femenina, y los residuos de lo que parecía ser pasta básica—, Eliseo escuchó en los susurros del mayor Salas que la jovencita aparecida en la acequia habría sido una modelo venezolana de altísimo vuelo, y que el coronel Jáuregui lo propondría ante el Ministerio del Interior para la condecoración al valor en situaciones de peligro. ¿Escuchó usted, Salazar? Espabile, cambie su cara de bobo.

El ejecutivo contemplaba el candelabro que pendía en el techo del Palacio de Justicia. Frente a él, instalada tras su pupitre, una secretaria manipulaba el dial de la radio para sintonizar el juicio a la candidata presidencial. Al cabo de pocos minutos, el magistrado Eléspuru emergió a la salita. Era un hombre mayor, de ojos entrecerrados y oscuros, que arrastraba una pierna al caminar fruto de una enfermedad que lo lisió cuando era pequeño. Un prendedor del Poder Judicial brillaba en su traje.

—¿Usted también, caballero? —recibió al ejecutivo en su despacho.

Junto al ventanal de doble marco que daba al Paseo de Héroes Navales, había un televisor que reportaba las novedades en las investigaciones contra los políticos acusados de corrupción. El fiscal Roca declaraba ante un cerco de micrófonos. El doctor Eléspuru sonrió:

—Lo ha puesto todo de cabeza, ¿no es verdad?, Aniceto Roca.

—Precisamente sobre eso quería hablarle —dijo el ejecutivo.

—Por cierto... —suspiró el magistrado—. Visité la tumba de tu padre, hace unas semanas.

El ejecutivo sonrió dócilmente.

—Me honran sus palabras, doctor.

—Nada de eso... —resopló Eléspuru—. Fue el mejor senador que ha tenido este país. Y como sabes, yo le debo mi carrera. En fin, pensarás que este viejo se ha convertido en un nostálgico. ¿En qué puedo ayudarte? Sonabas preocupado al teléfono.

La secretaria ingresó al despacho con dos tacitas de café y un pocillo con galletas y chocolates. El magistrado se volvió al cajón de su escritorio, y tragó dos pastillas y un polvito efervescente disuelto en agua. Entonces el ejecutivo mencionó la confianza especial que le tenía su familia, doctor Eléspuru, desde las épocas en que comenzó como primer secretario del juzgado en San Isidro. En todo caso, suspiró a baja voz, le confiaría el asunto con puntos y comas, sin omitir los detalles menores, dando por descontada su discreción y agradeciéndole de antemano por sus consejos; aunque obvió mencionar el nombre de Fabio Neves o el de sus socios, y se refirió únicamente a los productores de oro que trabajaban en la vertiente oriental del Amazonas, y a los pagos que los congresistas se negaban a recibir preocupados como estaban por las investigaciones del fiscal Roca. El dinero de los pagos ya se encontraba en Lima, y había surgido la urgencia de ocultarlo, y en una ocasión similar usted nos había...

—¿De cuánto estamos hablando? —lo cortó el magistrado.

El ejecutivo susurró:

—Nueve millones.

—¿Nueve millones de soles? —repitió Eléspuru.

—Nueve millones de dólares —dijo el ejecutivo.

—¿Y esto es solo por un mes? ¿Podría incrementarse, diga-mos, el mes próximo?

—Es poco probable... —suspiró el ejecutivo—. El dinero de los siguientes pagos lo mantendrán por allá hasta que la situación en el Parlamento se regularice. Sería imprudente traerlo.

La frente del doctor Eléspuru se contrajo ni bien encendió su calculadora. El ejecutivo entonces se volvió a la pantalla del televisor. Las cámaras de la prensa enfocaban el rostro adusto del fiscal Roca mientras el juez continuaba con la lectura de la sentencia. En la mesa del costado, la candidata cuchicheaba con su abogada. Un rumor lejano de manifestantes se colaba en el audio de la transmisión. Varias organizaciones se habían dado cita en las afueras del juzgado, y clamaban por la reclusión de la lideresa en un penal para reos comunes. Utilizando un potente megáfono, exigían también la detención de los presidentes que se encontraban en libertad, y la proscripción de los partidos políticos.

—Es probable que pueda ayudarlos... —resolvió Eléspuru, todavía con la calculadora entre las manos—. Claro, por vez excepcional, y en atención a la memoria de tu padre.

—¿Dispone de un lugar seguro? —asintió el ejecutivo.

El magistrado chasqueó los labios.

—No lo sé, pero por trescientos, es una posibilidad.

—¿Por trescientos mil? —repitió el ejecutivo.

—No son para mí, ojo —sonrió Eléspuru.

—¿Entonces? —dijo el ejecutivo.

La voz pareció dudar un instante, y Eléspuru guardó la calculadora. Explicó que uno de los vicarios del arzobispo era un hombre pragmático y de tremendo olfato para la política. Roca está acabando con los partidos de este país, muchacho. Y la situación es sencilla, si quieres saber mi opinión: su labor es loable, pero fruto de su juventud no tiene sentido de la mesura, y ha despertado el temor de los políticos, y de los empresarios, e incluso de varios sacerdotes. Por supuesto que todos en la Iglesia coinciden en que la corrupción debe extirparse de raíz, no me malentiendas, pero también comprenden que, sin cabezas o líderes de ningún tipo, esto se vendrá abajo como un castillo de naipes. Ahora bien, es válido preguntarnos: ¿en manos de quién quedará el Estado cuando todos los presidentes estén en la cárcel? ¿A dónde irá el poder si los partidos comienzan a ser tratados como organizaciones criminales? No te confundas, la izquierda sigue con ojos ávidos las investigaciones de Roca. Y es una realidad que a nadie le conviene más el descabezamiento de nuestro sistema que a los amantes de Chávez, de Fidel. La ecuación es sencilla: si los partidos siguen siendo vinculados con este tipo de acusaciones, otros partidos surgirán, y con ellos también la izquierda, y vaya si nuestra izquierda es una catástrofe. Aunque tengo entendido que el arzobispo es contrario a cualquier intervención, un sector de la Iglesia está alarmado por las consecuencias que un cambio de estas características podría suponer para todos. La izquierda aquí es enemiga de la Iglesia, de toda la vida.

—Vaya... —asintió el ejecutivo—. Es un razonamiento lúcido, no me esperaba menos de usted. ¿Se podría recurrir a la Iglesia, entonces?

—Quedan pocos lugares seguros. ¿O crees que son los únicos con el problema?

—Por supuesto que no. ¿Hablamos de un monasterio? ¿De un convento?

—De un albergue —dijo Eléspuru—. Tengo a un familiar de confianza, un primo al que quiero mucho. Pero prefiero ser precavido, y antes de discutir este asunto con él, me reuniré con el vicario.

—¿El vicario? —dijo el ejecutivo—. ¿Es confiable?

Eléspuru respondió con firmeza:

—Pondría las manos al fuego por él.

—Me preocuparía de todos modos que el asunto llegue a la...

—Todos están en la misma situación —lo cortó Eléspuru—. Industriales, constructores, banqueros. Ya nadie se atreve a recibir o pagar un centavo. La salida de la Iglesia, hoy por hoy, es una solución segura, al menos hasta que amaine la tormenta. Es todo lo que puedo ofrecer.

—Muy bien —aceptó el ejecutivo—. ¿Y cómo se llama su primo?

El magistrado alzó su calendario.

—Filomeno... —punteó con el índice—, el padre Filomeno.

—¿Y sabes cómo se conocieron, Mulato? —dijo Bambi.

—¿Crees que los tengan acá? —se volvió el Mulato—. Espera, Bambi.

—Más adelante, Mulato —dijo el Piojo—. Acá no, te dije.

—¿Dónde, entonces? —dijo el Mulato—. ¿No es ese el puesto de periódicos?

—Ahí nomás, junto al semáforo... —señaló el Piojo—. Súbete a la vereda, cuidado.

El Mulato estacionó el vehículo entre el tráfico de buses y combis apretujados de la avenida Abancay. Las veredas estaban colmadas de jóvenes que regresaban tras manifestarse en la plaza San Martín, entonaban consignas en favor del fiscal Aniceto Roca, exigiendo el cierre del Congreso. El Piojo esquivó el tumulto y arribó al puesto de periódicos que estaba en una esquina de La Colmena. Contemplándolo desde su posición en el asiento de adelante, Bambi se llevó a la boca el cigarrillo que tenía en la oreja. Ni bien lo encendió, el Mulato se animó a responder:

—Trabajaba como seguridad de su papá, cuando era jovencito.

—¿Manongo? —dijo Bambi—. ¿Fue guardaespaldas del senador?

—No lo sé a ciencia cierta... —dijo el Mulato—. Pero estuvo en el Ejército, y lo botaron.

—El senador fue famoso —dijo Bambi—. Si hasta salía en la tele.

—Un cerebro —dijo el Mulato.

—¿Y cómo sabes tú estas cosas? —dijo Bambi.

—A veces se pone a recordar, Manongo —dijo el Mulato.

—Habrá vivido a cuerpo de rey, Mulato —dijo Bambi.

—¿En la casa de un senador? —dijo el Mulato—. ¿Te imaginas?

—La tapa, pues —dijo Bambi—. Por eso lo quiere tanto al señor, estoy seguro.

—Siempre fueron uña y mugre —dijo el Mulato.

La silueta del Piojo emergió entonces bajo el semáforo que dividía la calle. Sostenía su casaca sobre la cabeza, al estilo de un paraguas, para cubrirse de la lluvia. Se detuvo ante el kiosco del Parque Universitario.

—¿Y tú crees que nos haya dicho la verdad, Mulato? —dijo Bambi.

—¿Manongo? —dijo el Mulato—. ¿De qué hablas, compadre?

—De que iba a encargarse de la venezolana.

—¿Y qué crees? ¿Que no lo ha hecho?

—No lo sé —dijo Bambi—. ¿No lo metieron a la cárcel por cachero?

140

—Si hasta salió en los periódicos el cuerpo —dijo el Mulato.

—Olvídate de eso —dijo Bambi—. Manongo sabe hacer sus cosas.

—¿Y qué crees? —dijo el Mulato—. ¿Que nos ha mentido?

—Todos tienen secretos, Mulato —dijo Bambi—. Manongo mismo, no es tonto.

—¿Y crees que le fallaría al señor? —dijo el Mulato.

—Eso sí que no, difícil —dijo Bambi.

El Piojo volvió con un fajo de periódicos bajo el brazo, los cabellos revueltos, salpicados por la garúa brillante. Las facciones de su rostro habían palidecido ligeramente, y se mordía con insistencia los labios. Abrió el periódico como una pancarta.

—Está en todas partes, puta madre.

—El señor va a matarlo a Manongo —dijo el Mulato.

—¿Cómo mierda se llenó la acequia? —dijo el Piojo.

—Es culpa de Manongo —susurró Bambi—. Dijo que era un lugar seguro.

—¿Pudiste comprar los periódicos de ayer? —se volvió el Mulato.

—Toma, Bambi —dijo el Piojo—. La que le espera a Manongo, pobrecito.

—¿Qué chucha es la Policía de Investigaciones? —dijo el Mulato, los ojos en la portada de *El Comercio*—. No parecen policías normales. ¿Ese es un mayor? Puta que son todos flacos. Militares parecen.

—Son unidades especiales... —se volvió Bambi.

—¿Y a qué hora tenía su reunión Manongo? —dijo el Piojo, con la edición del *Trome* entre las piernas—. ¿Se molestará el señor? Está en todas partes, la noticia.

—Quién diría que la acequia iba a llenarse —repitió Bambi.

—Ojalá no nos echen la culpa —dijo el Piojo.

—Los policías solo quieren billete —suspiró el Mulato.

Aguardaron entre la maraña de bocinas y autobuses de la avenida Abancay, hasta que una mujer policía les ordenó que circulasen. Emprendieron el viaje por el óvalo de la plaza Miguel Grau, hasta el Malecón Cisneros de Miraflores. El Piojo y Bambi se turnaban para leer en voz alta los reportajes de la incautación a la casa donde habían dejado a Manongo, mientras que el Mulato verificaba la numeración de las cuadras en las esquinas, atento a los árboles del óvalo Bolognesi. Cuando finalmente encontró la pensión, mandó al Piojo y a Bambi a sentarse en una de las banquitas que miraban la fuente de agua en el centro. Sacó el cartelito de taxi que tenía escondido en la guantera y lo acomodó en el techo. Se calzó una boina sobre la frente. Abrió la maletera, con las galoneras de agua y el trapito blanco, y comenzó a restregar los parabrisas de las lunas delanteras.

—Es ella... —susurró el Piojo, volviéndose apenas, desde la banquita en el óvalo.

La muchacha cruzaba la pista con apuro. Vestía un pantalón de corduroy, zapatillas oscuras, y una camisita de tiras celestes y blancas que dejaba al descubierto sus hombros. Unos lentes circulares le cubrían el rostro.

—¿Tú crees? —dijo Bambi—. Sí, puede ser.

—Silvia Falcó —susurró el Piojo—. Estoy seguro.

—Ella puso la denuncia —dijo Bambi.

—Puta que es una belleza —dijo el Piojo.

—Disimula —dijo Bambi—. En este barrio son todas así. Disimula, Piojo.

—Rosaditas... —murmuró el Piojo—. Ojalá nos toque a nosotros esta vez.

—Anda... —sonrió Bambi—. Dependerá de Manongo y del señor.

—¿No sabes lo que haremos todavía?

—Ella denunció la desaparición de la otra, ya te dije.

—¿Era amiga de la venezolana? —dijo el Piojo.

—Es lo que dijo Manongo —dijo Bambi.

—¿Es puta también? No me jodas, qué delicia.

—Manongo se quedó con la primera —dijo Bambi.

—Esta tiene que ser para nosotros —dijo el Piojo.

—Mulato huevón —sonrió Bambi, volviéndose a la calle—. A ver míralo. No le queda el papel de taxista. Se le cae la baba.

Nadie está feliz con lo que tiene, recordó Iñigo las palabras de su madre, ni bien apagó la camioneta. Las sombras de la noche azulada lo adormecieron en un silencio muy cálido, y alzó los ojos. El cielo era una constelación de chispas brillantes, de lucecitas que titilaban, algunas nubes se aglutinaban en torno a los prados del Golf Club. Cerró los ojos, e intentó tranquilizarse: los ahorros, el piso con terraza que había comprado a sus padres en la Plaza del Ángel, ¿verdad que se pusieron contentos?, y el apartamento con vista al mar en Formentera, las ganas que tenía de estrenarlo, de nadar sin premura, de quedarse. Cada vez encontraba menos argumentos para hacer lo que hacía, sin embargo, y la pulsera con que sorprendió a Vladimira había cambiado las cosas. Por primera vez, se había sentido culpable de una desgracia que poco tenía que ver con negocios, primas, dividendos, y le costaba dormir por las noches. Temía además por sí mismo, y cómo no, si nadie estaba seguro con tantos informantes pululando en las redes de la Fiscalía, no quería jugarse el pellejo. Preocupado, entonces, se vigiló las espaldas. Opuestas a las luces nocturnas que cruzaban la avenida Javier Prado, flameaban los estandartes de la Embajada China, una bandera roja que más parecía la vela de un barco, inmensa. Las calles de San Isidro dormitaban serenas. Los carriles de la avenida Javier Prado formaban un río oscuro, desierto y sin luces. Iñigo se bajó a las dos. Visualizó la caseta del teléfono público en el parque Alfonso Ugarte, y recordó en un instante los claustros ajetreados de la universidad de Salamanca, el sol que brillaba sobre el cielo sin nubes de su país. Descolgó el auricular. Lo saludaron en España.

—Osu... —dijo Iñigo—. Osu... ¿Me escuchas? Soy yo.

—¿Iñigo? —devolvió la voz—. ¿Qué hora es? ¿Qué haces despierto?

—¿Puedes hablar? —dijo Iñigo—. ¿Te pillo en buen momento?

—¿Qué número es este, tío? —dijo la voz—. ¿Has cambiado de móvil?

—Osu, joder... —dijo Iñigo—. ¿Qué es esa bulla? ¿Tienes un momento?

Un rumor agudo interrumpió la llamada. Iñigo pensó: está en el metro.

—¿Me llamas en cinco minutos? —dijo la voz.

—Osu —dijo Iñigo—. ¿Dónde te has metido, chaval?

—Que no te escucho, tío —dijo la voz.

—Te llamo en cinco minutos —dijo Iñigo.

—¡Qué no te escucho, tío! Espera que te escribo, saliendo...

La llamada se cortó, e Iñigo volvió a la camioneta. Observó en el espejo retrovisor que la luz de una motocicleta se asomaba por un extremo del parque. El sereno vestido con el uniforme de la municipalidad bordeó la avenida y, al sobrepasar la camioneta estacionada, saludó con la mano en la frente. Iñigo sonrió, devolviendo el saludo. Ni bien perdió al guardia de vista, sin embargo, sintió un ramalazo de miedo e imaginó a Osuna en Madrid. Lo recordaba como la última vez que lo vio: los cabellos rubios cubriéndole las orejas y un ojo, un cigarrillo chupado entre los labios, las palmas de las manos rayadas de fórmulas y anotaciones. Había conocido a Ramón Osuna en el departamento de estadística de la universidad: un asistente de probabilidad matemática jovencito y que hacía de todo, su familia no tenía un duro, y hasta trabajaba de contador los fines de semana. En un extremo que ambos encontraron igualmente irónico y trágico —quién diría que los recortes anunciados por el gobierno terminarían afectándolos—, la pérdida de su trabajo en la universidad les fue comunicada con diferencia de pocas horas. Así, pues, regresaron en el mismo tren a Madrid. A diferencia de Iñigo, sin embargo, que volvió a la casa de sus padres, Ramón trabajó de mesero por unos meses, hasta que consiguió un puestito de contador en una empresa de transportes. Cuando se animó a cruzar el Atlántico para trabajar en Sudamérica, Iñigo quiso persuadirlo, animarlo, convencerlo. Porque el Perú era muchas cosas, chaval, había pasta para hacer y se comía muy bien, contabilidad y qué gilipollez era esa, un insulto para tu inteligencia, chaval. Pero Ramón pertenecía a esa clase de españoles perpetuamente enamorados de su país, ajenos a las crisis, ajenos a los aviones, y para los que solo se vivía como se debía en España. Necesitaba poco para vivir, chaval, y su respuesta nunca cambió.

El teléfono vibró finalmente pasadas las dos y veinte de la madrugada, e Iñigo volvió a la caseta. La comunicación era entonces muy clara —Osuna, vaya Dios a saber por qué extraño motivo, había salido a trotar a la Casa de Campo— e Iñigo le pidió que lo escuche y sin interrupciones, tío, habían pasado tantas cosas que no sabía por dónde empezar. En principio, tenía noticias que darte, Osu: volvía a Madrid...

—Venga ya... —lo cortó Osuna—. ¿Qué me estás diciendo, tío?

—Déjame terminar, por favor.

—¿Que vuelves a Madrid?

—Tronco, un minuto...

—¿Ya lo saben tus padres?

—Que te calles, joder.

—¿Y por qué tienes esa voz? —celebró Osuna—. Que estoy feliz, tío, es una buena noticia.

Iñigo permaneció en silencio.

—Puede ser... —asintió en un susurro—. Al menos para ti, Osu, si prestas atención.

La voz al otro lado de la línea se calló cuando Iñigo se refirió a los proyectos que habían discutido en el pasado, mientras estaban en Salamanca, y no tenían un duro para invertir. ¿Te acuerdas, Osu? Muchas cosas han cambiado, chaval. ¿Quieres saber cuál es la primera? Que estoy forrado de pasta, tío. Que no, que no, que tengo mucha, de veras. Y con este asunto del regreso a Madrid, pues me ha surgido un problema, y necesito que me escuches, Osu, un momento. ¿A que sabes de qué se trata? Va por ahí la cosa. Si transfiero el dinero desde Lima me quitarán mogollón por impuestos y comisiones y aportes a la Seguridad Social. Peor todavía, si el dinero viene de Perú, te hacen miles de preguntas, y al final los gilipollas de Hacienda se meten a averiguar hasta los bienes que tienen tus padres, o dónde viven y cómo. ¿Por qué hacen eso, dices? Porque sospechan que la pasta es de origen ilícito, tío, como los dólares vienen de Sudamérica, piensan en Colombia o qué sé yo, nunca han salido de España estos paletos. Sí, tronco, lo sé, es una pasada, una gilipollez, pero por eso te llamo, Osu, es que necesito que me des una mano. Escúchame bien, por favor. Necesito que cojas tu coche y que te vayas manejando para Andorra. Sí, tronco, así como lo oyes, para Andorra. Son como seis o siete horas de viaje. Pero claro, tío, yo asumiré todos tus gastos: el coche, la gasolina, tus comidas, el hotel, y te daré una pasta por el favor que me estás haciendo. ¿Cómo estás de tiempo? ¿Te parecen bien cinco mil, tío? Que no, que no, que no es una broma, que eso no es nada para mí, Osu, realmente te digo, he hecho un pastón en Lima, es que no sabes cómo me ha ido y, es más, te los puede dar mi madre hoy mismo, si prefieres. ¿Qué opinas? ¿Tienes unos días libres? Perfecto, muy bien. Entonces escúchame, tío, por favor, cállate un rato, necesito que partas de inmediato para Andorra, hoy mismo si puedes, esta misma noche de ser posible, Osu, y que abras una cuenta en la Banca Privada de Andorra, ¿entendiste?, anótate el nombre del banco, tranquilo, yo espero, ¿ya estás?, escríbelo bien, vas a abrir la cuenta a tu nombre con el dinero adicional que te dará mi madre, no lo olvides, en la Banca Privada de Andorra. Pagarás con eso todos tus gastos, y no te preocupes ni por hoteles caros o buenos restaurantes, tío, date la gran vida si quieres. Eso sí, Osu, esto queda entre los dos, tronco, es que esto no puede saberlo nadie aparte de nosotros dos, pero nadie de nadie, ya sabes tú cómo somos en España, si los funcionarios te ven con pasta te arruinan y no hay quién se salve de Hacienda. Y necesito ese número de cuenta lo antes posible, ¿entendiste? Te daré los detalles en Madrid, ojalá dentro de unos días que llego para quedarme. Mi madre te está esperando, Osu, tiene todo organizado en el apartamento de Plaza del Ángel, y yo te volveré a llamar. Muchas gracias, chaval, olvídalo, que no seas gilipollas, hombre, que para mí ese dinero no es nada, que ya te lo he dicho, dale un beso a tu madre.

Eliseo cruzó el umbral de la puerta y fue como si todas las viejitas del mundo dijeran su nombre. Rostros felices le dieron la bienvenida a la salita olorosa a anises, a cedrones, a manzanillitas para la buena digestión. ¿Cómo habían entrado tantas señoras en los sofás de la sala? ¿Había quince? ¿Veinte? El rostro de la tía Amelia era una máscara de maquillajes medio chueca, el tinte del pintalabios le manchaba los dientes. Un baúl de madera antiguo servía de mesa a la reunión y, en su cubierta, yacían acomodados varios diarios, reportando el hallazgo en la guarida de los malhechores. ¿Soy yo?, dijo Eliseo, y cómo no, dijo la tía Amelia, y mira lo que dicen aquí, y en este otro, aquel es el mejor, compré todo lo que pude para mandar en encomienda a Arequipa, y una viejita alzó un periódico en el que lo habían bautizado, mira, ve, Eliseo, mira, ve, muchacho, como el valeroso teniente Eliseo Salazar, valor de la institución, de los mejores cuadros que opera la Policía de Investigaciones. Qué feliz estaba la tía Amelia entonces, lo mostraba a Eliseo del brazo y tan orgullosa, el Eliseo, decía, el Eliseo mofándose con cariño de su forma de hablar, tanto que le hizo un espacio a su derecha para rezar el rosario, era día de los misterios dolorosos, papacito. Claro que Eliseo no podía, tenía muchas cosas que hacer, se había cometido un crimen lleno de maldad. Pero nada de eso, dijeron las viejitas, y Lima era una ciudad tan peligrosa, tan venida a menos, había tanto extranjero pululando por sus calles, y hoy más que nunca tenías que rezar, rezar mucho, rezar por los que sufren y para que la Virgen te proteja. Porque estás muy expuesto, dijo la tía Amelia, haciendo un puchero. Y nunca es tarde para empezar, dijo una señora a la que apenas se le veía la carita sobre la bufanda tejida con lanas. Y se ve todo tan peligroso en los periódicos, añadió la tía Amelia, quién sabe si esos maleantes saben dónde vives. ¿Y gustas tu matecito con una o dos cucharaditas de azúcar?, dijo una señora de lentes gruesos como botellas. Y otra que estaban tarde, que estaban tarde y no podrían quedarse para el lonchecito, ¿a quién le tocaba la última petición? A Eliseo no, por supuesto, no le quedó otra que soplarse las dos horas de las peticiones y los Ave Marías y los misterios dolorosos, alternando las galletitas con las infusiones y, por cierto, con las confusiones de fechas en el registro migratorio que le había entregado el mayor Salas. ¿Veía usted, Salazar? Antonia Pineda, natural de Maracaibo, Venezuela, desaparecida. Una puta cara de las que abundan por Lima, Salazar. Las venezolanas tienen los mejores potos del mundo, escuchó decir Eliseo a sus espaldas cuando volvieron al edificio Quiñones, pero no pudo voltearse porque aprenderá con el tiempo, continuó hablando el mayor Salas, aprenderá con el

147

tiempo y le aviso, eso sí: la historia de siempre, Salazar. Jáuregui lo cortó: deja que él lo descubra, Salas, y no te metas. Pero el mayor Salas no le hizo caso: ya verá cómo tengo razón, Salazar. ¿Mi mayor?, dijo Eliseo, que por supuesto no entendía nada, y el mayor Salas así pasa, pues, se meten con alguien importante, con señores que las hacen sentir cómodas, y las colman de regalos, y no solo se las cachan sino que les preguntan cómo viven, dónde comen, qué ropa usan, si quieren viajar y así nomás las acaban convenciendo, las putas se sienten macanudas porque son tan finas no teniendo nada, y ya ve usted, a la acequia, Salazar, a la acequia. Llegó entonces desde la oficina el vozarrón enorme de Jáuregui. Ya le he dicho que cierre la boca, Salas. Y el mayor Salas a sus órdenes, mi coronel, hora de irme y buena suerte, Salazar. Y así Eliseo se pasó la noche alternando las conjeturas sobre los viajes de la venezolana a la convención minera de Arequipa, una puta cara, Salazar, con las peticiones de las ancianitas implorantes, para que Diosito te ayude en tu trabajo, Eliseo, y hasta lo obligaron a hacer una petición, Silvia Falcó se llamaba la señorita que puso la denuncia, ¿una petición, tía Amelia?, y el mayor Salas sí, vivía en una pensión del óvalo Bolognesi en Miraflores, una petición, papacito, no demores y él respondió: para que no hayan pobres en el mundo, y las viejitas te lo pedimos, Señor.

El agente que aguardaba entre los muelles respingó cuando el asfalto se puso a temblar. En la oscuridad blanquecina de la niebla distinguía apenas las grúas oxidadas del puerto, el cuchicheo lejano de los taladros que soldaban los contenedores. Una bandera rotosa flameaba desde el mástil en el edificio de aduanas. Las azoteas desnudas hendían la bruma blanca, las ventanas lucían empañadas por el vaho que subía del mar. El agente se llevó la mano a la frente cuando le pareció advertir una luz que chispeaba, muelle abajo, entre los edificios del puerto. El auto del general Cabanillas parpadeó sus faroles.

—Mi general —se cuadró el agente, abriendo la puerta.

—¿Qué hacía en el muelle? —lo saludó Cabanillas en el asiento de atrás.

—Sí, disculpe, es que pensé que nos veríamos en el muelle, señor.

—¿En el muelle? —sonrió Cabanillas—. ¿Está ciego? ¿No ve que está abandonado?

—Con razón... —suspiró el agente, y abrió su maletín.

Cabanillas sacó un cigarrillo de la pitillera que llevaba en el uniforme.

—¿Y su compañera?

—Preparando el expediente que nos pidió, señor.

—Entiendo —dijo Cabanillas—. ¿Entonces? No tengo todo el día.

—De inmediato... —tembló el agente, rebuscando entre sus documentos—. Como sabe, señor, la investigación está a cargo de...

—Espere —lo interrumpió Cabanillas—. Desde el principio.

—¿Desde el principio, mi general?

—¿Qué pasó con la venezolana?

El agente asintió, en silencio.

—Creemos que la mataron unos malhechores del cerro San Cosme.

—¿Fue Manongo o no? —se impacientó Cabanillas.

—Diría que sí, señor.

—¿Y cómo la detuvieron?

—No lo sabemos a ciencia cierta. Verá usted, el reporte del médico legista...

—Guárdelo —lo cortó Cabanillas—. Qué cree que pasó, estoy preguntando.

El agente meditó su respuesta, relamiéndose los labios.

—Tienen que haberla secuestrado, y después...

—¿Cómo llegó el cuerpo a la acequia? —lo interrumpió Cabanillas.

—Intentaron calcinarla en un ducto de aguas servidas.

—¿De aguas servidas? ¿Un desagüe, dice usted?

—Exacto, y la torrentera inundó el ducto, y el cuerpo acabó en los sembríos.

La bocina de un barco mercante emergió desde las profundidades azules. Grupos desperdigados de obreros caminaban por los canchones entre la bruma, aparecían y desaparecían según el sentido del viento. Mantenían el mismo ritmo pausado y de cabezas inclinadas, unos cargando costales mojados y cubiertos de arena, y otros con las manos exhaustas en los bolsillos, encorvados de agotamiento, los cascos a la espalda. Cuando una de las siluetas pareció volverse al vehículo, el chofer apagó los faroles.

—Y entonces... —dijo Cabanillas—. ¿Quién tiene la investigación?

—La Policía de Investigaciones.

—¿La Policía de Investigaciones?

—Están en el Edificio Quiñones, en San Borja.

—Eso ya lo sé —lo cortó Cabanillas—. ¿Choque? ¿Paucar?

—El coronel Jáuregui, señor.

—¿Jáuregui? —repitió Cabanillas—. ¿Su segundo es Salas?

—El mayor Salas, correcto.

Mientras el agente explicaba que el médico legista no había podido certificar la identidad de la señorita, mi general, y que por eso no había llegado su nombre a los medios, Cabanillas se estiró sobre la palanca de cambios y abrió la guantera del vehículo.

—Aquí tiene —sacó un sobre grueso de manila—. Y tome nota, por favor.

—Un minuto, mi general —abrió su libreta el hombre.

—Esto es para Jáuregui y Salas, de parte nuestra.

—¿Cuánto hay, señor? —dijo el hombre.

—Cuéntelo, si quiere —dijo Cabanillas—. Entrégueles el encargo hoy mismo.

—Así será —dijo el agente—. ¿Alguna indicación sobre la repartición del dinero?

—Dependerá de Jáuregui —dijo Cabanillas—. Hable a solas con él, primero, y reporte.

—Muy bien —dijo el hombre, guardando el sobre en el bolsillo interior del saco.

Cuando se disponía a bajar, Cabanillas susurró un minuto. Rebuscó en su maletín, el cigarrillo apretujado entre los labios, desperdigando las cenizas sobre los muslos. Alzó finalmente un fajo de billetes. Antes de que me olvide, advirtió a baja voz, esto es para usted, también de parte nuestra y por sus servicios de las últimas semanas. Al agente le brillaron los ojos. Quedó muy quieto, los labios temblando, hasta que se inclinó para recibir el dinero y le agradecía tanto, señor, tenía su compromiso y el de su compañera en Inteligencia, si estaban para servirlo y cualquier cosa no dude en llamarnos, a la hora que sea, cualquier día de la semana, señor, sin dudar. ¿A la hora que sea?, chasqueó los labios Cabanillas, como si estuviera molesto, vaya y comparta el dinero con su compañera, es para los dos.

El ascenso por las escaleras de la cuesta se le hizo interminable. Subía entre pausas esporádicas, volviéndose al horizonte de nubes bajas, llenaba los pulmones con el viento del desierto. Ante sus ojos despuntaban los trazos de la bahía, la línea del mar azul, los edificios que inundaban los acantilados como una fortaleza. Y es que aquel entorno de cerros rocosos difería en extremo de la ciudad plana que bañaba el Pacífico, y parecía incluso otro país. No solo por sus cuestas encadenadas en ascensos y descensos, sino por las voces, las sonrisas pintorescas, los niños que correteaban con polleras y trajecitos bordados. Una señora de largas trenzas ofrecía cantando su kankacho de Ayaviri. Manongo consultó la dirección con un ancianito que bajaba por el sendero, y se enteró de que en la iglesia preparaban las festividades de la Candelaria, el preludio del carnaval en el altiplano. El hombre se le quedó mirando, tenía el rostro sembrado de manchas, con pocos dientes, y hedía a sudores, a alcohol de quemar. Manongo retomó la marcha conteniendo apenas la respiración, pero no pudo evitarlo y recordó el olor de los desinfectantes, de los pacientes del pabellón de Nefrología en el seguro. Hizo un alto para refrescarse, previniendo un mareo, un bochorno por el calor. Se frotó las mejillas, nervioso. Creyó escuchar unos quejidos zumbando en torno a las dunas, más allá de los cerros ocres, y cerró los ojos. ¿Había experimentado tamaña sensación de repugnancia y abandono alguna vez en su vida? No, imposible, lo que vio en aquel hospital superaba incluso a la cárcel. El corredor estaba regado de camillas que portaban a viejecitos llorosos, mujeres enchufadas a máquinas que bloqueaban los pasillos, a la espera de una habitación. Dio por error con un corredor donde trataban a niños quemados. Siguió caminando, y encontró a Benancio en un barracón donde apenas cabían las camas: una suerte de cubo celeste con lamparones de agua empozada, sin ventanas. Una humedad muy fría había formado charquitos que apestaban a sudores, a babas. Benancio aguardaba en una camilla contra la pared. Tenía el antebrazo conectado a una máquina de rígidos cables que limpiaban su sangre. Supo entonces que la vida lo estaba abandonando. Sus pómulos habían perdido lo poco que les quedaba de color, su mandíbula empezaba a sobresalir, los dientes como hincados hacia adelante daban a su rostro un aire simiesco. Benancio lo reconoció, esperanzado y pacífico, y Manongo fingió una sonrisa. No pudo evitar llevarse la mano a la boca cuando notó que le habían amputado la pierna. Un morro de vendas cerraba su muslo a la altura de la rodilla.

—Zambito... —dijo Benancio—. Sabía que vendrías.

—¿Qué pasó? —dijo Manongo—. Quedarás como nuevo, Benancio.

—Dios y la Virgen te escuchen, Manongo.

—¿Qué te pasó? ¿Cuándo te operaron?

—La diabetes, zambito, la diabetes.

Manongo se giró, fingió contemplar la extremidad ausente.

—Te vas a recuperar, compadre.

—Escúchame, tengo algo que decirte.

—Habrá tiempo de sobra después.

—No —musitó Benancio—. Tiene que ser ahora.

—¿Ahora? ¿Por qué ahora?

Benancio se pasó la mano por la sien, alisándose los cabellos. Intentó girarse de costado, jadeando quedamente, y Manongo descubrió los escapularios que tenía atados en la muñeca. Estaban manchados de grasa, envueltos en mucosidades amarillas y costras. Entre las sábanas percudidas, medio perdidas bajo la almohada, advirtió también las cuentas de un rosario.

—Te he mentido sobre mi mujer —dijo Benancio.

—No tiene importancia —dijo Manongo—. Ya habrá tiempo para conversar.

Benancio intentó levantarse.

—Manongo, escúchame, necesito ayuda.

—No grites —dijo Manongo—. ¿Qué pasa?

—Toma —dijo Benancio.

—¿Qué es esto? —dijo Manongo.

—Está abandonada la casa.

—¿Qué casa? ¿De qué hablas?

—La dirección —tragó saliva Benancio—. Es que, si me pasara algo, mi mujer...

—¿Dónde queda esto? Tu mujer se largó, compadre.

Los ojos de Benancio se llenaron de lágrimas.

—La pendeja me engañaba, fue un accidente.

—¿Un accidente? —dijo Manongo.

—Si me pasara algo —lo cortó Benancio—. Si me pasara algo, díselo.

—No entiendo. ¿Qué quieres que diga? ¿A quién?

—La verdad, zambito, a su familia.

—¿La verdad? ¿Cuál verdad, Benancio?

—Está en esa casa, mi esposa.

Manongo le palpó la frente.

—¿Tienes fiebre? Estás delirando.

Un enfermero con el rostro salpicado de granos llegó esquivando las camas. Tenían que pasar al paciente a consulta, ¿estaba listo, don Benancio?, había llegado el especialista y no se quedaría mucho tiempo: ya sabes, zambito, hasta pronto, zambito. Manongo lo vio alejarse, sin percatarse de que aquella sería la última vez que vería con vida a aquel hombre, que tan bien lo había cuidado mientras estuvo en la cárcel. Tenía el papelito con la dirección doblada entre las manos, todavía, y ahora, pocos meses después, lo volvía a sostener en su mano humedecida, al tiempo que el cabo continuaba su camino cuesta abajo a la iglesia. Manchas de sudor perlaban el cuello de su camisa. Arrastraba los pasos con premura, aunque manteniendo el ritmo marcial de sus épocas de servicio, vestido de saco y corbata, los zapatos reluciendo como espejos.

—¿Pumacahuac Chumpi? —dijo Manongo.

El individuo se giró lentamente.

—¿Petronio Pumacahuac Chumpi? —repitió Manongo.

153

—Sí, señor. ¿Quién es usted?

—Cholo. ¿No me reconoces?

—Tengo la confirmación —dijo el doctor Eléspuru, sus manitas perdiéndose entre los expedientes que colmaban el escritorio.

—¿Pudo recibirlo el vicario? —tomó nota el ejecutivo.

—Y también mi primo —sonrió el magistrado.

Desapareció tras los altos de papeles anillados, informes de
procesos en casación, el crucifijo de plata que dividía el pupitre.
Ocupó la silla libre al otro lado del escritorio. Sacó unos planos
y fotografías de un albergue para niños que quedaba en la calle
Ubaté. El campanario de la iglesia daba la impresión de estar por
caerse, inclinado en su antigüedad de piedra, y las instalaciones
desperdigadas y pequeñas estaban cubiertas de andamios, niños
correteaban por el jardín.

—Ya hemos trabajado juntos.

—¿Con el padre Filomeno?

—¿No ves las refacciones? Tendrán un espacio de lujo.

—¿Las refacciones? —se incorporó el ejecutivo.

—Está ampliando sus depósitos —dijo Eléspuru.

—¿Y dónde guardan el dinero? Tengo que ser claro con
mis clientes.

—Por supuesto... —dijo el magistrado—. Tiene libres los
bajos de la iglesia.

—Okey —pareció decidirse el ejecutivo—. ¿Y el depósito?
¿Cómo se hace?

—Depende de ustedes —dijo Eléspuru—. Mejor por la
noche, está claro.

—¿Y los trescientos? —asintió el ejecutivo.

Eléspuru regresaba al escritorio cuando la secretaria emergió
tras la puerta.

—Disculpe... —murmulló muy nerviosa.

—¿Qué pasa? ¿Por qué interrumpes?

—Es que ya salió la resolución.

La mujer arrastró sus zapatitos hasta el ventanal del despacho, y alzó el control del televisor. Una imagen de la candidata

subiendo esposada a un camión de la Policía apareció en la pantalla. La cercaba una multitud de manifestantes. Minutos después, sin embargo, cuando el fiscal Roca dio sus declaraciones a los medios de comunicación, los rostros hostiles se transformaron en sonrisas, los insultos en alusiones al futuro, y los puños combativos en palmas luminosas, interminables en sus aplausos. Eléspuru guardó los documentos.

—¿Seguimos después? —preguntó con apuro.

—No hay problema —dijo el ejecutivo, los ojos aún en la tele.

—¿Le pido un taxi, señor? —susurró la secretaria.

—Descuide —dijo el ejecutivo—. Llamaré a mi chofer.

—No te lo recomiendo —dijo Eléspuru, alzando el saco del perchero—. Habrá huelga.

—¿En el centro? —se volvió el ejecutivo.

—Lo llaman de la Fiscalía General, doctor —dijo la secretaria.

—Tengo que irme, lo siento —se apuró en despedirse Eléspuru.

Salió a la antesala de la oficina perseguido por la secretaria. Efectivamente, de a pocos el patio exterior del Palacio de Justicia se fue colmando de manifestantes, inicialmente pacíficos, que se amontaban como buscándose en torno a los jardines del Paseo de Héroes Navales, pero después combativos, algunos con los rostros ocultos tras capuchas y pañoletas. Incapaz de encontrarse con su chofer, el ejecutivo se mezcló en el gentío, atento a las consignas de los jóvenes que exigían que se vayan todos, que se vayan todos, corruptos y rateros, directo al matadero... Y entre ellos se veían efectivamente algunas banderolas con emblemas de la izquierda, pero también los escudos de organizaciones que propugnaban la igualdad entre hombres y mujeres, y las banderolas de colectivos ecologistas e indigenistas y nacionalistas, y de los obreros sindicalizados de la construcción civil, y de los reclutas licenciados del Ejército, y de las organizaciones de comedores populares y el Vaso de Leche. Todos parecían compartir el odio que se había extendido como la pólvora entre la sociedad organizada, desde que llegaron desde el Brasil las primeras evidencias de los sobornos recibidos por los políticos; pero las

155

movilizaciones recientes tenían un condimento adicional, o al menos así lo advirtió el ejecutivo mientras cruzaba el laberinto de puños alzados que pedía ahora una nueva Constitución, un nuevo país, un gran juicio impostergable, pues en aquellas voces y en los rostros de tantas generaciones distintas estaba germinando una desesperanza nueva, una rabia rigurosa y humillante, que era a la vez nostálgica e ingenua, triste y desolada, pálida y decadente, impregnada como estaba por años de desventuras, tristezas, racismos, traumas, envidias... El ejecutivo caminó hasta el semáforo de la avenida 28 de Julio. Pensó entonces, y por vez primera, en la posibilidad de regresar a Chicago, y si Cristina aceptaría mudarse. Tenía la cabeza en aquellas reflexiones cuando un taxi lo dejó en la recepción del estudio. Se preguntaría después la razón por la cual las persianas de su despacho permanecían cerradas aquella mañana. Y se diría también que debió haberse alarmado ni bien salió del ascensor y cruzó los escritorios de las secretarias en hora de refrigerio, porque la puerta de su oficina había sido cerrada con llave desde el interior. Antes de que fuera capaz de atender estas preguntas, y cuando se disponía a buscar a Vladimira para que le abriera, la puerta del despacho crujió, descubriendo el rostro de Iñigo. ¿Estaba cerrada la puerta? Es que había una corriente que volaba los papeles y por eso bajó las persianas, pero cuéntame, hombre, cuéntame cómo te fue en el Palacio de Justicia, por qué traes esa cara, qué dijo Eléspuru, ¿y te enteraste?, la sentenciaron, joder, la sentenciaron, Fabio Neves no para de llamar.

El recuerdo de aquella tarde escarapelaba todavía la piel de Iñigo, mientras cruzaba los charcos que humedecían la arena, absorto en la oscuridad de las playas. Respiraba o, mejor dicho, jadeaba todavía por los nervios, incapaz de estarse tranquilo: ahí estaba, en la puerta del despacho, improvisando, esparciendo sus mentiras. De un tiempo a esta parte tenía la sensación de estar actuando siempre con apuro, su mente tergiversaba las cosas, y dejaba cabos sin atar. ¿Cuánto tiempo duraría aquella farsa? Se volvió a las sombras que alistaban las redes en el muelle de

Chorrillos. Las luces de la ciudad se perdían a lo lejos y, bajo la cruz del Morro Solar, flotaban extendidas las velas de un barquito.

—¿Esperó mucho tiempo?

El perfil de Aniceto Roca se aclaró entre las penumbras de la orilla. Utilizaba sus tradicionales lentes de marco grueso, la raya canosa al costado, abrigado hasta el mentón con una casaca del Ministerio Público. Iñigo se volvió para verlo, y reconoció de inmediato su aspecto exhausto y cordial, el cuerpo comprimido y pequeño que era tan distinto al del hombre que aparecía en televisión.

—No estaba en la caja fuerte —se acercó susurrando.

—¿Lo intentó también esta mañana? —dijo el fiscal.

—Y casi me encontró... —dijo Iñigo—. Es que no lo volveré a hacer, y ya está.

—Tranquilo... —dijo el fiscal—. Quedan todavía unos cuantos lugares donde buscar.

—Creo que no me ha entendido —se volvió Iñigo—. Esto se ha terminado, es la última vez que lo intento.

Aniceto Roca asintió, inclinando la mirada, muy quietos los hombros.

—Lo siento, pero no me basta con los datos del señor Neves...

—¿Y qué quiere que haga?

—...para que considere su colaboración como una colaboración completa; al menos como está definida en el Código.

—¿No me escuchó acaso? Mi trabajó se acabó.

—Ya se lo dije, señor Iñigo: para eso necesito que pruebe sus acusaciones.

—¿Y cree que es fácil hacer lo que pide? Saben que hay un informante, joder.

El fiscal suspiró en silencio.

—Lamento que se haya filtrado esa información.

—Su equipo está sembrado de traidores, Aniceto.

—Es posible —dijo el fiscal—. Aun así, avanzamos.

—¿Avanzan? —se burló Iñigo—. Hasta que alguien lo traicione.

—Por eso mismo —prosiguió el fiscal, como si no lo hubiera escuchado—. Necesito los datos de las cuentas en que se reciben los sobornos, para probar el financiamiento de los parlamentarios.

Sin ese documento, estoy atado de manos, y no tengo forma de acreditar su colaboración. No podremos dejarlo partir.

Iñigo se presionó el entrecejo con el pulgar.

—Ya le di la información de los montos que paga Neves, y de sus cuentas —susurró con los ojos cerrados—. Sea razonable, por favor.

—Esa información ya ha sido verificada... —devolvió el fiscal.

—¿Ah sí? ¿Entonces qué coño quiere?

—Solo las pruebas de los sobornos al Parlamento, señor Iñigo.

—Además... —dijo Iñigo—, muchas cosas han cambiado, y de eso también quería hablarle.

—¿Qué cosas han cambiado? —dijo el fiscal.

—Que yo... —Iñigo perdió la voz—. Que yo había ofrecido colaborar con la detención de un abogado que hacía de nexo entre políticos corruptos e inversionistas; pero jamás en la detención de un hombre capaz de matar a otra persona, de un asesino, Aniceto.

Desde la oscuridad que ocupaba en la arena a su derecha, Iñigo escuchó la respiración de Aniceto Roca acelerarse, aunque solo por un momento. Preguntó de repente: ¿de asesinar a otra persona, señor Iñigo? E Iñigo murmulló que no sabía cómo contar esa historia y que quizás todo estaba en su cabeza, pero es que el registro de las llamadas estaba en la caja fuerte, y la muchacha está desaparecida, ¿entiende usted?, está desaparecida, joder. Claro que entonces el fiscal no entendía absolutamente nada; y le pidió que se calmara y que contara la historia con tranquilidad, si era posible. Iñigo le hizo caso, y habló, habló finalmente jadeando, despegando apenas los dientes: no sé si esta información sea del dominio de su unidad, Aniceto, pero a este tío le molan mucho las mujeres. No interrumpa, escúcheme un momento, que yo le he dejado hablar sin molestarle. Esto que le acabo de decir quizás le parezca muy normal, pero el asunto es que a él le han encantado las tías, vaya, que es un adicto de veras. Y, de vez en cuando, muy de vez en cuando, suele sucederle que se encariña con algunas más que con otras, y con algunas más de la cuenta, como le pasó con esta venezolana que conoció en una convención minera de hace años. Pineda, lo recuerdo perfectamente, Antonia Pineda, una tía muy agraciada. Y yo podría jurarle a usted en estos momentos que le he visto elegir en la tienda Harrods de Londres una pulsera de oro para regalársela a esta mujer que llegó de Venezuela. Es que estaba acojonadísimo con ella, tanto que trataba de verla todos los días, incluso los fines de semana. ¿Y qué cree que ha pasado, Aniceto?, pues resulta que la pulsera exacta que le regaló a esta señorita venezolana la tenía en la muñeca la muchacha que trabaja de conserje con nosotros. Fuera de toda duda, y escúcheme bien, era la misma pulsera, exactamente, hombre. Yo sé lo que le digo, porque yo fui quien la pagó. Pero la historia no queda ahí, espere un momento, por favor, no interrumpa. A esta jovencita la pulsera se la regaló el tío que toda la vida le ha hecho los mandados sucios a la familia de este gilipolllas. Y esto no me lo he inventado yo, Aniceto: es que me lo ha dicho la propia muchacha. A este delincuente lo conozco porque he trabajado con él en el pasado, vive en el cerro San Cosme, y lidera a una cuadrilla de malhechores peligrosos. Manongo, que le dicen. Y sepa esto: cuando abrí la caja fuerte del despacho por primera vez, no encontré las cuentas benditas que usted me viene pidiendo hace semanas, pero sí el registro completo de las llamadas de Antonia Pineda, imagínese, y descubrí que había tratado de comunicarse con Cristina en al menos tres ocasiones —sabe usted quién es Cristina, ¿no es verdad? Exactamente, su esposa—. Por eso le digo que las cosas han cambiado y que estoy corriendo mucho riesgo, ya no para su puñetera investigación de los cojones, sino para mi propia vida, joder, y es que nadie tiene la vida comprada.

—¿Fotografió las transcripciones de las llamadas, señor Íñigo?

—Pues claro, y usted las tiene con los documentos.

—¿Y cómo sabe que la muchacha está desaparecida?

—Intenté ubicarla en su pensión, nadie tiene idea de dónde está.

—¿Y dice que conoce al maleante que habría sustraído la joya?

—Perfectamente, lo llaman Manongo, sé hasta dónde vive.

Aniceto Roca se quitó las gafas.

—Veré lo que puedo hacer, señor Íñigo.

—¿Verá lo que puede hacer? ¿Qué cojones? ¿Eso es todo?

—Y le tendré novedades, téngalo por seguro.

Sin despedirse, Íñigo se volvió a la autopista de la Costa Verde, los ojos en las luminarias de concreto que se alzaban sobre los acantilados de la ciudad. Cuando estaba por llegar a la playa de estacionamiento, sin embargo, escuchó la voz del fiscal, que permanecía aun frente a la orilla:

—Una cosa más, señor Íñigo.

Volviéndose apenas, advirtió su perfil minúsculo entre las inmensidades del mar, los lentecitos responsables que lo miraban con las manos en los bolsillos. Aniceto Roca daba entonces la impresión de ser un hombre muy frágil. Lucía cansado. Su rostro insomne no tenía nada que ver con el semblante juvenil y heroico que destacaban en sus carteles las protestas ciudadanas.

—Con los sucesos de hoy, es probable que intente esconder su dinero, y utilice a un testaferro en otro país.

—¿Y qué quiere que haga? ¿Es que tengo que repetírselo? Lo mío se acabó, Aniceto.

—Un minuto... —dijo el fiscal—. Solo quiero que esté atento, nada más. Intentará probablemente conseguir a alguien para ocultar su dinero en algún paraíso fiscal como Hong Kong o Andorra. Consígame esa información, y lo dejaremos marcharse.

—¿Crees que tenga algo que ver? —dijo el coronel Jáuregui.

—¿Dados sus antecedentes? —preguntó el mayor Salas.

—Es probable que Cabanillas sepa la verdad —dijo Jáuregui.

—¿Sobre este caso? —dijo Salas—. ¿Cómo se llamaba, el de la otra chiquilla?

—¿Espada? —dudó Jáuregui—. No recuerdo su nombre, pasó hace años.

—Espada —sonrió Salas—. María del Carmen Espada, señor, ni los suizos.

—Y era hija de militar, para colmo.

—No creerá usted que... —dijo Salas—. ¿Sería capaz, Cabanillas?

—No me sorprendería. En el Ejército son unos sucios.

—Pero saben de negocios —dijo Salas—. Y pagan.

—Eso sí —sonrió Jáuregui—. Eso sí.

Volvió la vista a las ventanas del despacho, y distinguió a lo lejos la silueta angulosa del Estadio Nacional. Sus cubiertas plateadas devolvían la luz como un nido brillante. Un cielo azul de extensión oceánica iluminaba las azoteas en torno al Campo de Marte, con sus monumentos de mármol tallado, y las autopistas que se abrían como riachuelos en dirección a los balnearios de Barranco y Chorrillos.

—Por cierto —dijo Salas, incorporándose—, Salazar ya llegó, mi coronel.

—¿Ya llegó? —dijo Jáuregui—. ¿Empezó con las tardanzas, también?

—Algo le ha pasado a su tía.

—Así empiezan todos, y ahora que salió en los periódicos...

—Parecía honesto, mi coronel.

—¿Tienes clara la figura? ¿Sabes lo que tienes que decir?

—Descuide... —sonrió Salas—. ¿Tenemos tiempo? ¿Lo traigo de una vez?

Jáuregui asintió bostezando. Al cabo de unos segundos, Eliseo emergió por la puerta del despacho. Vestía su casaquita reglamentaria con pulcritud, y sus zapatos brillaban como si los hubiera encerado en el corredor. Entonces, ni bien se hubo sentado a la izquierda del mayor Salas, reportó minucioso los avances de su trabajo investigativo, mi coronel, cómo se disponía a interrogar a la señorita que había presentado la denuncia por la desaparición de Antonia Pineda, Silvia Falcó se llamaba, sustentando también las conclusiones que había extraído del reporte migratorio de Antonia Pineda, por cierto, había estado presente en la última convención minera de Arequipa, mi coronel, y si podían ayudarlo a conseguir el registro de las llamadas de su teléfono, y también la información concerniente a los participantes y asistentes de la convención, tendría entonces un punto de partida para sus pesquisas, y eso era todo lo que había avanzado hasta el momento, señor.

—Antes que nada... —suspiró Jáuregui, con gesto tedioso—. Hábleme de su tía, Salazar.

Eliseo arrugó la mirada.

—¿Señor? —preguntó, boquiabierto—. ¿De mi tía?

—¿Cómo sigue, teniente? —dijo el mayor Salas.

—Su tía, hombre, su tía —lo cortó Jáuregui—. ¿Qué le pasa? ¿Está enferma?

La pregunta quedó sin responder, mientras Eliseo recordaba los detalles de su noche sin dormir. La tía Amelia se había pasado la madrugada en el baño. ¿Qué me habrá caído tan mal, papacito? Esas tortas que hacía Doris, es que mucha azúcar también, y con los rezos una no se mide. ¿Qué hora es? Sé bueno, tráeme un matecito de manzanilla. Suerte que estabas despierto, papacito. Gracias, ahora anda, aprovecha para descansar, pero ni bien Eliseo volvió a su habitación, se había aclarado el cielo en un amanecer muy gris, muy nocturno, y la tía Amelia seguía en el baño. Me estoy deshidratando, papacito. ¿Y si me llevas al hospital? ¿Te molesto mucho? En buena hora, y no, no, es aquí cerquita, no tomará mucho tiempo. Qué bueno eres, papacito.

—¿Y la dejó sola en el hospital? —dijo el mayor Salas.

—Sí... —dudó Eliseo, tras volverse—. Es que estaba tarde, mi mayor.

—¿Tarde para qué? —sonrió Jáuregui—. ¿Para venir acá?

—¿Y es una mujer mayor, su tía? —dijo Salas.

—Sí, bueno, es que... —susurró Eliseo.

—Cállese —lo cortó Jáuregui—. Escúcheme bien, teniente, le voy a decir tres cosas.

Eliseo se dispuso a escribir en su libreta.

—Lo primero: se me regresa de inmediato al hospital, ¿entendió?, para acompañar a su tía como corresponde a un oficial de la Policía de Investigaciones.

Antes de que Eliseo objete su comentario, añadió despreocupado que la condecoración que le había ofrecido por la incautación que lideró con tanta valentía había sido aprobada por el ministro en persona, y que ya le avisaría la ocasión en que se llevaría a cabo para que hable con su familia. Por si lo quieren ver en Palacio, dijo el mayor Salas. El rostro de Eliseo se había descompuesto en una mueca de ilusión. Miraba a Jáuregui con aire confundido, los labios flexionados, sonrientes.

Cuando estaba por agradecer, sin embargo, el coronel añadió que desafortunadamente tenía también malas noticias, Salazar, y que por eso lo había convocado a su despacho.

—Debe dejar la investigación como está... —afirmó Salas, de sopetón.

—¿Mayor? —se volvió Eliseo, sin borrar la sonrisa del rostro.

—Homicidios se hará cargo —dijo Jáuregui—. Ahora, entrégueme sus notas.

La sonrisa de Eliseo tardó unos segundos en desaparecer.

—¿Homicidios? —inquirió—. ¿Por qué? ¿Es que hice algo mal?

—Por el contrario —devolvió Jáuregui—. Lo vamos a condecorar.

—Pero... —dijo Eliseo—. No entiendo por qué, si...

—Así es la vida en la Policía, Salazar —lo cortó Jáuregui.

—Todo son circulares, reformas, modificaciones que llegan de arriba —dijo Salas.

—Indicaciones de la superioridad, me temo —asintió Jáuregui.

—Es una suerte que hayamos mantenido su condecoración, más bien —dijo Salas.

—Y ya tendrá nuevas investigaciones... —añadió Jáuregui.

—No si inauguran la división especializada en feminicidios, señor —ponderó Salas.

—¿La división especializada? —dijo Eliseo—. ¿En feminicidios?

—¡Cojudeces! —lo cortó Jáuregui—. Un muerto es un muerto, en cualquier parte del mundo, así sea hombre o mujer o las dos cosas.

—Me temo que es usted políticamente incorrecto, mi coronel —sonrió Salas.

—En todo caso... —se volvió Jáuregui—. ¿Le quedó claro? ¿Tiene alguna pregunta, Salazar?

Eliseo miraba al coronel Jáuregui y al mayor Salas, y al mayor Salas y al coronel Jáuregui, incapaz de seguir el ritmo de la conversación.

—¿Me asignarán una contraparte?

—¿Una contraparte? —repitió Jáuregui, los ojos en el mayor Salas—. ¿Una contraparte para qué, teniente?

—Para compartir mis hallazgos, por supuesto.

—Yo lo haré —dijo Jáuregui, recogiendo la libreta del escritorio.

—Y, ahora... —aplaudió Salas, poniéndose de pie—. Al hospital, teniente, que su tía está sola.

Acompañó a Eliseo entre consuelos y promesas de investigaciones futuras. Claro que Eliseo siguió sin entender absolutamente nada de lo que había sucedido, cuando desprovisto de su libretita cruzó el portón del edificio Quiñones, y se subió a un taxi con destino al hospital. Buscó la entrada de Emergencias y preguntó en el mostrador por el cubículo en que se encontraba su tía. Caminaba en silencio y reconstruyendo la reunión que acababa de tener en el despacho del coronel Jáuregui, segurísimo de que había cometido un error, fruto seguramente de su inexperiencia, o de su falta de iniciativa, hasta que llegó al biombo que aislaba el cubículo siete. Acurrucada en su mantita de tela, la tía Amelia se puso contenta de verlo, aunque se sorprendió de inmediato y le preguntó por qué traía esa cara y qué había pasado. Eliseo dijo que nada, que nada, y preguntándole más bien cómo se sentía, y si necesitaba cualquier cosa, quizás algo caliente, o una empanadita o postre de la cafetería. La tía Amelia palideció: ¿una empanadita, de aquí? ¿Para que termine de estirar la pata? Todo está tan venido a menos, antes era otra cosa, los doctores unos caballeros, hasta las enfermeras tan educadas y de primera, ay, si es una mugre este país.

—Parece que no hay nadie, Piojo —dijo el Mulato.

—¿Estás seguro de que era en este portón? —dijo el Piojo.

—Apaga las luces, Mulato —dijo Bambi.

—¿Ves el camión a tu izquierda? —dijo el Piojo.

—Está abandonado, parece —dijo el Mulato—.

El coche avanzaba entre las hendiduras y la trocha del canchón colmado de camiones. El cielo cerrado de Lima solía despejarse en las fronteras de la Carretera Central, y sobre el cementerio de fierros y chatarras estacionadas, brillaban aquella noche las estrellas azules, el aro plateado de la luna. En dirección a la sierra, la cordillera mostraba sus picos de nieve como una estela brillante, muy blanca, las cúspides se perdían en el horizonte. El Mulato desplegó una mirada circular que abarcó en un mismo ángulo los autobuses sin llantas que estaban a un extremo del descampado, pasando por el cerrillo de chasises que se apilaban tras el portón.

—Es ahí —extendió el dedo índice.

—Hay un perro, cuidado —dijo Bambi.

—Es una camioneta de la Policía —dijo el Piojo.

—¿No será del Ejército? —dijo el Mulato

—Parece blindada —dijo Bambi.

—Revisa, Piojo, pon seguro a la puerta —dijo el Mulato.

El Piojo recorrió el trayecto que separaba al coche de la camioneta y el montón de autopartes sin ensamblar. Abrió la maletera con la llave que les habían dejado en el cerro San Cosme. Funcionaba, pendejos, funcionaba. No grites, dijo el Mulato, y el Piojo soltó un chucha, es cierto, y comprobó que los cuatro costales estaban acomodados bajo una lona de terciopelo, al fondo de la cajuela oscura, invisibles en el camuflaje de la noche. Cerró con llave y se volvió para susurrarle a Bambi que se bajase al toque para abrir el portón de la salida. Pronto, abandonaban su carrito cochambroso, y se trepaban al vehículo de gruesas llantas, ventanas oscuras, una consola llena de botones que el Mulato apenas se atrevió a tocar. Salieron por la trocha a la Carretera Central, y se perdieron en el tráfico que bajaba a Lima.

Viajaron en completo silencio y sin hacer preguntas sobre el contenido de los costales o la dirección a la que se dirigían. El descenso hacia la costa se convirtió en un recorrido confuso entre nubes brumosas que parecían arrimarse, como si tuvieran prohibido ir más lejos, a las faldas de los cerros, y se detenían en las lindes del desierto. Unas horas después, la camioneta se estacionó ante los barrotes de lo que parecía ser un albergue o convento religioso, ¿es esa la calle Ubaté?, dijo el Mulato, y el Piojo es, es, estaciónate en las rejas, dijo Bambi. Y así se estacionaron, bajo una noche cerrada que hacía difícil contemplar el campanario de la iglesia, las azoteas de los edificios cubiertos de andamios, el mendigo que dormía en la acequia. Un parque de rígidos troncos circundaba la avenida alrededor.

El vehículo apagó los faroles. El Mulato comprobó el número en las rejas de la entrada, y se volvió para anunciar que habían llegado, y que esperen, por favor, Bambi y Piojo, esto era muy serio, silencio absoluto, Manongo les pediría explicaciones si cometían alguna fechoría. El Piojo dijo: ¿y por qué no ha venido Manongo, Mulato?, pero el Mulato se había ido y, al cabo de unos segundos, volvía acompañado de un hombre que caminaba envuelto en una gruesa frazada que le cubría la nariz y los hombros. Su postura hacía recordar a la de un minero u hombre del campo, cuando alzaba su farolito de aceite, y descubría su rostro. Contempló frunciendo el entrecejo las sombras que aguardaban al interior de la camioneta. Se acodó en el umbral de la ventana, finalmente, y sonrió inclinando los ojos:

—Señores...

El Piojo y Bambi se miraron en silencio, mientras el Mulato abría la maletera.

—Caso me tienen que hacer, ¿ya?, la iglesia bien antigua es, y sin naditas de andar hablándose entre ustedes, nadita de bulla hagan.

—¿Quién eres? —dijo Bambi, de mala manera.

—Petronio —dijo el hombre.

—¿Eres el encargado de la iglesia? —dijo el Piojo.

—Eso, el encargado soy.

Todo en la biblioteca atiborrada de tratados jurídicos, y tapizada aún con la moqueta que importó el senador por intermedio de la Embajada de Turquía, le llenaba la cabeza de recuerdos. Manongo suspiró, el sillón donde se había sentado bailoteaba bajo su cuerpo, un vientecito fresco heló sus muñecas. Volvió el semblante a las sombras del jardín. La misma mampara de cuerpo entero, los mismos tonos apacibles, las mismas tumbonas para tomar el sol brillaban por sobre los azulejos de la piscina. Había pasado tantos años durmiendo en la casita de los guardaespaldas que estaba junto a las matas de geranios que tuvo ganas de ir a su habitación, y acostarse, y dormirse hasta el día siguiente. Vaya si sabía el senador preocuparse por los guardaespaldas de su escolta. Pensó lleno de nostalgia en esa época tan bonita de almuerzos colmados en la residencia, cuando dejó la Túpac Huallpa para volver a la capital, un comienzo tras años de sustos y penurias, había sido feliz. Mucho antes de la cárcel, y mucho antes de Benancio y el cerro San Cosme...

—Está hecho —la voz del ejecutivo interrumpió sus recuerdos.

Se había asomado por el otro extremo del estudio, venía seguramente de la cocina. Manongo quedó inmóvil, viéndolo. Las facciones de su rostro recordaban a las del senador, aunque un poco más flaco, padre e hijo eran dos gotas de agua. Estaba descalzo, tenía los pies muy blancos, las uñas cuidadas y con vellosidades en los empeines. Llevaba amarrado en el pecho un cárdigan, el pantalón ceñido de la oficina. Rizos entreverados sin peinar le caían sobre las orejas. Manongo cogió la llave del bolso.

—Me acaba de llamar Eléspuru —dijo el ejecutivo—. El dinero está a salvo, bien hecho.

—Te lo dije —alzó la llave Manongo—. Es confiable, mi gente.

—¿Y te metieron lío? ¿Preguntaron por qué no fuiste?

—Nada —dijo Manongo—. Saben respetar. Necesitaba venir.

—¿El Piojo? ¿El Mulato? Se habrán asustado con los titulares. Manongo se miró las rodillas.

—Cabanillas se ha encargado, de todos modos.

—Espero que el asunto no llegue a mayores —dijo Manongo.

—Cometiste un error, no sabías lo de la acequia.

—¿Y tú sí? ¿Quién lo hubiera sabido?

—Todo se cae a pedazos donde los cholos.

—¿Y Cabanillas? —pareció vacilar Manongo—. ¿Sabe que lo hice?

—No se lo he dicho yo —dijo el ejecutivo—. ¿Y entonces? ¿Tienes noticias?

—Nada de qué preocuparnos —dijo Manongo.

—¿Queda realmente en el óvalo Bolognesi?

—¿Sabes? No parece refugio de polillas.

—¿Había alguien en la pensión?

—Todo tranquilo, descuida.

—¿Y cómo te fue? —dijo el ejecutivo—. ¿Encontraste algo?

El interior oscurecido de la habitación de Silvia Falcó pasó fugazmente por los ojos de Manongo: una habitación pequeña, pero con una vista panorámica del mar. El aroma de las playas se colaba por las rendijas de la ventana entreabierta, y perfumaba el baño y su tocador rebosante de cosméticos. Tuvo cerca de cuarenta y cinco minutos para peinar la habitación, sin que nadie lo moleste. Cuando se dio por satisfecho, convencido de que estaba libre de evidencias que pudieran incriminarlo, comenzó a tender la cama, y a devolver las prendas y los vestidos en el armario. Fue entonces cuando sintió en el exterior el chillido de la puerta, y contempló desde la ventana al muchacho que subía las gradas.

—Eso sí... —añadió—. No me dio tiempo de ordenar cuando terminé.

—¿La habitación? —dijo el ejecutivo—. ¿Llegó alguien?

—Un chiquillo —dijo Manongo—. Jingo, le dicen.

—¿Y te vio? —dijo el ejecutivo.

Manongo se relamió los dientes.

—¿Tú qué crees?

Iñigo verificó el número en la puerta de la angosta construcción. Era ahí, y en la segunda cuadra de la calle More, dijo en el teléfono el fiscal Roca, tengo entendido que el hombre al que busca es un teniente y se llama Eliseo Salazar, señor Iñigo, buena suerte. ¿La voy a necesitar?, dijo él. No lo sé, señor Iñigo, la Policía aquí es una ruleta y no muy emocionante, desde luego, pero la muchacha Pineda había efectuado las llamadas, en efecto, muy buena información, señor Iñigo, en caso de problemas quiero que me avise, cordialmente. Iñigo entonces se bajó del automóvil con las manos muy frías, ahora, pues, Eliseo Salazar, y tan frías que lo llenaron de recuerdos, tan frías como al inicio de esta historia larguísima, una copa helada de vino, una cena majestuosa en el centro de convenciones del Hotel Sheraton. Tiempos de viajes sin final en que acompañaba al ejecutivo por ciudades de cinco continentes, escalas invariables que terminaban en Lima: luces bajas en el escenario principal, silencio y todos calladitos y a prestar mucha atención, distinguida concurrencia, exponía el expresidente de labia inigualable, según varios el último gran político, el último gran caudillo, un orador como los de antes, magnífico, nadie le ganaba en las poses, en el pañuelo sacudido a las palomas blancas, en los aplausos de plazas colmadas de votantes. Y cuántos susurros, muchísimas voces, rostros y acentos de ejecutivos refinados, algunos españoles de Bilbao y Canarias y Valencia, y en su mayoría todos extranjeros, industriales franceses que arrastraban las erres como si fueran jotas, norteamericanos amigables, chilenos con sus dineros y fondos de inversión repartiendo tarjetitas, chinos callados que hablaban ¿o conspiraban? entre sí: minería, petróleo, gas. Iñigo lo contemplaba todo desde la mesa circular a la derecha del ejecutivo, donde también cenaban algunos embajadores, ¿de Chile?, ¿de Colombia?, ¿de México?, en un tiempo de oportunidades que parecía extinto, claro y todo tiempo pasado fue mejor, dice el dicho, cuando se podía hacer dinero de verdad con los proyectos y las infraestructuras, cada licitación era un festival y cómo no si las montañas eran tremendas, tremenda era la geografía del país, tremendas las utilidades, y todo sea por el desarrollo, por el desarrollo dijo el expresidente desde el atrio en su presentación, y los pobres del Perú y para ellos era el trabajo, por el desarrollo, cualquier esfuerzo es menor. Los aplausos acogieron el final de su discurso como una salva de cañones, interminable, absurda, tan hipócrita como podían parecerlo algunas ciudades de América Latina, y el caballero bajó su voluminosa figura del estrado lleno de banderas, y se unió a la cena, siempre sonriendo, siempre feliz, con sus dientes blanquísimos, y tan cordial que saludaba a las esposas de los embajadores besándoles la mano. ¿Quieres conocerlo?, le dijo el ejecutivo a Iñigo, y él, si parecía una luminaria y había sido presidente hasta en dos ejercicios, tendría mucho que enseñarnos, cómo no y sería interesante: quería, desde luego. De todos modos, el ejecutivo no tuvo que hacer nada para presentarlo porque el presidente paseó su imperial figura a través de cada una de las mesas que componían el centro de convenciones del Hotel Sheraton, deteniéndose por supuesto en los excelentísimos embajadores de Chile, y Colombia, y México, verdaderos aliados en la lucha contra el drama de la izquierda y la pústula sangrante que eran Venezuela y Cuba, y así el ejecutivo le hizo una broma al expresidente, que lo codeó como si fueran amigos y dijo el español, ah sí, el español, claro que sí, es usted, he escuchado mucho, buenas noches, señor Íñigo, y bienvenido, está usted en su casa, tengo muy buenas referencias. Señaló al ejecutivo, sin borrar la sonrisa y tan contento: ¿sabía usted que su padre fue mi mejor senador?, y claro que sí, señor presidente, dijo Íñigo, y el ejecutivo me honran sus palabras, señor presidente, y el presidente entonces se habrá cansado porque pasó a otra cosa, dirigió comentarios al embajador de México, un hombre pequeñito tan acicalado y con gomina hasta en los dientes, que olía ciertamente delicioso cuando le dio la bienvenida, señor presidente, qué placer y magistral su exposición. Tantas veces recordaría Íñigo aquel rostro empalagado de poder, el presidente repartiendo sus gracias, sus sonrisas, esos bochornos felices a racimos de personas que se acercaban para intercambiar dos, tres palabras, ¿quizás una reunión, una cena, señor presidente?, y las esposas de los embajadores tan halagadas por sus comentarios, es encantador, un caballero, padre ejemplar y sus hijos lo quieren mucho. Hasta que un día explotó la verdad. Íñigo sintonizó las noticias al despertarse: un video borroso, y voces de periodistas conmocionados, y el mismo sujeto tan respetado y con sus dos gobiernos a cuestas y el cariño de sus hijos, ya sin su pulcro traje, ya sin su pulcra camisa, ya sin su pulcro peinado, ya sin la pulcra sonrisa, enfundado en una casaquita de dormir medio despintada, más bien humilde, y lo acababan de despertar, señores, y qué querían, policías, ¿una orden de detención?, ¿lavado de activos?, ¿el fiscal Aniceto Roca?, qué era esto y no podía ser y menuda desfachatez que tenía que soportar, se quejó el presidente, claro que llamaría a su abogado, un momento, se cambiaría la ropa, ¿o pensaban ustedes que saldría así vestido?, con la de periodistas que había afuera. De acuerdo, señor presidente, consulte con su abogado, cámbiese, tómese su tiempo, señor presidente. La voluminosa silueta ascendió entonces por unas escaleras, ojo que estaba apurada, se saltó algunos escalones, iba a cambiarse la ropa diciendo, bajaría pronto diciendo, señores policías, pónganse cómodos y ya bajaba, pueden sentarse y ya bajaba. El balazo con que se reventó los sesos dejó paralizados a los agentes, y a los conductores de televisión, y a los periodistas que transmitían desde la puerta de la casa, y a todos quienes pensaban que aquel político, hombre de la masa y de otra época y tan astuto, era intocable hasta para el fiscal Roca, jamás podrían llegar a él y cómo si hablaba tan bien, cómo si era tan relacionado, sabía hacer sus cosas con la experiencia que el poder enseña. Iñigo aprendió la lección, en todo caso. Y supo hacer sus cosas, también, reconoció ahí mismo que algo extraño estaba sucediendo, mejor curarse en salud, y así el fiscal Aniceto Roca palideció cuando lo vio aparecerse en su despacho un lunes cualquiera, por primera vez. Quería colaborar con la Fiscalía, Aniceto. ¿Colaborar?, dijo el fiscal, e Iñigo, muerto de miedo, se bajó del vehículo, contempló la puerta alejándose dos pasos. Colaborar, Aniceto, y tocó el timbre.

Una señora emergió bajo el dintel. Disculpe: ¿vive aquí Eliseo Salazar? La mujer se acomodó los ruleros, levemente sonrojada, levemente abochornada, es mi sobrino y claro que sí, un momentito. Se volvió entonces apuradísima. Encontró a Eliseo ordenando unos papeles, pero ya se había cambiado, su camisón de dormir tenía un escudo del Melgar, un león que perseguía una pelota, y usaba pantuflas. Parecía no saber nada: te buscan, papacito, y Eliseo, ¿qué cosa?, sí, te están buscando, papacito, y Eliseo no sabía, ¿quién era?, ¿a esta hora? Es de muy mal gusto hacer esperar a las visitas, dijo la tía Amelia, anda, lávate la cara, ¿te peinas un poco? Eliseo se levantó, el ceño fruncido, una mueca de sorpresa en los labios. ¿Estás segura de que es para mí?, pero no hubo respuesta, la tía había desaparecido volando al tocador, regresó cepillándose los cabellos y con pasta dental en los labios y chisgueteándose con un perfume las muñecas, era un muchacho de muy buena

presencia, papacito, no había que hacerlo esperar, y por cierto
no estaba vestida para recibir, cómo, pues, y por qué, tenías
que avisar con anticipación cada vez que tuvieras visitas, es
tu casa aunque con reglas, reglas de la casa, había que respetar. Eliseo dijo que sí, que claro, mil perdones, y entró a su
habitación. Salió a la puerta con el abrigo de la Policía, los
zapatos de siempre, un pantalón que se puso sin correa. Avisó,
sin embargo, tras asomarse a la ventana: no sé quién es, tía
Amelia, y empujó la puerta a sus espaldas. Pasaron entonces
los segundos, los minutos, una hora, hora y media, y la tía
comenzó a impacientarse, se había quedado esperando en la
cocina, sirvió finalmente lo que le quedaba de una Coca-Cola
de hace tiempo, ya no tenía gas, qué impresión iban a dar, ay,
Eliseo, cómo no le avisaste, a las visitas se les atiende como
corresponde y ¿tendría galletitas? , ¿unas aceitunas, manicitos?
Sirvió dos vasos de gaseosa, les añadió hielo y una gotita de
agua mineral, y acomodó su bandeja con el mejor mantel de la
alacena. Pasó un plumero por los sofás, los tenía cubiertos con
un plastiquito para conservarlos de la humedad, no tenían una
mota de polvo, qué bueno, y salió. Perdón que los interrumpa,
y caballero, buenas noches, ¿no querían pasar?, estaba fresca la
noche, y Eliseo en la sala tenías gaseositas, aceitunas, algo para
picar con el señor, una pequeñez, por supuesto, y dada la hora,
pero pasen, pasen, pónganse cómodos y la calle no es lugar. Los
dos hombres no se movieron, sin embargo. La vieron con rostros
muy adustos, casi similares, casi temerosos, compartiendo una
extrañeza incómoda. El español todo blanco apenas movió los
labios, tenía unos documentos bajo el brazo que parecía estar
exponiendo con toda seriedad, y Eliseo igualito, otro velo
áspero, otro velo de confusión, jamás lo había visto tan serio,
¿y estaría asustado?, eso jamás de los jamases, y la tía pensó
es su trabajo de detective, así que mejor esperarlo dentro, vas
a enfriarte con la brisa, dijo Eliseo, y recuerda lo que dijo el
doctor, que tenías que cuidarte. Claro, lo que dijo el doctor,
por supuesto, se despidió la tía Amelia, hasta luego, caballero,
dejaría abierto, papacito, y el español, con toda seriedad: que
pase buena noche, señora.

—Tenemos un problema —murmuró el magistrado Eléspuru.

—¿De qué se trata? —dijo el hombre de ojos claros, una mano sobre la sotana, la otra en el crucifijo que caía sobre su pecho—. Pero siéntate, Tereso, toma asiento. ¿Gustas un vasito de agua?

—No se preocupe —dijo el ejecutivo, presuroso y de pie ante el pupitre—. Cuénteme, más bien: ¿qué ha pasado?, ¿quién es esta persona? Vine tan pronto como pude, doctor.

—Se trata del padre Filomeno... —dijo el hermano Tereso, mordiéndose los labios—. Algo sucede en nuestro albergue.

Hablaba con los ojos en la lamparita que descubría apenas los confines del salón. Tenía el hábito ceñido en el pecho, arrugado en remolinos terrosos, y la voz atolondrada, rechinaba los dientes como con frío. En su delante, el rostro del vicario lo contemplaba con ojos de sospecha, levemente ceñudos, atento al temblor de sus manos. Los cornetines de los Húsares de Junín anunciaban el cambio de guardia en el Palacio de Gobierno.

—Un momento, doctor... —irrumpió de pronto el ejecutivo—. ¿Me está diciendo que estaban en la oficina del vicario? ¿Es otro sacerdote el hermano Tereso?

—En el Palacio Arzobispal, para ser precisos —corrigió Eléspuru—. Sí, y también es sacerdote. No tiene peso alguno, pero es sacerdote.

—¿No tiene peso alguno? —dijo el ejecutivo—. ¿Cómo apellida este hombre? ¿Y qué tiene que ver con nosotros?

—Su apellido lo desconozco —sonrió Eléspuru—. ¿Qué tiene que ver con nosotros? Muy simple: vive en el albergue de mi primo. Es su mano derecha, y lo ve todo.

El ejecutivo se llevó las manos al rostro. Advirtió entonces las voces que comenzaban a cuchichear entre los corredores del Palacio de Justicia, y el teclado que tintineaba en la antesala de la secretaria. Brevemente, evocó la sonrisa de Manongo mientras contemplaba el jardín en el diván de la biblioteca. Parecía tenerlo todo bajo control: nadie los había visto, su gente se había encargado del asunto. La mueca ridícula que desprendía su cicatriz le produjo un sentimiento de ineptitud y vergüenza que le abochornó las mejillas: era el colmo, Manongo. Preguntó, sin embargo, con voz paciente:

—¿Y entonces? ¿Qué dijo el hermano Tereso?

—Que vio a tu gente mientras escondía el dinero —dijo Eléspuru.

—¿Y cuándo fue esto? —preguntó el vicario—. ¿Durante la noche, dijiste?

—Sí —tembló el hermano Tereso—. Los vi desde el coro de la parroquia.

—¿Y el padre Filomeno lo sabe? ¿Aclaraste el asunto con él?

El hermano Tereso desplegó los dientes en una sonrisa inquieta.

—No, padre, he visto cosas rarísimas, pero no lo sabe.

El vicario descansaba en la silla, enlazados los dedos sobre el vientre. Tenía las manos muy blancas, cubiertas por una pátina de vellos canosos. Una cadenita brillante le colgaba en una muñeca. Dijo, fingiendo una sonrisa, ¿y cómo así los viste, Tereso?, y entonces el rostro que aguardaba al otro lado del pupitre dio rienda suelta a sus especulaciones y se refirió a las incursiones madrugadoras del vigilante en el templo, padre, y a la fuente de los dineros con que se renovaban los predios del albergue. No entendía cómo, tantas refacciones y al mismo tiempo con qué dinero, señor, el padre Filomeno no tenía respuesta para sus preguntas, y es que había visto a unos hombres pululando por la iglesia, trabajando hasta la madrugada, algo estaba sucediendo. Claro que los ojos del vicario ni se movieron, serenas las manos sobre la mesa, jugaban con el anillo del dedo anular. Cuando la voz, sin embargo, se refirió a la ocasión en que observó a unos hombres trabajando con unos bultos en los bajos del altar, es decir, transportando y escondiendo costales en la cripta, se permitió una pregunta, la mano alzada en ademán inquisidor:

—¿Tienes por casualidad pruebas de estos hechos, Tereso?

—¿Pruebas, padre? —dijo el hermano Tereso—. ¿Cómo pruebas?

—¿Una fotografía? —se encogió de hombros el vicario—. ¿Una grabación?

—Y esa es la buena noticia... —recordó Eléspuru—. No tiene nada, muchacho.

—Tengo mi testimonio —dijo el hermano Tereso—. Estoy seguro de lo que vi.

—¿No crees que debiste hablar con Filomeno entonces? —dijo el vicario.

—¿Cómo podría? —dijo el hermano Tereso—. Esto puede resultar muy grave.

—¿Grave? —dijo el vicario—. ¿Sospechas algo indebido?

—No siga —dijo el ejecutivo—. No me diga que el hermano...

—Nada de eso, padre —tragó saliva el hermano Tereso.

—Le tiene pavor a mi primo —sonrió Eléspuru.

—Porque alguna explicación tiene que haber —dijo el vicario.

El hermano Tereso asintió, escondiendo las manos.

—¿Hablaste con él? —insistió el vicario.

—Preferiría que usted se lo mencione —dijo el hermano Tereso.

—Y eso fue todo —sonrió Eléspuru—. Poco después me llamó.

—¿Anoche? —dijo el ejecutivo—. ¿El vicario lo llamó por la noche?

—Y Filomeno también. Por eso te convoqué tan temprano.

—Tenemos que retirar el dinero —dijo el ejecutivo.

—Es una urgencia, mi primo está de acuerdo.

—Y mi cliente no pagará un centavo.

—No faltaba más —dijo Eléspuru—. ¿Mañana por la noche podría ser?

Despidiéndose apenas, el ejecutivo dejó el Palacio de Justicia y, tras consultar con el general Cabanillas, ordenó al chofer que recogiera a Manongo del cerro San Cosme. Pensaba en Cristina al atravesar las mamparas del estudio. Apenas había mencionado la posibilidad de volver a vivir en Chicago, cuando ella respingó, alertada. Sus ojos lo miraron rebosantes de anhelo, con una mezcla de ternura e inquietud. Respondió que no le gustaría volver. Y él decidió dejar el asunto como estaba, convencido de que tenía la situación bajo control, y de que había sido riguroso con las evidencias que pudieran sindicarlo. Incapaz de dormir por la noche, pensó como dándose ánimos en su padre. Lo vio a la derecha del presidente en el día de su juramentación con olor a multitudes, embutido en la banda que ornamentaba el cargo, y siguiendo con los labios las oraciones que recitaba el arzobispo desde el púlpito en la catedral. Y él pensaba, casi como si estuviera todavía entre los banquitos añosos, como si fuera un niño en esa misa: he seguido al pie de la letra tus consejos. Las voces de las secretarias lo hicieron reaccionar cuando cruzaba sin advertirlo el vestíbulo de la recepción. Lentamente, reparó en sus semblantes alborotados y en las manitas que se agitaban nerviosas sobre el mostrador. Una lo tomó de las manos. Y entonces escuchó, entre temblores y suspiros de agobio, el capítulo inicial del que sería a la postre el desenlace de su vida. La secretaria dijo: doctor, lo ha venido a buscar un anciano.

III
La parte de los ancianos

Quién podría resistirse a ser más joven. Fue aquella la causa de los errores, cuando volvía del banco y sonó por primera vez el teléfono, todo había cambiado. No alcancé a contestar, de todos modos, porque cargaba los choclos a la cocina, y sonó de nuevo ni bien llené de agua la olla. De piedra me quedé entonces. Casi los choclos se me fueron al suelo. Había reconocido de inmediato la voz que preguntaba por mí. A pesar de todos los años, a pesar de todas las distancias, dijo que me estaba buscando, y si vivía todavía en el parque, podía venir a conversar. Qué tonta habré sido, en ese momento, tontísima, ahora me doy cuenta. Porque me había emocionado llena de ideas, y solo por volver a escucharlo, por saber que se había acordado, que no advertí la tristeza que ocultaba su saludo, y los nervios con que parecía expresarse. Aunque cómo me hubiera imaginado, también, que después de tantos años seguirían en lo mismo los dos. Decía mi papito que el tiempo cura todas las heridas y, además de perdonar, es de cristianos olvidar sin rencor. Y yo jamás lo pude olvidar, incluso si me mintió para ayudar a mi hermano, su intención habrá sido otra y no mala, aunque al final nunca lo supe. Así que le dije que sí, que, por supuesto, todavía vivía en el parque, ¿vendrías a verme? Y lo hice con mis disculpas a Martincito, en quien pensé mientras pelaba los choclos después, porque ni un poco le gustaría, nadita le gustaría, que volviera a encontrarme con él.

Conforme pasan los años, y nos hacemos abuelas, es sencillo diferenciar lo trascendente de lo trivial, y las decisiones importantes que tomamos en la vida. ¿Qué es el destino sino una sucesión de puertas que vamos abriendo, a veces sin conocer lo que hay del otro lado, y vidas que dejamos pasar? Me he hecho lo suficientemente mayor —los jovencitos se acercan a ayudarme cruzar—, como para engañarme a mí misma, y por eso no tengo dudas. Remigio fue el hombre de mi vida. Lo sé porque he pensado lo suficiente y me apena, quizás demasiado, el tiempo me sobra. Casi no quedan amigas en mi pandero.

Apareció en mi vida de la nada, por cierto. Máximo me dijo una tarde, Pascuala, a mi amigo Remigio le gustas, es una buena persona y deberías pedir permiso para que venga a visitarte. ¿Remigio?, le pregunté, ¿qué Remigio, Máximo? Y él me hizo caer en la cuenta de que lo había visto en el hospital, tras el cumpleaños de Jesusita. Remigio era el cadete que me vino a visitar, sonsa. Hablaron mucho. Es de buena familia, y me ha pedido permiso, habla con mi papá. Arrancó por aquellos meses el verano, y mis padres dijeron que sí, y Remigio vino a almorzar. Entonces advertí lo buenmozo que era. Tenía unas maneras especiales con muchos detalles, podría decirse una educación de rigor, cómo me voy a olvidar, y seguramente por sus papacitos, que lo formaron estricto, etiquetado, con la pulcritud de los caballeros. Estaba vestido con camisa y corbata, un asomo de barba le afloraba bajo el mentón, y no dejaba de sonreír. Se ganó a mis padres por las cordialidades que observaba siempre, pero sobre todo me cautivaron sus grandes ojos claros, su sonrisa que todo lo curaba, y esa manera que tenía de ser despreocupado, aunque responsable, justo. El tiempo que pasamos, cómo podría definirlo, no teníamos casi preocupaciones; no existían las enfermedades, y la vida se hacía contenta, incluso diría segura, los tiempos de ahora son otros. No sé cómo, sin embargo, mi madre intuyó que las cosas no prosperarían entre nosotros. Es decir, que no nos comprometeríamos, que no seríamos esposos ante la Iglesia. Aunque me lo confesó recién a los años, cuando él ya había partido. Yo la recuerdo mucho a mi madre. Estábamos saliendo de la misa un Domingo de Ramos. Inciensos por todas partes, los monaguillos en los portones de La Compañía, el coro de niños despedía a los feligreses cantando la eucaristía del buen pastor. Y ella me abrazó por la espalda. La familia de Remigio está para otras cosas, aunque no debes desanimarte, hija, no quiero que te hagas ilusiones. Entendí apenas a lo que se refería en ese momento, claro, porque las diferencias no existían entre nosotros, Remigio era tan sencillo. Pero con tantos años a cuestas, he conocido bastante, he ido aprendiendo, entendiendo mucho, y creo que tuvo razón. A Remigio sus padres lo pusieron contra la pared, a poco de graduarse. Ambos eran diplomáticos destacados en el extranjero, y lograron que lo asignasen como agregado a la Embajada en Santiago. Familia de diplomáticos, pues, qué diferencia. ¿Cómo hubieran aceptado sus padres que nos casáramos? Mi papá era enfermero en el Seguro Social, y mi mamá trabajaba en una sastrería. Aquello no tenía sentido.

Todo eso lo he olvidado queriendo, para qué recordar cosas tristes. Me he quedado con las caminatas por la arena en La Herradura, y los atardeceres en el malecón, y la vez que se accidentó el carro y pedimos ayuda a los pescadores de Huarochirí, y los juegos de cartas, y los viernes en el autocinema de la Costa Verde, y las peñas en que nos animábamos a bailar si sonaba alguna balada, y los ramos de flores, y los chocolates, y los jugos de frutas. ¿Cómo podría haber imaginado que me llamaba para otra cosa? Me arrepentí mil veces, tonta, tontísima, lo siento también por los años. Y es que había olvidado tanto, a estas alturas creía que todo lo importante que me había sucedido, sucedido estaba, no quedaban más comienzos. Hasta que Remigio llamó. Y volvió de nuevo esa noche, el ruido de las sirenas en la calle San Martín, los gritos de Máximo. La historia de María del Carmen llevaba años sin aparecer, se ocultaba incluso en las llamadas de mi hermano, y nunca imaginé que Remigio y él pudieran, o estuvieran considerando, o tuvieran interés, en hacer algo así, dedicarse a una tarea como esa, no es de cristianos, no es de hombres buenos, los juzgaría Dios.

Los ojos de Remigio se quedaron muy quietos cuando Máximo le entregó los exámenes del hospital. ¿Entendías, Roto? No tenía mucho tiempo, esperar sería una desgracia. Remigio no tuvo respuesta. Leía apenas entre líneas, el tiempo de vida que aseguraba el tratamiento, enfisema incurable en los pulmones, cómo podía ser eso posible, y no estaba para bromas, Máximo. Las patitas del Chasqui llegaron desde la cocina.

Máximo descansó en la silla mecedora, le dolían las piernas y actuaba lentamente, se acomodó al perro sobre las rodillas. Asintió entonces, acariciándolo:

—No podemos esperar, Roto.

Las manos de Remigio temblaron.

—¿Desde cuándo sabes esto?

—¿Que estoy enfermo? —dijo Máximo.

—Que te vas a morir —dijo Remigio.

—Como tú nomás —dijo Máximo—. Desde siempre.

A esas horas de la mañana, la luz incierta de la bahía coloreaba en tonos grises la sala, corría un vientecito fresco con sabor a mar. El canto de las gaviotas llegaba desde las playas. Bañistas cruzaban las veredas, bajaban a las playas felices, las coloridas sombrillas al hombro. Remigio permaneció en silencio.

—Esto es nuevo, la verdad.

—Vamos solo contra Alessandri.

—Estás enfermo, compadre, me pone triste.

—Vamos solo contra Alessandri —repitió Máximo.

—¿Te estás escuchando? No cambiaría nada.

—¿Cómo no? A este paso me iré yo primero.

Los labios de Remigio dudaron.

—Creo que he encontrado al guardaespaldas.

—¿Al guardaespaldas? —dijo Máximo.

—Al guardaespaldas —dijo Remigio—. Un par de días, es todo.

—¿No entiendes que no tengo tiempo?

—Eres tú el que no entiende, compadre.

—Estoy viejo para sermones —dijo Máximo.

—Estamos cerca —dijo Remigio—. Necesitamos la historia completa.

Máximo volvió los ojos al ventanal por el que emergía la sucesión de olas, el mar inmenso. Tenía el rostro muy pálido, aureolas oscuras en torno a los ojos, los labios cuarteados con heridas de sequedad. Sus manos de uñas aplastadas se calentaban en el pelaje del Chasqui. Remigio seguía revisando los exámenes, lucía conmovido aunque mantenía la seriedad y los dedos muy quietos, los tenía abiertos como periódicos. La vista del mar se mezcló con la glorieta de arcos antiguos, la fuente de agua al centro de un patio violeta, alguien en el segundo piso llamaba a Máximo Espada, y en algún lugar silbatos y órdenes, jóvenes que, al trote, cantaban. Un bullicio de máquinas de escribir irrumpió desde el corredor. Por las ventanas se colaron unos rayos indecisos, la luz escasa del mediodía gris, la humedad del invierno calaba los huesos. Unos uniformados le dijeron que pase, ¿es Espada?, y que pase, lo estaban esperando en el despacho. El Roto entonces repitió: ¿de qué sirve acabar con Alessandri si no descubrimos la verdad, Máximo? Pero él había dejado de escucharlo, y le temblaban los labios, las manos le sudaban sobre los muslos, cuidado y mojaría el uniforme, un despropósito. Llegó la autorización al teléfono del secretario, un joven con el rostro emperifollado y blanquísimo: un momento, Espada, puede pasar, Espada, y entró. Cuatro o cinco oficiales aguardaban en torno al escritorio del comandante. Todos igualmente serios, todos igualmente cansados, todos igualmente preocupados por lo que estaba sucediendo, le tenían mucha pena por lo que pasó con su hija, puede sentarse, Espada, descanse.

—Sus acusaciones contra el hijo del senador... —dijo el comandante de papada gruesa, moreno, dos ojos incisivos que lo miraban sin pestañear.

—Tiene que parar este circo, Espada —dijo el que estaba a su derecha, un coronel de pecas, una boca rosada que mascaba chicles.

—Claro que entendemos tu dolor —añadió otro, más joven, inclinando los ojos—. Y se encontrará al responsable. Este crimen no quedará impune. Tienes nuestro compromiso.

—Pero esto tiene que parar —dijo el comandante frunciendo los ojos.

—¿Y sabes por qué? —dijo el que estaba a su derecha—. Anda, díselo tú.

—¿Yo? —dijo el de pecas—. ¿No hablaron contigo? Díselo tú.

—Silencio —dijo el comandante, con flojera—. Las cosas son simples. El senador Alessandri ha sido muy claro. Habló con el ministro de Defensa, y el ministro de Defensa me citó.

No tolerará más ataques contra su hijo. Si no deja de acudir a radios y programas de televisión, formará una comisión para investigar sus servicios.

—¿Lo entiendes? —dijo el más joven—. Armará un equipo de asesores para hurgar en tu buen trabajo, y destapar las operaciones, y meterse a los expedientes de tus ascensos. ¿Vale la pena, Máximo?

—¿Puede hacer eso Alessandri? —dijo el de pecas.

—Sea serio, no pregunte cojudeces —dijo el comandante.

—Tal como viene la cosa, puede —dijo el más joven.

—¿Por qué no deja que la Fiscalía haga su labor, Espada? —dijo el del chicle.

—Tu mujer tiene que saberlo —dijo el más joven—. ¿Has hablado con Maruja?

—¿Es cierto que no se ha estado sintiendo bien? —dijo el de pecas.

—Y cómo no, después de lo de María del Carmen —dijo el del chicle.

—Nosotros estamos para apoyarte, Máximo —dijo el más joven.

—Este crimen no quedará impune —dijo el de pecas—. ¡No, señor!

—Pero hay que ser inteligentes —dijo el del chicle.

—Más aún sin evidencias —dijo el más joven—. ¿Qué esperas? ¿Cómo podrían detener al hijo del senador? Estás actuando sin coherencia, Máximo. Tienes que darte cuenta. Estás a tiempo.

—¿Nos está entendiendo siquiera? —dijo el comandante—. Espabile, Espada, diga algo.

—¿Señor? —alzó la mirada Máximo—. Yo tengo las evidencias, mire usted, el diario de mi hija...

—Esa no es evidencia —lo cortó el comandante—. Se necesitan pruebas, evidencias penales. No me diga que no lo sabe: Cornelio Alessandri es un leguleyo con experiencia. Es presidente del Senado, los abogados le hacen cola.

—Lo tengo muy claro —dijo Máximo—. Esto ha sido muy bien maquinado, señor, necesitaría un tiempo para demostrarle que el diario...

—Es posible —lo cortó el comandante—. Y el tiempo lo tiene, Espada. Pero cesará sus ataques, se olvidará de las entrevistas, y le dará una oportunidad a la Fiscalía. El senador puede joderlo, y a nosotros también. No permitiré que continúe este circo. Le di mi palabra al ministro. Tiene sus órdenes, hemos terminado.

Había extendido los brazos, alzó la papada que sostenía su rostro. Era un hombre de labios gruesos. Canas muy blancas emergían por las aletas de su nariz. A sus espaldas el mar no tenía color, era un fondo gris por el que deambulaba muy lenta la bruma. Un rayo de luz encendía la cúspide del Morro Solar. Remigio dijo tenemos que encontrar la verdad, y hace cuántos años había dejado de buscar la verdad, no recordaba siquiera los nombres de los oficiales que participaron en esa reunión, cómo si querían protegerte, Máximo, tenía que cesar esta locura, Espada, el senador era un leguleyo con experiencia y tantos abogados. ¿Escuchaste, compadre? Remigio había devuelto los análisis a la mesita de la sala, y alzaba su pipa de caoba. Parecía triste, y más bien sereno, más bien metódico, peinó los blancos cabellos que brillaban a la altura de sus sienes. El Chasqui se enrolló entre sus piernas. Te pido que me des unos días, compadre, en Seguridad Interna pueden ayudarnos, debes creerme. No hubo respuesta, sin embargo. Máximo contemplaba el horizonte con los dedos sobre las rodillas, lleno de vergüenza. ¿Nos está entendiendo, Espada? Espabile, diga algo.

La espesa polvareda del camino desapareció al estacionarse la camioneta. El general Cabanillas contempló su reloj en la oscuridad del amanecer, volviendo los ojos al pasaje empinado, las sombras azules oscureciéndose en los baches y huecos de las veredas. El cerro San Cosme era una mole de casas escalonadas que crecían como pirámides, sus ventanas apagadas enfilando al cielo gris. A espaldas de las dunas pedregosas ascendía una columna de humo muy alta, estaban quemando la basura y olía terrible. El chofer reconoció la silueta del hombre que bajaba con las manos en los bolsillos, un pitillo humeante en la boca. Le dijo al general Cabanillas: ahí viene, señor.

—Buenas noches... —saludó Manongo ni bien se subió a la camioneta. Parecía recién despertado, con los cabellos enmarañados en la frente, el rostro y el cuello brillantes.

—¿Qué quieres? —dijo Cabanillas—. Me esperan en el ministerio.

—¿Son ustedes, señor? —susurró Manongo.

—¿Nosotros? —respondió Cabanillas—. ¿De qué hablas?

—Los que me vienen siguiendo.

—¿Quién te viene siguiendo?

—Es un vehículo militar.

—¿Un vehículo militar?

—Pertenece a Seguridad Interna.

El general asintió dócilmente.

—¿Son ustedes? —repitió Manongo.

Quedó en silencio, los ojos dispuestos hacia el vientre, frotándose los nudillos.

—Menudo fracaso el de la venezolana —dijo Cabanillas.

—¿Señor? —susurró Manongo, los ojos en el edecán que aguardaba adelante.

—¿Pensaste que no lo iba a saber?

—¿La venezolana, señor?

—Tú sabes de lo que hablo.

Manongo titubeó ante los ojos que lo vigilaban desde el espejo retrovisor. El chofer era un moreno de grandes orejas, con una barba rizada que le bajaba por las sienes. Tenía canas en los bigotes, los dientes prominentes y blancos.

—Escúchame bien —dijo Cabanillas—, a mí no me vas a hacer cojudeces. ¿Entendiste? Tras años de trabajar juntos, que no se te olvide de dónde vienes, y para quién trabajas. Si quieres que sigamos cooperando, ya sabes.

—Pensaba... —intentó disculparse Manongo—. Pensaba que el señor Felipe le había comentado.

—Claro que sí —dijo Cabanillas—. Pero debiste hacerlo tú primero. Si no era por la prensa...

—¿Yo? Es que estas cosas, mi general, es mejor no comentarlas, uno nunca...

—Y todavía la cagan, y el cuerpo fue a dar a la acequia.

—Señor, el río inundó unos canales, yo desconocía...

—¿Sabes cuánto ha costado tu gracia?

—¿Pudo hablar con los policías?

—Te he salvado el pellejo, ingrato.

—Por mi mamacita que no sabía.

Cabanillas abrió la puerta.

—Largo, estoy tarde.

—¿No son ustedes, entonces?

—¿De qué hablas, Manongo?

—Quienes me vienen siguiendo.

—¿Nosotros? ¿Qué crees?

Un grupo de rostros colorados, enfundados todos en zapatos brillantes y camisas con mangas cortas y pantalones de terno, emergió por una de las laterales que daban al cerro. Parecían extranjeros, placas de identificación pendían de sus pechos. Sostenían todos el mismo texto, con hojas brillantes y empastes de cuero. Los ojos en el general, el chofer susurró como alertándolo: gringos, misioneros.

—¿Quién puede estarme buscando? —insistió Manongo.

—Será tu imaginación, hombre —dijo Cabanillas.

—Imposible. Es un vehículo de Seguridad Interna.

—¿Te estás escuchando? ¿De Seguridad Interna?

—Por la placa lo saqué, mi general.

—Consultaré con la gente —asintió Cabanillas, y el chofer encendió el motor.

Cómo dormirme después de haberlo escuchado en el teléfono. Remigio había llamado, y yo pensaba qué cosas, no te quedes callada, si ha llamado es para escucharte, di algo. Y así los recuerdos comenzaron a salir. A veces lentos, a veces felices, pero más que nada tristes, todo olvido tiene su motivo. Remigio y Máximo se querían mucho, uno sonaba como el otro, y no sé si mentían, a veces los hombres comparten y nos ocultan la verdad. ¿Mintió por obligación de mi hermano? Recuerdo que se conocieron en la escuela de cadetes cuando eran jovencitos. Y no se separaron salvo por los años que Remigio pasó en Chile. Máximo le salvó la vida en una emergencia de la que apenas escuché los detalles, vivían destacados en la selva por los terroristas. Y así Remigio quedó en deuda con él, le consiguió el trabajo que lo mantuvo con vida cuando lo expulsaron del Ejército. Mi hermano encontró en esa escuela una nueva oportunidad para ocuparse, para distraerse, en sus alumnos que tanto lo respetaban, le encantaba la historia de las cosas militares, la enseñanza lo llenaba de emoción. Porque con tanto que tenía en la cabeza ya no podía salir en la televisión, decir esas cosas que decía en la radio contra Felipe Alessandri, Marujita se había enfermado y se moría de la vergüenza, y tuvo que parar. Poco después de que Marujita se enfermó, se detuvo. Y fue un alivio para nosotros, la familia abrazó ese cambio que nos trajo paz. Con Máximo no se podía conversar, y qué quieres, decía Martincito, mejor dejarlo, mujer, para que piense su pena tranquilo.

Y así, años después, me enteré de que su hijo Teresito no vivía más con él, pero ni cómo preguntarle la razón si Máximo decía es privado, y Martincito, tú qué te metes. Fue mi esposo quien me dijo que quería ser sacerdote, está estudiando para ser cura, no me lo creí. Tuve que verlo con mis propios ojos con su sotanita tan grande, él mismo se la había remendado, y quiso el destino que cumpliera su servicio en nuestra iglesia. ¿O lo habría pedido Teresito? Él decía que su vocación era servir a Dios, servir a la Virgen por los pobres, y se le veía tan contento. Lleno de esperanzas, cariñoso. Así decía, que estaba feliz, pero dudaba, eso lo notaba una muy pronto, inclinaba los ojos. Incluso como si tuviera miedo, como escondiéndose, no es nuevo, hay quienes se esconden en la iglesia, tendría seguramente vergüenzas, una con la edad se da cuenta de cosas, Teresito mismo difícilmente ocultaba cómo era. No podría decirlo, quizás un daño le haría. Pero tenía algunas formas, a veces unos gestos, una manera de caminar, Martincito nunca me lo dijo. Entre hombres eso se sabe, se reconoce, muy bajito se dice. Lo sé porque me he preguntado cómo habría reaccionado ante esa situación, mi hermano, habría sufrido mucho, Máximo tenía ideas fijas. Hay vergüenzas que los hombres prefieren callarse, olvidarse de esas cosas equivale a tenerse un respeto, así lo entienden ellos, algo a respetar, y una mejor calladita.

El único en quien confió mi hermano fue Remigio. Y me hubiera gustado preguntarle qué puedo hacer, cómo siendo tu hermana puedo ayudarte con esa tristeza que tú sientes, no estás solo, tienes familia, y Teresito por qué se ha ido. Pero Martincito no lo hubiera permitido, y yo tampoco que me casé con tanto respeto, no para faltarle con mentiras o malos pensamientos. Quizás por eso no me di cuenta de que me necesitaba, Remigio, o para qué me necesitaba. Él habrá sufrido lo suyo, y aun así lo ayudó investigando, lo ayudó para hacer esa maldad, lo ayudó para cometer una venganza que es pecado a ojos de Dios. Mentiría si dijera que no he sufrido porque he tenido parte de esa culpa, yo quería recibirlo, escucharlo con sus palabras tan educadas qué había sido de su vida, cómo estaba, yo le contaría que bien, pero deseando que la conversación continúe y si quería quedarse a almorzar. Hay que aprender de todo en la vida. Y alguna lección saqué, es cierto: la muerte arruina, con mayor fuerza, a quienes viven que a quienes mueren; porque quienes sufren son quienes viven y quedan solos, abandonados a la tristeza, al recuerdo que no es correspondido. Y algo sé sobre las muertes yo también. Pero nunca como Máximo, nadie como Máximo, por eso lo he perdonado.

Ni bien encontró la caseta de seguridad desprovista de oficiales, supo que el día era el adecuado. Siguió al secretario por los mármoles del patio central, entre los bloques rectangulares de las oficinas, los altos marcos piramidales, al estilo de los cuarteles de los años cincuenta. El secretario giró a la izquierda a la altura del pabellón de ingenieros, bajó con rapidez las escaleras de mármol, dirigiéndose al auditorio y, finalmente, al arenal donde pastaban los caballos.

—Teniente coronel —emergió un hombre de los establos, enfundado en botas de montar.

Remigio se pasó un pañuelito por el cuello y la frente, y agradeció con una reverencia al secretario.

—¿Qué tal los caballos?

—Son aviones —sonrió el jinete.

—¿Austriacos? —dijo Remigio—. ¿Los trajeron para el desfile?

—Recién bajaditos del avión —se volvió el hombre al picadero—. Lipizzanos, señor.

El día espléndido sacaba lustre a los potros que marchaban sobre la arena, una suerte de ruedo en cuyo centro yacía un mástil de aspas cruzadas. Las yeguas eran altas. Ventrudas y fuertes, bamboleaban las patas vendadas, las grupas musculosas levantaban estelas de polvo. Sus pelajes brillaban bajo el sol del verano. Tomadas de las bridas por un grupo de sargentos, marchaban con los ollares inclinados, dando resuellos, las crestas despeinadas sobre los lomos.

—¿Quisiera probar uno? —sonrió el jinete.

—¿Uno de los potros?

—Son una delicia, señor.

—No lo dudo. ¿Pero a mi edad?

—Para que recuerde sus buenas épocas, los años de oro, antes del cerco.

—¿Antes del cerco? —dijo Remigio—. Estás informado, muchacho, al parecer.

El hombre sonrió dócilmente.

—En Seguridad Interna sabemos lo que hacemos.

—¿Tienes noticias? —dijo Remigio.

—En efecto, señor. Y tenía razón. Acabó pésimo.

Los labios de Remigio temblaron. Una mano en el vientre, dio unos pasos vacilantes sobre la arena, y se volvió a las caballerizas. El joven entendió el gesto. Se dirigió a los sargentos que trabajaban en el picadero, dándoles indicaciones sobre las herraduras de los animales, las cargas del trabajo a seguir. Se había inclinado en una venia reverente: después de usted, teniente coronel. Llegaron a las caballerizas sin decir palabra. Un hombre achaparrado y sin cuello echaba baldes, y a sus espaldas, el cielo azul de la mañana se proyectaba como por un túnel, con la sucesión de trancos entreabiertos, las antiguas aldabas colgando.

—¿Creía que le iba a fallar? —dijo el hombre.

—¿Sabes si sigue en el Ejército? —dijo Remigio.

—¿En el Ejército? Estuvo en la cárcel, señor, es un criminal.

El jinete volvió la vista al trabajador que se había postrado para restregar con una escobilla los corrales, y desdobló un papelito arrugado: egresado del arma de artillería, comenzó a leer, sirvió en la división Túpac Huallpa y lo destinaron a las zonas de conflicto en torno a la quebrada del Ucayali. Aparentemente, en esta primera comisión se ganó alguna amonestación, e incluso un expediente disciplinario. No me pregunte cuándo ni cómo, pero pasó a formar parte del equipo de seguridad asignado al Senado de la República. Sorpresivamente, a los meses pidió la baja, y su vida cayó en una espiral sorprendente, incluso para los reclutas expulsados: robo a mano armada, extorsión, asociación ilícita para delinquir, narcotráfico, intentos de secuestro, dos entradas al penal de Barbadillo y seis años en San Juan de Lurigancho.

—El nombre —dijo el Roto, mordiéndose los labios—. ¿El nombre, lo tienes?

—Mi amigo consiguió hasta el domicilio, señor. Vive en el cerro San Cosme.

—¿Tu amigo? ¿El de Seguridad Interna?

—Tiene la ficha completa. Cuestión de recogerla, nada más.

Remigio se frotó los ojos con las yemas de los dedos.

—¿Le puedo hacer una consulta, señor? —dijo el hombre.

—¿Una consulta? ¿Qué tipo de consulta?

—¿Para qué lo está buscando? ¿Qué tiene usted con este tipo?

El hombre que fregaba los rediles se acercó con el balde y la escobilla. Respetuosamente intervino para señalar que había sucedido algo, capitán, lo llamaban urgente en el picadero. Entonces el jinete se volvió a Remigio. Alzó el fuete que pendía de su cinturón para sacudirse las botas, y susurró que tendría el dossier con la información para mañana o pasado, si podía volver por él, o prefería que se lo envíe con el mensajero. Remigio le dijo que lo llamaría, ya después, ya después, y que, por favor, no demore, lo estaban esperando los hombres. Volvió sobre sus pasos a través de las construcciones de mármol, como paseando con las manos a las espaldas, hasta el patio de honor. Un grupo de cadetes pasaba trapo a la estatua de Andrés Avelino Cáceres. Sudaban, acogotados sus cuellos por los uniformes, cumplían con empeño a pesar del calor. Remigio los esquivó pensativo, mientras reparaba en las mañanas lluviosas de otros tiempos, cuando junto a Máximo había trapeado las mismas losetas, o hacía guardias en la madrugada, o se escabullía de las formaciones para la misa, cuando lo castigaban sin salir. Imaginó entonces el rostro de su amigo. Recio, perseverante, los ojos de Máximo se habían encendido ni bien supo que Felipe Alessandri había regresado de Estados Unidos. Y es que quería saber, Roto, tenías que contar los detalles, ¿estabas seguro de que era él? Habían pasado muchos años y quizás te equivocabas, era fácil confundirlo, Roto. Pero no, no se había confundido. Lo había reconocido en una conferencia en el Hotel Westin, charlaba con el ministro de Minería. Eso sí, después de haber vivido en el extranjero por tantos años, era un hombre maduro, distinto. Aunque, ¿sabes?, tenía aún la mirada, e inclusive los gestos, era el vivo reflejo del senador.

—¿Nombre? —escuchó Remigio a su derecha, de pronto, en la garita.

El esmog de la avenida lo hizo reaccionar. Los autobuses se apiñaban en el semáforo de Alejandro Iglesias, y las gentes cruzaban en diagonal, haciendo malabares y piruetas, entre los ángulos de los mototaxis que invadían los carriles. Dio sus datos a los soldados de la puerta. Se echó a andar en la vereda hasta el puesto de una jovencita ambulante que vendía claveles y flores de lirio. Volvió a secarse el cuello y la frente con el pañuelito, al tiempo que permanecía indeciso ante la sombrilla de flores, intentando recordar. ¿A Pascuala le gustaban los tulipanes?, ¿tulipanes?, sí había, caballero, aquí mismito, mire, ¿cuántos quiere?, pregunte, pregunte sin compromiso, a tres por cinco los tulipanes.

—Saldrá pronto... —subió al coche la mujer.

—¿Y qué hizo? —dijo el hombre—. ¿Viste con quién estuvo? ¿Lo recibió alguien?

—Un capitán —abrió el computador sobre las rodillas la mujer—. Creo que fue su alumno. Conversaron en los picaderos.

No bien dijo aquello, advirtió la cabeza brillante a espaldas del soldado en la garita de la entrada. El anciano lucía extenuado, aunque sonriente. Se llevó la mano a la frente para ubicarse en la calle soleada. Dio unos pasos por la vereda, perdiéndose un instante entre la gente, y se detuvo en un puesto de flores. La mujer preguntó:

—¿Qué esperas para seguirlo? Puede que esté armado.

—¿No has visto la hora? —dijo el hombre, volviéndose para retroceder.

—Tenemos tiempo. ¿Por qué das la vuelta? Lo perderemos.

—Estará con su promoción. Ya sabes, no le gusta esperar.

Pasaron al carril opuesto en la prolongación de la avenida Defensores. La mujer cerró su computadora, extendió el brazo al asiento de atrás, y alzó la libreta donde llenaba sus reportes de seguimiento. Emergieron a la avenida Tomás Marsano cuando los vagones del metro sacaban chispas en la estación Ayacucho. Conforme se alejaban en dirección a la carretera Panamericana, el cielo soleado cedía ante las nubes del desierto, y las ráfagas de viento olían a mar, levantando remolinos en las dunas de arena. Las espumas de la costa emergieron cuando cruzaron el peaje. El vehículo bajó a las playas.

—¿Lo tienes? —se volvió el hombre—. Me está llamando, caracho, qué hacemos.

—Ya casi —dijo la mujer—. Aguanta, cuidado con la trocha.

—La garita está cerca. ¿Lo tienes? ¿Qué le digo?

—Que salga, que salga. Cuidado, que el papel no se arrugue.

—No entiendo por qué no le pidió ayuda a Manongo —dijo el hombre, tras cortar la llamada—. ¿Por qué nosotros, a ver?

—¿A Manongo? —dijo la mujer—. Hace tiempo que duda de Manongo.

El agente que custodiaba la entrada los dejó pasar sin inmutarse. Descendieron por la espiral de la quebrada, a través de una sucesión de rocas calientes y secas, hasta los edificios y las cabañas de techo rojo que estaban junto a la orilla. Distinguieron a lo lejos los pechos desnudos, un grupúsculo de pieles blancas y morenas que descansaban entre las sombrillas, muy cerca del mar. Un hombre descalzo y en trusa los esperaba en la playa de estacionamiento.

—¿Y bueno? —sonrió el general Cabanillas, agitando los hielos de su vaso.

El hombre se cuadró para saludar.

—Mi general —dijo, alzando los ojos—, estaba usted equivocado, mi general.

—¿Con Espada? —susurró Cabanillas—. ¿No está siguiendo a Manongo?

—No, señor —dijo el hombre—. Y también marcamos a Campodónico.

—¿A Remigio Campodónico? —dijo Cabanillas—. ¿El profesor?

—Correcto, señor, es un teniente coronel en situación de retiro, ochenta y un años, fue profesor de la escuela militar.

Cabanillas volvió los ojos a los hombres que disfrutaban sobre la orilla, mojándose los labios en el vaso. Sacó un cigarrillo que tenía en la trusa. Mientras lo encendía, formando una gruta con los dedos, le indicó al agente que no tenía todo el día, hombre, y apure. La voz entonces respingó: por supuesto, mi general. Campodónico no tiene vínculos con Seguridad Interna, señor, ni con el Servicio de Inteligencia Naval, o la Dirección de Inteligencia del Ejército. Es un hombre tranquilo, solitario, según hemos corroborado en el seguimiento. Se le ha visto en la Escuela Militar, charlando con antiguos alumnos, en el picadero de la caballería. No pareciera armado. Pudimos revisar su expediente en el archivo, y no tiene siquiera una amonestación. Múltiples condecoraciones al valor, recibe la pensión de los mutilados. No registra esposa ni descendencia.

—Lo conozco... —asintió Cabanillas—. Es un buen hombre, Campodónico. ¿Y Espada? ¿A qué se dedica?

El agente asintió, cambiando de reporte con las manos.

—Igualmente limpio, señor. Vive atrincherado en su casa de Ocharán. De la puerta al malecón con su perro, a veces se detiene en la bodega de la cuadra. Mantiene su trabajo como profesor en el colegio de siempre, desde que lo pasaron al retiro. Cada domingo, eso sí, visita a su mujer y su hija. Están enterradas en Pachacamac.

—¿Descubrieron lo que tiene, al final? —dijo Cabanillas—. ¿Vio la boleta el especialista?

—Así es —dijo el agente, buscando entre sus documentos—. Por lo que ha venido comprando, sufre aparentemente de los pulmones, señor. Las medicinas que compra no se las dan a cualquiera. Su diagnóstico es desalentador.

—Pobre hombre —inclinó la mirada Cabanillas.

—Aquí tiene el reporte. Por cierto, Campodónico y Espada son compañeros de promoción, señor, y se frecuentan. ¿Necesita usted algo más?

—Sí —dijo Cabanillas—. Necesito hurgar en Espada.

—A la orden —dijo el agente—. ¿Y en Campodónico, mi general?

—Solo en Espada —dijo Cabanillas—. ¿Han entrado a su casa?

Era una mujer talentosa. Ancha y recia como los porteadores del mercado, andaba a perpetuidad en ojotas estropeadas, y no se descolgaba el rosario ni para acostarse. Se llamaba Agripina Gregoria, y era más conocida como la perlita de Chuquitambo. Se había instalado en un cuchitril que todo mundo creía abandonado en la calle Porta, hacía más de treinta años. Entonces había abierto su bodeguita consultorio, un lugar forrado de espejos y anaqueles en el que, además de los abarrotes del diario, vendía todo tipo de pociones y brebajes medicinales. Su historia, sin embargo, no estuvo desprovista de desconfianzas y prejuicios. Ni bien llegó al barrio, y acaso por sus maneras extrañas de vestirse —solía ponerse largas túnicas enfundadas en escarchas y pepitas, y perfumes que preparaba a base de limón y bicarbonatos—, los vecinos la trataron de curandera y de bruja, y hasta de «comerciante de milagros», según se escuchó decir al padre Leandro en un evangelio dominical. De todos modos, y aunque terminaría costándole años, a base de su trabajo Agripina se ganó el respeto de las cuadras aledañas, y de todo el distrito. Su clientela estaba compuesta por un variopinto grupo de pacientes que llegaba desde toda la ciudad. Quizás por tal motivo, el más especial de todos ellos, la buscaba sin falta todos los lunes camino de la escuela. Y es que Máximo estaba convencido de que la santerita curaba todo tipo de dolencias y malestares del cuerpo, según ella misma declaraba orgullosa, pues era la única sanadora a nivel nacional que preparaba sus remedios con aguas termales del volcán Ampato.

A poco de cruzar el umbral de su bodeguita consultorio tras despedir a Remigio, Máximo se preguntó si sería cierto lo que decían algunos, que hasta el padre Leandro se había terminado rindiendo ante las bondades de sus pócimas. Pues un día, de la noche a la mañana, sus ataques furibundos terminaron, y jamás la volvió a mencionar en los evangelios. ¿Se habrían reconciliado, a partir de entonces? Es probable, se dijo Máximo ni bien la contempló hacendosa tras el mostrador, porque desde que cesaron sus ataques, Agripina pasó a ocupar el mismo banquito desvencijado, junto al altar del Cristo Roto, en la primera misa de cada pascua.

—Papacito —lo saludó la santera, refrescándose el rostro con un abanico. Un cigarrillo guanoso, medio caído, pendía de sus labios sonrientes—. Pasa, pasa, estás colorado, uy, qué calor que está haciendo.

—Hola, Agripina —se quitó la boina Máximo—. No tengo mucho tiempo, voy camino de la escuela.

—Ya te traigo tus cositas, entonces. ¿Has desayunado? ¿Gustas un vasito de leche?

—¿De leche? ¿De Chuquitambo has traído?

—Claro, papito. Siéntate, fresquita te la tengo.

Entonces desapareció en las escalerillas del sótano. Máximo descansó en el banquillo de la puerta y, por un instante, perdió los ojos en las beatas que salían de la iglesia, y en los cartones del borrachito Américo que había dormido seguramente en el refugio de la municipalidad. A pesar del verano, el calor todavía era soportable. Señoras enfundadas en camisones de dormir regaban las macetas de sus ventanas. Un par de sombrillas brillaban en la playa desierta. Máximo volvió la vista a las oscuridades del sótano, y recordó la primera vez que acompañó a la santera en una lectura de cartas. Para entonces había probado —contra su voluntad, naturalmente, y por insistencia de su esposa Maruja— los brebajes de Agripina para los males estomacales que lo aquejaron tras la muerte de María del Carmen. La pócima hecha a base de achiotes, vientre de puma, chuño y cola de guanaco alivió a los días sus dolores. Lástima que Agripina fuera incapaz de tratar a Maruja cuando le detectaron el cáncer. Máximo recordaba todavía su respuesta: uy, mamacita, esta vez me agarraste, lo tuyo está avanzadito nomás; y no se equivocó. A Maruja la enfermedad se la llevó a los meses.

—Aquí está tu lechecita —Agripina interrumpió sus recuerdos.

—¿Y cuánto te debo por lo otro? —dijo Máximo.

—¿Por los jarabes?

—¿Están los tres?

—Lo de siempre nomás.

Máximo guardó el potecito y los jarabes en su maletín. Salió a la calle, donde el borrachito Américo comenzaba a organizar sus cosas, y lo saludó gentilmente. Tomó un taxi que lo llevó por la avenida Javier Prado a la escuela. Sintió entonces una molestia en la garganta, una suerte de inflamación que le impedía pasar sin dolor. Y para el mediodía, se había quedado ronco, tenía un sabor sanguinolento en la lengua y no paraba de toser. Logró reestablecerse en uno de los cubículos del baño tras hacer gárgaras con los brebajes de la santera. Un jovencito lo contemplaba desde la puerta.

—¿Profesor? —dijo el alumno—. ¿Se encuentra bien?

—Descuida —escondió su pañuelo Máximo—. Muchacho, es solo esta tos...

—Tranquilo —se acercó el joven, abrió el grifo del lavatorio—. ¿Papel higiénico?

—Gracias —dijo Máximo—. Estoy bien, es solo mi garganta, no sé qué diablos me...

—¿Puede caminar? —se acercó el muchacho—. ¿Lo acompaño a la enfermería?

—No hace falta —suspiró Máximo—. No, no hace falta. ¿Acabó el recreo?

—Permítame ayudarlo —dijo el muchacho—. Si está padeciendo dolores, le ayudará, yo sé lo que le digo. Y, es más, para qué esperar hasta el viernes, puedo traerla de inme...

—Después, Jerónimo —lo cortó Máximo—, después, mira la hora. ¿Qué estás esperando? Llegarás tarde a clases.

—¿Qué ha pasado? —se acercó una viejita que no podía ver, el cesto del mercado en el brazo.

—Le han disparado a alguien... —opinó un niño, sosteniendo la mano de su madre.

—Creo que se trata de un militar —se escuchó decir a la madre.

—¿Le han disparado? —dijo el joven que estaba al costado—. Un atentado, parece.

La sirena del patrullero irrumpió desde la avenida Larco.

—Entonces ha sido Sendero —concluyó la viejita que no podía ver, intentando alzar el mentón, penetrando en el círculo que rodeaba la vereda—. Ay, Dios mío, hasta cuándo, hasta cuándo esta miseria...

El tumulto se agolpaba bajo los postes centelleantes de la calle San Martín. La bruma que llegaba del mar difuminaba las moles de los edificios a oscuras, las siluetas sombrías que se apiñaban en las ventanas. El aire era húmedo y frío. Un olor tibio a mariscos emanaba desde el horizonte marino, reptaba por las grietas del malecón. Varios policías armados con metralletas y pasamontañas protegían la vereda de la muchedumbre. Tenían los codos de los brazos enlazados, al estilo de una cadena humana, los mentones compasivos y llenos de tristeza y, a través de sus espaldas, se apreciaba, apenas en trazos breves, el ajetreo de los médicos legistas, los blancos mandiles que pululaban sobre la sangre esparcida en la pista.

Un gemido de sorpresa emergió del tumulto cuando llegaron las primeras cámaras, y los periodistas comenzaron los enlaces, decían que Sendero Luminoso, o quizás el MRTA, había perpetrado un atentado en el corazón de Miraflores; y luego que se trataba de un ajuste de cuentas del narcotráfico; y luego de una balacera entre pandillas; y finalmente del asesinato de una jovencita que volvía de la universidad. Los viandantes perdieron la cordura ni bien escucharon esta última hipótesis. Entre ellos aguardaba un hombre silencioso con las manos en los bolsillos, muy alto y de tez oscura, el rostro cubierto por una gabardina con chalina, que llegó tarde y preguntó susurrando si era cierto que la joven estaba muerta, efectivamente, o si eran rumores de los ignorantes. La viejita que no podía ver dudó, entonces, y presionó la mano que tenía al costado, de la madre con su hijo chiquito, advirtiendo en el fondo de su ceguera que había algo extraño en la voz enrarecida de aquel personaje, que parecía ocultarse a sus espaldas, respirando entre jadeos como si temblara de frío.

El frenazo de un coche del Ejército interrumpió sus conjeturas. Los alaridos de un hombre retumbaron a espaldas del tumulto. La viejita que no podía ver se volvió enseguida, con ánimos de entender lo que estaba sucediendo, aunque todavía temerosa por la sombra que le hablaba sin dejar de moverse, ¿estaba muerta la niña?, quería saber, necesitaba saber. A dos cuadras de donde se encontraba, sin embargo, advirtió por el bullicio al grupo de hombres que avanzaba entre el gentío, corriendo a gran velocidad, uno de ellos con la pistola apuntando a la noche, y gritando muévanse, abran paso, Ejército, Ejército. Las mujeres entonces se abrieron formando un túnel. Permanecieron inmóviles y en silencio, cuando alguna susurró «es el padre», y entonces hasta los periodistas suspendieron sus reportes. Los militares habían alcanzado a los médicos legistas, tras atravesar un tumulto que había crecido diez, veinte veces, y congregaba ahora a decenas de personas, quizás incluso cientos, que clamaban contra la guerra y la maldad que existía en el mundo, y pedían justicia, y paz, y reconciliación, segurísimas de que los terroristas se habían ensañado contra la familia de aquel militar, por cierto, que había caído de rodillas ante el cuerpo tendido en la vereda. Tenía el rostro desgarrado por la locura, y se abrazaba a otro militar sollozando, y claro que extendían su tristeza al cerco de soldados que lo miraba sin moverse, hasta que el hombre no pudo más y comenzó a bramar como un enloquecido. Sus gritos desgarraron la noche. Nunca antes, y en la historia de esa calle con olor a mar, tan pacífica, y repleta de jardines profundos, se escucharon unos bramidos tan desesperados como aquellos, verdaderos chillidos de locura animal, tanto que los vecinos de Larco y Shell se asomaron a sus ventanas, los rudos soldados bajaron la mirada con ojos humedecidos, y la viejita y la mujer se fundieron con el rumor de la muchedumbre que rezaba a voz en cuello, acompañando con sus plegarias los rugidos espeluznantes con que el hombre llamaba a su hija, hijita, hijita mía, qué te han hecho, por Cristo, sobre el fondo del mar embravecido, y las olas que reventaban en el malecón.

Lágrimas bajaban por mis ojos cuando desperté de aquella pesadilla. Estaba todavía vestida, con las cuentas del rosarito entre las manos, y clareaba en la ventana el amanecer. La impresión que me causó Remigio con su visita acabó con mis ganas de dormir. ¿Estaría despierto él también? ¿Se habría soñado con Marita? ¿Volvería a llamarme, y a visitarme para conversar de las cosas que dejamos pasar? Veo sus ojitos a contraluz de la puerta y recuerdo, debes estar tranquila, los pasillos colmados del hospital, las enfermeras persiguiendo a los doctores de guardia. Familias enteras aguardaban por el parte médico. ¿Y cuántos fueron los rescatados, al final? ¿Los de la División Atahualpa? ¿La mitad de la brigada? ¿Unos cuantos? Los recordaba entonces maravillada y triste. Mis mejillas habían enrojecido cuando advertí la camilla dieciséis, no supe qué decirle al enfermero que preguntaba si era familiar, cómo expresarle que no, que no era nada del señor Campodónico, pero lo quería tanto, me sentía a la vez desdichada y culpable por mi esposo. Martincito nunca supo que visité a Remigio cuando estuvo convaleciente, Máximo le había salvado la vida en la selva con sus propias manos, los terroristas casi lo matan, e hizo bien en guardarnos el secreto. Respeté mi hogar todos los días de mi vida. Y no me sentí culpable de recibir a Remigio con tantas ilusiones, diciéndole si aquella sorpresa era para mí, qué detalle, me encantaban los tulipanes. ¿Él parecía feliz? No lo sé, cumplía la promesa que le había hecho a mi hermano. Supe después que se sentía en deuda con él. Máximo abusó de esa gratitud.

Traté de arreglarme el cerquillito que se me había caído de costado ni bien se inclinó para sentarse. Dijo que la casa olía delicioso, cuando posó sus ojos en la fotografía de Martincito que estaba junto a la cómoda de la entrada y, muerta de la vergüenza, me fui a la cocina para traer las empanadas. Me temblaba el cuerpo de miedosa. Las empanadas estaban en su punto: jugosas, con bordes crocantes. Vertí el hielo en la jarra de chicha con canela y rodajitas de piña. Y ni bien regresé a la sala, Remigio tenía entre las manos la fotografía de nuestro matrimonio. Me acomodé entonces a su lado. Probó las empanadas de queso y aceitunas, y reveló el motivo de su visita: se trataba de María del Carmen, discúlpame, había pasado el tiempo, lo había olvidado casi todo.

¿De María del Carmen?, me temblaron las manos. La expresión de Remigio había perdido la sonrisa, sus ojos se entristecieron, no lucía tranquilo. Y entonces volvieron a mi mente los postes encorvados de la calle San Martín, el rumor del tumulto que, entre las sombras de aquellos apagones, intuía la tragedia. Habían pasado más de treinta años. Treinta años larguísimos. Y, sin embargo, podía sentir el aire del mar colándose entre las cabecitas de los bomberos, el pesar de los policías temerosos, seguramente cansados, seguramente indefensos. ¿Te pasaba lo mismo, Remigio? ¿A ti también? ¿No podías recordarlo? Fui de las primeras en llegar a Miraflores, la llamada de Maruja me sorprendió en una pastelería de la avenida Pardo. Pero mi memoria no era la de antes, perdóname, yo también había olvidado. Las imágenes se desvanecían en mi cabeza, y apenas me había quedado la impresión del cuerpecito tendido en la vereda. Entonces alzó su mano volviendo a sonreír, con un gesto de paciencia y tan lleno de cariño, me dijo que no, que no, que no quería ahondar en los detalles de esa noche tan triste, sino más bien en el diario, en el diario que escribió María del Carmen, ¿lo leíste alguna vez?, ¿recuerdas lo que decía?

Debí haber advertido entonces el pesar que ocultaban sus preguntas, la resignación con que asumía su promesa. ¿Recordaba la historia del diario que encontró Maruja? No pude decirle que sí. Lo había olvidado casi todo, Remigio, sabrás perdonar. Él, sin embargo, insistió muy paciente, en caso tuviera alguna información de aquellos días, sería de gran ayuda. ¿Periódicos, quizás? En la ignorancia con que desconocía sus intenciones, contesté muy oronda que sí, que claro que teníamos periódicos, muchos periódicos. Martincito había organizado un portafolio de recortes y diarios para mi hermano. Aquella noticia lo llenó de esperanza, ciega como estaba ante las sospechas que debí haber tenido. En todo caso, cuando sobrevino la tragedia días después, me repetí muchas veces: qué tonta, qué mojigata, qué ancianita te habías vuelto, Pascuala. Debí haber sabido que Máximo tenía odio en su corazón, y que había salvado a Remigio cuando su brigada se perdió más allá de los Andes, pero no me atreví a preguntarle cuando lo vi en el hospital. Y lo sentí mucho, de veras. A ojos de Dios seré juzgada yo también. Pensé que hablaríamos de los dos.

Todo entre aquellas paredes despedía un aire de congoja, de muda compasión y de angustia. Los pelos del Chasqui se arremolinaban en pelusillas sobre la alfombra del corredor, e incluso en los muebles charolados de Maruja. Rayos de sol iluminaban los granos de polvo y la suciedad desperdigada en las cubiertas de las cómodas y los sillones. Además de los planos en carboncillo del estudio, la mesa era una ruma que contenía envoltorios de medicamentos, y un sinnúmero de fotografías. Máximo descansó en la mecedora que estaba junto al ventanal. Remigio alzó una de las fotografías cuyo color había comenzado a despintarse. Maruja cargaba a Tereso el día de su bautismo en la Iglesia del Cristo Redentor. Se buscó entre los invitados que colmaban las banquitas, los pequeños altares soleados, a espaldas de Máximo y el sacerdote. Sonrió al reconocerse en su uniforme de capitán. En la imagen, tomaba la mano de María del Carmen. Aún no acababa de crecer, era apenas una niña.

—¿El nombre, lo tienes? —dijo desde la mecedora Máximo.

—El nombre, su historial completo y hasta una dirección.

Los ojos que se mecían a contraluz del ventanal parpadearon de inquietud. Remigio dijo compadre, segurísimo de que algún exalumno con contactos en Seguridad Interna podía darles una mano, había ido a la escuela militar. Y claro que me cuidé, qué clase de pregunta es esa, si son como nosotros, hacen lo que hacen por cariño. ¿Que por qué lo hice? Porque, como te lo dije desde el principio, necesitamos conocer la verdad: Alessandri no pudo haberlo hecho o, al menos, no directamente, tú me entiendes, a solas. Yo sé, yo sé, está claro. Olvida lo que pasó en el canal de televisión, y si armaron todas esas entrevistas. Tú lo sabías mejor que nadie, entonces. Era un muchacho joven, sin experiencia, para matar se necesitan agallas, Máximo. Y no cualquiera mata de un tiro. Además, teniendo tantos guardaespaldas el senador, era obvio que por ahí venían los potros. Así que busqué y busqué, primero entre la gente de ese perfil, con experiencia en el MININTER, o en el Servicio de Inteligencia, o en Seguridad Interna del Ejército. Un soldado expulsado, un guardaespaldas con antecedentes. Y lo encontré, compadre, o, mejor dicho, lo encontraron. La joyita brillaba a leguas, te soy honesto. Manuel Portillo Olmedo. Así se llama: Manuel Portillo Olmedo, y le dicen Manongo. Sí, claro, estuvo en el Ejército, fue un sargento con experiencia en la guerra. Y lo asignaron después al equipo de seguridad de Cornelio Alessandri. Y eso no es todo, aguanta, espera un segundo. Justo cuando murió Marita, inmediatamente después de su muerte, fue rotado de comisión. Sin explicar las razones o fundamentos del cambio, Portillo Olmedo fue retirado del servicio y desapareció. ¿Sabes? Pienso lo mismo, viejo. El senador se deshizo de él antes de que pudieran investigarlo. Estaba cuidando a su hijo.

—¿Estaba cuidando a su hijo? —susurró Máximo, la mano en el lomo del Chasqui.

Su rostro había palidecido, agitaba nervioso las rodillas.

—¿No está claro? —dijo Remigio—. Felipe Alessandri se valió de Portillo Olmedo, el guardaespaldas de su padre, para resolver el asunto. Desapareció del mapa a los días, y por eso nadie pudo encontrarlo. No conocemos el motivo, todavía. Pero estoy seguro de que colaboraron. Y cómo habrán sido de unidos, Máximo, que todavía cooperan.

—¿Los dos? —alzó la mirada Máximo—. ¿Siguen juntos? ¿Cómo sabes?

—Porque lo visita en el estudio.

—¿Fuiste al estudio?

—Está en el informe —dijo Remigio.

—No metas a más gente, carajo.

—Confía en mí —dijo Remigio—. Después de la que libraron, siguen juntos. Por eso mismo tenemos que cambiar nuestros preparativos. No serviría de nada ir por Felipe Alessandri. Hay que ir por los dos. Y cuanto antes.

—¿Por los dos? No tenemos tiempo, Roto. Mira cómo estoy.

—Tendrás que hacer de tripas corazón. Necesitamos tiempo, y también ayuda.

—¿Ayuda? ¿Te estás escuchando? ¿Ayuda de quién, Roto?

No pudo decir nada más, porque entonces el Chasqui comenzó a gruñir, se levantó de un respingo. Dejó la sala ladrando. Un golpe seco llegó desde el otro lado de la casa. Alertado, Remigio salió al garaje. El hocico del Chasqui husmeaba bajo la puerta del depósito. Gruñía mostrando los dientes. Al advertir que el seguro había sido activado desde adentro, Remigio volvió junto a Máximo, y buscaron el manojo de llaves y candados entre las cosas de la cocina. Abrieron finalmente la puerta, y encontraron abierto el ventanuco del depósito que daba a la calle, sacudiéndose contra sus marcos. Máximo suspiró, iniciando el camino de regreso: habrá sido el viento. Remigio, sin embargo, permaneció en el dintel. El Chasqui continuaba ladrando.

—Te dije que no era el momento, de día —dijo la mujer.

—¿Después de lo que vi la otra noche? —dijo el hombre, en el asiento del copiloto—. Por suerte la ventana del depósito da a la vereda. Estuvo cerca. Gracias por avisarme.

—Tranquilo —dijo la mujer—. Campodónico venía muy lento.

—Esos dos están locos, y la bruja me vio.

—¿Agripina? —dijo la mujer.

—No se le escapa una.

El humo de un autobús con frenos chirriantes oscureció los parabrisas del coche. El agente tenía las manos en la cintura, se pasaba la lengua por los labios. Perdió los ojos en los prados arbolados de 28 de Julio, en los acantilados cubiertos de florecitas verdes y amarillas. La mujer preguntó:

—¿Y? ¿Lo confirmaste?

—No lo sé, pero Espada tiene un revólver y un plano del estudio de Felipe Alessandri. Es obvio que está tramando algo.

—¿Lo incluirás en el reporte? ¿Leíste el diario de la muchacha?

—Lo tenía sobre la mesa de la cocina, pero no tuve tiempo.

—¿Piensas que atacarán a Alessandri?

—¿Tú qué opinas? ¿Averiguaste algo más de Manongo?

La mujer alzó su libreta, mordió la tapa del bolígrafo.

—¿Sabes? Ese es otro misterio.

—¿Sigues rompiéndote la cabeza?

—Escúchame bien —dijo la mujer—. Sabemos que Manongo pasa todo el día en la casa del asentamiento, lejos de donde vive en el cerro San Cosme. Y que nadie, salvo el guardián del albergue donde han escondido el dinero, lo visita.

—El famoso cholo Petronio —dijo el hombre.

—Que le lleva además bolsas, bidones de agua, y costales que tendrían comida.

—¿Que tendrían comida? —dijo el hombre—. ¿Crees que Petronio le lleva otras cosas?

—No entiendo lo que están haciendo esos dos —dijo la mujer.

—Manongo y Petronio —dijo el hombre—. Son amigos del Ejército.

—¿Y cómo sabes que son amigos? —dijo la mujer.

—¿Dices que lo visita en el asentamiento, en secreto? Es eso o son maricones.

—Más aun —dijo la mujer—. ¿Por qué no lo sabe Cabanillas?

—Manongo quiere joderlo —dijo el hombre.

—Y no le faltarían motivos —dijo la mujer—. Cabanillas lo sabe todo de Manongo.

—Y Manongo todo de Cabanillas —dijo el hombre.

—Salvo esto, está claro —dijo la mujer.

—¿Y estás segura de que no lo sabe? —dijo el hombre.

Ante el remolino de autobuses que se había formado a la sombra del semáforo, emergió un pequeño tumulto de ancianos con matracas y silbatos. Eran pensionistas que exigían la devolución de sus aportes. Policías somnolientos los acompañaban en las veras de la calle. Marchaban al centro de Lima.

—Manongo está ocultando la verdad —susurró la mujer—. A Cabanillas le dijo que lo estaban siguiendo en Seguridad Interna, pero apenas explicó sus razones. Sé que Alessandri las conoce. ¿Lo recuerdas? La última vez que salió de su residencia se fue directo al asentamiento, y al poco tiempo llegó Petronio. Estoy segura de que Alessandri lo sabe.

—¿Y Petronio también? ¿Crees que está metido en esto con Alessandri y Manongo?

—No lo sé —dijo la mujer—. Pero Manongo y Petronio ocultan algo en esa casucha. Y tenemos que averiguar lo que es.

—¿Dinero? —dijo el hombre.

—¿El dinero de Neves? —completó la mujer.

—No creerás que Petronio se está robando el dinero de Neves, por encargo de Manongo...

—O se lo está robando —dijo la mujer—. O lo está utilizando para otra cosa, y lo esconde en ese lugar. Y todo a espaldas de Cabanillas. Es eso lo que no entiendo: ¿por qué engañan a Cabanillas?

—Ya te lo dije —sonrió el hombre—. ¿Hace cuánto que trabajan juntos? Piénsalo, Manongo y Cabanillas se conocen demasiado, es normal que quieran destruirse.

—Es cierto —dijo la mujer—. Aunque no les guste, dependen el uno del otro.

—¿Y crees que lo de Manongo esté relacionado con lo que traman los viejos?

La mujer encendió el vehículo.

—Espada solo busca justicia, lo que hicieron con su hija no tiene nombre.

—El primero tiene que ser Alessandri —dijo Remigio, cuando Máximo volvió a la mecedora.

—¿Y cómo piensas detenerlo? —dijo Máximo.

—En el supermercado, compadre.

—¿En el supermercado? —sonrió Máximo.

El rostro de Remigio había cobrado color, sus labios rectos se ceñían muy tensos, y fruncía ligeramente la nariz. El Chasqui lo acompañaba a cada paso que daba. Alzó el plano enrollado sobre la mesa.

—A mí nunca me ha visto, y con el paso del tiempo...

—¿Le pedirás que te acompañe? —dijo en tono de burla Máximo.

—Encontraré la manera.

—Lo estás subestimando, Roto.

—He recorrido la zona —se calzó las gafas Remigio—. Hay una callecita que cruza Dos de Mayo frente al estudio, casi siempre está a oscuras. Tendré una oportunidad.

—¿Y cómo piensas detenerlo? —repitió Máximo.

—No olvides que Alessandri es joven —pontificó Remigio—. Una vez por día cruza al supermercado, y a veces solo. Sin seguridad. Es cuestión de atraer su atención.

—Prefiero esperar en la calle, y matarlo.

—¿Y qué ganarías?

—¿Y qué ganaría? —dijo Máximo.

—Hazme caso, y podremos detenerlo, e iremos por el guardaespaldas.

—¿Te estás escuchando? ¿Iremos por el guardaespaldas? ¿Tú y qué Ejército?

—Nos bastaremos los dos, si confías en mí.

—No tenemos tiempo, Roto.

—Te hablo de unos pocos días.

—¿Y a dónde los llevarás?

Remigio aguardó un instante.

—A mi casa de campo, en Cieneguilla.

—¿Tú conducirás hasta ahí? Solo somos dos.

—Y encerraremos a Alessandri en el sótano.

—¿Y el guardaespaldas? ¿Cómo piensas detenerlo?

—No hará falta. Lo estaremos esperando cuando lo vaya a buscar.

—¿El guardaespaldas irá por Alessandri?

—Trabaja para él, Máximo, piensa.

—¿Y cómo lo llamarás?

—Tengo una idea.

Una luz de esperanza se perfiló en los ojos de Máximo. Estaba de pie, sonriendo a medias, una mueca de preocupación alteró el soñoliento cansancio de su rostro. Caminó jadeando al mostrador donde había guardado los brebajes de Agripina, y los alzó sin volverse. Bebió un trago largo de cada uno. Sus mejillas se abochornaron. Volvió a la silla mecedora.

—Pareciera que no lo conoces —dijo con un hilo de voz—. Ya se burló de nosotros una vez. Hizo lo que quiso con Marita, y Maruja se enfermó, y el senador lo sacó del país. ¿Qué te hace pensar que será diferente ahora? ¿Piensas que está solo? Tú mismo has descubierto que sigue cooperando con el guardaespaldas. Estarán armados, estarán protegidos, estarán llenos de gente, yo estoy dispuesto a jugarme la vida. ¿Pero tú? ¿Por qué no me dejas hacerlo solo? Voy y lo mato, Roto, no tengo nada que perder.

—Te hice una promesa —dijo Remigio, estudiando los planos—. Y la voy a cumplir.

—Olvídate de eso —dijo Máximo—. Olvídate de tu promesa. Disfruta los años que te quedan. Aun si tuviéramos éxito, será un infierno, vendrán por nosotros, te meterán a la cárcel. ¿Eso quieres? ¿Pudrirte en la cárcel?

—No quiero pudrirme en la cárcel, Máximo.

—¿Entonces por qué te metes?

—Porque quiero saber la verdad.

—Me basta con el diario de mi hija.

Remigio alzó la mirada.

—Mírate, además, vas a fallar. ¿Hace cuánto que no disparas?

Los saltos del Chasqui interrumpieron la conversación. Había caminado a la puerta de la calle, los ojos muy abiertos, y se perseguía el rabo feliz. Remigio susurró ¿esperas a alguien, compadre?, y buscó su revólver. Máximo dijo que no, que no, se levantó frunciendo el ceño, y se asomó a la ventana. Una sombra se corporizó a contraluz de la calle brillante: ¿papacito?, ¿estás en tu casa? Soy Agripina, tenemos que hablar, papacito...

—La estaba esperando —dijo el general Cabanillas, bajo la sombrilla de la terraza.

La mujer aguardaba a su derecha, el maletín de cuero sobre las rodillas. Se pasó un pañuelito húmedo por la frente, muerta de calor. Apenas podía ojear los documentos sobre la mesa de vidrio. Sin lentes de sol para protegerse, entrecerraba los ojos, hacía sombra con una mano para repeler el brillo del mar.

—Señor, las noticias sobre Manongo, quería cerciorarme.

—¿Y por qué no vino su compañero?

—¿Mi compañero? Pensaba que quería hablar conmigo.

—Bien —chasqueó los labios Cabanillas—. ¿Entraron a la casa de Espada?

—Sí, y tenía razón, general. Prepara algo con Campodónico, en contra de Felipe Alessandri.

Cabanillas se irguió en el asiento.

—¿En contra de Felipe Alessandri?

—Así parece —dijo la mujer—. Sobre la mesa del comedor había un plano del estudio donde trabaja, varias fotografías de las calles circundantes, un revólver, y el diario de su hija. Tiene también información de Manongo. Pareciera que traman algo de cuidado, señor.

—Las fotografías —dijo Cabanillas.

—No las tenemos, general.

—¿Algo que sustente esta información?

—Verá usted —tragó saliva la mujer—. Campodónico entró a la casa, y mi compañero no pudo...

—¿No tiene pruebas?

—No pudimos conseguirlas.

—Se regresa ahora mismo, y las consigue.

—A la orden —se levantó la mujer.

—Un momento —dijo Cabanillas—. Mencionó a Manongo, al principio.

Una niñera enfundada en un mandilito blanco apareció por la terraza pidiendo disculpas. Traía a dos niños pequeños de la mano, uno de ellos con gafas de piscina, y el otro con un flotador en forma de delfín. Ambos estaban empapados y con los pelos revueltos por el mar. Matizando la sonrisa de su rostro, Cabanillas susurró: son mis nietos.

—Está actuando de manera extraña, señor.

—¿De manera extraña? ¿Le encontraron otra mentira?

—No precisamente —dijo la mujer, y volvió a sentarse—. Ha dejado de vivir en el cerro San Cosme, y se la pasa encerrado en un asentamiento de Villa María del Triunfo. Nadie sabe a qué se dedica.

—¿De Villa María del Triunfo? ¿Una casa, dice usted?

—Correcto —dijo la mujer—. Pareciera estar escondiendo algo, o escondiéndose de alguien.

—Pensaba que lo estaban siguiendo, en efecto. Mencionó a Seguridad Interna.

—Es obvio que oculta algo —dijo la mujer—. Por cierto, la única persona que lo visita es el vigilante del albergue donde escondieron el dinero de Neves. Petronio Pumacahua, señor. Un recluta del Ejército que sirvió en la división Túpac Huallpa. Le lleva paquetes cuyo contenido desconocemos. Podría tratarse de dinero.

—¿Y Alessandri? —pareció entristecerse Cabanillas—. ¿Conoce esta información?

—No hemos podido verificarlo —dijo la mujer—. Aunque hemos seguido a Manongo desde su residencia hasta el asentamiento, al menos en dos ocasiones.

—¿Desde su casa? Es probable que Alessandri lo sepa.

—Es probable, señor. ¿Por qué mentiría Manongo?
Cabanillas bajó la mirada.

—Me lo imaginaba.

—¿Se lo imaginaba? —repitió la mujer.

—Alessandri está colaborando con el fiscal Aniceto Roca.

—¿Con el fiscal Aniceto Roca? —pareció no entender la mujer.

—Yo también tengo mis fuentes —dijo Cabanillas.

—¿Y Manongo es parte de esta colaboración?

—Par de lobos... —dijo Cabanillas.

Una ola remeció las rocas de las playas. El rostro de Cabanillas lucía descompuesto, había inclinado los hombros, comenzó a golpearse el mentón con el dedo índice. Sus ojos igualmente eran otros, se tornaron tristes, perdieron su expresión orgullosa, inspiraban a la vez compasión y desánimo.

—Esto explica muchas cosas, general —susurró la mujer.

—Hay un expediente a nombre de Alessandri en la Fiscalía —reaccionó Cabanillas, incorporándose—. Si él no está colaborando con Aniceto Roca, alguien de su entorno lo está haciendo. Es por eso que les pedí que investiguen a Manongo. Alessandri confía ciegamente en Manongo. Y ha decidido salvar su pellejo. A cambio de jodernos, por supuesto. Tenemos que actuar con rapidez.

El barullo de los niños bajo la manguera irrumpió desde el otro lado de la terraza. La niñera entonces les quitaba la arena de los talones, sacudía el interior de sus trusas, mojándose el mandil. La muchacha permaneció en silencio, los brazos cruzados sobre las piernas.

—Par de lobos... —dijo una vez más Cabanillas, y se levantó—: Quiero pruebas, de lo que están tramando Espada y Campodónico, quiero pruebas.

—A la orden —trastabilló la mujer.

—Y quiero el diario de la muchacha.

—¿El diario de la muchacha, general?

—La hija de Espada, pueden ser fotografías.

Las patitas del Chasqui lo acompañaron a la cocina ni bien Agripina salió de la casa. Máximo revisó las páginas del diario de su hija y, en la soledad sombría del atardecer, acompañado únicamente por la brisa que sacudía las palmeras, tomó su decisión. Actuaría de inmediato, y únicamente contra Felipe Alessandri. De lo demás, Roto, que juzgue Dios. El descubrimiento de Agripina lo había cambiado todo: un hombre de lo más peligroso se ha saltado por tu garaje, papacito, ya lo he visto varias veces en esta cuadra, mucho cuidado ten, papacito. ¿Dónde había escondido el revólver? Sí, en la despensa con las herramientas, y la munición estaba en el armario. Al volver a la cocina le dolían los huesos, lamparones de sudor le habían humedecido el cuello, tenía sangre en la garganta. El atardecer, sin embargo, perfilaba su luz violeta muy serena por la ventana, brillaba sobre un océano de aguas tranquilas. Contempló en el cielo una bandada de gaviotas que hacían acrobacias mientras golpeaban las olas en picado, para alzar el vuelo sobre el arcoíris que formaban sus alas. Aquel ciclo riguroso aligeró su respiración. Cuando la noche se apoderó del cielo naranja yacía recostado en el diván. Fumaba por vez primera un cigarrillo de los que había traído Jerónimo, y veía las aguas lechosas, el brillo de la luna esparciéndose a través de las olas. ¿Había escondido los regalos, antes de salir? A duras penas había podido acomodarlos él solo en el maletero sin pedir ayuda. Cabecitas ajetreadas poblaban las calles en torno a la iglesia de la Virgen Milagrosa, el tráfico comenzaba a disminuir, lucecitas verdes y rojas chispeaban en las ventanas del barrio. Maruja preguntó por los paquetes ni bien estacionaron el automóvil en el garaje, mientras Pascuala y Martín traían a los niños después de la misa.

—Los tengo en la maletera —se escuchó responder—. ¿Y ahora?

—Hablaré con Pascuala —sonrió Maruja—. Bájalos, ponlos al pie del árbol.

—Estoy mal estacionado —dijo Máximo—. Invéntate algo, Maruja.

—¿Te apuras? —dijo Maruja.

—¡Cuantos regalos! —dijo Pascuala, de la mano de Tereso—. Y el árbol de Navidad está lindo. ¿Nos sentamos aquí, Marujita?

—Es porque nos hemos portado muy bien —dijo María del Carmen.

—¡Hay que abrir los regalos! —gritó Tereso.

—Primero vamos a comer —dijo Maruja—. No toquen nada, cuidado con el nacimiento.

—¿Y Máximo? —dijo Martín, alzando la botella—. ¿Nos servimos uno?

—Te ayudo con las ensaladas —se levantó Pascuala—. ¿Te pasaste la tarde en la cocina, Marujita?

—Uno nomás —dijo Máximo—. Con tanto griterío necesito distraerme.

—Me ayudó Marita —sonrió Maruja—. Navidad solo hay una, Pascuala.

—Mamá —dijo María del Carmen—. Están tocando la puerta, mamá.

—Me tomaré uno yo también —dijo Martín.

—Así se habla —dijo Máximo—. Salud, zambito. Ah, está fuerte, carajo.

—Delicioso —dijo Martín—. ¿Es Majeño?

—No hables groserías, Máximo —dijo Pascuala.

—¿Quién es? —dijo Maruja—. Teresito, no abras.

—Es la loca, mamá —dijo María del Carmen—. ¿Quién ha invitado a la loca, mamá?

—Papá —se acercó Tereso—. Ha llegado la loca, papá.

—Ninguna loca —dijo Máximo—. Es la mejor amiga de esta casa.

—Tienes la cara roja, papá —dijo Tereso.

—¡Cómo tengo la garganta! —dijo Máximo—. Sírveme otro, Martín.

—Esta no es casa de borrachos, Martincito —susurró Pascuala.

—Solo uno, mujer —dijo Martín—. ¿Ahí estará bien, Máximo?

—¿Que me ves cara de maricón? —dijo Máximo.

—¡Agripina! —dijo Maruja—. Pasa, pasa, llegas justo para la cena.

—Así nunca abriremos los regalos, Marita —dijo Tereso.

—Es hora de los regalos, mamá —dijo María del Carmen.

—Hola, papacito —dijo Agripina—. Uy, qué rico huele, sí, señor. ¿Y esos muchachitos que me miran con esas caras? Acérquense, no muerdo, hijitos.

—Hola, Agripina, mi esposo Martín, soy la hermana de Máximo —dijo Pascuala.

—Un placer, caballero —hizo una venia Agripina—. Un gusto, señora Pascuala. ¿Y tú eres Teresito? ¿Y tú Marita?

—Me gustan tus anillos —dijo Tereso.

—Buenas noches, señora —dijo María del Carmen.

—Ya puedes ir cortando, Martín —dijo Pascuala.

—¿Pecho o pierna, Máximo? —untó el pavo Martín.

—¡Hagan espacio para la ensalada! —llegó Maruja desde la cocina.

—Pecho, zambito —dijo Máximo.

—¿Me sirves, papá? —dijo Tereso.

—Primero las damas —dijo Máximo—. Marita, tu plato.

—¿Puedo una copa de vino, mamá? —dijo María del Carmen.

—Pregúntale a tu papá —dijo Maruja.

—Sírvele una copa a Marita, Martín —dijo Máximo.

—¿Y para usted también? —vaciló Martincito—. ¿Señora...?

—Señorita Agripina —corrigió Agripina—. Traje mi chuchuhuasi, gracias.

—Señor, bendice los alimentos... —murmulló Pascuala.

—No te pases, Máximo —siseó Maruja—. Sin tomar, respeta la oración.

—Perdón —dijo Máximo—. Las manos de quien los ha preparado, amén.

—¿Prenden la televisión? —dijo Pascuala.

—¿A qué hora habla el presidente? —dijo Martín.

—Qué crocantito —dijo Agripina—. Está delicioso, señora Maruja.

—En un momento —dijo Máximo—. La cosa se está poniendo difícil, compadre.

—El pavo está en su punto —dijo Pascuala—. ¡Un aplauso para Maruja!

—¡Un aplauso! —celebró Tereso.

—¡Yo también cociné! —dijo María del Carmen.

—Sin ensuciar —dijo Máximo—. Caracho, Tereso, anda a limpiarte.

—Ahí está el presidente —dijo Martín.

—¿Están llamando a los oficiales del exterior? —dijo Maruja.

—Así parece —dijo Máximo—. Y viene Remigio.

—¿Remigio? —alzó la mirada Pascuala.

—Pobre —dijo Máximo—. Volver para esto.

—Mala suerte de tu compadre —dijo Martín.

—Baja el volumen, Máximo —dijo Maruja.

—Estamos comiendo —dijo Pascuala—. Es Navidad, Máximo.

—¿Mala suerte? —dijo Máximo—. Si a Remigio le encantan las balas.

—¿Le va a gustar este desbarajuste? No creo, viejo —dijo Martín.

—¿Cuándo llega Remigio? —dijo Pascuala.

—¿Y los regalos, mamá? —dijo Tereso.

—Ya terminamos, mamá —dijo María del Carmen.

—Déjamelo a mí, Marujita —dijo Pascuala.

—¿Le ayudo con los platos, señora? —dijo Agripina.

—En el lavatorio nomás —dijo Maruja—. Déjenlos en el lavatorio.

—Nada de eso —se arremangó los codos Pascuala.

—¿Te sientes bien? —dijo Agripina—. Estás colorada, mamita.

—Es el calor —dijo Pascuala—. Este bochorno, y el agua tibia.

—Abriré la ventana —dijo Agripina—. ¿Un bajativo, no quieres?

—Quedan poquitos —dijo Pascuala—. Anda, Agripina, te alcanzo.

—¿Siguen acá? —dijo Maruja—. Mañana lavo, Pascualita, vente conmigo.

—Siéntate, compadre —dijo Máximo—. Nos tomamos otro, aprovecha.

—¿Otro? —dijo Martín—. Tengo que conducir a la casa, zambo.

—¿Un habano, quieres? —dijo Máximo.

—Antes de que venga Pascuala, apura —dijo Martín.

—Niños —dijo Maruja—. A ver, háganme sitio, cuidado con el nacimiento.

—Cuidado con el Niño —dijo Máximo—. Marita, Tereso, sin gritar.

—¿Dónde está mi tía? —dijo María del Carmen.

—¡Pascuala! —dijo Martín—. ¡Los regalos, mujer! ¡Que vamos a abrir los regalos!

—Está lavando los platos —dijo Máximo.

—Primero una oración al Niñito —dijo Maruja.

—¿Una oración? —dijo Tereso—. No seas así, mamá.

—Estoy que me muero de sueño —dijo María del Carmen.

—Cómo quema este pisco —se puso colorado Martín.

—Ahí viene la loca —susurró Tereso.

—Siéntate aquí, Agripina —dijo Maruja.

—Ahora sí te acepto un pisquito, Máximo —dijo Agripina.

—Claro que sí, señora —dijo Martín.

—¿Y los regalos? —dijo Tereso.

—Señorita, caballero —dijo Agripina.

—¿Y Pascuala? —dijo Martín—. ¿Sigue en la cocina?

—Ay, caracho —bebió Agripina—. Mi güergüero, Virgencita.

—Voy por ella —dijo Máximo—. Silencio, carambas, sin gritar.

—Toma —dijo María del Carmen—. Empecemos con este, mamá.

—¡Abramos los regalos! —gritó Tereso.

—El primero de todos —alzó un regalo Maruja—. Para Teresito de su tío Martín.

—¿Es para mí? —sonrió Tereso—. ¿Es un juguete?

—Feliz Navidad —dijo Martín—. Espero te guste, sobrino.

—¿Una camiseta del Alianza? —dijo Tereso.

—¡Te armaste! —dijo Maruja.

Los ladridos del Chasqui irrumpieron en la cocina como contenidos por muros de corcho. Máximo abrió los ojos, presa de un gran cansancio, y buscó con las manos al Chasqui. El salón estaba a oscuras, en completo silencio, pero algo se movía en torno a la mesa del comedor. El árbol de Navidad con sus lucecitas de colores y su base colmada de regalos había desaparecido, no había platos ni bocadillos ni copas, y en su lugar brillaba un humo medio azulado, la oscuridad profunda, que se revelaba fugazmente cuando algún automóvil cruzaba la calle. ¿El Chasqui todavía ladraba? Ladraba, pero cada vez menos, raspaba con las patas la puerta del garaje. Máximo se puso de pie. Tanteó con los brazos por los muros a oscuras, muerto de sed y de hambre, aunque sin dolor, y encendió la lámpara de la puerta. Contempló entonces que el comedor había sido registrado. El plano estaba en el suelo, las fotografías desperdigadas. Y el diario de Marita, abierto por la mitad.

Fue aquella la última vez que lo vi. Arrodillado como un niño en el dintel de la puerta. Diciendo que buscaba al Chasqui que se le había escapado, aunque sus labios le temblaban de vergüenza, y supe de inmediato que no decía la verdad. De todos modos, ya no era mi hermano, Máximo, el Máximo de toda mi vida, que me defendió desde chiquita, decía siempre, era capaz de matar por su menorcita. Y cómo podría, también. Si le dolía tanto el cuerpo. Y esto no me lo he inventado yo. Dijeron los doctores que su enfermedad debió ser en extremo dolorosa, fundamentalmente en su espalda, y que los sedantes poco hicieron para aliviarlo. Pobre. Ni siquiera se lo dijo a Teresito. ¿Será por eso que me cuesta tanto recordarlo? No puedo olvidarme de su carita confundida por el miedo y la sorpresa, aquella noche que fui a visitarlo, cuando lo encontré en la calle. Mi hermano me mira todavía al despertarme. Hincado sobre la vereda, se levanta con los ojos en blanco. Sale con el Chasqui por el garaje. Y solo se calma cuando regresa a la vereda desde la calle, sus manos sobre las rodillitas que temblaban, tratando de respirar entre jadeos. Se fueron, Pascualita, se fueron. ¿No viste a nadie?, qué bárbaro. Se metieron los ladrones.

Pensaría seguro una serie de cosas, al final, y Agripina no ayudó con sus historias. Como que un intruso se había metido a su casa cuando se echó un ratito a dormir. O que alguien lo vigilaba cuando pagaba en la caja de la farmacia. O que lo espiaban mientras paseaba al Chasqui por el malecón. Yo lo tengo todavía muy claro en mi cabeza, lo había ayudado a regresar desde la calle, él se acomodó en su mecedora. Le preparé un tecito con canela, clavo y jengibre. Pero apenas pudimos compartir. Quería hablarle de tanto, los ojos de mi hermano me colmaron de angustia, los tenía muy rojos. Acariciaba el hocico de su perro preguntándose quién podría estar vigilándolo, quién jugaba con él de esa manera tan horrible, metiéndose a su casa cada vez que salía a la calle, cuando se acostaba. Y se quedaba mirando al animal, como un loquito, como si él tuviera la respuesta. Entonces alzaba la mirada y se percataba de mi presencia, malhumorado.

Recordando aquellos días tan extraños, me lleno todavía de dudas: ¿cómo pudiste ser tan despistada?, ¿qué te pudo confundir así? Si había envoltorios de medicamentos por todas partes, y las fotos desperdigadas de Maruja y Marita en la mesa del repostero, ese plano a carboncillo en la cocina, y las pelusas del perro en los sillones. Sí, ya lo sé, fue mi culpa. Martincito me dijo, en un sueño de lo más raro, que me hubiera enterado de su sufrimiento de no haber estado con la cabeza en otra parte, absorta en ilusiones con Remigio, puede que tenga razón. Fui una ridícula. Es más, se lo dije así, yo también: puede que haya sido una egoísta, sí, quizás sea cierto. Él, sin embargo, nunca se quejó. Y la forma que tenía de hablarme forzando siempre una sonrisa, evitando por todos los medios una falta de educación, me convenció finalmente, pensé todos tenemos días malos, y eso te pasa por llegar sin avisar.

Lo más triste de las muertes inesperadas es que te dejan con el recuerdo de los últimos encuentros. Las despedidas que no se pueden olvidar. No importa lo feliz que haya sido una persona mientras vivía. Lo fuerte, robusto, amoroso, sonriente, correcto, sacrificado. La imagen sobreviviente resalta las memorias feas, invariablemente, las miserias que genera el sufrimiento. Y de mi hermano no recuerdo más que su último abracito efímero. Un abrazo debilitado por el miedo y la soledad, lleno de rencor por la vida, y confundido seguramente ante la perspectiva de una muerte dolorosa. Un beso corto en la mejilla. Y la voz inesperada con que preguntaba por Teresito, si seguía en la parroquia del albergue, de tiempo que no hablaba con él. ¿Pensaba visitarlo, quizás? Remigio dijo que imposible. En todo caso, nunca lo supe a ciencia cierta. Eso sí, se lo pregunté al padre Filomeno varias veces. Y en cada ocasión me respondía con la mirada incómoda, fue un hombre bueno, tu hermano, y nada más.

Remigio cruzó el parque sosteniendo apenas el bolso con galletitas de vainilla y pastelitos que había comprado para Pascuala. El albergue con su campanario torcido emergió en su delante. Los jardines estaban colmados de bebés con andadores, de niñeras tranquilas que charlaban. Un grupo de obreros descansaba boca arriba junto a la acequia, a la sombra de un tronco muy grueso.

—Señor, disculpe —un jovencito salió a su encuentro.

—¿Muchacho? —dijo Remigio.

El joven cerraba los puños, tenía los ojos muy serios. A través de su mirada brillaba un destello de inteligencia. Su rostro había enrojecido, y le temblaban los labios.

—Deje de visitar a mi abuela.

—¿A tu abuela? —vaciló Remigio—. ¿Eres el nieto de Pascuala?

—Así es —dijo Abraxas—. Y no se aproveche. No estoy bromeando.

—¿Y por qué no puedo visitar a tu abuela?

—¿Cree que soy idiota? Sé lo que está haciendo.

Una mujer que cargaba una cesta cubierta con un mantón salió por las rejas del albergue. Se acercó para ofrecer su pescado fresco —cojinova, lenguado, perico, tollo— recién traído del muelle de Chorrillos. Abraxas y Remigio permanecieron callados, sin embargo, y la señora cruzó hacia el parque. Remigio entonces susurró:

—Creo que ha habido un malentendido, hijo, te estás confundiendo.

—Ningún malentendido. Y si sigue viniendo, llamaré a la Policía.

—¿A la Policía? ¿Para qué vas a llamar a la Policía?

—Para que sepan lo que está haciendo.

—No sé de lo que hablas, muchacho.

—Y les muestre su pistola, y los datos de la muerte de la señora María del Carmen, y las fotos que le ha tomado a ese hombre en la calle. ¿Cree que soy sonso? Sé que está buscando a una persona. Y que usa a mi abuela para obtener información. La pobre apenas puede dormir. ¿Entendió? No quiero volver a verlo.

Remigio dudó un instante.

—¿Dices que busco a una persona?

Abraxas se volvió, comenzó a alejarse despacio. Remigio permaneció sin moverse, con las manos muy tensas, sosteniendo apenas el bolso. Cuando se giró, sin embargo, la base de plástico cedió y las galletas y los pastelitos fueron a dar a la vereda. El muchacho regresó de inmediato. Se inclinó solícito en el desnivel de la calle. Susurraba como disculpándose, mientras alzaba de a una las cosas: es usted mayor, no quiero ser irrespetuoso. Fue ahí que la revelación tomó forma a ojos de Remigio. La realidad de aquel comentario perfiló una idea muy simple, casi inocente, y sin embargo totalmente imprevisible. ¿Había sido lo suficientemente creativo hasta entonces? ¿O era posible que los roles se intercambiasen? Se había quedado boquiabierto, recordando la oscuridad de las calles aledañas al estudio donde trabajaba Alessandri, los callejones del estacionamiento a espaldas del supermercado. Las ideas bullían en su cabeza sin orden ni concierto, tenían formas inesperadas, aunque de cuando en cuando adoptaban los gestos de rostros conocidos. Una silueta aguardaba en el coche con las armas dispuestas. Él cortaba el bolso de plástico con su navajita. Se adelantaba entonces a Alessandri en las cajas del supermercado. Imaginaba el momento en que fingiría el accidente, apoyándose con el bastón de Máximo, necesitaba ayuda, caballero, si fuera tan amable... cuando el muchacho le devolvió los obsequios. ¿Escuchó cuando volvió a pedirle que no regrese? No, ya se había subido al taxi, los cables de los postes medían el trayecto hacia las playas vacías, luego la subida de Armendáriz, las casas de Barranco. Cuando pagó la carrera tenía el pecho acelerado todavía, sus ojos inquietos miraban en todas las direcciones. Caminaba absorto, tanteando con una mano en el muro. Las enredaderas húmedas anunciaban una tenue garúa. Un hombre aguardaba en la puerta de su casa.

—Buenos días, teniente coronel —sonrió, llevándose un dedo a la frente.

—¿Señor? —vaciló Remigio—. ¿Nos conocemos?

El hombre inclinó los ojos en un gesto de reverencia.

—Creo que me enseñó usted, teniente coronel, cuando era cadete.

Remigio se detuvo, contempló un instante la calle. Una camioneta de lunas polarizadas estaba estacionada en la otra esquina. Dos hombres de lentes oscuros miraban en su dirección a la altura del grifo.

—¿No me reconoce? —insistió el hombre.

—¿Disculpe? ¿Es usted militar?

—Paulino Cabanillas, general de brigada, para servirle.

—¿Paulino Cabanillas? —hizo memoria Remigio.

El hombre respondió con ironía, sin borrar la sonrisa del rostro:

—Tengo una propuesta para hacerle, Campodónico. Parece usted un hombre inteligente.

El Chasqui dormitaba en el mullido sofá de la sala. El brillo de la mañana lo cobijaba y, cuando Máximo se acercó para acariciarlo, gimoteó entre sus dedos con dulzura, lamiéndolos despacio. Fue entonces cuando lo embargaron las primeras lágrimas. Un brote íntimo, una exhalación de tristeza. ¿Hace cuánto que vivía entre aquellas mamparas llenas de luz, la casita de la calle Ocharán, que le devolvía cada mañana el reflejo del Pacífico? Más de treintaicinco años, quizás cuarenta. La había comprado pocos meses después de su retorno de la selva, a un ingeniero japonés que trabajaba en Aero Continente. Y Maruja y los chicos se mudaron felices. Fue María del Carmen la que eligió primero su habitación, tras acompañarlo a una reunión con el arquitecto para revisar los planos. Se inclinó por el altillito de maderas porfiadas que daba a la calle, con sus maceteros de gladiolos en las ventanas, las mirillas sobre las que descansaban gaviotas, ruiseñores azules. Aquel espacio fue renovado desde el primer día. Las paredes estaban tachonadas con calcomanías de cantantes y actores de telenovelas. Marita había conseguido, en un bazar de antigüedades del jirón Camaná, un espejo de cuerpo entero y marcos dorados que apoyaba contra la pared. Volvería de la universidad por la noche, y se encerraría ahí arriba contenta. Antes de acostarse, Máximo la encontraría boca abajo en la cama, los pies descalzos en el aire. Diría que estaba por acostarse, papito. ¿Qué estaba haciendo? Claro, escribía su diario con la radio encendida. Bajaría el volumen para que Teresito pueda dormir, papito. Sosteniéndose apenas en el bastón, Máximo abrió los ojos, pasó una mirada de nostalgia por los ambientes de la casa en silencio. La luz de la mañana resaltaba el polvo acumulado en el escritorio donde Teresito hacía las tareas. El Chasqui dormitaba todavía, su lomo caliente brillaba. Tenía el hocico acurrucado en un cojín lleno de pelusillas y pastos secos. Máximo le palmeó la frente, acarició sus orejitas, despidiéndose. Volvió a su habitación por el revólver y el rosario de Maruja, y salió.

Un extraño pudor se percibía en las avenidas y los parques de la ciudad. Las vías de tráfico congestionado lucían despejadas y mudas, y por todas las ventanas asomaba el mismo barullo eléctrico, las voces cotidianas de los periodistas que informaban desde las cabinas de radio y en los enlaces directos de televisión. Máximo no supo que habían apresado a la candidata hasta que descansaba en el asiento del autobús. Pero para entonces se había extrapolado de los rostros femeninos que se apiadaban del sufrimiento de la madre y esposa condenada, y miraba sin moverse las cuentas del rosario envuelto en su muñeca. Un murmullo repetía desde sus adentros el testimonio final del diario de Marita. Veía dibujarse entre los tugurios apagados e infestados de cables las letras coloridas de plumón, asomarse entre las mechas desgreñadas de las mujeres que aguardaban en los callejones las palabras de su hija, y sus ilusiones, días antes de morir narró por vez primera los detalles de su relación con Alessandri. ¿Podía recitar como antes, casi de memoria, cada una de sus palabras? Sí, desde que empezaron, entre broma y broma, y hasta que las cosas cayeron por su propio peso, quedé como una tonta. Quizás no debí prestarle tanta atención. ¿Estaba equivocada? Recuerdo haber pensado que hacía lo mismo con todas, pensando no le creas una sola palabra, no pises el palito tan fácil, pero no hubiéramos llegado tan lejos si realmente quisiera a Cristina, como él dice, no tiene alma de mentiroso. De todos modos, hace mucho que decidí creerle, y peor con lo que ha pasado. ¿Alguna alternativa, a estas alturas? Lo de su compromiso es verdad, en Lima pasan cosas así todo el tiempo. Lo sé porque he visto la importancia que tiene su familia en su vida. Contentarlos, es eso, quiere verlos felices.

La situación no será fácil para nosotros, y será incluso peor para mí que para él, las mujeres llevamos la peor parte. Nadie tiene la culpa, y digo esto a sabiendas de que, a veces, cuando no puedo dormirme, escucho la voz que me dice: ¿y ahora?, tú sabías en lo que te estabas metiendo, ¿así nomás con cualquiera?, ¿qué te pasó?, qué poco respeto te tienes. Y ni yo misma me entiendo, entonces, tiene razón... ¿Pero cómo cambiar las cosas? Es tan valioso, no quiero emocionarme con nada serio, y ni siquiera después de lo que ha pasado, estaremos juntos la vida entera, pero si me dice la verdad y me quiere, no puedo tampoco hacer como si nada pasara, no puedo decirle hasta aquí llegamos si lo de Cristina es una obligación, como él dice, está muy solo, tan solo que da pena. Aunque lo peor de todo es la vergüenza. No poder hablar con nadie. Y tener la necesidad de callarme porque, sencillamente, me muero de la pena y la vergüenza, maldita palabra, cuando recuerdo que él fue honesto desde el principio, y aunque no me atrevo a exigirle nada, lo veo tan solo, y a veces tan triste, que pienso me gusta mucho, no dejes de quererlo. Pero no me hago ilusiones. A estas alturas, tendría que estar loca, no vale la pena. Al final es lo mismo siempre: no sé quién dice la verdad. Es probable que en su casa se enojen. Soy honesta, no creo que quieran ayudarlo. Y quizás tengan razón. Y quizás sea mejor así. Él no tiene la culpa de que le exijan cosas todo el tiempo. Su mamá también debe haberse dado cuenta, y me odia por eso, estoy segura. De todo corazón siento que hayamos discutido. Espero que nos volvamos a ver, y que nos digamos perdón, no hay culpables, esto nos ha pasado a los dos porque nos queremos, y que nos demos la mano, o que me diga mira, ven, escuchemos esta canción, he leído esto que te va a gustar, cambia de cara, no tengas miedo, lo que ha pasado no es culpa tuya y podemos ser felices. Porque esto no debería ser el fin del mundo para nadie. Cuántas historias bonitas han comenzado con este tipo de accidentes, me digo a veces es normal, así cambia la vida. Son temas de familias, y no tengo miedo a la reacción de su familia. Si él cumple su palabra, sin engañar a nadie. Puedes ilusionarte si es que tienes la certeza de lo que dices, no olvidar. Aunque me gustaría también hablar, tantas cosas que no puedo decir, y quedar con alguien para acompañarme. Pues lo peor de todo es la soledad, no entender lo que le pasa a mi cuerpo, a quién preguntar de estas cosas. Después de la vergüenza, la soledad. Aunque también detesto las mentiras, detesto a los mentirosos.

Una inclinación ligera en el hombro cubierto por el sol de la ventana le abrió intempestivamente los ojos. Ante el rostro de Máximo, se revelaron los labios de un jovencito que tenía medio cuerpo fuera del autobús. Sujetaba sus cabellos con un pañuelo amarrado que le cubría también las orejas. Una cartuchera con monedas y billetes, y un peine descuidado, parecía sostenerle el pantalón. Anunció la cercanía de su paradero en la avenida Javier Prado, caballero, ya estaban cerca. Máximo advirtió los nombres de las calles en la autopista, bajo el fondo verdoso de los parques de San Isidro. Emergió a la vereda sosteniéndose en el brazo de una colegiala que bajó junto a él. Y, cuando sintió en el rostro la calidez del sol que bañaba la ciudad, todos esos hombrecitos en torno a los puestos de diarios con sus radios encendidas, no pensaba ya en la historia que relató su hija. ¿Qué sentido tenía escarbar en sus vivencias, a estas alturas? Acabaría con Alessandri, el asunto terminaría entonces.

Divisó la extensión de mamparas oscuras, la puerta modernísima de la recepción con su fachada de estacionamientos vacíos. Avanzaba con los ojos en el abismo despejado del cielo cuando la mampara de la recepción se abrió. En un abrir y cerrar de ojos, se había quedado quieto ante la perspectiva de las secretarias que contemplaban las noticias en el televisor acoplado a la pared. Apenas recuerda lo que sucedió a partir de ese momento. Las mujeres se le quedaron viendo con un gesto que era a la vez temeroso y compasivo. Una de ellas inquirió por el motivo de su visita, y otra le consultó —revisando el libro de citas— si había agendado una reunión o si representaba a alguna compañía. El temblor de la mano donde ocultaba el revólver atrajo la atención de la tercera secretaria. ¿O habría visto el cañón asomándose bajo el abrigo? Porque la mampara corrediza se abrió a sus espaldas y el vigilante preguntó si podía ver sus documentos. El silencio que desató su intervención magnificó las voces de los periodistas que reportaban desde el juzgado. En algún lugar piqueteó un campanario, reventaron las olas contra los muelles en las playas, la brisa sacudió los ventanales. Entonces había enarbolado el bastón, Máximo, como una espada ridícula, para evitar que se acerquen a él. El guardia se detuvo sobre sus botas. Las secretarias lo miraron asustadas, con las manos en los labios. Una incluso se acercó al teléfono. El guardia hizo un movimiento extraño con la cartuchera de su pistola. ¿Quería pedir ayuda? ¿Estaban ambos bajo el sol? Imposible de decir. Muy abajo, en la superficie impecable y cuidada, el suelo parecía temblar.

IV
La parte del final

¿Lo había visto tan acelerado alguna vez en su vida? Quizás cuando murió Marita, quizás cuando se enteró de la enfermedad de Maruja. Como entonces, a Remigio se le habían formado unos espumarajos amarillos en las comisuras de los labios. Estaba escandalizado. Una hebra de saliva colgaba de su boca. Tenía las mejillas sofocadas. Y la voz lo abandonaba conforme iba perdiendo el aliento, ahondaba en la historia enervando las manos. Máximo lo escuchaba sin moverse, no se le había ocurrido una sola pregunta ni mucho menos confesarle los detalles de su incursión fallida al despacho de Alessandri. Porque la conversación con el general Cabanillas había tomado cerca de ocho horas, compadre. Ve tú a saber cómo me encontró, se apareció sin más delante de mi casa y no se fue hasta el anochecer, qué buscaría y estaba intrigado; pero claro, cómo podría expresarlo si apenas lo había conocido, no sabía, entendía del asunto menos que tú, compadre. Hubo algo en la mirada de Cabanillas, algo en sus sonrisas que me inspiró desconfianza, como si estuviera llevando a cabo un acto para convencerme. ¿Pretendía engañarme? Su argumento era contradictorio, pero parecía conocer a Alessandri al derecho y al revés, eso sí, compadre. ¿Qué hacía metiéndose en este asunto? ¿Cómo los había descubierto?

—¿No está claro? —Máximo brincó de la silla mecedora.

—¿Qué cosa? —dijo Remigio.

—Sabe que está haciendo lo correcto.

—Si apenas nos conoce, Máximo.

—¿Es que no lo recuerdas? Salí en todas partes.

—Muy bien, puede recordarte. Eso no cambia nada.

—¿No cambia nada? Es todo lo que necesita.

—¿Por qué tendría que ayudarnos?

Máximo deambulaba sin rumbo por el comedor.

—Tu muchacho se descuidó, Roto.

—¿Mi muchacho? Imposible, no lo conoces.

—Ya sabes cómo son en el Ejército —pontificó Máximo—. Los soldados, los sargentos, los guardias, viven del chisme. Tu chiquillo de Seguridad Interna se enteró de que estabas buscando al guardaespaldas de Alessandri. Lo habrá comentado con algún superior, con algún compañero. Seguramente conoce la historia de Marita, además. Y así llegó el cuento a oídos del general. Roto, no es difícil imaginar el resto.

—¿Y nada más por eso va a ayudarnos?

—¿Pero acaso te dijo eso? —asintió Máximo, en radiantes contorsiones—. Sus palabras fueron otras. Nada de ayudarnos. Sabe lo que estamos haciendo, es todo. Y nos puso sobre aviso de los planes de Alessandri.

—Pero me tiene que haber seguido. ¿Por qué, compadre? ¿Por qué seguirme?

Máximo volvió a la silla mecedora, se palmeó los muslos feliz, permaneció un instante en silencio. Disimuló su expresión de júbilo, al tiempo que intentaba ubicar el rostro de Cabanillas entre los muchachos de la Escuela de Chorrillos. Habían sido tantos, compadre: cholos, negros, rubios, hasta chinos y selváticos. El caso de María del Carmen había conmocionado a todos en el Ejército, y más incluso a los reclutas que al cuerpo de oficiales. Alguno de aquellos jóvenes recordaría su historia, indudablemente, compartiría su indignación de tantos años sin que se haga justicia. Máximo se llenó de esperanzas. Qué sentido tenía seguir recordando a los generales y coroneles que le dieron la espalda, esa caterva de mediocres, de cagados de miedo, de parásitos. Siempre fueron mayoría en el país. Estaban además constreñidos por el poder de Cornelio Alessandri y el peso que tenía el Senado. ¿Acaso él hubiera arriesgado los galones por la hija de algún compañero? Claro que sí, pero no todos eran morales, bien nacidos. A diferencia de los jóvenes, claro está, de los muchachos llegados de las lejanías recónditas, junglas, desiertos, nevados, pobres y ricos hermanados y con ganas de luchar contra las injusticias del mundo, orgullosos de vestir el uniforme. Cabanillas era uno de ellos, compadre. Claro, obvio, por supuesto que querría ayudarlos.

—En fin —interrumpió sus reflexiones Remigio—. Dijo que estaba en problemas.

—¿En problemas? —devolvió Máximo—. ¿Quién? ¿Qué tipo de problemas?

—Alessandri. Y con la ley, aunque no fue preciso.

—¿Y eso qué tiene que ver con nosotros?

—Es posible que deje el país, compadre.

—Caracho, no tenemos tiempo.

Remigio asintió, temeroso.

—¿Y si es una trampa?

—¡No! ¿Qué tipo de trampa?

—Sé cómo capturar a Alessandri, Máximo.

—¿Y ahora? ¿Qué esperamos?

Un ademán irritado deformó el rostro de Remigio cuando tocaron la puerta. Había palidecido, oscuras ojeras cercaban sus ojos, un surco de venas azules apareció en torno a sus mejillas. Se pasó los dedos por las sienes, nervioso, y susurró: ¿no será Cabanillas, Máximo? Pero el Chasqui no lo dejó terminar. Daba saltos sobre la alfombra, ladraba encaramado sobre dos patas, corría a la puerta meneando la cola. Máximo tardó unos segundos en levantarse. Un muchacho aguardaba bajo la garúa de la noche.

—¿Tú? ¿Qué haces acá?

El joven se calentó los brazos. Tenía la cabellera adosada a la frente, los cabellos relucientes por la bruma que llegaba del mar. Sus ojos enrojecidos parecían haber estado llorando. Entre las piernas, tenía una mochila empapada, que parecía vacía. No dijo palabra, vigilándose los hombros, los contornos de la calle desierta.

—Profesor, disculpe la hora.

—¿Qué hora es? ¿A qué has venido?

—Es que he tenido un problema, perdone.

Máximo se dio media vuelta, observó preocupado a Remigio.

—¿Qué quieres? ¿Qué problema?

—Es que... —vaciló Jerónimo—. No puedo volver a mi casa.

Eran hombres mayores y de rostros endurecidos por el sol y la vejez. Ocupaban una larga mesa bajo lámparas de aceite, cambiando miradas de sorpresa y preocupación. Además del español había quienes hablaban en portugués, y gentes que mezclaban ambos idiomas, con la entonación cantarina del acento amazónico. Sirvientes de rasgos indígenas los atendían enfundados en mandilitos blancos, con caras discretas, traían fuentes de comida, cervezas de Manaos, habanos gruesos. La selva acompañaba el encuentro con su rumor nocturno de grillos y mosquitos y murciélagos batientes, y no muy lejos fluía el río, incesante, un susurro de aguas tranquilas. A pesar del calor, los hombres llevaban gruesas botas, pantalones ecuestres, chalecos impermeables contra la lluvia y la humedad.

—Entonces —dijo el señor Neves—, hay que tomar una decisión.

El silencio que siguió a su afirmación ilustró el clima de recelo, de desconfianza y desaprobación que reinaba en aquel cónclave de hombres afeados por la edad. Alguien susurró, muy bajito: limeños de mierda, maricones.

—Nunca aceptará venir —dijo un viejo de cejas muy blancas.

—Es la oportunidad de su vida —respondió el de cabellos rubios.

—¿Estás dispuesto a decirle la verdad? —dijo el único zambo, un hombre de labios gruesos que mordía el habano con los dientes.

—¿La verdad? —repitió ensimismado el señor Neves.

—No tenemos otra opción —dijo un viejo con lentes.

—Si no colaboramos, nos pasará lo mismo que a las constructoras —dijo el más bajo.

—Están llenando las cárceles —dijo el cejudo.

—Lucho, Antonio, Paquito —enumeró el zambo—. Tienen para diez años.

—Será posible que estemos en esto —se llevó preocupado las manos al rostro, el de lentes.

—Neves —dijo uno de melena canosa—. ¿Estás seguro de que los vieron?

El señor Neves alzó la vista a las lámparas de aceite, bajo el cielo titilante de estrellas. La noche era calurosa, y bajo el brillo claro de la luna, cruzaban bólidos negros, formas veloces, murciélagos de alas desplegadas.

—Un hermano del albergue —asintió pesaroso, como disculpándose—. Han sacado el dinero con urgencia, por supuesto. Pero tenemos que decidir si lo traemos de vuelta. Hay que tomar una decisión ahora mismo. Si Aniceto Roca lo requisa...

—No queda otra que llamarlo, negociar —dijo un viejo que fumaba un pitillo de tabaco, enfundado en un chaleco con bordados de cuero.

—¿Crees que quiera negociar? —dijo el cejudo.

—No saquemos el dinero a la carretera —dijo alguien con acento portugués.

—Depende —dijo Neves—. ¿Qué tenemos para ofrecer?

—Todo —dijo el de la melena—. Jodámoslos, qué más da.

—Descubrirán la verdad, de todos modos —dijo el más bajo—. Los brasileros están hablando.

—Las constructoras no la vieron venir —dijo el cejudo.

—¿Y no podemos traer la plata? —dijo el zambo.

—¿Tal como está la cosa? —dijo el de lentes.

—Es arriesgado —dijo el más joven—. Llámalo, Neves.

—¿Quién tiene la radio? —dijo el cejudo.

—¿Y si no quiere venir? —dijo Neves.

—Te vas a Lima —dijo el de la melena.

—Ni muerto —dijo Neves—. O viene, o nada.

—Ni cagando aceptará venir —dijo el zambo.

—Aunque si lo animamos —dijo el cejudo.

—Hay que traerlo —dijo el más joven—. Y ofrecerle un negocio, platita.

—¿A Aniceto Roca? —dijo el de la melena—. No es como los demás.

—¿Cómo sabes? —dijo el zambo.

—¿No viste a quién ha metido presa? —dijo el rubio.

—Hablemos de plata, carajo —dijo el más joven.

—Podría ser —dijo Neves—. Aquí mismo, quizás lo considere.

—Todos quieren billete —dijo el cejudo.

—Este es diferente —insistió el de la melena.

—¿Había más dinero en esa iglesia? —preguntó el joven.

—Eso —dijo el rubio—. Hay que estar seguros. ¿Había?

—Es probable, no lo sé —dijo Neves.

—Todo mundo está cuidando su plata —dijo el zambo.

—En Lima son todos maricas —repitió un anciano, agitando el puño.

—¿En Lima? —dijo el cejudo—. Arrugaron en el Brasil, don.

—Brutos —dijo Neves—. Hay que ser creativos.

Los asistentes quedaron en silencio, mirándose unos a otros, bebiendo las bebidas que los jovencitos seguían trayendo. Algunos lucían cascos regados de barro, y tenían manchas en las mejillas por las picaduras de arañas y mosquitos. Fabio Neves se frotó los ojos, y las pupilas le ardieron por el desvelo de las últimas noches. Notó que los asistentes lo contemplaban como a un bicho raro, aunque con esperanzas, anhelando una salida. Asintió entonces, bostezando:

—Este Roca es un león, y necesitamos otro.

—Mejor traer el dinero —dijo alguien desconocido, en la segunda fila.

—¿Y dónde vamos a conseguir otro león? —dijo el viejo del pitillo.

—¿Tienes a alguien en mente? —dijo el zambo.

—Sí —dijo Neves—. Pero no sé si funcione.

—¿Tú crees que iba a hacerlo? —asintió muy serio Jingo—. ¿Me crees un traidor?

—¿Y entonces? —dijo el Nicoya—. ¿Cómo chucha te escapaste? Estaban en la puerta, el cholo y el padre.

Ocupaban una mesita en la fonda de techos bajos, a pocos metros de la tarima cubierta por mayólicas polvorientas que fungía de cocina. Los porteadores del mercado traían desde la calle sus costales de mangos, melones, las cebollas frescas para los saltados del menú. Una gallina correteaba por el suelo terroso, ante la mirada somnolienta de un cachorrito con greñas. Desde el portón en la vereda, la matrona enfundada en su mandil sacaba las cuentas, hacías sumas y restas en la palma de su mano. Al cabo de un instante les sirvió dos cervezas.

—Vio que no tenía un centavo en la mochila —recordó Jingo. Tenía la cabellera ensortijada sobre los hombros, los ojos brillantes, rodeados por aureolas violáceas. Respiraba muy hondo, inclinado hacia atrás—: Así que me pidió información, que por qué y con quiénes me metí a la iglesia. Puta, Nicoya, el miedo que tuve, apenas recuerdo las cosas. Mira mis dedos. El padre cree que trabajamos para alguien. Y si le cuento la verdad no hablará con mis viejos, ni me denunciará en la comisaría.

—¿Y cómo sabe que te metiste a la iglesia?

—El cholo me cogió la herida del codo, no sé, me puse a temblar.

—¿Y qué hiciste? ¿Por qué no te tiraste por la ventana?

—¿Con el cholo a veinte centímetros? Cuando vio que no tenía respuesta, le habrá dado pena. Dijo que lo piense cuando esté solo, mejor. Y así le dijo al cholo, que se vaya, déjalo. Tengo unos días para llamarlo.

—Maldita sea —chasqueó los labios el Nicoya—. Y pensar que ese conchasumadre nos engañó. La razón que tenías, Jingo. Perdóname. Nunca debimos confiar en él.

—¿Sigue desaparecido? ¿Pudiste averiguar algo más?

El Nicoya bebió un largo sorbo de cerveza.

—Nadie lo ha visto, ni los obreros, ni los hermanos del albergue.

—¿Y crees tú que él se ha podido llevar el dinero?

—¿Un drogadicto? No creo, no le da para tanto.

—¿Y entonces? ¿Estás seguro de lo que viste? Estaba tan oscuro, esa noche.

—Por esta que vi los costales —puso los dedos en cruz y los besó, el Nicoya—. Quizás haya pasado otra cosa. Acabé en el parque, esperándote, pensaba que saldrías en algún momento, que quizás te descolgarías por el muro del jardín —hizo una pausa, se secó la boca con las manos—. ¿Y qué crees? Los vi nuevamente esa misma madrugada: los hombres de la camioneta, trabajando con el cholo Petronio. ¿Se habrán llevado la plata? El padre la tendría lista desde temprano, seguramente. Por eso no la encontramos.

—¿Y ahora qué mierda vamos a hacer? —dijo Jingo.

—Ya habrá otra oportunidad —encendió un cigarrillo el Nicoya.

—¿Cuándo, idiota? ¿No entiendes que estoy jodido?

—¿Y qué quieres? El cojudo nos cagó.

Jingo inclinó la mirada, se mojó los labios con el pico de la botella. Volvió entonces la vista al portón, la matrona charlaba animosa con un hombre que parecía llegado del campo. Tenía el rostro tostado por el sol, gruesos bigotes negros, y un sombrero de paja que le rozaba los hombros. Cuando alzó su cerveza, vio que el Nicoya había terminado la suya.

—¿Y ahora? —dijo el Nicoya—. ¿Hablaste con tus viejos?

—Con mi mamá —dijo Jingo.

—El grito que te habrá pegado, huevas.

—Aunque no creas, se quedó tranquila, no hizo problemas.

—¿Cómo que no? ¿Qué le dijiste?

Jingo encendió un cigarrillo.

—¿Tú qué crees? Que me he largado con una chica que me gusta. La llamé esta mañana, y que ni cagando me iría al Colegio Militar, nunca jamás en mi vida, preferiría vivir en la calle a ser soldado. Y que estaba contento, y que viviría con mi chica y que ya pasaría a verla cuando no esté mi papá. Cuando me quiso pasar con él, eso sí, le dije que si empezaban a buscarme, o a querer joderme, me iría. Cágate de risa, pero sonó tranquila en el teléfono.

—¿Y Silvia? ¿Y los planes que tenían?

—Algo se me ocurrirá, Nicoya.

—¿Y cómo piensas viajar?

Un recuerdo de los ojos exaltados del profesor Espada hizo suspirar a Jerónimo. Lo miraba desde sus párpados hinchados, sin moverse. ¿Había escuchado esa historia, realmente? A ratos pensaba que no, y que la había soñado. Porque Espada lo guio a través del nubarrón de humos grises en que se había convertido la casa, hasta donde estaba el otro viejo, Remigio. Charlaron un instante entre ellos, con mucha seriedad. Entonces lio un cigarrillo y lo invitó a sentarse. Entre pitadas tranquilas, los rostros de los viejos iluminados por la luz de una lámpara, sintió que sus músculos se liberaban de la tensión, y recuperó la paciencia, la claridad de ideas, inclusive el sueño. El profesor le preguntó qué había sucedido. Escuchó su relato con una sonrisa en el rostro, aplaudiendo conforme avanzaba la historia, como si asistiera a una comedia en el teatro. Despotricó después contra los curas y las monjas y le ofreció quedarse en el sofá, siempre que se comunique con su madre a primera hora de la mañana. Cuando Jerónimo despertó, sin embargo, había recobrado la compostura de la que hacía gala en el colegio, y muy serio lo invitó al desayuno. Jerónimo jamás hubiera imaginado la propuesta que recibió entonces. Quedó con el vaso de jugo en la mano, los ojos consternados e incrédulos, pensando que Espada bromeaba, que estaba demente, mientras el anciano le mostraba las fotografías de su hija, los planos del supermercado, y de las calles y el estudio de Felipe Alessandri. ¿Estarías dispuesto a ayudarnos, muchacho? Puedo pagarte.

Cuando la avioneta alzó el vuelo temprano por la mañana, el cielo estaba oscuro y no se veían estrellas. El fiscal Aniceto Roca se abrazó entonces a su maletín como si fuera un salvavidas, muerto de miedo y sudando. Desde muy pequeño había tenido pavor a los aviones. ¿Qué edad tendría cuando sucedió el accidente? ¿Quince, dieciséis años? Volvía de Puno en un Faucett destartalado que tuvo que desviarse por un desperfecto al aeropuerto de Pisco, en medio de zarandeos y gritos del pasaje. Intentó de todos modos descansar, repeliendo esas imágenes de catástrofes y turbulencias —el avión aterrizó de panza, sin el tren delantero— y cerró los ojos. Resonaba todavía en su memoria la llamada del señor Neves. Una voz entrecortada por el viento, un número desconocido de largos caracteres. Aquí Fabio Neves, ¿hablo con el doctor Aniceto Roca? Quería reunirse con usted para proponerle una colaboración, señor fiscal. ¿Una colaboración?, se escuchó responder, dudando de todo, buscando desesperado una pluma para escribir y preguntándose cómo había conseguido su número aquel personajillo, y el señor Neves que sí, que por supuesto, que era el mismo señor Fabio Neves y minero como su padre, que en paz descanse, ¿sí tenía un momentito para hablar?, claro, claro, pero en la selva, colaboraría con usted según las condiciones de sus asesores pero en la selva, aquí mismo, sí, señor, sin pisar Lima y por nada del mundo.

Sin compartir la noticia con nadie, entonces, dejó su casa a primera hora de la mañana siguiente, sin equipaje y con el maletincillo del diario que utilizaba en el Ministerio Público. La avioneta tenía dos filas de asientos y un baño donde apenas cabía un hombre, agachado y encogiendo los hombros. Impulsada por una gruesa hélice, cruzó los Andes deslizándose por un cielo limpio, sin viento. Pronto el paisaje cambió y el desierto desapareció bajo la cúspide de las cordilleras nevadas, al cabo de las cuales emergió como un lustro interminable la selva, amplios ríos, una fauna de resplandores amarillos. Aterrizaron en una pista llena de tumbos y baches franqueada a ambos lados por un muro de árboles que proyectaban sombras enormes. A Aniceto Roca el calor lo golpeó como un horno. Ni bien descendió por la escalerilla, su respiración se agitó, y comenzó a sudar. Alzó la vista para contemplar el entorno. Aquel tugurio en medio de la nada era grande como una ciudad, tenía calles de trocha repletas de niños e incluso ancianos, y todos los letreros estaban escritos en portugués y español. Las calles, aunque no estaban asfaltadas, contaban con algunos postes enmarañados de cables, desniveles que formaban veredas donde vendedores de rasgos indígenas ofrecían frutas, preparados espiri-tuosos, animales vivos, flechas y arcos y hierbas medicinales. Todo parecía moverse. Por todas partes había restaurantes, tiendecillas de electrodomésticos, bares con luces chillonas, tabernas oscuras en cuyas puertas aguardaban muchachitas y jóvenes, centros de empeño, salas de masajes y casas de juegos. Los callejones estaban regados de borrachos despatarrados que olían a orines. Un fondo de altavoces reproducía huaynos y cumbias y hasta fados del Brasil.

Lo condujeron hasta una barriada cercada con rústicas construcciones de madera, cubiertas algunas con hojas de palma, y edificios de materiales nobles con techos de calamina. Una posta de marcos celestes fungía como dispensario médico, a falta de un hospital. En su marco aguardaba una enfermera de cofia blanca, rodeada de unos gatitos a los que daba de comer. Canales de agua serpenteaban al borde de los senderos. Un aroma dulzón, como de aceites y petróleos, se mezclaba con la humedad que ascendía del río, irritando las fosas de la nariz. Pese al fuerte calor, el señor Neves llevaba un traje azulino muy ceñido, camisa blanca con corbatín de seda, y zapatos relucientes, aunque con las punteras arrugadas por el polvo. Recibió a Aniceto Roca en la puerta de un edificio de dos pisos, construido en cemento, y con tejas en las fachadas. Le dio la mano de manera ceremoniosa, palpándole el vientre como a un viejo amigo. Hablaron brevemente del viaje, del clima y de la frontera con el Brasil, que no estaba lejos. Se instalaron entonces en una oficina con grandes ventanales, bastante fresca, que contaba con paneles de ventilación.

—Señor Neves —acomodó su maletín el fiscal, e inmediatamente un jovencito le entregó una botella de agua mineral, y desapareció sin hacer bulla—. Le agradezco por haberme convocado. Estoy atento a lo que quiera proponerme.

El señor Neves se relamió los labios, nervioso. Parecía haberse achicado, se contoneaba sobre el asiento ocultando los brazos. La expresión de su rostro había cambiado, entonces, y era rígida, temerosa. Aunque no sudaba, se pasó un pañuelito por la frente y el cuello, varias veces. Asintió, forzando una sonrisa:

—Usted me ha estado investigando, no crea que soy tonto.

—En efecto... —se aclaró la garganta el fiscal. Se moría de sed, pero miraba con desconfianza la botellita, y no la tocó—. Sabemos que han estado ustedes sobornando a los congresistas para que los dejen trabajar, señor Neves.

—Tendrá pruebas para sustentar sus...

—Y que tienen ustedes... —lo cortó el fiscal— algunos millones en Lima que los congresistas se niegan a recibir. Y esto lo sé por fuentes al interior del mismo Parlamento. De acuerdo a nuestra conversación, sin embargo, no he venido a amenazarlo. Le agradezco más bien por recibirme.

—Nosotros solo queremos trabajar, no somos abogados.

—Precisamente, esta investigación nada tiene que ver con su negocio.

—¿En serio? ¿Cree que me voy a comer ese cuento?

—¿Qué cuento? El caso a mi cargo investiga a políticos.

—¿Y si por su culpa cierran el Parlamento? ¿Cómo sacaremos el oro?

—Una cosa no tiene nada que ver con la otra. Ustedes harán su trabajo como de costumbre.

—Es que no entiende —dijo Neves—. Después vendrán otros, y querrán más.

Aniceto Roca volvió los ojos al ventanal por el que se colaba el paisaje. Las vistas eran soberbias. Por todos lados había árboles, bandadas de pájaros de colores, entre los que distinguió un guacamayo, un tucán de pico rosado, y nubes muy negras y henchidas a lo lejos. Se preguntó dónde quedarían las minas, pues ellas implicaban destrucción, deforestación, contaminación de aguas. Siguió vigilando el horizonte, sin embargo, e imaginó por un instante tatuajes, bandas de mujeres con taparrabos y collares de conchas, viejos con lanzas patrullando los ríos.

—¿Me escuchó usted? —interrumpió su ensoñación el señor Neves—. Le decía que vendrán otros. Haga lo que haga.

—¿Se refiere a otros políticos?

—Y el riesgo se habrá incrementado... —inclinó la mirada el señor Neves—. Usted es un funcionario y no entiende de riesgos. Tiene la paga asegurada así haga o no su trabajo. Pero los políticos se juegan ahora mucho más al mirar para otro lado, y todo gracias a usted. Usted ha costado aquí mucha plata, Aniceto.

—El riesgo de aceptar sobornos habrá aumentado, es cierto.

—Y a mayor riesgo, más plata nos pedirán.

—Tiene razón —dijo el fiscal—. El asunto es que si no colabora, señor Neves, el ministerio incautará su dinero, y con él no solo caerán los parlamentarios, sino la gente que lo ayudó a esconderlo, y todo este... —hizo un silencio, pensó una palabra— emprendimiento. No quiero meterme con usted. Le doy mi palabra. Solo necesito información.

—¿Información a cambio de qué?

—Ya se lo dije, de dejarlo trabajar.

—Necesitamos garantías, caballero.

—Las que necesite —dijo el fiscal, buscando entre sus papeles—. Si es que suscriben un acuerdo con nosotros, estarán al margen de cualquier responsabilidad, no importa lo que hayan hecho. Como le repito, este es un proceso contra políticos, no contra mineros.

—Imagine por un instante que acepto —dijo Neves—. ¿Qué tipo de información necesita?

—Usted la conoce mejor que yo —consultó su libreta el fiscal—. La lista de parlamentarios a los que han pagado sobornos. Sus aportes a los partidos políticos. Y las cuentas donde depositan los pagos. Si las evidencias son corroboradas, daré por cumplida su colaboración. Y seguirán ustedes como de costumbre.

—¿Y cree usted que yo manejo esa información?

Aniceto Roca aguardó un instante. Su silencio dio paso a los altoparlantes que hendían el rumor tranquilo de la mañana. En la calle se oían brindis, griteríos de ambulantes, peleas de borrachos. Alguien rasgaba una guitarra. El rugido de unos volquetes que avanzaban entre nubes de polvo hizo vibrar las mamparas de la oficina.

—Si no es usted, ¿quién, señor Neves?

—Aquí la gente trabaja con sus manos, los financieros son otros.

—¿Los financieros son otros? ¿Y para eso me hizo venir?

—Un momento —sonrió Neves—. ¿O tiene apuros, Aniceto?

—Mucho trabajo —dijo el fiscal.

—¿Ha intentado hablar con Felipe Alessandri?

Las escaleras que conducían al segundo nivel crujieron a sus espaldas. Aniceto Roca se volvió y reconoció, perfectamente bañado, con una camisita de lino y portando un sombrero Panamá, la figura ascética, de mejillas sonrojadas y ojos verdes. Felipe Alessandri era la viva imagen de su padre, el senador Cornelio Alessandri. Sus sienes rubias imponían un aire distinguido, elegante, y lo alienaban de aquel lugar lleno de polvo, como si se tratase de un turista, de alguien que estaba ahí por accidente. Llevaba la camisa con algunos botones abiertos, pulseras en la muñeca y el teléfono en la mano. Aniceto Roca se quedó estupefacto. Tenía la mente dispersa en pensamientos confusos, cuando Alessandri susurró, con educación:

—Necesitaba encontrármelo a solas, para hablar de negocios.

Encontró al hombre de espaldas, encogido en el despacho, estrujándose los nudillos ante el ventanal brumoso. El general Cabanillas tuvo entonces un mal presentimiento. Antes de acomodarse en el pupitre, corrió ligeramente el visillo de la ventana, aspiró el aire salado con que amanecía la bahía. El estruendo del mar lo tranquilizó, aunque lejano, invisible, y se volvió al escritorio.

—¿No entiendes lo peligroso que es que nos vean juntos?

—Sí —inclinó los ojos el coronel Jáuregui—. Pero ha sucedido un imprevisto.

—¿Quién es este fulano, de todos modos? No lo escuché en el teléfono.

—Acaba de llegar de Arequipa, general. Un teniente a mi cargo.

—¿Un teniente a su cargo? ¿Y eso qué quiere decir?

—Salazar Odría, señor. Eliseo Salazar Odría.

Cabanillas asintió, pensativo.

—¿Salazar Odría? ¿Es algo del almirante Buenaventura Odría?

—Me parece que no. Es de Arequipa.

—¿Y entonces por qué se preocupa?

—La información que maneja es inquietante.

Parecía perdido en el asiento, el coronel, tenía el mentón contra el pecho, un gesto aturdido en los ojos. Cabanillas advirtió que se secaba el sudor de las manos en los faldones del pantalón.

—Se trata de una comunicación anónima —susurró Jáuregui.

—¿Una comunicación anónima? ¿Te refieres a una carta?

—Y de lo más extraña —respondió Eliseo—. Aquí la tengo, señor.

El coronel Jáuregui se calzó las gafas, incorporándose. Cerros de expedientes poblaban su escritorio, casi desapareciéndolo, atareado como estaba con la presentación de los presupuestos de la Policía de Investigaciones para el nuevo ejercicio fiscal. Un foco blanquecino alumbraba el pequeño despacho de persianas blancas. Emitía un chasquido eléctrico, como titilando, esparcía una luz que temblaba y que parecía, en todo momento, estar por apagarse. Eliseo aguardaba tranquilo. Tenía el cuello de la camisa arrugado, sin embargo. Gruesas aureolas oscurecían sus ojos, y en sus párpados brillaba un gesto curioso, a medio camino entre el miedo y la vergüenza.

—¿Cuándo recibió este mensaje? —Jáuregui frunció los labios.

—Anoche —dijo Eliseo—. Lo dejaron bajo la puerta de mi casa.

—¿Bajo la puerta de su casa? ¿Me está diciendo que desconoce al autor?

—Por supuesto —dijo Eliseo—. ¿Compartió mi asignación con alguien más?

—¿Su asignación? —dudó Jáuregui—. ¿De qué rayos habla, Salazar?

—Mi asignación para investigar el caso de la muchacha —dijo Eliseo.

—Sea claro —se impacientó Jáuregui, sacudiendo las manos—. ¿Cómo recibió esta carta? ¿Quién se la dio?

Cabanillas soltó una risotada, ni bien tuvo el documento entre las manos.

—¿Una carta bajo la puerta? —arrugó los ojos—. ¿Estás hablando en serio, Jáuregui? Es obvio que tu muchacho miente.

—No tendría por qué hacerlo —atinó a defenderse Jáuregui—. Está recién bajado, señor. ¿Cómo hubiera podido obtener la información? Lea el papel, se lo ruego. Su contenido es inquietante. De caer en manos incorrectas, podría acabar con nosotros. Nuestra asociación pende de un hilo.

—Este tenientillo... —se apostó Cabanillas—. ¿Compartió el documento con alguien?

—Por supuesto que no —se incorporó Eliseo—. Ni siquiera sé si su contenido es real, coronel. ¿Qué opina, usted? ¿Cree que habría que investigar los detalles que mencionan? ¿Corroborar el registro de llamadas de Antonia Pineda? Entonces podríamos interrogar a Felipe Alessandri.

Los ojillos del coronel Jáuregui parecieron escandalizarse, sacudidos por la sorpresa y el temor. Habían leído la comunicación sin pestañear. La oficina permanecía en silencio, y de pronto la melodía del afilador de cuchillos se coló a través de la ventana. Jáuregui se aflojó el nudo de la corbata. Sus pómulos habían enrojecido. Tenía en todo momento la impresión de que Salazar lo estaba examinando, y desconfiaba de sus intenciones. Cuando alzó la mirada, sin embargo, lo descubrió con el rostro inclinado, el temblor de su pecho delataba una leve agitación.

—¿Está hablando en serio? —preguntó, estrujando el documento.

Eliseo consultó su libreta.

—La teoría del escrito es simple, coronel —comenzó a leer—. Bastaría una verificación sencilla para desmontarla. Podríamos conseguir los registros telefónicos en dos o tres días. Si Pineda efectivamente se comunicó con la esposa de Alessandri, tendríamos al menos un motivo para interrogarlo. Sin perjuicio de la investigación profunda que habrá que hacerse, por supuesto. El cuerpo aparecido en la acequia cierra la ecuación.

—¿Y hasta que eso suceda considerará usted como sospechoso al señor Alessandri? Se lo pregunto porque creo que no conoce a la familia Alessandri.

—¿Si conozco a la familia Alessandri? No le estoy entendiendo, mi coronel.

—¿Sabe usted de lo que habla cuando se refiere a Felipe Alessandri?

—Claro que sí —vaciló Eliseo—. Y no dudo que es un hombre honorable. Pero, de nuevo, cómo explicamos esta carta. Su argumentación es sencilla, y fácilmente comprobable. Es cuestión de comunicarnos con la compañía de teléfonos.

—¿Con la compañía de teléfonos? ¿Está usted en sus cabales, Salazar?

—¿No haría usted lo mismo? Es un punto de partida.

Jáuregui alzó las manos, como restándole importancia al asunto.

—Si quiere saber mi opinión, este pedazo de papel no vale nada. Puras invenciones para distraernos, Salazar. ¿Quién redactaría algo así? ¿Y con qué motivo? Ya sabe cómo somos aquí, por favor. El deporte nacional es la envidia, el resentimiento. Felipe Alessandri tendrá enemigos, indudablemente. ¿Pero cree que es un asesino, un sicario? ¿Y que nosotros vamos a iniciar una investigación de la que harán escarnio no solo los periodistas, sino todos los políticos del país, y también del extranjero, tan solo porque usted recibió este anónimo?

La respuesta tardó un instante.

—¿Mi coronel? —tragó saliva Eliseo—. No me explico el contenido de la carta, es todo.

—¿Podría repetirme el horario en que la recibió? —lo cortó Jáuregui—. ¿Y dónde exactamente? Las cámaras de seguridad podrían darnos mayor información respecto del autor. Las están instalando en todas partes. Encontrar a su autor, por supuesto, es solo el primer paso. Dependiendo de aquello, haremos lo que propone.

—¿Las cámaras de seguridad? —palideció Eliseo.

—Dijo que recibió el documento anoche.

—Lo descubrí poco antes de acostarme.

—¿Entonces? —chasqueó los dedos Jáuregui—. ¿A qué hora?

Eliseo se aclaró la garganta.

—Salí por la manguera al jardín, a golpe de once o doce.

—Tenga la bondad —extendió la libreta Jáuregui—, escriba su dirección.

—¿Mi dirección? —tembló Eliseo—. ¿Para las cámaras?

Jáuregui no respondió. Tenía la vista en el cielo cubierto, las tiras de nubes que deformaban los contornos de los palacios, los balcones del centro de Lima. Una tensión ominosa y pesada había descendido sobre el despacho de Cabanillas. El general, sin embargo, se había quitado los anteojos, y leía y releía el documento. Preguntó si podía quedárselo.

—Y buena idea, además, la de las cámaras. ¿Pudiste gestionarlo?

—No existen en esa cuadra —se lamentó Jáuregui.

—Qué lástima —bufó Cabanillas—. Porque es obvio que tu muchacho miente.

—¿Miente? —dijo Jáuregui—. ¿Y el documento? ¿Y los detalles sobre Alessandri?

—¿Crees que no sabe imprimir? Parece que has nacido ayer, me sorprendes.

—¿Dice usted que alguien le ha dicho todas estas cosas?

Cabanillas respondió mecánicamente, los ojos dispuestos en el paisaje, la bahía nubosa que continuaba oscureciéndose.

—Es obvio que alguien, que por cierto se esconde muy bien, ha abierto la boca.

—¿Y el teniente Salazar? ¿Qué debería responderle? No tenemos tiempo, señor.

—Con calma —sonrió Cabanillas—. Jáuregui, mi amigo: ¿Por qué te desesperas?

—Cholo —dijo Manongo, en el corredor a oscuras—. ¿Por qué tardaste tanto?

Petronio cargó las bolsas hasta el patio descubierto a espaldas de la casa. Llevaba un bidón de agua sobre el hombro apoyado en el cuello, dos costales pesados en el antebrazo. Quedó postrado sobre las rodillas, el pecho inflado con cada respiro, sosteniéndose con las manos.

—Problemas he tenido, en el trabajo.

—¿Con el sacerdote? —dijo Manongo.

—Un muchachito se lo ha metido a robarnos.

—¿Un muchachito? ¿A eso llamas problemas?

—Diablos son, teniente, seco lo tienen al padre Filomeno.

—Debiste haberme avisado, cholo.

—¿Por qué? Si sorpresa ha sido.

—Han pasado cosas de lo más raras.

Petronio alzó las manos a la cintura, y levantó el bidón de agua. Sin hacer bulla, abrió la puerta de la pequeña habitación y contempló la silueta de la muchacha, tiesa sobre el pequeño colchón, embadurnada en frazadas sobre el suelo terroso. Manongo se había acuclillado sobre las rodillas. Tenía los dedos hincados, las botas humedecidas, y la cabeza desaparecida entre los hombros. Una pátina de sudor brillante relucía sobre su rostro, delineando el trazo de su cicatriz.

—Tiempo no tengo, teniente. Mi mujer sospecha.

—¿Tu mujer? Unas lavanderas han estado husmeando en la cuadra.

—¿Unas lavanderas? —dijo Petronio.

—Toda la tarde, cholo.

—¿Aquí mismito en el cerro?

—¿Por qué? ¿Has abierto la boca?

—¿Y si lo encuentran? Mejor a la Policía llamáramos.

—¿Has abierto la boca, Petronio?

—No —dijo Petronio—. Pero mi mujer lavandera es.

—Por eso mismo —dijo Manongo—. La cosa se está calentando.

—¿Y si a la Policía llevamos? Peligroso es, teniente.

—¿A la Policía? ¿Quieres que te repita la historia?

Petronio inclinó la mirada.

—La Policía está comprada, pendejo.

—¿Y acá detenida? Peor, pues, señorcito.

—Necesita unos días, que dejen de buscarla, y yo mismo la dejaré en el aeropuerto.

—Ella misma te lo va a denunciar, más bien.

—No lo hará —dijo Manongo.

—Por secuestro, señorcito.

—¿Por secuestro? No sabes lo que dices.

—¿Para qué me lo has llamado, entonces?

Manongo cerró los puños. Un mechón oscuro ocultaba su frente cuando parpadeó e inclinó la vista, súbitamente abochornado, como si se hubiera aturdido de pronto. Marcas de tierra oscurecían sus pómulos bronceados por el sol. Suspiró inflando los cachetes, ya más aliviado, asintió con un hilo de voz:

—Porque la tentación es grande, ya me conoces.

—¿La tentación? ¿Otra vuelta a la cárcel quieres irte?

—Antes muerto —dijo Manongo—. Antes muerto que ir a la cárcel.

—A la señorita ni con el pétalo de una rosa, teniente.

—Precisamente —murmulló Manongo.

El viento del desierto zumbaba contra los portones de lata. Petronio acomodó los bidones, los costales de comida junto a la puerta de la habitación. Volvió entonces a calzarse la frazada en torno al cuello, hizo un ademán de saludo militar, y se perdió en la oscuridad del cerro. Manongo encendió una vela para calentarse. Permaneció unos minutos abrigándose los brazos, la cabeza contra el muro helado, alternando nervioso con las brasas de los cigarrillos, hasta que escuchó un bullicio en la habitación de la muchacha. Revólver en mano, abrió la puerta. Reconoció apenas su silueta, una figura de piernas largas y de cabellos revueltos que yacía boca arriba sin moverse, aun con los ojos vendados, aun con las muñecas atadas. Las manos enlazadas sobre su vientre brillaban imantadas por gotitas pequeñas; parecía dormir sin molestias, su respiración era acompasada, quieta, y tenía los labios entreabiertos. La piel de su rostro era blanca, a pesar de su cabello oscuro, sus mejillas coloradas tenían los vellos erizados por el fresco de la noche. ¿Tendría veinticinco, treinta años? Sus hombros empinaban sus pechos como morros bajo las frazadas, altos, de cúspides redondas. Manongo los contemplaba hipnotizado, intuyendo sus respiros débiles. Sentía un cosquilleo tibio entre las piernas que le impedía estarse quieto, y se llevó las uñas a la boca. Apenas controlaba su pulso, los latidos le sacudían el pecho, cuando la puerta de la calle crujió. El rumor de la garúa que bañaba el desierto irrumpió como una tromba por el corredor. Unas llaves que tintineaban, débiles pasos vacilantes, un vientecito zumbante cargado de arenilla se esparció por las paredes de ladrillos sin pulir. Manongo salió al pasaje. Los pasos entonces se detuvieron. Una sombra aguardaba a contraluz del arenal. Era una mujer pequeña. Vestía polleras, la manga de una chompa con bordados le cubría los dedos, medias blancas le abrigaban las rodillas. Su rostro parecía de piedra. Tenía los ojos llenos de inquietud, un gesto de astucia en la mirada. Gruesas trenzas bajaban por sus hombros.

—¿Quién es usted? —susurró Manongo.

—¿Dónde las tienen? —devolvió la mujer.

—¿A quién busca? —dijo Manongo—. ¿Qué quiere?

La vocecita no respondió. Ante la luz incierta de la vela, la silueta de su rostro aparecía y desaparecía, aquejada por un leve temblor. Largas, oscuras, entreveradas, las trenzas de sus hombros brillaban, dibujaban sombras de nudos y moños, arreglos esmerados que disimulaban la tosquedad de su semblante. Manongo acercó la vela a sus ojos. Al ver sus cicatrices, la mujer retrocedió unos pasos.

—¿Qué está haciendo? ¿A quién busca?

—¿A quién busco? A mi esposo.

—Acá no vive su esposo, y váyase.

—Pero tenía esta llave —enarboló su manita la mujer—. Y acá están las prostitutas.

—¿Las prostitutas? ¿Qué prostitutas?

—No se haga. Las extranjeras.

—¿Quién es tu esposo, madre?

La mujer permaneció sin moverse. Al cabo de un instante susurró: quizás lo conozcas, mi esposo se llama Petronio. Se le cortó la voz, sin embargo, ni bien advirtió que Manongo se acercaba. Un dedo en los labios, la prendió del hombro. Volvió la vista a la calle.

—¿Qué es esto? —dijo Iñigo, contoneándose en la camioneta.

—La prueba que necesitaba, Salazar —sonrió el coronel Jáuregui, desde su escritorio.

—¿La prueba, mi coronel? —respondió Eliseo.

—Anda —dijo Jáuregui—. No seas tímido, léelo.

—¿El informe del médico forense? —dijo Eliseo.

El parque estaba vacío, iluminado apenas por los faros que se mezclaban con los árboles del Golf Club, un bosque tranquilo cercado de edificios modernos, en el corazón de San Isidro. La noche envolvía con su silencio las callecitas de las embajadas, el rumor de sus parques quietos, suspendidos en el bochorno del verano. Hacía mucho calor. Tibia y con olores salados, la brisa traía consigo el crujido de las olas que morían sobre las orillas de piedritas de la Costa Verde.

—Me lo entregó mi superior —dijo Eliseo.

—¿Tu superior? —repitió Iñigo.

—Y tuvimos suerte que llegó temprano —sonrió el coronel Jáuregui.

—Con esta luz... —comentó Iñigo—. A las justas leo una mierda.

—De todos modos, no hace falta que lea —respondió Jáuregui.

—¿No hace falta? —dijo Eliseo.

El coronel dejó el escritorio.

—Solo quiero que aprenda de sus errores, Salazar.

El despacho relucía como recién encerado, desprendía el aroma de las lejías y desinfectantes con que, una vez por semana, esmeradas mujeres sacaban lustre al edificio de la Policía. Eliseo descansaba muy erguido, el quepis sobre las piernas, los hombros tensos en pose de firmes. Revisó el documento acodándose en el escritorio. Estaba refrendado por el jefe nacional de criminalística. Cuando advirtió que la fecha probable de la muerte del cuerpo aparecido en la acequia tenía una antigüedad no menor a seis años, se mordió la lengua —recordó en una milésima de segundo la visita de Iñigo Almagro, y el nombre de Antonia Pineda— y leyó el párrafo dos, tres, seis, nueve veces. Jáuregui se acomodó a su lado. Aunque con ojos de satisfacción, asumió una pose protectora, y susurró:

—¿Se imagina si le hacíamos caso?

—Mi coronel... —tragó saliva Eliseo—. Por supuesto, esto cambia las cosas.

—Así funciona este negocio —dijo Jáuregui—. En la Policía solo importan las pruebas.

Eliseo miraba de soslayo el informe, como si le fuera todavía extraño, o revelase un mensaje oculto. Estridentes, simultáneos, sus pensamientos carecían de lógica. Había fruncido el entrecejo. Le comenzó a doler la cabeza.

—Le debo una disculpa.

—Ninguna disculpa —aplaudió Jáuregui, y volvió al pupitre—. Nosotros estamos expuestos a la peor calaña, Salazar. Mírese el uniforme, sus fideos bien ganados. Si permite que jueguen con usted acabará reventado, yo sé lo que le digo. Alguien de pocos escrúpulos ha querido arruinarlo, joderle la carrera, ganarle poderosos enemigos. Pensarán que es usted un serrano que se deja sorprender. Imagínese, embarrarlo con una mentira semejante, y peor aún sin mostrar el rostro, como un cobarde, con anónimos. No me debe ninguna disculpa, Salazar. Me basta con su confianza.

—Pero no entiendo... —insistió Eliseo—. ¿Con qué fin? ¿Quién inventaría esta historia?

—Algún enemigo del señor Alessandri, por supuesto.

—¿Sabiendo que investigaríamos?

Jáuregui resopló, casi en silencio, sin entusiasmo:

—¿Acaso no conoce este país, hombre? Algún envidioso, algún fracasado, seguro alguien con quien Alessandri trabajó desconociendo estas inquinas. Estoy viejo, y conozco a varios así. Entiendo su sorpresa, teniente, y tiene razón. Pero ahí tiene el documento, una prueba sólida, una evidencia concreta

248

rubricada por el especialista apropiado. Grábese mis palabras, se lo digo por experiencia: no será el primero de estos anónimos que vea en su carrera. Ahora, regrese a su escritorio. No se duerma en los laureles de su condecoración. El mayor Salas tiene una asignación para usted.

Eliseo asintió sin decir palabra. Permanecía inmóvil, los ojos en las luces centelleantes que se filtraban en la oscuridad, a través de los prados que se sacudían apenas por la brisa, envuelto en el silencio sin tráfico de San Isidro. Iñigo había extendido el documento contra el tablero de la camioneta. Lo repasaba despacio, a contraluz de los postes encendidos, acercando mucho el rostro. Cuando concluyó su lectura, sin embargo, dispuso la cabeza hacia atrás, pareció negar con los ojos.

—¿Esto es serio? ¿Te has creído la historia, Eliseo?

—No es una historia —dijo Eliseo—. Es una prueba, mire.

—Este papel no significa nada.

—Está equivocado, señor Almagro.

—¿Equivocado? —sonrió Iñigo—. Que yo vi la caja fuerte, joder. Que yo la vi con mis propios ojos. La venezolana llamó a la esposa de Felipe. Y entonces desapareció. ¿Y la joya en la muñeca de Vladimira? Conozco hasta a los malhechores que hicieron el trabajo: Manongo, Mulato, Bambi, Piojo. Nunca hubo caso más sencillo, cojones. ¿Es que no entienden el castellano ustedes?

—Estamos hablando de dos casos diferentes —devolvió Eliseo, con calma—. Uno es el del cuerpo aparecido en la acequia. Y otro el de la desaparición de Antonia Pineda. A mí me asignaron al primer caso. No al segundo, señor Almagro.

Iñigo se frotó las mejillas.

—¿Entonces queda así? ¿Un tío con pasta mata a una muchacha, y listo?

—La investigación dará sus frutos, es cuestión de esperar.

—La Policía está vendida, hombre.

Eliseo se incorporó.

—La Policía no está vendida.

—¿Es que está ciego usted?

La voz de Iñigo estaba traspasada por la ira y, más aún, por el temor y el apuro. Sus manos aplastaban, llenas de cólera, el volante de la camioneta, luego sus rodillas, y el timón nuevamente. Eliseo se preparó para bajar. Contempló el reflejo eléctrico de la ciudad en las nubes bajas, verificó que no garuaba. Iñigo dijo: un momento.

—Tiene que hacer algo, se lo imploro.

—Ya hice suficiente, señor Almagro.

—¿Ya hizo suficiente? La muchacha está desaparecida, joder.

—Y por hacerle caso, me arriesgué a una reprimenda de mi superior. ¿Se imagina si conseguía las cámaras de seguridad? ¿Si lo hubieran visto en mi domicilio? Hubieran descubierto nuestra mentira. Hubiera perdido mi comisión, y quién sabe si mi trabajo. ¿Qué hubiera sido de mí, señor Almagro?

Iñigo cerró los ojos, intentando calmarse. Tenía un brillo de sudor en las sienes, y los labios relucientes de saliva. Se los limpió con el dorso de la muñeca. Gesticulaba con los labios sin emitir sonido alguno, inseguro de lo que estaba por decir. Murmulló, tras un instante:

—¿Y no entró por eso a la Policía? ¿Para hacer el bien, a pesar de todo?

Las nubes se habían abierto por sobre ellos y, muy limpia, brillante como un disco, apareció la circunferencia de la luna. Eliseo no respondió. Se sentía avergonzado y sin respuestas, víctima de una gran equivocación, en una ciudad en la que apenas conocía los nombres de un puñadito de calles. Abrió la puerta. Fastidiado y mudo, se alejó calle abajo con las manos en los bolsillos. Al volverse, sin embargo, la camioneta había desaparecido. Alzó los ojos. El cielo estaba despejado, era una noche sin viento, con pocas estrellas. ¿Era pena lo que sentía entonces? Ubicó una banquita en el parque desierto, y se sentó a un extremo. Los maderos estaban fríos.

Abrió la puerta despacio, y la habitación se llenó de ruidos. Las ventanas permanentemente cerradas estaban abiertas, mostraban en sus fondos los tejados brillantes cerro abajo, los grupúsculos de perros que husmeaban en los basurales. Una brisa fresca aireaba los ambientes, y olía mucho a mar. La habitación era otra, sin embargo. No había rastro del colchoncito de espuma, ni de los bidones de agua, ni de la pequeña cómoda que sacó de la carpintería en el albergue para la muchacha. Y el suelo estaba barroso, además, tenía charquitos por todas partes. Las ventanas habían sido abiertas durante la noche, y había amanecido con lluvia, el viento soplaba corrientes de arena entre las dunas que bordeaban las calles.

—Tonto... —escuchó Petronio a sus espaldas.

—¿Teniente? —se volvió sorprendido, la bolsa de alimentos bajo el brazo.

El rostro de Manongo lucía oscuro y preocupado. Su cicatriz parecía haberse alargado, llegaba hasta el contorno de la oreja, y tiraba de sus labios, suspendiéndolos en una mueca de inquietud. Tenía los ojos fuera de las órbitas, muy rojos. Su piel cetrina estaba humedecida y brillaba. Desprendía un aroma muy denso: a sudores, a trago, a cigarrillos.

—Pumacahuac, tonto —repitió.

—¿Por qué tonto me lo estás diciendo, señor?

—¿Sabes que tu esposa se apareció en esta casa?

Petronio dio un traspié.

—¿Mi esposa?

—Imbécil, tenías que haberte callado.

—No puede ser eso. Nadita te lo estoy entendiendo.

—¿Qué cosa no entiendes? No sé cómo se metió a la casa, tu mujer.

—Si yo nadita se lo he dicho. Malentendido es, o cómo, imposible es eso.

—No sé cómo diablos abrió la puerta. ¿Le diste la llave?

—¿Y la señorita lo vio? ¿La señorita dónde está? Por diosito que yo no lo dicho nada a mi señora.

El camión que repartía agua potable irrumpió por la cuadra, tintineando con su campanita, perseguido por una nube de niños con baldes, extenuadas mujeres que se protegían del sol con viseras y abanicos. Colmó la habitación de polvo y humo. Petronio sostenía todavía la bolsa con los alimentos. Pero se había quedado boquiabierto. Manongo lo devoraba con los ojos.

—Nada lo sabe mi esposa. Su intuición de madre habrá sido.

—¿Su intuición de madre? ¿Te estás escuchando, idiota?

—Por la Virgencita —se persignó Petronio—. A nadies se lo he dicho, señor.

—Ya es tarde —dijo Manongo—. Tuve que llevarla al aeropuerto. Está en Venezuela ahora.

—Sí, entiendo, señor —inclinó los ojos Petronio—. ¿Cómo mi esposa ha podido, caracho?

—Debiste haberte callado. Debiste haber sido cuidadoso. Te lo advertí.

—A mi esposa discúlpalo. Forajida es. ¿Algo se lo has dicho?

Manongo se asomó a la ventana.

—Pregúntaselo tú —susurró en silencio, aunque después pareció arrepentirse, y se volvió para estrecharle la mano.

—¿Y la señorita? —dijo Petronio.

—Tenías razón, era peligroso.

—¿Y qué has hecho? —dijo Petronio.

—¿No escuchaste lo que dije?

—¿Al aeropuerto lo has llevado?

Manongo inclinó la mirada. Su rostro se había congestionado. Pestañeaba muy despacio, y tenía la vista perdida, oscilante entre los desperdicios que yacían regados por la habitación. Incómodo, se rascó la cicatriz con el dedo meñique. Su silencio dio paso al bullicio de los niños que hacían cola para recibir el agua, ante las mujeres que se abanicaban, esperando también en fila india, muertas de calor.

—¿A su país lo has llevado, teniente? —insistió Petronio.

—¿Pudiste averiguar algo? —dijo el coronel Jáuregui.

—Tenía razón, Cabanillas —suspiró el mayor Salas.

—No me jodas —aplaudió Jáuregui.

Alzó la voz entre el barullo de policías que colmaban la cafetería. Las mesas se apretujaban desde el umbral de las escaleras, apenas quedaban sillas libres. Uniformes oscuros atestaban el mostrador con las ollas humeantes, haciendo cola ante las cocineras bulliciosas, tintineando sus cubiertos sobre los platos. Olía a pan fresco, a papas, a arroz graneado, y por todos lados crujían las licuadoras. El mayor Salas acercó el rostro:

—El informe del médico forense es verdadero.

—¿Y de dónde mierda lo sacó? —dijo Jáuregui—. Justo ahora, hizo magia.

—La muchacha aparecida en la acequia no es la venezolana, señor.

—¿No habrá falsificado el informe? Cabanillas tiene recursos.

—No lo ha falsificado —dijo Salas—. Se trata de otra mujer.

Hurgó entre sus cosas, hizo a un lado la butifarra que tenía sobre la mesa.

—Genara Huanca.

—¿Y quién la mató?

—Un tal Benancio —leyó Salas—. Ahora, el apellido...

—¿Y cómo consiguió esta historia, Cabanillas? ¿Justo ahora? No tiene sentido.

—Es que no la consiguió, mi coronel —precisó Salas—. El informe lo emitió medicina legal como de costumbre, cuando concluyó los estudios sobre el cuerpo aparecido en la acequia. Esta muchacha llevaba desaparecida buen tiempo. Una prueba de ADN, corroborada con los familiares, validó los resultados.

Jáuregui pareció reclamar:

—¿Y dónde tienen a la venezolana?

Los ventanales cerrados constreñían, multiplicando sus decibeles, los choques de vasos, los ruidos de sillas que se arrastraban, las carcajadas de los policías que terminaban de almorzar. Alguien discutía en la puerta de la cocina, donde se amontonaban los meseros, apurados. Jáuregui entregó su bandeja con restos de arroz amarillo al muchachito encargado de la limpieza. Alzó la jarra con jugo de maracuyá, y sirvió dos vasos. Afirmó entonces, con el suyo en el aire:

—Salazar se quedó tranquilo, por suerte.

—¿Cómo le fue cuando hablaron?

—Yo le creo lo de la carta —dijo Jáuregui—. Es un tipo sano, Salas. Soltó un par de cojudeces, ya lo conoce usted, pidió disculpas por haber insistido, habrá tenido vergüenza.

—¿No cree entonces que conociera a la fuente?

—¿Usted qué piensa? ¿Cree que haya mentido?

Puedo decirle que se tomó muy en serio el asunto, susurró Salas, bajando la voz. Es que anoche tuve un encuentro de lo más extraño, mi coronel. No quisiera que piense que dudo de su buen juicio, por supuesto. Qué hora sería, quizás las nueve.

O incluso pasadas las diez de la noche, sí. No quedaba un alma en el edificio. Preparaba el reporte de los presupuestos, envié la propuesta antes de irme. El asunto es que cerré la oficina muerto de sueño, y el único escritorio que tenía la lámpara encendida era el de Salazar. Me acerqué para ver lo que hacía, exacto, no estaba en su sitio. Habré estado a solas uno o dos minutos. Y pude revisar sus apuntes, la libreta con que trabaja. Y escuche esto, señor. No sé cómo ni por qué, pero estaban escritos los nombres de María del Carmen y de Máximo Espada, junto al del senador Cornelio Alessandri, Silvia Falcó, y algunas direcciones. Eso mismo, señor, tal como lo oye: María del Carmen Espada y Máximo Espada. No, lamentablemente no pude hacerlo. Apareció al instante por el pasillo, dijo que volvía del baño, que se le había hecho tarde. Pero si hubiera visto su cara, mi coronel. Se había quedado mudo. Guardó de inmediato la libreta, había tenido que resolver unos asuntos con su tía, dijo que estaba por irse. Bajamos por las escaleras. Por supuesto que no le pregunté. Pero la cara que puso, señor. Estaba cagado de miedo. No creo equivocarme. Y tampoco quisiera alertarlo. Pero tuve la impresión de que lo cogí con las manos en la masa.

—Hombre... —susurró Jáuregui, frotándose los nudillos. Apuró de un trago el vaso de maracuyá—. En ningún momento mencionó la historia de Espada, Salazar.

—Ha seguido investigando por su cuenta, el muy pendejo.

—¿Está seguro de lo que vio? ¿Me da su palabra, Salas?

El mayor dio un mordisco a su butifarra.

—Por mi madrecita, coronel.

—Sabía que estarías aquí —dijo el padre Filomeno.

El altar estaba iluminado por un candelabro de velas rojas, suaves tiras de humos oscuros que pendían de muy alto, ascendiendo en círculos grises. Las piedras del suelo destellaban. En los muros cóncavos de la pequeña cúpula, difuminados por el humo de los inciensos, aparecían y desaparecían los santos, los lienzos con pinturas de ángeles caídos en épocas de la Colonia, religiosas con rostros tranquilos. El hermano Tereso no se movió.

—Vengo de la oficina del vicario —dijo el padre Filomeno—. Y no quiero preguntarte por tus motivos. Ni por qué no viniste primero a verme.

—¿Querías que vaya a verte?

—Me traicionaste, Tereso.

Un leve crujido sacudió el reclinatorio.

—¿Qué estabas pensando? ¿Que somos criminales?

—Por favor —dijo el hermano Tereso.

Se postró a un extremo de las bancas y, arrodillándose, se persignó. Ocultó entonces las manos en el hábito. Se dirigió raudo al umbral del altar, pero las rejas estaban con llave. Permaneció quieto, sin volverse, los ojos en el candelabro que pendía de la cúpula. El padre Filomeno susurró, desde las bancas:

—Mi cariño por ti no ha cambiado, a pesar de tu falta.

—¿De mi falta? ¿Te atreves a llamarme mentiroso?

—¿Por qué lo hiciste? Debiste haber venido conmigo.

—Abre las rejas —dijo el hermano Tereso.

—¿Lo supo también tu sobrino?

El portón de la iglesia crujió y, a través de la nave central, asomó dubitativo el rostro de Petronio. Llevaba un costal de pastos en la espalda, y la tijera de jardinería entre las manos. Al verlo, Tereso sacudió las rejas, con mucha fuerza, intentó llamar su atención. Pero Petronio rehusó su mirada. Desapareció tras la puerta de la sacristía.

—Nos han robado, unos muchachos.

—Te he pedido que abras las rejas, por favor.

—Necesito saber si se lo dijiste a tu sobrino. Entiéndelo, fueron unos muchachos.

—¿De qué hablas? ¿Qué tiene que ver mi sobrino?

—¿Hablaste con él sobre lo que viste la otra noche?

El hermano Tereso no se movió.

—Alguien más lo supo, Tereso, necesito tu ayuda.

—¿Mi ayuda? ¿Después de lo que me hiciste?

—¿Qué te he hecho? ¿Por qué me hablas así?

—¿Creíste que no iba a descubrirlo?

—¿Qué has descubierto, Tereso?

—¿En serio? —volvió a las bancas el hermano Tereso—. ¿Creíste que podías engañarme? ¿Diciéndome que me querías?

¿Manipulándome? Lo que has hecho no tiene nombre. Aunque, te confieso, me gustaría hacerte unas preguntas: ¿Lo trajiste para eso? ¿Para someterlo a tus asquerosidades, a cambio de comida, de un techo? ¿Cuántas veces lo invitaste a tu habitación? Mírate ahora, se te fue la sangre de la cara. Eres un hombre oscuro, lleno de mentiras.

Bajo las barbas que le caían por el pecho, el padre Filomeno comenzó a temblar. Asintió en silencio, como si disgregara el significado de cada una de las palabras que había escuchado, estrujándose las manos. Un bochorno le enrojeció las mejillas. Tenía la mirada en el suelo, los hombros caídos, la piel arrugada en torno a los ojos. Quedó así varios segundos, como suspendido en el altar desierto, empequeñecido por las efigies de los santos y los lienzos de las columnas. Pronto había abierto las rejas, y estaba solo. Pasó la mañana con un nudo en la boca del estómago, abandonado a sus pensamientos, inmóvil en la banquita solitaria. ¿Qué hora sería? Como mínimo, las diez o las once, o lo que duró el ensayo del coro. Atajó sin responder dos llamadas de las señoras de la cofradía. No saludó a los obreros del primer turno. Faltó a la reunión con el arquitecto de obras a media mañana. Se perdió la catequesis del albergue. Dijo a los hermanos que no lo esperaran para el almuerzo. Entonces escuchó los primeros pasos. Alguien estaba corriendo por la nave central.

—Ahora no, por favor.

Petronio se acercó, bajando la voz.

—Ha regresado el mendigo, dice que sabe lo del robo.

—¿Lo del robo? ¿Lo del robo en la iglesia?

—Creo que lo han pegado en la calle, padre.

—¿A Melitón? —alzó los ojos el padre Filomeno—. ¿Él se llevó el dinero?

—El ratero otro había sido —dijo Petronio—. Nicolás se llama.

—¿Tienes todo listo? —dijo Jingo, en el umbral de la recepción. Silvia lo contemplaba con miedo, sus ojos miraron a otra parte.

—¿Estás seguro? —acertó susurrando.

—Espada no esperará mucho más.

—¿Y entonces? ¿Será esta noche?

—O esta noche, o mañana.

Ascendieron dando trancos por las escaleras de la pensión. Los contornos de las maletas apiñadas contra la pared se veían ya desde el pasillo. Silvia susurró, sin embargo, con un hilo de voz: no te enojes conmigo, parecía importante y nada sabe de tus cosas. Jingo advirtió la sonrisa en el quicio de la puerta.

—¿Y tú? —dijo Abraxas—. ¿Qué te pasó, huevas?

—¿Abraxas? —se volvió Jingo a Silvia—. ¿Qué haces acá?

—Tengo que hablar contigo ahora mismo.

—¿Ahora mismo? No tenemos tiempo, pendejo.

—Escúchalo, Jingo —dijo Silvia—. Es mejor que sepas la verdad.

—¿Qué verdad? —dijo Jingo—. ¿Qué chucha haces acá, Abraxas?

—¿Qué chucha te pasó a ti, más bien? ¿Crees que te puedes desaparecer? ¿Así nomás, facilito?

—Cholo —dijo Jingo—. No tengo tiempo.

—El padre Filomeno lo sabe todo —dijo Abraxas.

—Lo sé, si me encontró en su habitación.

—No, no lo sabes —dijo Silvia—. Te pusieron una trampa, Jerónimo.

—¿Una trampa? —repitió Jingo—. ¿Sabes acaso lo que hicimos, Abraxas?

—Mi tío me contó la historia. Y el mendigo la confesó esta mañana.

—¿El hermano Tereso? ¿De qué hablas?

—De la trampa que te puso el Nicoya.

Jingo frunció el entrecejo. A través de las cortinas abiertas, cubiertas en parte por las filas de maletas y cajas forradas en plástico, asomaban los árboles del óvalo Bolognesi, relucientes bandadas de gaviotas que bajaban en dirección a las playas. El sol calentaba el mar a lo lejos. Una columna de automóviles atiborraba la callecita de balcones antiguos. A pesar de la mañana plena, los postes estaban encendidos.

—Qué mierda hablas —dijo Jingo.

—Escúchalo —insistió Silvia—. Las cosas no pasan por gusto.

—Y mucho menos la que te pasó a ti —dijo Abraxas—. El mendigo regresó esta mañana al albergue. No sé cómo, pero perdió el dinero con que le pagó el Nicoya. Seguro se lo habrá fumado, o lo habrán asaltado unos pirañas. El asunto es que no tenía a dónde ir, estaría desesperado, y así nomás pidió perdón, y le contó la verdad al padre.

—No estoy entendiendo nada —dijo Jingo.

—El mendigo ha abierto la boca, y no tiene la plata —dijo Abraxas.

—¿Qué plata? —dijo Jingo—. ¿El Nicoya le pagó a ese cojudo?

—Todo fue una trampa, Jerónimo —dijo Silvia.

—Por favor —la calló Jingo—. Sé claro, Abraxas.

Abraxas cerró la puerta de la habitación.

—¿No lo entiendes? Tenían un trato para joderte.

—¿El Nicoya? —dijo Jingo—. ¿Y cómo supo esta historia el hermano Tereso?

—¿Cómo la supo? —repitió Abraxas—. Porque el mendigo se la contó completita al padre. Desde que nos metimos a la iglesia por el muro, cuando no encontramos nada, hasta que ustedes lo intentaron de nuevo. El padre compartió la historia con los hermanos, y por eso habló conmigo mi tío, para que no ande saltándome muros de iglesias nunca más. Lo demás es evidente, Jingo. Todos en el barrio saben que te has ido.

—¿Y dices que el Nicoya armó todo para joderme?

—Te usaron de carnada —devolvió Abraxas—. Y así, mientras a ti te chapaban, ellos avanzaban por su lado. El Nicoya se metió a la iglesia sin problemas. Se robó tranquilito la plata.

—Pero si me dijo que no había encontrado nada —se sentó en la cama Jingo—. ¿Estás siendo honesto, Abraxas? Porque lo voy a asesinar, te lo advierto.

—Y no puede saber que yo te lo dije —imploró Abraxas.

—¿Qué? —sonrió Jingo—. ¿Le tienes miedo al Nicoya?

—¿Tú qué crees? —dijo Abraxas—. Estoy chibolo para morir.

Tenues golpecitos en la puerta interrumpieron la conversación. Silvia se asomó al pasillo, vislumbró el semblante de la muchacha que trabajaba en la recepción, sustituyendo por unos días a la dueña. Tenía un aire de preocupación en el rostro, las manos enlazadas al vientre. Dijo muy bajito que la estaba buscando un policía, señorita Silvia. ¿Un policía?, respondió Silvia, ¿Qué policía? ¿Le digo que no estás?, sugirió la muchacha, con gentileza. Silvia se mordió los labios. Empujó la puerta sin hacer bulla, cruzó el corredor en puntas de pie. Asomándose al caracol de la escalera, se postró para aguaitar la recepción. El hombre aguardaba de espaldas. Vestía una oscura casaca gruesa, a pesar del calor, enteramente de negro.

—¿Te dijo cómo se llama? —susurró Silvia.

—Eliseo Salazar —respondió la muchacha.

—¿Y sabes lo que quiere? —dijo Silvia.

—¿Tú has puesto una denuncia, señorita?

Felipe Alessandri aguardaba con el rostro bronceado, muy coloradas las mejillas, el sol del atardecer iluminando sus ojos. Repitió, aunque sin que Iñigo abra la boca, que estaba hablando en serio, y que no le gustaban las despedidas. Iñigo, sin embargo, no respondió. ¿Qué podía decir? Se había quedado sin palabras, joder. Encendida a medias la lámpara del despacho, la mitad de su rostro estaba azulada por las sombras del atardecer; y la otra brillaba en los tonos violetas con que el sol desaparecía en el horizonte marino. Un cielo cargado de nubes, al fondo del cual se divisaba un halo rojo, calentaba los ventanales con el fresco de la noche. Iñigo seguía en silencio. Felipe Alessandri repitió:

—Entenderás que no podía decírtelo hasta ahora.

—¿Esta misma noche? —dijo Iñigo.

—El avión parte en cuatro horas.

—¿Se lo has dicho a tu mujer?

—Cristina está en Chicago, Iñigo.

Los ojos de Iñigo desaparecieron, estrujados por sus dedos, al presionarse las cejas.

—Es que, tío... —perdió la voz—. ¿Estás hablando en serio?

—El país estará muerto por un tiempo, lo lamento.

—¿Y el dinero de Neves? ¿Y lo que pasó en el albergue?

—Escúchame... —suspiró Alessandri—. Nada de eso importa ahora. Es probable que la Fiscalía requise ese dinero. Así como lo oyes. Toda la información de los pagos, toda la información de las cuentas de los mineros, más aún, su dinero mismo; y la relación de los parlamentarios que recibieron sobornos, absolutamente toda esa información caerá en manos de Aniceto Roca. ¿Sabes lo que tienes que hacer, no es verdad? Es imprescindible que te vayas tú también. Mañana o pasado, a más tardar.

—¿Estás colaborando con la Fiscalía? —devolvió Iñigo, los labios temblando.

—¿Cómo nos dejarían partir si no fuera el caso?

—¿También a mí? ¿Cerraste el acuerdo por ambos?

—¿Crees que iba a dejarte? Es lo mejor que pude conseguir.

—Pero no entiendo —se resistió Iñigo—. ¿Lo hablaste con Aniceto Roca?

Alessandri sonrió, encogiéndose de hombros:

—Me reuní con él hace poco.

—¿Y a cambio de qué lo conseguiste?

—¿A cambio de qué? Le daré lo que pide.

—Como esto sea una broma, Felipe, es que no estoy para...

—Puedes irte cuando quieras —lo cortó Alessandri—. Esta misma noche, si lo prefieres, hay un vuelo a Barcelona. Llama a tu secretaria, que lo reserve.

—¿Y Manongo? —insistió sin moverse Iñigo—. ¿Qué harás con Manongo?

—Todo está arreglado —devolvió Alessandri.

Iñigo asintió, con la boca muy abierta, entrechocando los dientes, y caminó al ventanal abanicándose el rostro. Contempló un instante los matices brillantes de los edificios y sus mamparas que reflejaban el crepúsculo, la inmensidad del océano azul. Lima entonces bullía en los olores de las playas, devolvía en sus tejados y azoteas los trazos agonizantes del sol, el aire caliente del verano.

—Me has dejado frío, hombre, no sé qué decir.

—Era la única solución. Fuera del país, no tendremos problemas.

—¿Y Neves? —dijo Iñigo—. ¿Qué haremos con Neves?

Como si no lo hubiera escuchado, Alessandri se volvió a la caja fuerte. Alzó un portafolio con separatas anilladas, algunas de las cuales estaban marcadas con tiras adhesivas de colores. Las separó de a una, tocándolas apenas con las yemas de los dedos, muy delicadamente, entre los pisapapeles del escritorio. Asintió, mordiendo su pluma:

—Tengo que pedirte un último favor, toma nota.

—Es que son muchas cosas —bufó Íñigo, alisándose las sienes.

—¿Llegó a abrir tu contacto la cuenta? ¿En la Banca Privada de Andorra?

—Tengo los códigos, lo hizo la semana pasada.

—Transfiere todo el dinero a esa cuenta, Íñigo.

—¿Todo el dinero? ¿Estás seguro?

—Absolutamente todo —dijo Alessandri.

—¿Y qué quieres que haga con él?

—Te daré indicaciones desde Chicago.

El anexo del escritorio timbró y, tras contemplar su computador, Alessandri atendió la llamada. Íñigo sacó su libreta, escribió acodado en el escritorio. Cuando Alessandri colgó el auricular, le preguntó si volverían a verse, y cuándo. ¿Tú crees que el Perú es el único país donde podemos hacer negocios?, sonrió Alessandri. Te llamaré desde Chicago para ponernos de acuerdo. Y así se despidieron en el umbral de la oficina, sin mayor aspaviento, sin apenas decirse nada, tras apenas diez minutos de haberse juntado. Alessandri lo vio alejarse por el pasillo en el umbral del despacho. Se volvió entonces a la caja fuerte —tenía los brazos regados de picaduras de mosquitos— y cerró por última vez las ventanas. Podían verse, dibujadas al fondo del mar, oscurecidas ya por la noche tachonada de estrellas, unas lanchitas pesqueras que surcaban los tumbos con sus velas extendidas. Quedaba poca gente en el cinturón de playas de Miraflores y Barranco, y ninguna sombrilla. Apenas se veían tablistas. Las voces de las secretarias emergieron desde la puerta, tras tocar con timidez. ¿Sí se podía, señor Felipe? Habían entrado para despedirse. Estaban muy agradecidas por todo.

La camioneta de Iñigo no estaba en el estacionamiento cuando bajó por última vez a la calle. Había comenzado a garuar sobre el asfalto de la avenida Dos de Mayo. La noche, sin embargo, lucía despejada. Las veredas estaban a oscuras, casi en silencio, y los postes todavía apagados. Llenando sus pulmones de brisa, Alessandri cruzó la vereda, entró pensativo al supermercado. ¿Tenía ganas de volver a la nieve, más aún al encierro invernal del apartamento con vistas a la orilla del lago Michigan? Nunca había disfrutado de los inviernos extremos. La calefacción le secaba la nariz y la garganta, despertaba con jaquecas que le duraban hasta el mediodía, y le ardían los ojos al acostarse. La primavera no estaba lejos. Recordó el verdor con que se engalanaba el parque Lincoln, el parque Grant, los paseos decorados del parque Burnham. Cristina saldría a correr por los muelles colmados de turistas. Llevaría quizás algún curso en la Universidad de Loyola. Y retomarían su antigua rutina, las visitas a la galería Vertical, al planetario Adler, a los restaurantes de la Magnificent Line. Se había detenido, buscaba las baterías para los audífonos, dos revistas de actualidad para el viaje. Escribió al chofer para que lo recoja en la recepción mientras pagaba en una caja vacía, y salió. Un anciano bloqueaba la vereda, sin embargo. Era un hombre alto y de tez colorada, con ralos mechones blancos que bajaban por sus sienes. Avanzaba a pasitos cortos como si le doliera la espalda, enfundado en un abrigo que le llegaba hasta las rodillas, apoyándose en un bastón que parecía estar por quebrarse. Enfiló por un callejón en dirección a las casitas que estaban a espaldas del supermercado. Fue entonces cuando ocurrió el accidente. El hombre pareció trastabillar, y sus compras fueron al suelo.

Remigio aguardó sin moverse, tensó los ojos al cerrarlos, atento al bullicio a sus espaldas. El silencio dio paso a unas vocecitas chillonas que parecían estar muy lejos. Una sirena cruzó velozmente la avenida Dos de Mayo. En algún lugar rebotó una pelota. La radio de un coche que sintonizaba una sinfonía clásica subió por Los Cedros. Entonces escuchó los primeros pasos. Se había quedado estupefacto, el corazón latiéndole en la garganta, encorvado sobre el bastón en la vereda. Indudablemente, era él. Parecía acercarse despacio. Atinó a arrodillarse con el disfuerzo más llamativo que pudo, entre gemidos sonoros, una mano extendida sobre el asfalto, y sin dejar de tocarse la espalda. Y las palabras lo sorprendieron por sobre el hombro: lo ayudo, descuide. Se giró levemente a la derecha. Advirtió la camisa perfumada, los gemelos de tela azulina que asomaban bajo el traje oscuro, agrupando de a una las bolsitas de anís. El rostro de Felipe Alessandri estaba pulcramente afeitado, era rojo como una manzana, y casi parecía brillar. Sus mejillas, muy bronceadas, encendían el color de sus vellos castaños. Tenía un aire generoso en la sonrisa, y sus ojos denotaban astucia más que compasión, una benevolencia extraña, que no infundía confianza del todo. Muy humilde, había apoyado una rodilla en el desnivel con que terminaba el asfalto. Tomó pocos segundos alzar los paquetes, se incorporó sosteniendo las bolsas. Y se le quedó mirando, el gesto dócil, la postura dispuesta. Remigio no supo qué hacer.

Las palabras afloraron por su garganta ni bien se volvió a la oscuridad del callejón: mi coche es aquel, caballero, ¿sería usted tan amable? Había enarbolado el bastón para ayudarse, pero estaba tan nervioso que echó a andar raudamente, sin utilizarlo. La distancia de tres cuadras que separaba el supermercado del auto de Máximo se le hizo interminable. Los postes seguían a oscuras, la calle en completo silencio. El asfalto relucía por las luces de los edificios y la garúa empozada. De los árboles caían gotitas ligeras, el rocío sostenido por la brisa que anunciaba el otoño. Unos muchachos jóvenes en mangas de camisa los cruzaron camino a la avenida Dos de Mayo. Alessandri consultó un par de veces la hora en su reloj. Estaría seguramente contra el tiempo, estaría seguramente ocupado, pero el peso de los paquetes le obligaba a andar despacio. Las hebillas de cuero de sus zapatos brillaban a cada paso que daba. A pocos metros del coche, Remigio se palpó el pecho rebuscando la llave entre los bolsillos de su abrigo. Quiso decir algo —agradecer, conversar, excusarse—, pero tenía la boca árida, y se le cortó la voz. Para entonces se le habían acalambrado los codos, y tenía el cuello empapado de sudor. ¿Cuántas veces insertó la llave en la cerradura de la cajuela, sin éxito? ¿Por qué no estacionaron el coche con el maletero abierto, compadre? Perdió al menos uno o dos minutos por el temblor de sus dedos humedecidos. Hasta que la cerradura cedió, y Alessandri alzó los paquetes. Fue entonces cuando lo abordó Máximo.

A partir de aquel instante todo transcurrió en cámara lenta. El rostro muy blanco quedó a tientas, moviendo de lado a lado los ojos, exhalando por la nariz y la boca. ¿Habría sentido el cañón de la pistola a su costado? Alessandri tenía encorvados los hombros, el mentón ceñido a la corbata. Un golpe de calor encendió sus pómulos. Las aletas de su nariz se inflaron al respirar, y sus labios se fruncieron. Delante suyo, Remigio permanecía inmóvil, la llave del coche aún entre las manos. Descubrió el rostro de Máximo sublevado por la cólera y el miedo, y tuvo un reflejo de náuseas. Alessandri no pudo reconocerlo, sin embargo. Parecía estar por decir algo cuando lo tiraron de los hombros hacia adelante. Jerónimo había reaccionado, ni bien la cajuela terminó de abrirse. ¿Cómo se habría visto aquella escena desde su posición? Aceptó las instrucciones sin protestar, como si estuviera acostumbrado a ese tipo de cosas. Aguardaría en el maletero hasta que lo abran, y entonces saltaría como un león. Máximo ni siquiera tuvo que indicarle cuándo. En un abrir y cerrar de ojos había paralizado a Alessandri tomándolo del cuello, utilizando ambos codos. Remigio ató las sogas en torno a sus manos y boca. Máximo cerró de un tirón.

Jerónimo emergió al coche cuando este ya había partido, arrastrándose por el asiento de atrás. Lucía feliz. Tenía los cabellos revueltos sobre los ojos, las manos manchadas de grasa negra, lágrimas de sudor bajaban por sus sienes. Un surco de sangre, que le brotaba desde una herida en el codo, caía a través de su muñeca. Aun así, sonreía, parecía tranquilo, ni siquiera lucía cansado. Se acomodó la cabellera sacudiendo el rostro. Al volverse, Remigio advirtió que tenía el reloj de Alessandri en una mano y, en la otra, un teléfono con el que jugueteaba dándole vueltas. Máximo ni lo miró. Iba muy tieso en el asiento, con las manos temblando sobre las rodillas. Tenía los ojos llenos de zozobra, fijos en el espejo retrovisor, atento a la fila de coches que venía detrás.

Esquivaban el tráfico entre los semáforos colmados de la avenida Arequipa, a través de las callecitas arboladas que conectaban San Isidro con la Vía Expresa, y por el circuito de playas hacia la carretera. Al cabo de una hora llegaron a la residencia que había pertenecido a los padres de Remigio, en Cieneguilla. Jerónimo se bajó para abrir el garaje. Máximo, sin embargo, no se movió. Una mácula de sudor brillante había humedecido su camisa. Su rostro lucía muy frágil. Asentía exhausto, lágrimas bajaban muy despacio por sus pupilas. Trataba de secarse con un pañuelito de Maruja, desviaba la mirada como si tuviera vergüenza, le temblaban los labios, los dedos en la nariz. Intentó decir algo, cuando Remigio sostuvo su mano, secándose a su vez los ojos.

¿Lo había soñado o estaba despierto? Tenía los brazos de Silvia en el pecho. Una sensación insólita le bajó a través de las piernas hasta los tobillos, abrazándolo en un bochorno que lo hizo destaparse. Jerónimo calculó en el reloj brillante los minutos que restaban para el amanecer. Se liberó del brazo de Silvia, rozándolo apenas, y cerró los ojos. Como le había sucedido desde que se acostó, las tres cabezas se corporizaron en un cuadro muy nítido. La efervescencia de aquel instante podía tocarse, sentirse, en el ambiente de la noche cálida. Los ojos de Espada se veían apenas bajo la boina que le cubría medio rostro. A su costado el señor Remigio sudaba copiosamente, lucía más asustado que el hombre entre los dos, que parecía no entender lo que estaba sucediendo. ¿Sería peruano? ¿Sería extranjero? Era un tipo maduro, de ojos muy claros y brillantes. Tenía las mejillas coloradas como los tablistas pelucones de la Costa Verde. No parecía peligroso, sin embargo. Y cuando lo prendió del cuello, impulsándose con los pies en el maletero, cayó sin oponer resistencia. Ni siquiera intentó defenderse. El esfuerzo se le hizo muy fácil.

Entendió recién la magnitud de lo que había hecho cuando tomó de los brazos a Alessandri, y lo guio a través de los pasillos penumbrosos de la residencia. Al fondo de las escaleras brillaba un candelabro. El sótano era un reducto de paredes sin estucar, con cajas de herramientas, restos de leña cortada, plásticos viejos, ollas y sartenes, pilas de periódicos, botellas y cartones vacíos. Una bombilla amarillenta, perfectamente suspendida sobre un asiento pesado, recubierto en cuero, con patas y mangos de león, iluminaba tenuemente el lugar. Alessandri se dejó amarrar los tobillos y los codos, como abatido por un gran cansancio. Entonces el señor Remigio se volvió a la caja de herramientas y descubrió dos esposas que brillaban, aunque las ocultó a sus espaldas, inquieto, como si de pronto hubiera advertido su presencia. Espada lo tomó gentilmente del brazo. Lo guio por los corredores del primer piso, entre las cómodas con retratos de parientes, un reloj pendular que oscilaba a través de unos espejos con encuadres de madera. Antes de despedirlo, sin embargo, entró a un salón aledaño y volvió con el dinero. Esto es para ti, estoy agradecido, que te vaya muy bien en la vida. Su voz estaba impregnada de nostalgia y compasión, y más parecía un quejido, era apenas audible en el silencio de la residencia. Y él quiso despedirse, preguntarle infinidad de cosas, saber si volvería al colegio o lo que pensaban hacer con el hombre, pero no se atrevió. Y, de todos modos, el remordimiento que le había quedado desapareció cuando echó a andar por aquel pueblo sin gente, y rebuscando en el costalito de Espada contó cientos, miles de soles.

Eran las primeras horas del amanecer, pero el cielo a través del ventanal permanecía a oscuras, como un gran vacío de sombras. En la habitación fresca se plegaban y extendían las cortinas con reflejos azules, a ratos negros, las telas devolvían las luces con que el día se anunciaba de a pocos. El mar rugía en el silencio de las calles sin tráfico. Angostas tiras de nubes comenzaban a aclararse sobre las palmeras del malecón, aunque sin sol, sería un día nublado. La cisterna de la municipalidad emergió por la cuadra para regar los jardines del óvalo, los trabajadores recogían las bolsas de basura. En un movimiento reflejo, Silvia alzó la mano, volvió a acomodarla sobre su pecho. Sus ojos se abrieron levemente, entonces, y bostezó. ¿En qué piensas?, alzó el teléfono de la mesa de noche.

—Tengo un mensaje, mira —dijo Silvia.

—¿Eliseo Salazar? —leyó Jerónimo.

—Quiere venir, más tarde.

—¿Y por qué? Me duele una barbaridad la cabeza.

—Con un tal señor Almagro.

Jerónimo se frotó los ojos.

—No vaya a ser peligroso.

—Dice que tiene información.

—¿Información? ¿Sobre tu amiga?

—Parece serio —dijo Silvia—. Aunque habla gracioso.

—Muy bien... —asintió Jerónimo, con voz ausente, los ojos en las ascuas del ventilador—, muy bien, así me das tiempo para cerrar mis asuntos, también. ¿Necesitas algo de tu casa? Tengo un pendiente en el barrio.

—No sé de lo que habla —respondió el Nicoya.

—De nada servirán tus mentiras —dijo el padre Filomeno.

—¿Mis mentiras? —dijo el Nicoya—. ¿Me está llamando ratero?

Los vidrios del despacho destellaban, el sol ardía sobre los jardines del albergue. El padre Filomeno sujetaba un lápiz cerca de su boca con afán meticuloso, prendiéndolo con las uñas del índice y el pulgar. Leves arrugas plegaban su sotana a la altura de los hombros. Estaba despeinado, la cabellera blanca hecha un remolino sobre la frente. Se dejó ir en un bostezo:

—No tiene sentido que insistas, Melitón confesó la verdad.

—¿Melitón? —frunció el ceño el Nicoya—. No lo conozco. ¿Quién es?

—El que te ayudó a robarte el dinero, bárbaro.

—¿Yo me robé el dinero? ¿Eso le dijo el fulano?

—Nicolás, te robaste el dinero del altar.

El Nicoya negó con el rostro, encogió los hombros, alzó las manos como dándose por vencido. Tenía los ojos sobre el escritorio, en los anaqueles de libros que estaban a sus espaldas. Tomos viejos, oscuros, con tapas teologales de cuero, daban a la oficina el aire de una biblioteca. Junto al ventanal, por donde irradiaba la luz, había un cuadro en marcos dorados con una semblanza de Juan Pablo II, y una estampita en dos relieves con la oración del Sagrado Corazón. Un calendario desgreñado, con imágenes y pinturas de toreros y fiestas españolas, colgaba de un chinche en el pizarrón de corcho que pendía de la pared.

—Le han llenado la cabeza de cuentos, no es culpa mía.

—¿No es culpa tuya? —golpeó la mesa el padre Filomeno.

—¿Está nervioso? Tiene la cara muy blanca.

—¿Quieres que hable con tu madre? ¿No tuvo suficiente con el accidente de Gregorio?

El Nicoya cerró los puños.

—Para eso necesitará más que calumnias, y no se atreva a mencionar a mi madre.

—Eso es precisamente lo que voy a hacer cuando venga a la cofradía.

—¿Decirle las mentiras de un drogadicto? ¿Acusarme de algo que no hice?

—Parece que no te das cuenta, estás en problemas muy graves.

—¿Soy yo el que está en problemas? ¿O usted, padre Filomeno?

—No tengo tiempo para niñerías, haz el favor de retirarte.

—Porque si vamos a hablar de Melitón, es usted el que está en problemas.

—Largo —volvió a sus asuntos el padre Filomeno—. Será tu madre la que se encargue.

Inclinó el rostro con afán de calmarse, como si fuera a anotar alguna información, pero quedó con las manos inmóviles. Un ataque repentino de tos lo hizo perder el aliento. Bebía un trago de agua, aflojándose la sotana, cuando el Nicoya se levantó:

—Como le diga usted una palabra a mi madre, por la Virgen que se va al carajo.

—¿Qué dijiste? —alzó los ojos el padre Filomeno—. ¿Me estás amenazando?

—Se lo advierto, no vaya con mentiras.

—¿O qué? ¿Piensas golpearme?

—Me encargaré de Melitón, más bien, y que diga la verdad.

—¿Es que no tiene límites tu descaro?

—¿Mi descaro? —acercó el rostro el Nicoya—. ¿Soy yo el descarado? ¿O es usted, padre Filomeno? Porque Melitón nos contó unas cosas sobre usted. Y vaya sorpresa me he llevado. ¿Creía que se saldría con la suya? Usted exprimió a ese inútil como nadie. Lo puso limpiecito, le dio comidita, un techo donde dormir. ¿Y para qué? ¿Qué cosas hizo con él? ¿Y ahora se atreve a tratarme de descarado? Sea muy cuidadoso, porque si usted abre la boca, si siquiera mira mal a mi madre, si mi madre se pone triste, si le pica un mosquito, o se resbala en la calle, usted se jode. Y no solo estoy hablando de sus cochinadas, sino de los criminales con que trabaja, de los hombres que se meten al altar. Se lo prometo, por la memoria de mi hermano Gregorio, abriré la boca bien grande, no quedará un carajo de usted.

Por un instante, la expresión en el rostro del padre Filomeno pasó de la hostilidad al pasmo, y del pasmo a la sospecha. El sol caía verticalmente sobre el espaldar de su asiento, encendiendo los contornos de sus hombros. Minúsculas polvaredas flotaban a través de la ventana, se irradiaban sobre la mesa como telarañas brillantes. El silencio que descendió sobre el despacho magnificó el compás de las agujas en el reloj de la pared, y el canto de los pájaros en el exterior, y los taladros y los martilleos de los albañiles que avanzaban con las obras. No muy lejos de donde estaban, la frutera canturreaba sus ofertas del día —manguitos fresquísimos de Ica, granadillas dulces, sandía bien jugosa, cocos para la sed.

—Eres joven... —suspiró el padre Filomeno—. No te das cuenta del problema.

—Sí me doy, perfecta cuenta.

—¿Y entonces? ¿Por qué no reaccionas?

—Porque usted está peor que yo —dijo el Nicoya—. Y no tiene pruebas para acusarme.

—No lo entiendes —insistió el padre Filomeno—. El dinero que te robaste no es mío, ni siquiera es del albergue, o de la iglesia. Y es cuestión de días, o quizás de pocas horas, para que pregunten por él. ¿Y qué quieres que diga? Llegarán a tu casa, invariablemente. Te van a tocar la puerta. Y no será culpa mía. He sido paciente, y los he protegido a ti y a Jerónimo e incluso a Melitón, ocultándolo todo para ganar tiempo, pero estoy al límite de mis capacidades. Si no devuelven el dinero, tengo las manos atadas.

Las voces de unas mujeres en la puerta de la iglesia irrumpieron junto a la brisa desde la ventana. El padre Filomeno asintió sin decir nada, reaccionó apenas con los ojos, forzando unos movimientos extraños con el pecho, como si la sotana le resultara incómoda. El Nicoya se acercó al umbral de la luz. Distinguió el vestidito de su madre, cubierto bajo el chal de lana con que se abrigaba los hombros en la misa. Se había empolvado las mejillas, usaba sus aretes más bonitos. Saldré por el descampado, para que no me vea. ¿Tienes vergüenza de verla?, suspiró el padre Filomeno. ¿Vergüenza?, devolvió el Nicoya. Soy un buen hijo, cuando se trata de mi madre nada me da miedo. Se dio la vuelta, salió sin despedirse. Bajó esquivando a los grupos de obreros, a los niños que correteaban por los barracones donde estaban las aulas. Emprendió el camino escondiéndose por el sendero arbolado, a través del descampado con escombros, por los hoyos del campo de fútbol. Saltó los muros a medio construir que cerraban el albergue. Divisó el vaho humedecido que ascendía a la altura de la avenida poblada de coches, más allá de la acequia. Antes de llegar, sin embargo, le pareció sentir unos pasos, y escuchó que alguien le hablaba. La silueta que reconoció entonces lo dejó inmóvil. Tenía el cabello suelto, los mechones pardos ocultaban sus hombros. Se acercaba a paso decidido, golpeándose los puños.

—A ti te quería ver —dijo Jerónimo.

Cuando abrió los ojos, finalmente, vio en los ojos que tenía al frente un pozo oscuro, y el miedo lo golpeó como un puñetazo. La mujer lo miraba de cerca, grandes sus párpados negros, movía como si rezara los labios. ¿Era una mujer? Parecía, lo era, era una señora de tez oscura, una campesina de la cordillera. O sería una sombra sin forma, un hilo movedizo que ascendía bajo la bombilla titilante, envuelta en gruesos mantones. Tranquilo, no te haré daño. Había encendido una tetera que parecía un lamparón humeante, votaba un vapor untuoso, tibio. Lo tenía en torno a los dedos, y con la mano libre esparcía el humo, repetía una oración como si estuviera en la iglesia. ¿Hablaba? ¿Rezaba? Pero en otro idioma. Estaba hablando, no, decía cosas con la boca cerrada, aunque a ratos parecía sonreír. El aliento de su voz era tórrido, un aire ronco que pretendía ser compasivo aunque sin lograrlo, un gruñido entre labios muy secos, no temas. ¿Dolían? Quemaban, no sabe cuánto, los ojos. ¿Qué me han hecho? Solo un momento más, aprovecha, respira hondo. Es que no podía, la cabeza hervía como una granada. Paciencia, paciencia. La voz seguía dando vueltas, como las agujas de un reloj, pasaba de la oreja izquierda a la oreja derecha, solo hablaba a uno de sus costados, nunca de frente. Fue entonces cuando se sintió más tranquilo. Como si aquellos humos lo colmaran de vigor, de aplomo, presa del sueño y el reloj seguía girando. Tuvo conciencia de su cuerpo al cabo de pocos segundos. ¿Ves? Sientes tus manos, ahora. Quiso alzarlas, efectivamente, y advirtió el metal, lo habían esposado, señora, quién es usted, y de igual manera los tobillos, cortaban, señora, pesaban. Ahora, bebe. ¿Es agua? Parecía. Un líquido tibio le bañó los labios, tensó todos los músculos de su cuerpo, se moría de sed. Un hombre susurraba muy cerca, alguien le palpó los tobillos con manos enguantadas. ¿Cuánto había bebido? Todavía falta, vamos, un poco más. ¿Qué es, señora? ¿Te gusta? El líquido atravesó su garganta con la fuerza de un río, los aromas eran difíciles. ¿Cedrón? ¿Caléndulas? ¿Hojas de coca? Distinguió un sabor a la vez picante y quemado, que le inflamó el paladar, con suaves crujidos que morían entre sus dientes. ¿Alguna fruta? ¿Un jarabe? Solo un poco más, tendrás sed. El fondo del líquido era gelatinoso, como de azúcar fresca, tenía un aire a jengibre y a las flores del hipódromo, y estaba frío. Descansó la nuca entre los hombros, entonces. Le pesaron los ojos, ni bien acabó de beber, y se dejó ir en un mareo agradable. La mujer susurró muy bien, así me gusta, descansa, descansa, y su voz se perdió en el silencio, fue una con la corriente que sacudía el ventanuco por donde entraba la luz, con el mugido de los animales que pastaban ¿en el campo?, ¿en las chacras? Alguien dijo si era suficiente con lo que había bebido, y la mujer dijo suficiente, suficiente, unos minutos y estará listo. Por cuánto tiempo, dijo la voz. Un día, con certeza, después dormirá, la mente tiene sus límites. ¿Y dirá la verdad?, dijo otra voz. Pero la voz que había hablado primero añadió: no sé cómo agradecerte, querida amiga, y la mujer cuidándote, hay verdades que es preferible no conocer. Alguien subió por las escaleras. Alguien se alejó por el pasillo que conducía a la puerta. Alguien abrió la puerta. Alguien cerró la puerta. Alguien regresó por el pasillo que conducía al sótano. Alguien bajó por las escaleras. Es hora, Roto, dijo la voz. ¿El diario, lo tienes? Y así sintió las manos que lo tomaron del cuello, hoscamente, casi a golpes desataron el nudo que cubría sus ojos. La luz le cerró los ojos, y fue como si viera chispas, rayos azules. Las siluetas adquirieron los tonos de la mañana, de a pocos, se corporizaron en su delante. Tenía a los viejos muy cerca. ¿Sería el hambre? ¿Algún tipo de droga? La sed había desaparecido de su cuerpo como por arte de magia, y se sentía lúcido y descansado, rebosante de fuerzas. ¿Me reconoces?, dijo la voz. Pero no lo reconocía, tenía el rostro oculto por el humo del incienso. ¿Sabes por qué estás acá?, dijo la voz. Sí, sí sabía, no había olvidado. Entonces sabes mi nombre. Conocía su nombre, sí conocía. Muy bien, es tarde para ti, pero quiero saber la verdad, ¿me escuchaste?, es tarde para ti, pero quiero saber la verdad. Pagarás por lo que hiciste con mi hija. No era un mentiroso, recordaba lo que pasó con su hija. Así me gusta, ahora me dirás la verdad, ya has recordado, ¿has recordado?, ¿puedes hablarme? Con paciencia y desde el principio y cómo la conociste...

—¿Tú crees? —dijo el Mono Terry, un rostro pulcro de ralas barbas, relamiéndose las espumas de cerveza. A sus espaldas, gentes a oscuras bailaban en parejas y en grupos, el timbal de la orquesta a todo swing, alumnos del centro federado sacaban las tiras de colores del pabellón de Arquitectura.

—¿No lo ves, acaso? —respondieron las gafas gruesas, el bigotito pelirrojo, la voz todavía púber de Toñito Larco—. Míralo con la cerveza. Y el dedito meñique. Puta que es la cagada, en serio. ¿Parece que baila, o que flota? Yo creo que es cierto. Es más, se hacen los extrovertidos para que no los descubran. Y rodeado de hembritas, para colmo.

—¿Habrá corregido los exámenes? —se escuchó preguntar él.

—Chucha —dijo el Mono—. ¿Tenías que mencionar los exámenes? Chupa y baila como chibolo, no es justo. Pero a la hora de evaluar, un hijo de su madre.

—Un fiestero de película —dijo Toñito, la cerveza alzada, un cigarrillo en la boca—. ¿No te contaron? Después de la última clase, el ciclo anterior. Se los llevó a todos a su apartamento en el Golf, viejo, la clase entera bailando *Merecumbé*. Una fiesta que ni te cuento. Trago, hamburguesas, tiró la casa por la ventana.

—¿Por qué no le dices a tu viejo, Felipe? —dijo Toñito.

—Está bien ser marica. Lo que no tolero es el escándalo —dijo el Mono.

—¿A mi viejo? —rio él—. ¿Quieres que lo metan preso? ¿Que intervengan los senadores?

—Un oficio del padre Barton y sanseacabó —dijo el Mono.

—¿Pero será o no? —dijo Toñito.

—Se la come entera, viejo —dijo el Mono.

—Mira esas confianzas, además —dijo Toñito—. Hasta le pasan el hielo con las manos, las flacas. ¿Son nuevas? ¿Las conoces, Mono?

—Están en nuestra clase de Internacional —dijo el Mono.

—Son del Sagrados Corazones —dijo él.

—¿La más alta? —dijo el Mono—. Qué rica chola, Toñito.

—Me encantan las cholas —dijo Toñito—. Y el culo que tiene. ¿Habrá chupado?

—Apellida Espada —dijo el Mono—. Es del Sagrados, según recuerdo, o del Sofianos.

—¿Y las amigas? —dijo él—. No están en nuestra clase, Mono. ¿Colegio de mujeres? ¿Cómo se llama la chata?

—Chitón —dijo él.

—Ahí vienen —dijo el Mono.

—Doctores —hizo una venia medio chueca, como tambaleándose, el profesor Cerruti. Tenía la camisa manchada de cerveza y con trazos de grasa y papitas mordisqueadas, y gotitas de sudor que parecían brillantina o escarcha en la frente. Alzaba la voz entre los alumnos de primer año, el maestro de ceremonias al micro, despidiendo a la orquesta entre salvas de aplausos—. ¿Sería tan amable de convidarme un cigarrillo, Larco? Alumno Terry, buenas noches.

—Por supuesto, profesor —se cuadró Toñito—. Lo que guste, profesor.

—Justamente hablábamos de su clase, profesor —dijo el Mono.

—¿En la fiesta por el día de la universidad? —dijo el profesor Cerruti—. ¿Lo escucharon, muchachas?

—Hola —dijo él—. Estás en mi clase de Internacional, soy Felipe.

—El Derecho Internacional, solo de día —advirtió el profesor Cerruti.

—Sí te vi —dijo María del Carmen—. ¿Conoces a mis amigas? Alejandra y Charito.

—Un gustazo —dijo él—. ¿Llevan Internacional con Di Canio? Mis amigos, Toño y Mono.

—¿Así se llaman? —dijo el profesor Cerruti, tomando aire y con el pecho henchido, antes de eructar—: He visto mejores músicos. ¿Por qué se calló la orquesta? Terry, vaya y hable.

—¿Con la orquesta? —susurró muy bajo Toñito—. ¿Se puso a bailar? Está huascasa.

—Insiste en llevarnos con él —dijo Charito—. ¿Tú eres Toño o Mono?

—Toño —dijo Toñito—. El Mono es aquel. ¿Alexandra, cierto?

—Charito —dijo él, descubriendo su cajetilla—. ¿María del Carmen, fumas?

—No, gracias —dijo María del Carmen—. Quizás Alexandra. ¿Le digo?

—¿Qué cosa quiere decirme? —dijo el profesor Cerruti—. Hable claro, Terry.

—Charito —dijo Charito—. ¿Y por qué se calló la orquesta, sabes?

—Ya terminó el espectáculo, profesor —dijo el Mono.

—¿Tan temprano? —dijo Alexandra—. Fumé recién, Marita.

—Nos vamos, entonces —dijo el profesor Cerruti—. ¡A seguirla! ¿Quién viene?

—¿A su casa? —dijo Charito—. ¿En serio? ¿Con los tragos que lleva encima?

—Anímense —dijo Toñito—. Nosotros ponemos la movilidad.

—¿La movilidad? —dijo el Mono—. ¿Quién maneja, Toñito?

—¿Manongo? —dijo Toñito.

—Manongo —repitió él, tras haber corrido a la calle, los codos arremangados en la ventana de la camioneta. La interrupción de la música había precipitado la salida de los estudiantes. Un río de alumnos discurría a través de la puerta de ingreso, colmaba los paraderos de autobuses—. Ahorita vienen, estoy con el Mono y Toñito, y unas amigas de la facultad. Mándalo al cholo Campos a darse una vuelta. Necesitamos los sitios. Rápido, sin que te vea nadie. Creo que vamos a San Isidro con un profesor.

—¿Con un profesor? —dijo Manongo. Tenía un rostro sin arrugas, los ojos titilantes y jóvenes. Aunque rara vez se la ponía, estaba con la boina militar en la cabeza, la cicatriz cortada a la mitad por la ventana de lunas polarizadas—. ¿Son las de allá? ¿A San Isidro?

—Creo que sí —dijo él—. Por el Golf.

—¿Y cuántos son? —dijo Manongo.

—Con el profesor, siete —dijo él.

—Habrá que botarlo al cholo —dijo Manongo.

—Mándalo a dar una vuelta —repitió él.

—¿Y usted, va adelante? —dijo Manongo.

—No —dijo él—. A la que te señale, la mandas atrás.

—¿Más atrás todavía? —hipó el profesor Cerruti, ya en la avenida. Cruzaba en zigzag la fila de carros atorados en el tráfico, esquivaba los grupos de alumnos, tenía la camisa afuera y la corbata muy floja. Avanzaba sin alzar la mirada, los ojos fijos en el reloj de su muñeca—. Hay que parar un taxi. Terry, pare un taxi.

—No queda ni uno —dijo Alexandra.

—Son los primeros en irse, los músicos —dijo Toñito.

—¿Es necesario que los boten tan temprano? —dijo Charito.

—No es necesario —dijo el Mono—. Tenemos movilidad, profesor.

—¿Movilidad? —dijo el profesor Cerruti—. ¿Desde cuándo tiene movilidad, Terry?

—Desde que armaron la trifulca del año pasado, en el aniversario de Ingeniería —dijo Toñito—. Desde entonces los botan a las seis. ¿Ustedes saben dónde vive Cerruti? A este paso se quedará dormido en la camioneta.

—¿Son las de allá? ¿Son tus choferes? —dijo María del Carmen.

—Ni idea —dijo Alexandra.

—Más abajo —miró la calle el profesor Cerruti—. Ah, Alessandri, lo había olvidado. Con este gentío será imposible coger un taxi. ¿Podemos ir con su escolta? ¿Habrá sitio para todos?

—Eso creo —dijo él—. Mi papá es senador. La camioneta es para nosotros, en la otra van los soldados. Por cierto: ¿Te dicen María o Carmen? Increíble que recién te conozca.

—Prefiero Carmen —dijo María del Carmen—. Pero hay quienes me llaman Marita.

—Mi amiga Marita —la presentó él, tomándola del hombro—. Mi seguridad, Marita.

—Señorita Marita —se cuadró para saludar Manongo—. Joven Felipe.

—¿Este es el chofer? —dijo el profesor Cerruti.

—¿Por qué tiene metralleta? —dijo Charito.

—No te preocupes, es muy seguro —dijo Toñito.

—¿Qué le pasó en la cara? —dijo Alexandra.

—Estuvo en la guerra —dijo Toñito—. Los terroristas lo cogieron a chavetazos.

—Un héroe, indudablemente —dijo el profesor Cerruti—. Y a mí me encantan los héroes.

—Cómo no, profesor —dijo el Mono—. Le abro, profesor, cuidado se cae, profesor.

—Uy, qué engreído, voy adelante —dijo el profesor Cerruti.

—Un momento —Manongo se dirigió a Alexandra y Charito, y abrió la puerta de atrás. Vigilaba ambos extremos de la calle, sostenía en todo momento el cañón de su metralleta—. Usted no, señorita, disculpe.

—¿Yo no? —dijo María del Carmen.

—Por regulaciones, solo cuatro —cerró la puerta Manongo.

—La cajuela es espaciosa, Marita —dijo Felipe—. Ven, iremos acá.

—¿Entramos los dos? —preguntó María del Carmen.

—Aquí mismo —sonrió Felipe.

—¿No estamos muy apretados? —dijo María del Carmen.

—Ay, el sitio de honor —alzó las manos el profesor Cerruti, ni bien se abrochó el cinturón de seguridad—. ¿Y todo por cuenta del Senado? ¡Viva el partido, compañeros!

—¿Compañeros? —dijo Toñito—. A este paso, imposible que se quede dormido.

—¿A dónde, joven Felipe? —miró el espejo retrovisor Manongo.

—¡A San Isidro! —hipó el profesor Cerruti.

—Ahora mismo, Marita —dijo él—. Te ayudo, acomódate acá, cuidado tu mano.

—Gracias —dijo María del Carmen—. No sabía que la maletera tenía asientos.

—Y mira, posavasos —dijo él.

—Ni en un avión —se volvió a la maletera Toñito.

—¿Entonces? —dijo él—. ¿Estudiaste en el Sagrados?

—Correcto —dijo Manongo—. ¿Alguna música en especial?

—Salserín —dijo Charito—. O no, mejor una de Juan Luis Guerra.

—Eso me gusta más —dijo el profesor Cerruti, sosteniendo el artilugio que colgaba del espejo retrovisor—. ¿Es de la guerra? ¿Tiene el medallón de la Virgen?

—No —dijo María del Carmen—. Me matricularon en el Liceo del Ejército.

—Como a Charito —dijo Alexandra—. Juan Luis Guerra me encanta.

—¿Juan Luis Guerra? —dijo Toñito—. ¿Tendrás algún *cassette*?

—En el dorso de la guantera —dijo Manongo—. División Túpac Huallpa, me condecoraron con el medallón de la Virgen. Cumplí el servicio en la selva.

—Me gustan los selváticos —dijo el profesor Cerruti, haciendo tres con los dedos—. Hará un calor bestial, y esos ríos gigantes, y tantos animales lindísimos. ¿Participó en muchas excursiones?

—No te imaginas —extendió los *cassettes* Charito—. Tengo varios, pásaselos.

—Aquí los tienes —dijo Alexandra—. ¿Sabes si vamos a Miraflores?

—No sabía —dijo él—. El Mono estudió en el Liceo Naval.

—¿Tú eres del Santa María? —dijo María del Carmen.

—Precisamente —dijo Toñito—. Por la subida de Armendáriz.

—¿Y tendrá los exámenes en su casa? —dijo el Mono.

—Nada que ver —dijo él—. Fui al Newton.

—Al otro lado del mundo —dijo María del Carmen.

—Es lejos, sí —dijo Manongo—. Una zona difícil, pero tiene sus cosas buenas. El clima es delicioso, mucho calor hasta de madrugada, y mucha fruta, cerros de fruta, unos jugazos cada mañana, bien fresquitos. ¿Por qué lo pregunta? ¿A usted le interesa la guerra? ¿Trabaja en seguridad?

—Te va a escuchar, imbécil —dijo Toñito.

—Pero si se duerme, revisamos —dijo el Mono.

—¿Los exámenes? —dijo Alexandra—. ¿Llevan Internacional con él?

—Nunca jamás —dijo el profesor Cerruti—. Odio la guerra. No me gustan las armas ni la suciedad. Pero me gustan los militares. Hay algunos a los que el uniforme les queda pintadito, pero requetebién. ¿Cómo te llamas? ¿Cuánto mides?

—¿Cuánto mide? —dijo él—. ¿Escuchaste lo que le preguntó a mi seguridad? Creo que a Cerruti le gusta mi chofer. ¿O será que le gustan los cachacos?

—¿En qué estás pensando? —rio María del Carmen—. Con razón llegas tarde a clases.

—Será motivo para que me guardes sitio, cuando llegues temprano —dijo él—. Te he visto, eres chancona.

—¿Me has visto? —dijo María del Carmen.

—Escribes bastante, no te hagas —rio él.

—Ya quisiera —dijo el Mono—. No había sitio cuando quise matricularme con otros.

—Si es que me acuerdo... —dijo Manongo—. Hace tiempo que no me mido. Por cierto, soy el teniente Portillo. Un gusto ¿Su nombre? ¿Es académico?

—Lo soy, un poco —dijo María del Carmen, y se volvió a la ventana—. Pero me he descuidado este semestre. Oye, no veo nada a través de estos vidrios. ¿Tendrás hora? ¿Sabes cuánto falta?

—No mucho —dijo el profesor Cerruti—. Profesor en la universidad, nomás. Y el hijo del senador es mi alumno estrella. Oiga, y le permiten fumarse un cigarrito, tomarse una cervecita los viernes, mientras lo espera al muchacho. ¿Cómo se mantiene despierto?

—No siempre se puede —dijo Charito—. Aunque otros profesores suelen tener sitio. Di Canio, por ejemplo, tenía algunos cupos disponibles. ¿Lo conoces?

—Por supuesto, Marita —dijo él—. Las siete. ¿Por qué? ¿Estás preocupada? ¿Tienes permiso?

—Apenitas —se lamentó el Mono—. Cada vez es más conocido. ¿Tú lo conoces, Toñito?

—Casi nada —dijo Manongo—. Aunque un cigarrito, una cervecita, de cuando en vez. ¿Es esta Mariscal Sucre? ¿Estamos en la cuadra dos?

—Doble por la izquierda —dijo el profesor Cerruti—. Falta un poco, todavía.

—Muy poco —dijo Toñito—. Pero Di Canio los tiene jodidos también.

—Como a todos —dijo María del Carmen—. Me controlan un montón en mi casa.

—Mejor —dijo él—. Con los terroristas y el toque de queda, hay que cuidarse. Oye, pensarás que soy un aventado, pero puedo llevarte a tu casa.

—¿Hasta mi casa? —dijo María del Carmen.

—Me encantaría —dijo él.

—No faltaba más —dijo Manongo—. Me estacionaré en la esquina.

—Ahí mismo —repitió Cerruti—. Y no se me vaya a ir. Le bajaré una cervecita. ¿O un pisquito mejor?

—Mejor —dijo Manongo—. ¿Cigarros, tendrá?

—¿A cambio de qué? —sonrió María del Carmen.

—Uy —dijo él—. ¿De que me pongas al día en las clases?

—Tenemos un trato —dijo el profesor Cerruti.

—¿Y qué hago con mis amigas? —dijo María del Carmen—. Viven cerca, también.

—Por la derecha —dijo Manongo—. Cuidado con la puerta al bajar, viene carro.

—¿Más o menos por dónde? —sonrió él—. No creo que haya problema, si no viven lejos. Eso sí, una por otra.

Guárdame sitio cuando llegue tarde. Me caes bien. Quiero sentarme contigo.

—Así lo haré —dijo el Mono—. Como guste, profesor, fíjese en la vereda, cuidado.

—¿Qué piso es? —dijo Charito, en la mampara de la recepción.

—Creo que el tercero —dijo él, todavía en el coche—. Ahí voy, Marita, adelántate.

—¿Marita? —rio el Mono—. Ay, sí, Marita, ay, no, Marita, qué pendejazo.

—¿Por qué serás tan pendejo? —dijo Toñito—. Te la cachas.

—Cuando regrese Cristina, te quiero ver... —dijo el Mono.

—Después, después —sonrió él—. Llévatelo, Mono.

—Ven acá, Toñito —dijo el Mono—. ¿Y tú cuál quieres? ¿La chata?

—Las dos están ricas, Mono —dijo Toñito.

—¿Y sabes cómo cacharán? —se relamió los dientes el Mono.

—¿Las muchachas? —dijo el portero del edificio.

—Que pasen todos —dijo el profesor Cerruti.

—Ahí vamos —dijo el Mono.

—Vamos entrando —dijo Toñito—. Apura, Felipe.

—Ya los alcanzo —dijo él, y se volvió a la camioneta—. Estaremos un par de horas, Manongo.

—Es marica, su profesor —dijo Manongo—. Me habrá puesto el ojo, quiere que chupe.

—¿Y qué le dijiste? —dijo él.

—¿Usted qué cree? —dijo Manongo—. Aunque lo esperaré un ratito. Me ofreció cigarros.

Lo vio quieto, sereno, bajo el sol que quemaba los cañaverales, los escombros de los obreros en el canchón donde pensaban levantar el campo de fútbol. El Nicoya había retrocedido unos pasos. Tenía los labios abiertos, el rostro pálido y transpiraba. Algo en su postura, en la forma como alzaba los codos, la rodilla dispuesta hacia adelante, inspiró los recuerdos de Jingo. Había sucedido en la torrentera lluviosa del Mercado de San Camilo. ¿Hace cuánto? No recordaba, y tampoco el origen del griterío que sacudió el pasaje de ajíes y habas. Eso sí, bajo un sol cegador que quemaba los toldos, los puestos de las comadres bullían de mujeronas y chacareros pesados, campesinas ofrecían las artesanías y tejidos del valle del Colca. Racimos de perros sin dueño se refrescaban a la sombra de los matorrales, sobre pliegos de costales con cáscaras de frutas, huesos cascados. El Nicoya aceleraba el paso delante suyo. Supo que algo sucedía, sin embargo, cuando los rostros de los viandantes se volvieron a donde estaban, al unísono. Escuchó entonces los primeros reclamos. El viejo cruzaba el pasaje de hierbas, inciensos e infusiones olorosas. Corría alzando un billete azulado, con los cachetes inflados, embutido en un overol con manchas muy rojas, el escudo del sindicato de carniceros se perdía entre lamparones de sangre. Tomó al Nicoya del codo. Ahogándose y muchacho, muchacho, es falso este billete de cien, qué te pasa, me has querido engañar, muchacho. El Nicoya, sin embargo, no se inmutó. Siguió caminando como si nada, hasta que el carnicero lo cogió con mucha fuerza, y sin querer trastabilló sobre él. Las carnes frescas, los lenguados blanquísimos, las pechugas de pollo deshuesado que acababa de comprar fueron a dar en el fango, y los perros se los riñeron a mordiscos. Jingo advirtió el gesto de furia que se había apoderado del Nicoya, entonces. Yacía en el suelo embarrado, con gotitas de fango en los cachetes, los ojos muy abiertos, mordiéndose los dientes y con los puños arañados y rojos. Lo vio abalanzarse sobre el viejo con las garras alzadas, dando cabezazos, mordiscos, puñetes. Aquello duró varios minutos. Y cuando los serenos finalmente lograron separarlo —hicieron falta cuatro, y dos camioneros—, el carnicero sangraba de una ceja y los labios, y tenía el mandilito hecho jirones. El Nicoya mantuvo la boca cerrada en todo momento. Se negó a responder los ataques de los comerciantes que lo acusaron de embaucador, de pirañita. Tenía los cabellos apelmazados de sudor, tierra en la cara, los brazos y el pecho impregnados de agua turbia. ¿Se había puesto a llorar? Tenía los ojos muy rojos cuando, en completo silencio, rescató lo poco que dejaron los perros, unas bolsas con frutas y racimos de hierbas para mates.

Supo de todos modos que Abraxas había dicho la verdad, cuando el Nicoya lo dejó acercarse, sin dirigirle la palabra. El primer golpe impactó de lleno en su rostro. Jingo aguardó un instante, se alejó unos pasos previendo una respuesta, pero los ojos del Nicoya volvieron a inclinarse, desinteresados. El segundo golpe le arrebató una mueca de enojo, se cubrió el labio con el dorso de la muñeca, tenía sangre en la boca. Y al tercero, una nube de polvo los había desaparecido, se abrazaban dándose patadas y rodillazos y arañones, intentaban tumbarse resbalando, incapaces de prenderse los cuellos. El Nicoya peleaba sin convicción. Había retrocedido a pasitos, resollando. Intentaba defenderse con movimientos certeros, hasta que en una de esas que metió un derechazo, por cierto, que Jingo esquivó velozmente, bajó la guardia y encajó una patada, un rodillazo en la boca del estómago, y los nudillos como proyectiles impactaron en su nariz, al fin, la morena piel se fue al suelo, el cuerpo cayó como un tronco y de su cabeza brotaba sangre, cejas que se abrían, un crujido de nariz, luego un diente, dos, y mocos, cuántos mocos y más sangre, todavía. ¿Jingo iba a detenerse? El Nicoya había estirado un brazo, rebuscaba entre la tierra, palpaba con los dedos una superficie caliente y rugosa. Alzó la mano con fuerza y los golpes se detuvieron. El piedrón sorprendió a Jingo entre la mandíbula y la sien izquierda. El mareo que lo invadió entonces lo llenó de confusión, de ardores fríos, de ganas de vomitar. Al cabo de un instante, creyó escuchar que el Nicoya se levantaba, que se limpiaba el polvo de las piernas, que se alejaba despacio. Él siguió sin moverse. Tenía los labios contra la tierra, y sangre al interior de la boca. Era presa de un gran cansancio, y había perdido el sentido de la orientación, como si la tierra que lo sostenía diera vueltas bajo su cuerpo. Por momentos pensó que dormía, incluso, que soñaba. ¿Cuánto tiempo permaneció derribado? A lo menos cuatro o cinco horas. Mucho después, cuando todo estaba a oscuras, e intentó alzar los codos para levantarse, sintió unos dientes sobre la lengua, y escupió un moquillo muy negro, que le brotó del pecho como vómito. Quedó recostado, los ojos a medio abrir, incapaz de articular la mandíbula para pedir ayuda. Hasta que alguien dijo ahí estabas, carajo, ahí estabas.

¿Era Petronio? ¿Era Abraxas? Alguien le palmeó los cachetes, le quitó el pelo de la cara. Advirtió apenas los faroles del tráfico. Veía sombras sin forma, fugaces trazos que serpenteaban como luceros haciendo sonar bocinas y silbatos, y de pronto risas, alguien le hablaba al oído. ¿Lo estaban cargando? Arrastraba los pies por una superficie uniforme y plana, y pensó la pista. Una voz preguntó a dónde, y cuánto había tomado y si le iban a ensuciar los asientos. ¿No lo ves, caracho? Al hospital, volando.

—No me gusta ni un poquito, Cornelio —la mujer era alta y espigada, su vocecita aguda e inflexible. Cuando hablaba, agitaba los pliegues de su naricita como si olfateara todo con desdén. Vestía collares, alhajas y anillitos brillantes, una túnica le acariciaba los tobillos. Se había sentado en el brazo de la silla junto al escritorio, abanicándose el rostro con un ventalle español con motivos andaluces. Alzaba la mirada a través de la mampara del jardín.

—¿Vas a empezar con lo mismo? —dijo Cornelio Alessandri: ralos cabellos, canas en las sienes, gafas circulares con monturas de madera. Tenía el rostro fruncido en una expresión de cansancio, y bostezaba. Acodó ambos brazos sobre el escritorio—. ¿Los chismes, Esther? ¿No te cansas?

—Ningunos chismes —dijo la mujer—. Esa cholita nos traerá problemas.

—¿Qué cholita? —bajó la mirada Cornelio Alessandri—. ¿Por qué te expresas así? ¿Sabes siquiera lo que están haciendo?

—No tengo la menor idea y, a decir verdad, me importa poco —dijo él, secándose la frente húmeda, la espalda sudorosa, con las piernas sobre la cama, los pies en el remolino de sábanas que rozaba la alfombra. Agitaba nervioso los dedos. A través de las cortinas cerradas de la habitación, brillaba en una rendija el atardecer, las aguas pulcras de la piscina al otro lado del jardín.

—¿No tienes la menor idea? —dijo María del Carmen, sentada en el umbral descubierto, enrollada todavía en la toalla con que se había secado tras ducharse. Tenía la espalda humedecida por una capa de sudor brillante, los brazos extendidos y formando aspas, anudándose un moño con una liguita—. Te lo repito, entonces. ¿Por qué actúas de una manera, y después todo lo contrario?

—¿Esperas que responda esa pregunta, Esther? —dijo Cornelio Alessandri, vuelto sobre el escritorio, la pipa en el aire.

—¿Cuánto tiempo estamos en lo mismo? —insistió la mujer.

—No lo sé —dijo Cornelio Alessandri—. ¿Has contado los días?

—Dos meses —dijo la mujer—. Dos meses que la vemos a esta fulana, que en nuestras propias narices comete sus fechorías. Ser partícipes de esto... nada más de pensarlo, se me cae la cara de vergüenza.

—¿Cuáles fechorías, Esther? —dijo Cornelio Alessandri.

—¿Has nacido ayer, hijito? —dijo la mujer.

—Te lo repito: no tienes cómo saber lo que hacen —dijo Cornelio Alessandri.

—Me basta con verte en la clase —comenzó a vestirse María del Carmen.

—Ya te dije, en la universidad me da cosa —dijo él, aún recostado en la cama.

—Pero es como si no me conocieras, y siempre haces lo mismo —dijo María del Carmen.

—¿Siempre hago lo mismo? Si solo pasó una vez, y no te había reconocido —dijo él.

—¿Cómo no? Si pasé al lado tuyo —dijo María del Carmen.

—Había doscientas personas, Marita —dijo él.

—¿Ah sí?, porque en la universidad dicen otra cosa —dijo María del Carmen.

—¿Tus amigas? —dijo él—. ¿Qué cosa dicen? Puros chismes.

—La pura verdad, más bien —palmoteó la mujer—. No intentes tapar el sol con un dedo, Cornelio. En nuestras propias narices, ahorita mismo, están encerrados en la casa de visitas. Y tú tan tranquilo. Te lo advierto, tu descuido nos saldrá muy caro.

—¿Mi descuido? —dijo Cornelio Alessandri. Había vuelto a escribir en el escritorio, ambos codos sobre la mesa, la pipa humeando en su rostro—. ¿Por qué mi descuido? Estarán estudiando, Esther, eres malpensada.

—¿Estudiando? —dijo la mujer—. ¿Con la puerta de la casa con llave? ¿Y las cortinas cerradas?

—Obviamente —dijo él—. No necesitamos a nadie más. ¿Para qué decirle a la gente?

—Olvídate de la gente —dijo María del Carmen—. La realidad es que no quiero seguir en lo mismo. No solo en la universidad, incluso en tu casa, siento que me escondes, que no quieres que me vea nadie. Me haces entrar por el garaje, las luces todas apagadas. Y te resistes a conocer a mis padres, y a venir con mis amigas al cine. La otra vez me miró horrible tu mamá.

—Y se va a dar cuenta, Esther —se levantó Cornelio Alessandri, intentó alejar a su esposa de la mampara—. Sal de ahí, vamos. ¿Qué culpa tiene la muchacha, Esther?

—Ninguna —sonrió la mujer—. Si esas cholitas no tienen culpa de nada, son unas mosquitas muertas. Y no me quieras sacar de aquí, te lo advierto. Cuando se trata del futuro de mi hijo, hago lo que me da la gana. No me pongas un dedo encima, papito.

—Okey, okey —dijo Cornelio Alessandri—. Iré a verlos en un momento, pero no grites.

—¿No te das cuenta de que es otro, caracho? —dijo la mujer.

—¿Felipe? —dijo Cornelio Alessandri—. ¿Por qué lo dices? ¿Lo notas cambiado?

—Para nada —dijo él—. Solo que se ha puesto pesada, no sé por qué.

—Es obvio que no me quiere —dijo María del Carmen.

—No es eso —dijo él—. Mi mamá no se hace problemas, te juro.

—¿Entonces qué tiene? —dijo María del Carmen.

—¿Será que piensa en Cristina? —dijo él.

—¿Y acaso tengo la culpa de que hayan terminado? —dijo María del Carmen.

—Muchísimo —dijo la mujer—. Desde que mandaron a Cristinita a estudiar a Europa, se nos metió esta en la casa. ¡Y andará oronda! ¡Colmada de lujos! Si parece la dueña.

—Por favor, no grites —imploró Cornelio Alessandri—. Te va a escuchar el servicio, Esther.

—Vuelves a pedirme que no grite y te pego un cocacho —alzó el abanico la mujer—. ¿Acaso no vives en esta casa? No para de salir a la calle, Felipe. Se pasa horas frente al espejo, haciendo caras, muecas de cantantes. Sale todos los viernes hasta tardísimo. Y en una nube de perfumes, Cornelio. No abre la boca en los almuerzos, y ha dejado de confesarse con el padre Barton. ¿Hace cuánto comenzó esta historia? La fulanita está en la casa todos los fines de semana, hace meses. Esto tiene que parar. Tienes que hacer algo.

—Es un muchacho, qué quieres que haga —dijo Cornelio Alessandri, volviendo al escritorio—. Cuando Cristina regrese, volverá todo a la normalidad.

—¿Y vamos a cruzarnos de brazos? —dijo la mujer—. ¿A permitir sus engaños?

—¿Qué engaños, Marita? —dijo él.

—¿Has terminado con Cristina? —dijo María del Carmen.

—¿Otra vez? —dijo él—. Me lo has preguntado mil veces.

—No nos consta que sea un engaño, Esther —dijo Cornelio Alessandri, casi sin prestarle atención, concentrado en la correspondencia apilada en el escritorio—. Hablas en base a chismes, a cuentos. ¿Y si son compañeros de la universidad? ¿Te has puesto a pensar? ¿Y qué si están haciendo un trabajo?

—Ay, por favor —devolvió la mujer—. ¿Todos los fines de semana, Cornelio?

—Esther... —pareció claudicar Cornelio Alessandri—. ¿Y qué si quiere divertirse? Déjalo, es un muchacho.

—¿Con esa? —dijo la mujer—. ¿Es que no le has visto la cara? Vergüenza debería darte.

—¿Qué tiene? Es una compañera de la universidad —dijo Cornelio Alessandri.

—Y hasta en la universidad haces como si no me conocieras —dijo María del Carmen—. ¿Tú crees que estoy feliz con lo que hacemos? ¿Que me gusta andar a escondidas? He dejado de sentirme especial, perdóname. Puedes tomarte todo el tiempo que quieras. Aclara tus ideas, habla con tus padres, dime cuando se hayan convencido.

—No es tan fácil —dijo él—. Ya lo sabes, quieren que me case con Cristina.

—Entonces cásate con ella, si no te atreves a decirles —dijo María del Carmen.

—No quiero casarme con ella —dijo él—. Ya conoces la historia. Solo necesito un poco de tiempo, Marita. Quiero quedarme contigo. Te lo he dicho mil veces.

—Y lo repetiré mil veces más —dijo la mujer—. No la quiero en mi casa, Cornelio. Y si no se lo dices tú, esa huachafita me va a escuchar. No la quiero ver por aquí. ¿Entendiste, Cornelio?

—Se te está subiendo la presión, Esther —dijo Cornelio Alessandri—. Siéntate, por favor. Pediré una manzanilla.

—Ninguna manzanilla —lo cortó la mujer—. ¿Tú has criado a un mentiroso? ¿A un mujeriego?

—Ningún mujeriego —dijo Cornelio Alessandri—. Estoy seguro de que son amigos, nada más.

—¿Y qué piensas decirles a Panchito y Astrid cuando se enteren? —dijo la mujer.

—¿Qué tienen que ver los padres de Cristina en esta historia? —dijo Cornelio Alessandri.

—Ninguna historia —dijo María del Carmen—. Estoy siendo totalmente honesta. ¿Esperas que esto continúe como si nada? ¿Te das cuenta de lo que significa para mí? No podemos seguir de esta manera, pareciera que hiciéramos algo malo, prohibido, todo el tiempo. Eres una persona cuando estamos solos, y otra distinta después. Estoy harta de sentirme así, como una mentirosa, como una escondida.

—No todo es tan malo —dijo él—. La otra vez hablaste con mi papá, y normal.

—Apenas me saludó, ni me preguntó cómo me llamaba —dijo María del Carmen.

—Y aun así me das dolores de cabeza, Esther —dijo Cornelio Alessandri.

—Es que la pobre me parte el corazón —gimoteó la mujer—. ¿Te imaginas el esfuerzo de Astrid y Panchito? ¿Mandarla a Cristinita al extranjero para esto? ¿Para que la engañen con la primera que aparece? Cuando descubran las travesuras de tu hijo, cuando esto se sepa, Cornelio, seremos la comidilla de todo Lima, este escándalo te hará mucho daño, marca mis palabras. Puede complicarte hasta en el Senado. Panchito está lleno de contactos, y ni te digo Astrid. Prométeme que hablarás con él, sé bueno. Si me lo prometes te dejaré tranquilo, para que resuelvas los problemas de Manongo.

—Es eso lo que me tiene cabezón, Esther —dijo Cornelio Alessandri, frotándose el tabique nasal con las yemas de los dedos.

—¿Manongo? —dijo la mujer—. ¿Sigue con sus locuras?

—¿Tú qué crees? Necesitan tiempo los tres —dijo María del Carmen—. Tu mamá, tu papá, incluso tú, Felipe.

—Ven —dijo él, y posó una mano sobre su hombro—. No te pongas así, Marita.

—¿Qué hora es? —se volvió a la puerta María del Carmen.

—Ven —repitió él—. Todavía tenemos tiempo. Acurrúcate aquí.

—Me voy —dijo María del Carmen—. No quiero meterme en problemas. Es horrible, no sé qué decirle a mi mamá cada vez que llego tarde a comer. Y ni te digo mi papá. Si supiera lo que estoy haciendo me coge a cachetadas.

—A cachetadas habría que agarrarlo —dijo la mujer.

—No estoy bromeando —dijo Cornelio Alessandri—. Lo que le pasa es muy serio, Esther.

—¿Crees que está enfermo de verdad? —dijo la mujer.

—Está muy enfermo, sin lugar a dudas —dijo Cornelio Alessandri.

—¿Y por qué no lo reportas con sus superiores? —dijo la mujer.

—¿A Manongo? —dijo Cornelio Alessandri—. ¿Me estás pidiendo que lo acuse?

—Si la guerra lo ha vuelto borracho —dijo la mujer—. ¿O ahora eres psicólogo, hijito?

—¿Para que le den de baja? ¿Para que lo pasen al retiro? —dijo Cornelio Alessandri—. Estas cosas no se hablan en las Fuerzas Armadas.

—Nada de eso —dijo él—. Solo te pido unas semanas, es todo. ¿A dónde vas? ¿Mi mamá te contagió la locura? Espera un poco, te acompaño a la puerta.

—¿Siguen ahí tus papás? —se acercó a la ventana María del Carmen.

—Están conversando en el estudio —dijo él, poniéndose la camisa.

—Vamos, no quiero despedirme —salió al jardín María del Carmen.

—Y sus compañeros lo han corroborado —dijo Cornelio Alessandri—. Como si fuera un loquito, Esther. No duerme, a veces incluso no come, ya son varios los que lo han encontrado tomando cuando dice que le duele la barriga y no baja a almorzar. Y se despierta por las noches con pesadillas, gritando. La guerra le ha hecho mucho daño.

—¿Crees que haya matado, Cornelio? —dijo la mujer.

—¿En la guerra? —dijo Cornelio Alessandri—. Habrá hecho de todo, mujer.

—Ay, la Virgen... —se persignó la mujer, y se volvió a la mampara—. A ver, mira... acércate, Cornelio. Acércate para que veas de lo que hablo.

—Joven Felipe —se cuadró ante la camioneta Manongo.

—Manongo, un favor —susurró él.

—¿A dónde, joven? —se anticipó Manongo.

—A mi casa —dijo María del Carmen, y subió a la camioneta.

—Llévala —dijo él—, pero cuidado, que no sepa mi madre.

—Cómo no, joven —dijo Manongo—. Aguardaré un instante, mejor.

—¿Estás viendo? —dijo desde la mampara la mujer—. ¿Qué te dije? Es engreída, la chola.

—Esther, no hagas esos comentarios, te lo advierto —dijo Cornelio Alessandri.

—Y haré peores —dijo la mujer—. Si no hablas con tu hijo, haré peores.

—¿Salió la camioneta? —dijo Cornelio Alessandri—. ¿Quién la está llevando?

—Manongo —dijo la mujer—. Los dejo solos, ahí viene. Estas son cosas de hombres, Cornelio, no quiero meterme. Pero no me dejas opción. Si no haces nada, tendré que hablar yo misma con la muchacha. Y ya sabes que no tengo pelos en la lengua. Ahórrale esa vergüenza, te lo imploro.

—Sube, Esther —dijo Cornelio Alessandri, acercándose a la puerta del estudio. Aguardó, entonces, unos minutos. Asomó el rostro al corredor—: Ah, Felipe, eres tú.

—¿Dónde está mi mamá? —dijo él, y entró al estudio.

—¿Ya se fue tu amiga? ¿Podemos conversar un minuto? —dijo Cornelio Alessandri.

—¿No estabas con mi mamá? —dijo él—. ¿Qué le pasa? ¿Has visto cómo nos miró?

—Déjala —dijo Cornelio Alessandri—. Ya conoces a las mujeres, joden por cualquier cosa.

—Me hace pasar unas vergüenzas —dijo él—. Parece loca, dile que se tranquilice.

—¿Y quién es esta muchacha? —dijo Cornelio Alessandri, buscando el tabaco en el cajón de su escritorio—. La vemos todos los fines de semana, la llevan los choferes como si fuera una princesa. ¿Es eso? ¿Te estás jugando tu compromiso con Cristina, mocoso? ¿Qué harás cuando regrese?

—¿Estás loco? —dijo él—. Es una amiga, mi mamá como siempre exagerando.

—Igual —dijo Cornelio Alessandri—, Lima es una olla de grillos, tu mamá no tiene la culpa. Ten cuidado en la universidad, con los profesores, con las amigas de Cristina. No te diré nada más. Tú me conoces mejor que nadie. Y sabes que yo te entiendo, hijo. Uno sale con varias, se divierte con varias. No se casa con varias, más bien.

—¿Cree que me voy a casar? —rio él—. ¿Es una broma? ¿Eso te ha dicho mi mamá?

—No es ninguna idiota, tu madre —dijo Cornelio Alessandri, la voz firme, un gesto de seriedad en los ojos—. Todo lo contrario, tiene un olfato muy bueno. Y un error, eso sí que podría costarnos. Tu compromiso con Cristina es sólido, hijo.

—¿Cómo podría cometer un error? Soy discreto, papá.

—Es mejor que lo hagas en la casa, estoy de acuerdo.

—Por eso mismo la traigo —dijo él—. ¿Cómo podrían verme? La traen y dejan los choferes. En la universidad ni la miro. Ni sus amigas tienen idea.

—No lo sé —suspiró Cornelio Alessandri, y aspiró el tabaco de su pipa—. Pero las mujeres son taimadas. Y no me mires con esa cara, sabihondo. Ya aprenderás con los años. Las mujeres se las saben todas, escúchame bien, se las huelen todas, están a años luz de nosotros. Y especialmente estas fulanas. ¿Qué crees que hacen cuando ven plata? Hijos.

La entrada del hospital estaba regada de visitantes y muchachitos que ofrecían fotocopias y mujeres carretilleras con sus menús a seis soles. Viejecitos envueltos en frazadas, mujeres desorientadas en polleras, enfermeros con cofias azules fumando cigarrillos, copaban la explanada sin sol de la avenida Salaverry. Silvia se abrió paso entre la maraña de hombres y mujeres que aguardaban ante el portón de la farmacia central. Pidió permiso a una mujer de rostro muy pálido que se cubría la cabeza con un pañuelito de flores, y alzó la mirada. Eliseo Salazar aguardaba en la calle.

—Señorita —se tocó la visera del quepis con el pulgar y el dedo índice—. Vine tan pronto como pude. ¿Quiere que vayamos al café de la esquina? ¿O prefiere que conversemos aquí?

—Como guste... —dudó Silvia, vigilándose los hombros—. No sé si sea cierto, disculpe, pero tenía que decírselo a alguien. No está en las noticias.

—¿Qué cosa no está en las noticias?

—Lo que hicimos el otro día —dijo Jerónimo.

Yacía en una camilla angosta del pabellón de emergencias. Del cuello para arriba, parecía una momia. Tenía la cabeza vendada, los ojos acuosos, la nariz colorada y con esparadrapos. El atado de las vendas hinchaba sus mejillas a la altura de los pómulos. Una impresión nostálgica se había apoderado de sus ojos, que lucían muy tristes, incluso cuando sonreía.

—¿Y si es todo una mentira? —dijo Silvia, como si hablara a solas—. Es que estaba anestesiado, pero las cosas que dijo, me dejó preocupada.

—¿Quién? —dijo Eliseo—. ¿Este muchacho? ¿Es su amigo?

—Sí —dijo Silvia—. Tuvo un accidente, y mencionó al señor Alessandri.

—¿A Alessandri? ¿A Felipe Alessandri?

Jerónimo no respondió, aguardó un instante, mientras la enfermera le tomaba el pulso.

—¿De dónde crees que saqué el dinero, tontita?

—Silencio —dijo Silvia—. Estás alucinando, Jerónimo.

—Nada de eso —dijo Jerónimo—. El viejo lo secuestró, por su hija.

—No le haga caso —dijo Silvia a la enfermera, ruborizándose—. Está pasado por la anestesia.

—¿Por la anestesia? —dijo Eliseo—. ¿El muchacho estaba dopado mientras le contaba estas cosas?

—Tuvo un accidente, y yo quería que se calle —dijo Silvia—. Pero siguió refiriéndose al viejo, dijo que el viejo lo hizo, que el viejo planeó el secuestro.

—¿Qué viejo? —intentó aclararse Eliseo—. ¿Qué tiene que ver Alessandri en esta historia?

—Máximo Espada —dijo Silvia—. No lo sé, quizás le estoy haciendo perder el tiempo.

—Te lo juro por mi madrecita —se incorporó Jerónimo—. A su hija la mataron.

—¿Qué hija? —dijo Silvia—. Si sigues diciendo tonterías me voy.

—Se llamaba María del Carmen —balbuceó Jerónimo, los labios brillando.

—¿María del Carmen? —tembló Eliseo—. ¿De dónde sacó ese nombre, señorita?

—Es la hija del viejo —repitió Jerónimo—. Yo pensé que era broma. Te lo juro que pensé que era broma, Silvia. Pero me di cuenta muy tarde. Lo tienen en Cieneguilla.

Eliseo entornó los ojos, y se quitó pensativo el quepis. Tenía los cabellos adheridos a la frente y, aunque era muy joven, ralos mechones de canas sobre las orejas. Se secó el sudor con una tira de papel higiénico que llevaba enrollada en el bolsillo.

—A ver si le entiendo —alzó las manos, tratando de orientarse—. Este muchacho Jerónimo, que según veo está enfermo, o con algún tipo de anestesia, ¿le dijo que Máximo Espada ha secuestrado a Felipe Alessandri? ¿Y que lo tiene en Cieneguilla?

—Le pagaron un montón por hacerlo —dijo Silvia.

—¿Y tiene usted alguna prueba que sustente esta afirmación? —dijo Eliseo.

—¿Alguna prueba? —dijo Jerónimo—. Lo hice con mis propias manos, Silvia.

—Te he dicho que me voy —amagó con levantarse Silvia; aunque, muy bajito, añadió—: Si ni siquiera está en las noticias, Jerónimo.

—Prende la televisión —dijo Jerónimo, y le tembló la voz—. ¿Y si lo han machucado? ¿Y si ya lo mataron? Te juro que no quise hacerlo, Silvia. Pensé que bromeaban, hasta que vi la maletera.

—¿La maletera? —dudó Eliseo—. Le entiendo apenas, señorita, sabrá disculpar.

—¿Y por qué no está en las noticias? —dijo Silvia, alternando con el control de la tele.

—Cambia, cambia —dijo Jerónimo—. Estará en los noticieros. Pon el cuatro.

—Efectivamente... —coincidió Eliseo—. De ser cierta la información, estaría en los medios.

Silvia suspiró, aliviada:

—¿Será mentira, usted cree?

Una salva de aplausos llegó desde la explanada rebosante de gente, interrumpiendo la conversación. Un médico vestido con delantal blanco gesticulaba con las manos alzadas ante un grupo de enfermeras y enfermeros. Leía un pliego acartonado con un silbato entre los dedos. Una de las mujeres que lo escuchaba tenía un altavoz bajo el brazo.

—Me temo que una parte es real —dijo Eliseo—. Seguí adelante con mis investigaciones, y resulta que Felipe Alessandri había tenido antecedentes. Máximo Espada lo acusó hace mucho tiempo de haber tramado el asesinato de su hija... —hizo una pausa, bajó los ojos, se cruzó de brazos—. También es verdad que la muchacha se llamaba María del Carmen. Conozco apenas el caso, por supuesto, pero según tengo entendido Espada pensaba que habían tenido algún tipo de romance, un noviazgo, a meses de que Alessandri se case con su actual esposa. La acusación, sin embargo, quedó en nada.

—¿Entonces lo hizo? —dijo Silvia.

—¿Qué más le dijo el muchacho? —frunció el ceño Eliseo.

—Que lo amarraron a una silla con esposas —dijo Silvia.

—¿Y le dijo donde lo tienen? —preguntó Eliseo.

Pero Jerónimo volvió a quedarse callado. Tenía la mirada fija en el corredor de mayólicas verdes, por donde pasaban enfermeros veloces, doctores que discutían análisis, imágenes de laboratorio. El rostro de Abraxas asomó tras el biombo grueso que cubría la camilla. Cargaba la mochila del colegio, un tomatodo en la mano, aún con el uniforme tras salir de clases.

—¿Abraxas? —dijo Silvia.

—No lo vas a creer —dijo Abraxas.

—No para de decir locuras —dijo Silvia.

—Me manda el Nicoya, Jingo —dijo Abraxas.

—Ni te atrevas a pedirme perdón en nombre de esa mierda —dijo Jerónimo.

—Nada que ver —dijo Abraxas—. Me pidió que te entregue esto.

—¿Es la dirección de la casa? —anotó la información Eliseo.

—Espero que no encuentre nada —dijo Silvia.

—Descuide, revisaré —sonrió Eliseo.

—¿Irá ahora mismo? —dijo Silvia.

—En este momento —chasqueó los labios Jerónimo—. Te me largas, Abraxas.

—Calla, huevas —dijo Abraxas, descolgándose la mochila.

—¿Qué haces? —dijo Jingo—. ¿Qué has traído?

—¿No lo ves? —le brillaron los ojos a Silvia cuando Abraxas sacó los paquetes—. Es un montón de plata. ¿De dónde la sacaste, Abraxas?

—¿De dónde, Jingo? —susurró Abraxas—. El Nicoya dice que lo siente, y que aquí tienes tu parte por lo del otro día. Ah, y pregunta cómo sigues. Está tristísimo por haberte sonado.

—¿La playa? —dijo María del Carmen, aún con esperanzas, tierna la voz, las manos enlazadas al vientre. La camioneta se abría paso a través de la trocha ondulante y abrupta de las playas del sur. Un sol muy blanco brillaba en el cielo regado de gaviotas. Estaba despejado, y sin gente. Apenas soplaba la brisa—: ¿Es cerca la casita?

—Bajemos —dijo él, con ojos de miedo. Se había mantenido muy callado desde que salieron de San Isidro. Y, a pesar de la arena cálida, y de la canasta que habían preparado para el día de mar, vestía un saco largo que le llegaba hasta las rodillas, y usaba botines. Cubriendo con su cuerpo la cerradura, puso llave a la camioneta—. Oye, escúchame, tenemos que hablar.

—¿Qué ha pasado? —dijo María del Carmen—. ¿Es cerca? ¿Seguiremos a pie?

—Cristina regresa el lunes —dijo él.

—¿Cristina? —repitió María del Carmen.

—Me acabo de enterar esta mañana —dijo él, muy bajito.

—¿Cristina? —insistió sin moverse María del Carmen—. ¿Tu exnovia? ¿Esa Cristina?

—Espero de todo corazón que me perdones —dijo él.

—¿Perdonarte? ¿Por qué tendría que perdonarte? —dijo María del Carmen.

—Por lo que te dije la semana pasada —dijo él—. Tienes que olvidar lo que te dije la semana pasada. Todo, absolutamente. No podemos tener ese hijo.

—¿Qué quieres decir? —palideció María del Carmen.

—No podemos tener ese hijo, Marita —dijo él.

—¿Para eso me trajiste hasta aquí? —dijo María del Carmen.

—Me he encargado de todo —dijo él—. Serás bien cuidada, lo hará el doctor de mi padre.

—Nunca jamás en mi vida —dijo María del Carmen.

—Voy a casarme con Cristina —dijo él, vocalizando cada palabra, muy lentamente—. Voy a casarme con ella. Debes ser razonable. No dejes sin padre a ese niño.

—Debí haberlo sabido —devolvió María del Carmen, y todo su cuerpo tembló—. Desde el principio, mentías. Me engañaste desde que nos conocimos. Eres un miserable, un perro asqueroso.

—Nunca fue mi intención —dijo él—. Pero no romperé mi compromiso con Cristina. Entiéndeme, te lo ruego. No es fácil para mi decirte esto. Pero ese hijo, no lo sé, tú mejor que nadie sabes que fue un accidente. Me dijiste que te cuidabas. Que estabas segura.

—¿Yo mejor que nadie? —dijo María del Carmen—. ¿Es mi culpa? ¿Eso quieres decir?

—Nunca diría algo así —respondió él, los ojos en la arena—. Tu embarazo fue culpa de ambos. Pero yo tengo la solución, y eso es lo que importa ahora mismo.

—No puedo creer que me estés diciendo estas cosas —susurró María del Carmen—. Dime que es una broma, te lo ruego.

—¡Sé razonable, por favor! —dijo él—. No estamos para ser padres, carajo. Tienes una vida por delante, y estoy dispuesto a lo que sea para complacerte. Pídeme lo que quieras, jamás te faltará dinero.

—Maldito —dijo María del Carmen—. ¿Te estás escuchando? ¿Quieres que aborte?

—Ese hijo arruinará tu futuro —dijo él, endulzando la voz—. ¿Qué te dirán tus padres? La vergüenza que sentirán, imagínalo. No les hagas ese daño, te lo imploro. Estoy tratando de ser honesto, de actuar como un caballero. Te digo la verdad desde ahora: ese niño no será nada mío, nada en absoluto. Lo criarás huérfano, lo sumirás en la vergüenza de no tener padre, un apellido. Lo negaré a todo el mundo.

—Nunca abortaría —dijo María del Carmen—. Y si tú no quieres reconocerlo, pues ni modo, será mío, y de toda mi familia.

—¿De toda tu familia? —dijo él, fingiendo una risa.

—No quiero escucharte —se tapó las orejas María del Carmen.

—Te harán abortar, idiota —la cortó él—. ¿En qué mundo vives? Con tu familia obtendrás exactamente lo mismo, solo que dañando a los que más quieres. No entiendo por qué no razonas, maldita sea, usa la cabeza que tienes. Olvídate de Cristina, olvídate de mí. Piensa en tu vida. ¿Qué harás con un hijo en la universidad? Perderás tu carrera, tendrás que ponerte a trabajar de cualquier mierda, ningún hombre volverá a verte. Por eso te digo: tu familia te hará abortar. No permitirán que te jodas.

—Por favor... —sollozó María del Carmen, sus manos temblando, intentando secarse las lágrimas—. Ya basta. No menciones a mi familia. No conoces a mi familia.

—Estás confundida... —dijo él, y bajó la voz, tomándola del hombro—. El embarazo te ha cambiado las hormonas, es normal que sientas tristeza, es normal que no sepas qué hacer.

—No me toques, por favor—dijo María del Carmen.

—Solo quiero ayudarte —dijo él—. Por eso mismo, he pensado por ambos, me he encargado de todo. Lo hará el mejor médico de Lima. Y, es más, si quieres pon un precio, pagaré lo que sea. No creas que no lo entiendo, he sido una mierda contigo, no sabía que Cristina volvía tan pronto. Tienes que perdonarme.

—Me dijiste que no la querías, carajo, maldito —dijo María del Carmen—. Me mentiste desde el principio. ¿Y te atreves a mencionar a un doctor? Nunca jamás confiaré en ti. Eres la peor mierda.

—Es que ahora es mi vida la que está en juego —dijo él, extendiendo muy alto las manos—. Si tienes a ese hijo, no solo te habrás suicidado, me habrás matado a mí también, habrás acabado con mi vida. Es eso lo que no entiendes. ¿Por qué insistes en destruirme? ¿Te traté mal en algún momento? ¿Arruiné tu vida o te hice daño a propósito? Ambos disfrutamos lo que pasó. Y me dijiste que te cuidabas, carajo, no me explico.

—Me has fregado la vida —dijo María del Carmen, cubriéndose la boca y la nariz.

—Eres tú la que me has fregado —dijo él, endureciendo la voz—. ¿O crees que soy imbécil? Chapamos el primer día que hablamos. ¿Y ahora lloras como una santa? Pendeja, tú planeaste todo esto.

—Ya basta —se levantó María del Carmen—. Quiero irme ahora mismo, llévame a Lima.

—No te llevaré a ningún lado... —tembló él, y se llevó las manos al rostro—. Puta, te lo ruego por lo que más quieras. Conversa conmigo. No vine a pelear.

—Me estás tratando como a una perra —dijo María del Carmen—. No quiero verte nunca.

—Es que estás asesinándome, mierda —dijo él.

—¿Yo te estoy asesinando? —dijo María del Carmen.

—Abre los ojos —dijo él—. No sé en qué idioma decírtelo, por el amor de Dios.

—¡He dicho que quiero irme! —rugió María del Carmen, e intentó abrir la camioneta.

—Nos joderás a todos... —insistió él, como si hablara a solas—. A mis padres, a los tuyos. ¿Y para qué? En dos horas podemos resolver el asunto, sin que nadie se entere. Es el mejor médico de Lima, maldita sea. Y te ofrezco cuarenta, cincuenta mil dólares, lo que tú digas para rehacer tu vida, irte a donde quieras. Acéptalo como muestra de mi arrepentimiento, estoy desesperado.

—Quiero irme —repitió María del Carmen—. Abre la puerta, llévame a la carretera.

—¿A la carretera? —se levantó él, y subió a la camioneta—. No te llevaré a ningún lado.

—¿A dónde vas, Felipe? —dijo María del Carmen, los ojos muy grandes y rojos.

—Si quieres joderme... —dijo él, y tragó saliva—. Si quieres joderme, pendeja.

Las callecitas de muros agrietados permanecían todavía a oscuras, bajo la atmósfera gris de la madrugada. El general Cabanillas atravesó el anillo de la segunda etapa, el más empinado de San Cosme, cuando el aire comenzó a faltarle. Hizo un alto en una cevichería cuyos muros estaban pintados con semblanzas del Alianza Lima. Decidió continuar camino arriba, pendiente de sus pasos solitarios, convencido de que el edecán había cumplido sus órdenes al pie de la letra: subiría a solas, permanecería estacionado en el pasaje Velasco. Reconoció entonces la vivienda de paredes desportilladas, un crucifijo en la puerta, la ventana percudida que daba a la calle. Tocó suavemente. Un rostro emergió tras las cortinas.

—Mi general —abrió Manongo, tragando saliva.

—¿Así me recibes? —sonrió Cabanillas, mirándolo de pies a cabeza.

—Disculpará usted —se cuadró Manongo, el pecho desnudo, el pantalón sin abrochar. Tenía el vientre regado de estrías y cicatrices amarillas—. ¿A qué debo el placer de su visita?

—Hazte a un lado, tenemos que hablar.

Manongo cubrió la puerta.

—No aquí, señor.

—¿Por qué no?

—Tengo visitas.

—¿Quién? —dijo Cabanillas.

—Una mujer —vaciló Manongo.

Cabanillas encendió un cigarrillo.

—Vístete, daremos un paseo.

Manongo tardó unos instantes en regresar. Se vistió con una chaqueta de lana, llevaba los zapatos sin medias. Cerró la puerta de lata sin hacer bulla. Y el general retomó el ascenso por los estrechos pasajes de San Cosme.

—No tengo nada más que añadir, señor —aseguró a sus espaldas Manongo—. El doctor Felipe me comunicó que iba a dejar el país, y que tendría dinero suficiente para pasarme unos años sin trabajar. Pero todavía no he hecho los arreglos para volver a mi pueblo. Ni he recibido un centavo.

—¿Sabes que colabora con la Fiscalía? —dijo Cabanillas.

Manongo se rascó la nuca.

—De eso no me habló, general.

—No hace falta que mientas —dijo Cabanillas—. El plan que te propuso está muerto.

—¿Muerto? —dijo Manongo—. ¿Cómo muerto?

Un terral desocupado entre dos viviendas vigilaba, como si se tratase de un mirador a la vera de un abismo, las cúpulas y palacios del centro de Lima. Cabanillas se desvió en esa dirección. Esquivaba la trocha con gran dificultad, apoyado del brazo de Manongo para no caerse. Enfrentado al vacío, descansó con un pie en una piedra.

—¿Hace cuánto que nos conocemos?

—¿Mi general? —dijo Manongo.

—Corrígeme si me equivoco... —dijo Cabanillas—. Pero con la cocaína del Huallaga hiciste una labor excelente. Llamaste mi atención en la primera visita a la Túpac Huallpa. Qué tiempos aquellos, el calor a orillas del Magdalena, y esos mosquitos encarnados, las hormigas del río como tarántulas. Nunca te lo dije hasta ahora. Pero eras confiable, valiente. Y pendejo, claro que sí, se podía ganar dinero contigo. Por eso no protesté cuando decidiste dejarnos, y acabaste haciendo historia con Alessandri.

Manongo pareció dudar, encendió un cigarrillo.

—Y claro, después te metieron a la cárcel —continuó Cabanillas, absorto en la chispa del fósforo—. Tu vida da para una película, Manongo. De puro desastre, eso sí.

—Suerte me ha faltado.

—De todos modos, he estado pensando —continuó Cabanillas—. No solo en la droga de la selva. ¿Recuerdas cuando recuperaste tu libertad? Teníamos muchos planes. Fue sencillo manejar las incursiones con la gente del norte, los cupos a los constructores, a los invasores de tierras. Y ya después, con Felipe a quien tanto has respetado, continuamos trabajando, esta vez en el traslado de minerales, no lo sé. Dirás que soy un melancólico, y quizás tengas razón. Y es que hemos hecho tantas cosas juntos. Hasta lo de la venezolana, fíjate bien. Yo gestioné el chuponeo de esa línea telefónica. Yo conseguí la transcripción de sus conversaciones cuando intentó comunicarse con la señora de Alessandri. Si no fuera por mí, estaría viva.

Expulsaba el humo sin apuro, los ojos fijos en el panorama de la ciudad. Se había desprendido del aire marcial con que solía dirigirse a todo el mundo. ¿Sería por el trajecito civil que vestía? Aquel conjunto le daba un aire extraño, lo humanizaba, lo infantilizaba. Más parecía un sastre renqueante que un militar. Ante sus ojos, el vaho marino ascendía desde las callecitas lejanas. A un extremo del horizonte, casi rozando la orilla del mar, como si fueran cintas pequeñas y grises, se veían las pistas del aeropuerto Jorge Chávez. Una barcaza blancuzca languidecía entre las olas, arrastrada por un remolcador hacia el puerto del Callao.

—Lo sé, señor, usted consiguió esas conversaciones, por supuesto.

—¿Y sabes por qué te lo recuerdo, Manongo? ¿Por qué, justo esta mañana?

—La verdad que no —asintió Manongo, y rápidamente añadió—: Pero es verdad, trabajamos juntos hace mucho. Yo siempre le agradezco por mi vida, general.

—Lo hice por una razón muy simple —dijo Cabanillas—. Porque si caes tú, caigo yo; y si caigo yo, caes tú. La matemática es simple. Hemos hecho demasiados negocios juntos, desde tus épocas de teniente. Y Aniceto Roca nos huele los talones,

Manongo. Más incluso que a Alessandri... —hizo una pausa, levantó la mirada—. Espero que tomes lo que estoy por decirte con mucha calma. Y que confíes en mí, como siempre has hecho.

—¿Qué ha sucedido? ¿Por qué está tan preocupado, general?

—Espada ha secuestrado a Alessandri.

De alguna parte de la ciudad provino la sirena de un camión de bomberos. Manongo espantó a manotazos las moscas azules y verdes que revoloteaban por su nariz. Parpadeó un instante en silencio, se frotó los ojos cerrados. Dio una última chupada al cigarrillo. Lo enterró con el pie en la arena, aunque estaba todavía a medio fumar.

—¿Quiere que sea honesto? Ya no sé qué creer.

—Por eso mismo, necesito que confíes en mí.

—¿Pero cómo es posible? Es un anciano, Espada.

—Los detalles no son importantes. La oportunidad, sin embargo, lo es.

—¿Qué oportunidad? —dijo Manongo—. Entonces el doctor Felipe, y el dinero que me...

—Era verdad que te estaban buscando —lo cortó Cabanillas—. Tenías razón, y de Seguridad Interna. Máximo Espada te ha estado buscando todo este tiempo, Manongo. ¿Tiemblas al escuchar su nombre? Mírate. Te has quedado frío. Mejor dicho, él y Remigio Campodónico te estaban buscando. No sé si para matarte, o quién sabe si para denunciarte ante los periodistas y joderte. De una u otra manera, intentarán vengarse.

Manongo arrugó los ojos.

—¿Ante los periodistas? —repitió, confundido.

—No te pido que me creas, sino que lo confirmes tú mismo.

—¿Cómo podría confirmarlo? Son muchas cosas, señor.

—Te daré la oportunidad de tu vida —dijo Cabanillas—. Escucha con atención. Toda la información que han conseguido sobre ti está en la calle Ocharán de Miraflores, donde vive Espada —hizo una pausa, como dando tiempo a su interlocutor para entender lo que estaba diciendo—. Vas a meterte a esa casa y recuperarás esos papeles. ¿Entendiste? Necesitamos saber lo que han descubierto, exactamente, para protegernos.

Manongo contemplaba el horizonte con un aire compungido y sereno. Una mosca le caminaba muy tranquilita por la nariz perlada de sudor. Respondió tras unos segundos, resoplando, la voz apenas audible:

—¿El señor Felipe está en peligro?

—¿No has escuchado, idiota? Somos nosotros los que estamos en peligro.

—Pero, Espada ... —vaciló Manongo—. No tiene sentido, señor.

—Cuando encuentres los documentos, me darás la razón.

—¿Y cómo me voy a meter? ¿Y el viejo?

—Con Alessandri, en Cieneguilla.

—¿Y cómo sabe lo del secuestro?

Cabanillas tincó el cigarrillo, escupió entre sus pies.

—Enciende una radio y verás.

—¿Será la misma, Cornelio? —dijo la mujer sin inmutarse, soplando la tacita de porcelana sobre el fondo de madera pulida, el soporte con ornamentos de flechas cruzadas y coronas que servía de espaldar a la cama—. ¿Será la misma? ¡Cornelio! ¡Cornelio, te estoy hablando!

—Ahora no —dijo Cornelio Alessandri, desde el escritorio. Sus canas le rozaban la espalda, los hombros forrados en terciopelo violeta. Acodado sobre la mesita del dormitorio, examinaba unos cuadernillos legales con una lupa de mango plateado. Vestía una batita brillante y alpargatas, muy pequeñas, que no alcanzaban a cubrir sus pantorrillas. Exhausto, alzó el rostro—. ¿Bajarías el volumen, Esther? Esta bendita carta, tengo dolor de muñecas, no sé cómo terminarla.

—Mira la televisión —acomodó la tacita sobre el velador, la mujer, y subió el volumen—. ¿No es ella, Cornelio? ¿No es ella? ¿La fulana?

—Es ella —dijo él, un rostro oscuro que se fundía con el vacío, entre las sombras profundas de la camioneta. Confundido, irritado, chupaba el cigarrillo con labios temblorosos. No podía estarse quieto, sin embargo. Abría y cerraba la ventana, muerto de calores y bochornos y fríos súbitos que lo tenían bañado de sudor. Palmeó la rodilla de Manongo—: Sube el volumen, Manongo.

—¿Ah? —devolvió un rostro agobiado, dos ojos entreabiertos que se abrían apenas, con legañas. Manongo tenía una cara ancha y triste, muerta de sueño. Sus orejas gruesas estaban embadurnadas de cerillas que ensuciaban la bufandita con que se abrigaba. Portaba aún los guantes para disparar—: Estoy muerto, joven.

—Escucho esto y me voy —dijo él.

—A la orden —dijo Manongo.

—¿Tienes guardia esta noche? —dijo él.

—No quisiera —dijo Manongo—. No quisiera, joven.

—Sóplatela —dijo él—. Hablaré con mi viejo.

—Gracias —dijo Manongo, y subió el volumen.

—Válgame Dios —se calzó las gafas Cornelio Alessandri. Caminaba con las manos en el vientre, apretándose, ciñéndose, anudándose el cinturón de la bata. Alzó la toallita empapada en agua de colonia con que se acicalaba cada noche, antes de acostarse, y se sentó en el umbral de la cama—: Es ella, Esther. ¿Qué ha pasado?

—¿Es Miraflores? —se escandalizó la mujer—. ¿No es la calle San Martín?

—¿Y esos militares? —dijo Cornelio Alessandri—. No me digas que es el padre.

—¡Ay, no puedo ver! —dijo la mujer.

—Sendero Luminoso —chasqueó los labios Cornelio Alessandri.

—¿Sendero? —dijo la mujer—. ¿El MRTA?

—Obviamente, joven —sonrió Manongo—. ¿Se lo dije o no se lo dije?

—Cállate —dijo él—. Quiero escuchar, hay un huevo de gente.

—Le echarán la culpa a Sendero —volvió a recostarse Manongo, aunque sin soltar el volante—. Estas cosas pasan todos los días.

—Esto no es la selva, Manongo —dijo él.

—¿Era hija de militar? —pareció inquietarse Manongo.

—Puta madre —dijo él—. ¿Dijeron eso?

—Me parece que sí —dijo Manongo.

—¿Y ahora, cholo? —dijo él.

—¿Por qué se asusta? —dijo Manongo—. Son buenas noticias.

—Es que caen como moscas, los militares —dijo Cornelio Alessandri, los hombros caídos, las manitas enlazadas en el vientre de la bata, frotándose los pulgares. Su expresión revelaba temor, aunque fundamentalmente cansancio, impotencia.

—Dios se apiade de nosotros —gimoteó la mujer, ciñendo los edredones con fuerza. Descansaba muy tiesa sobre la cama, inmóvil como una pieza reposada, la sábana doblada sin arrugas a la altura del pecho—. ¿Matar a una jovencita? ¡Dios se apiade de nosotros, Cornelio!

—No grites —dijo Cornelio Alessandri—. Te lo imploro, tengo mareos.

—No quiero ver —dijo la mujer—. Apaga, Cornelio.

—Un momento —dijo Cornelio Alessandri—. Es importante, por mi trabajo.

—Me importan dos cachos tu trabajo —dijo la mujer.

—Esto no tiene cuándo acabar —suspiró Cornelio Alessandri, para sus adentros.

—Malditos, bárbaros, demonios —elevó una plegaria la mujer—. ¿Dónde está? ¡Felipe! ¡Felipe! ¡Felipe!

—No grites —dijo Cornelio Alessandri—. Ya suficientes gritos tengo en el Senado.

—Entonces anda —chasqueó los dedos la mujer—. Anda a buscarlo, ahora mismo.

—¿Es su madre? —bajó el volumen Manongo—. Qué tales gritos, joven. Hasta la calle se escucha.

—Un rato —dijo él—. Parece que hay una barbaridad de soldados, sube.

—Normal nomás —dijo Manongo—. La calle San Martín es céntrica.

—Tienes unos huevos... —dijo él—. ¿Cómo puedes estar tan tranquilo? ¿No tienes miedo?

—He tenido que matar en la guerra —dijo Manongo.

—¿Y te da lo mismo? —dijo él.

—Nunca me da lo mismo —inclinó los ojos Manongo—. Estas cosas pasan, solamente. Aprenderá con los años. Eso sí, primera y última vez que le ayudo. Y espero cobrar, joven, como quedamos.

—El doble de lo que te ofrecí —dijo él—. El doble, Manonguito.

—¿El doble? —sonrió Manongo—. Pa su diablo, joven.

—El dinero no es problema —dijo él.

—Mejor entre —dijo Manongo—. Cómo grita, su mamacita.

—No está en su habitación —regresó Cornelio Alessandri, con el rostro colorado y brillante. Volvió a sentarse en la cama, sacudiendo los piecitos en el aire, sin tocar el tapiz—. Dios bendito. ¿Te imaginas si lo cogían a él también? No quiero alarmarte, Esther, pero este muchacho me va a escuchar. Y si no, lo dejo sin salir el resto del año. ¡Me va a escuchar, Esther!

—Te lo dije —respondió la mujer, con ojos húmedos. Tenía un escapulario entre los dedos y lo besaba, castañeteando los dientes—. No puede pisar la calle sin seguridad, Cornelio. ¿Te lo dije o no? Oh, si tan solo me escucharas, si tan solo me prestaras atención. Nadie en esta casa me escucha.

—Como que me llamo Cornelio —se acercó Cornelio Alessandri, muy ceremonial, y le besó la frente—. Ese muchacho no pisa la calle sin escolta, Esther. Como que me llamo Cornelio te lo digo. ¡Nunca más sin escolta, Esther! ¡Nunca!

—Seguro buscaban a Felipe —dijo la mujer—. Seguro quisieron matarlo.

—¿No dicen que volvía de la universidad? —dijo Cornelio Alessandri—. ¿Y si fue un asalto?

—¿Estás sordo? —dijo la mujer—. No le han robado nada, han sido esos demonios, los terroristas.

—¿Tú crees? —dijo Cornelio Alessandri—. Esos matan para hacerse famosos.

—¿Y? —dijo la mujer—. ¿No ves todas las cámaras?

—Y, sin embargo, no han reivindicado el ataque —dijo Cornelio Alessandri.

—Y seguirán sin reivindicarlo —dijo Manongo.

—Qué chucha van a entrevistar al médico legista —dijo él.

—¿Al médico legista? —bostezó Manongo.

—Tombos huevones —dijo él.

—A los periodistas habría que matarlos —dijo Manongo.

—Cómo grita el tío —dijo él—. Cómo grita, Manongo.

—No se asuste —dijo Manongo—. Es el padre, es normal.

—¿Lo conoces? —dijo él.

—¿Espada? —dijo Manongo.

—Máximo Espada —dijo él.

—¿Es oficial? —dijo Manongo—. ¿Máximo Espada?

—Cómo grita, Manongo, me da pena —dijo él.

—Estará dolido —dijo Manongo, con naturalidad—. Pero todo pasa. Esos conchasusmadres han matado a mucha más gente, allá en la selva. Saben cómo funciona este negocio. En dos semanas estará tranquilo.

—Cómo hablas, huevas —se frotó los ojos.

—Ese mismo Espada, a cuántos habrá matado... —dijo Manongo—. ¿A cuántos crees, joven?

—No tengo la menor idea, Esther —dijo Cornelio Alessandri, encogiendo los hombros—. ¿Mencionaron que era un mayor? ¿Lo conocerá el ministro Venturo?

—¿El ministro de Defensa? —dijo la mujer—. Si Paquito es un inepto, Cornelio. A ese se le cuelan en sus mismas narices. ¡Mira el estado en que vivimos! Habría que mudarnos a España. Maricrucita está feliz en Barcelona.

—Es verdad, la seguridad hace mucho que hace aguas —dijo Cornelio Alessandri.

—Yo siempre lo supe —dijo la mujer—. Ya sabía que esa muchachita nos traería problemas. Yo sabía que nos metería en problemas, Cornelio.

—¿En problemas? —dijo Cornelio Alessandri—. Cuidado con lo que vas a decir, mujer, Dios te está escuchando.

—¿Y qué? —dijo la mujer—. ¿Acaso no puedo temer por la vida de mi hijo? Ahora lo estarán siguiendo, también. Si estaba con la fulanita de aquí para allá, ya hasta sabrán dónde vivimos, qué comemos, a qué hora dormimos, Cornelio.

—Eso lo saben hace años —dijo Cornelio Alessandri—. Me preocuparía que lo chantajeen, más bien.

—¿Que lo chantajeen? —dijo la mujer.

—Si lo han estado siguiendo, habrán descubierto la fechoría —dijo Cornelio Alessandri.

—Ya sabía yo —enrojeció, pataleó, se apretó el ceño la mujer—. ¿No te dije yo que era una mugre? ¿No te dije yo que no era correcto apoyarlo en esa cochinada? Esa fulanita no nos iba a traer nada bueno.

Pero ustedes son animales. ¡Qué dirá todo el mundo, por Dios! Habrá que darles lo que pidan, Cornelio. Esto no puede saberse.

—Si la familia de Cristina tuviera noticias, ya lo sabríamos —dijo Cornelio Alessandri—. Mira, ese es el médico legista. Volumen, por favor.

—¿Escuchaste? —brincó del asiento Manongo.

—El médico legista no tiene la más puta idea —dijo él.

—Si hubiera estado embarazada, otra sería la historia —dijo Manongo.

—Se van a dar cuenta igual —dijo él.

—Ahorita habla Sendero, joven, olvídese —dijo Manongo.

—¿Sendero? —dijo él—. ¿Tú crees que se echen la culpa?

—¿Con las ganas que les tienen a los oficiales? —dijo Manongo, y apagó la radio—. Ahorita mismo dirán que fueron ellos.

—Ya nadie está seguro —dijo Cornelio Alessandri—. Pero no hay que tener miedo, Esther.

—¿Quién tiene miedo? —dijo la mujer—. No me trates de mojigata. No es miedo lo que siento. Pero Panchito, y Astrid, eso sí me importa. ¡Con todo lo que hemos hecho para este compromiso! ¡Estando listas las invitaciones!

—No es momento para pensar en vergüenzas, Esther —dijo Cornelio Alessandri.

—¿Dónde se ha metido? —gritó la mujer, golpeando la cama—. ¡Felipe! ¡Felipe! ¡Felipe!

—Vaya, joven —dijo Manongo—. Le va a dar un patatús a su mamacita.

—Por amor a Dios, iré a buscarlo —sirvió un vaso de agua, tragó dos pastillas Cornelio Alessandri.

—Gracias, Manonguito —lo tomó del cuello, lo abrazó—. Gracias, cholo.

—Y diles que me calienten el té —dijo la mujer—. Es un asco, frío.

Se descolgó suavemente del muro y, por unos instantes, quedó inmóvil, atento al bullicio del malecón. Manongo contempló las ventanas polvorientas, la estela de suciedad que se había amontonado bajo la grada de la puerta principal. Efectivamente, no había nadie en la casa. El sol calentaba los tejados quebradizos, dividía al jardín con la sombra de los árboles. Los insectos bordoneaban sobre los geranios, entre diminutas telarañas plateadas. No muy lejos en el horizonte, despuntaba el brillo de unas cometas de colores y, como un murmullo sereno, reventaban las olas del mar. ¿Había tenido razón Cabanillas? Echó a andar lentamente, aguaitó el interior a través de un visillo entreabierto. Todo estaba quieto, un silencio apacible magnificaba el bullicio de las sirenas y los silbatos y los rugidos de los motores en el tráfico lejano de Miraflores. Volvió sobre sus pasos, descubrió su palanca y martilló el cerrojo de la puerta. Tardó unos minutos en quedar a solas frente al corredor vacío, ante las ventanas del salón, la luz que subía de las playas. La casa era fresca y no hacía calor.

Repasó entonces la lista de lugares donde buscaría primero. En la cocina, bajo todos los muebles, entre las cómodas del baño, y bajo el armario de la habitación principal. Pensó en el Mulato ni bien dejó el zaguán de la entrada. ¿Estaría ya en Cieneguilla? Efectivamente, había escuchado en la radio la confirmación de la desaparición del señor Felipe, y no tuvo la menor duda: estaba siendo el tonto útil de alguien, Mulatito. Si Cabanillas estaba en lo cierto, y el doctor Felipe lo había utilizado para ayudarlo a ese fiscal, tendría motivos suficientes para vengarse, Mulato. Y el Mulato claro, pues, imagínate, hacerle eso, qué temeridad. Pero también era cierto que Cabanillas y el doctor Felipe tenían una relación muy antigua, ambos conocían los secretos del otro, Mulato. Y el Mulato se quedó pensando, mordiéndose el pellejo del dedo meñique: ¿tú crees que al general le ha convenido su secuestro del señor Felipe? Y él se secó las gotas de sudor, desesperado y confuso: en la cocina no había nada.

Se dirigió entonces al salón principal, escuchando todavía los suspiros, las palabras confundidas del Mulato. Había alzado las cejas porque no entendía un cuerno del berrinche del general, Manongo. ¿Teníamos que ayudarlo al señor Felipe? Aquel zambo fanático del Atlético Grau había trabajado de todo en esta vida, hasta de banderillero en la Plaza de Acho, y era bruto y amigo como nadie, haría lo que dijeras, hermano. Tú sabías, pues, Mulatito, que en el fondo de su corazón le tenía un respeto muy grande al señor

Felipe, algo tenía que hacer para darle una mano en este momento de necesidad. El Mulato asintió muy formal y cómo no, pues, si trabajas con él de hace tantísimo tiempo. Lo tenían en una casa a las afueras de Lima, Mulatito. ¿Te harías acompañar por Bambi y el Piojo, Mulatito? El señor Felipe no olvidaba los favores, Mulatito. Podrían ganarse un dineral, además. Pero el Mulato no estaba convencido: ¿Y al general qué cosa le vamos a decir, Manongo? Si llegaban a salvarlo, no tenía la menor idea. Eso sí, reconocería al menos sus buenas intenciones. El general era persona, Mulato, no te creas. Él y el señor Felipe aclararían sus pleitos como caballeros.

Reaccionó al advertir que, bajo su rostro humedecido, entre las motas de polvo de la casa, se amontonaban gotas de sudor. Dio una mirada breve al baño, secándose con el dorso de la mano, enjuagándose en el lavatorio. Decidió entonces buscar en la habitación principal, que relucía: los veladores estaban limpiecitos, con muchas fotografías, medicamentos y efigies de santos. Cosa extraña, sobre el suelo yacía un plástico extendido a modo de tapiz, de esos que utilizan los pintores o los carpinteros para trabajar. Manongo se acuclilló en la base del armario, comenzó a hurgar entre los papeles que estaban junto a los zapatos, las espadas militares, las hebillas de los cinturones. Pensó que había encontrado lo que estaba buscando cuando descubrió unos planos enrollados, unas fotografías y un cartapacio de documentos. Sacó el primero, y después el segundo, y así también el tercero, y advirtió la superficie rugosa de lo que parecían ser cajas de municiones. ¿Cabanillas había dicho la verdad? Tuvo ganas de reír, de gritar, de largarse cuanto antes. Escarbaba con todas sus fuerzas controlando apenas el temblor de sus brazos, cuando escuchó pasos y el crujido de una puerta a sus espaldas. No alcanzó a voltearse, sin embargo. Los contornos de una sombra oscurecieron los percheros del armario. Una pistola le rozó el cuello.

Eliseo respingó al contemplar el rostro que emergió tras el umbral de la antigua casona. El viejo tenía los ojos desorbitados y rojos. Jadeaba con labios púrpuras, orillas verdosas mojaban las fosas de su nariz. No dijo nada, permaneció largo tiempo tambaleándose, limpiándose el sudor con las muñecas. La camisa parecía bailarle y, del mentoncito agrietado, le pendían gotas, un sudor brillante, muy líquido. ¿O serían lágrimas?

—¿Quién es usted? —amagó con cerrar la puerta.

—¿Máximo Espada? —mostró su placa Eliseo.

—¿Policía? —se aclaró la vista Máximo.

La puerta estuvo a punto de cerrarse, pero Eliseo lo evitó con un pie.

—Quisiera conversar con usted.

—Necesita una orden para registrar esta casa.

—¿Para registrar esta casa? —dijo Eliseo—. Solo quiero hablarle.

—Fuera —dijo Máximo.

Eliseo sostuvo la puerta:

—Por favor, señor Espada.

El viejo se apoyó en el dintel, tiritando. Abría y cerraba los ojos, como si dudara de su vista, y parecía tener un problema en la garganta: cada que arqueaba el cuello, arrugaba el rostro, como si sufriera espasmos de dolor, descansaba con las manos sobre las rodillas. Se había dado la vuelta, y comenzó a alejarse. Eliseo permaneció bajo el sol, sin embargo, mientras el cuerpecito se fundía en las sombras, marchando a paso muy lento. Alzaba apenas las piernas, apoyándose en los muros tapizados con arreglos de lirios verdes. Por momentos se detenía, como si se quedara sin aire, estremeciéndose en leves temblores, se sostenía con las manos en la cómoda, en la baranda de las escaleras, en el reloj de la pared. Llevaba un bulto en la mano derecha. Palpando la cartuchera con la pistola en el cinturón, Eliseo entró, la mano alzada como anticipando una disculpa. Un fuerte olor a quemado le escoció entonces la nariz. El salón era frío y oscuro, y las persianas estaban cerradas, en comparación a la mañana soleada de Cieneguilla aquel lugar era un agujero, no se veía nada. Caminó con paciencia a espaldas del viejo, hasta que Espada se detuvo ante lo que parecía ser el quicio entreabierto de un sótano. Había extendido los brazos para descansar, nuevamente, bregaba en cada respiro, las rodillas le temblaban como si fuera a desplomarse.

—¿Se siente bien? —susurró Eliseo.

El viejo no respondió. Tenues lágrimas caían por sus mejillas, estaba llorando. Se escucharon entonces los primeros ruidos. Un bullicio sordo, como de corchos que se frotan, maderos arrastrándose bajo las escaleras. Eliseo se asomó al umbral, inclinó el cuello, descendió unos peldaños. Y ahí estaba, entre los atados de cajas, sobre un charco negro: Felipe Alessandri. Tenía el rostro fruncido en una expresión de desconcierto, muy pálido, la cabeza le colgaba entre los hombros. Esposas plateadas ataban sus muñecas y tobillos a un sillón de espaldar alto. Sus ojos deambulaban por la estancia manteniendo una expresión ausente, alucinada. Eliseo palpó la funda de su revólver. Volvió la vista contra Máximo, que seguía temblando con la frente apoyada en la pared, y bajó.

—Todo va a estar bien —se acuclilló ante Alessandri.

—Auxilio —balbuceó Alessandri, sacudiendo las manos.

—Todo va a estar bien —tocó las esposas Eliseo.

—¿Todo va a estar bien? —dijo Cornelio Alessandri, postrado en el escritorio.

—¿Papá? —dijo él—. No podía decírtelo, fue un accidente.

—Salazar... —comenzó a descender Máximo.

—Quédese quieto —dijo Eliseo, aunque sin volverse.

—No quiero escuchar una sola palabra —dijo Cornelio Alessandri.

—Papá... —dijo él—. Me mintió, estaba embarazada.

—¿Tengo que repetirlo, Espada? Quédese donde está —dijo Eliseo.

—Hay una historia que no conoces —dijo Máximo, ayudándose con el muro.

—¿Y crees que no lo sé? —dijo Cornelio Alessandri.

—¿Con quién has hablado? —dijo él—. Oh, perdóname, papá.

—No puedes quedarte en Lima —dijo Cornelio Alessandri.

—¿Y quién es usted para darme órdenes? —gruñó Máximo.

—Le he dicho que no se mueva —dijo Eliseo.

—Tenías razón, papá, me sorprendió, me mintió —dijo él.

—Si no te largas... —dijo Máximo—. Tendrás que matarme, policía.

—¿Qué le pasa? —tembló Eliseo—. Está hablando con la autoridad, oiga.

—Y también con los fiscales —dijo Cornelio Alessandri.

—¿Cuánto te han pedido? —dijo él.

—¿Por borrar el embarazo del informe? —dijo Cornelio Alessandri.

—No me hagas perder el tiempo —dijo Máximo.

—Todo va a estar bien —repitió Eliseo, sin dejar las esposas.

—¿Fuiste tú el que habló con el médico legista? —dijo él.

—¿Y quién crees, infeliz? —dijo Cornelio Alessandri.

—Señor Felipe... —dijo Eliseo—. No diga nada, descanse.

—Me engañaron, tienes que creerme —dijo él.

—Pagarás por lo que hiciste —rengueó Máximo.

—Tienes que irte del país hoy mismo —dijo Cornelio Alessandri.

—No se juegue la cárcel, Espada —se volvió Eliseo—. ¡Quédese donde está!

—Me iré —dijo él—. Esta misma noche, me iré.

—Y también Manongo —dijo Cornelio Alessandri.

—Mataron a mi hija —dijo Máximo—. ¿Acaso está sordo? ¡Escuche!

—Espada, por favor —dijo Eliseo—. Mire el estado.

—¿No lo estás escuchando, policía? —dijo Máximo.

—Me sorprendió, oh, perdóname, no fue mi culpa —dijo él.

—¿Te sorprendió, miserable? —dijo Cornelio Alessandri.

—Tenías razón, perdóname —dijo él.

—Te voy a reventar la cabeza —dijo Máximo.

Cargó la pistola, y la enarboló entre temblores, sosteniéndola con ambas manos. Su rostro había dejado de temblar, y su mirada era firme, dos mandíbulas tensas resaltaban los músculos de su cuello, el pecho inflado y rígido contenía la respiración.

—Piensa en tu vida, hazte a un lado.

—Conozco su historia —tragó saliva Eliseo, los ojos en el cañón del revólver—. Y esta no es la manera, por el amor de Dios.

—Fue un accidente —susurró él, abriendo los ojos.

—Es tu última oportunidad —dijo Máximo.

—Este hombre responderá por lo que hizo... —vaciló Eliseo, buscando con las manos la cartuchera donde tenía el revólver—. No crea que no entiendo, pero esta no es la manera. Hay jueces.

—¿Jueces? —dijo Máximo—. Eres un niño, no conoces este país.

—Por favor —repitió Eliseo—, Espada, deténgase, se lo imploro.

—Me mintieron —murmulló él, agitando las muñecas—. Me engañaron, fue un accidente.

—Eres solo un niño —dijo Máximo—. ¿Qué edad tienes? Puedes salvarte.

—No puedo —dijo Eliseo, las manos en el revólver—. Soy policía, no puedo.

—Y mírate —dijo Espada—. Tienes miedo. Te tiemblan las manos.

—Caballero —dijo Eliseo—. Se lo imploro, no se mueva.

—Chucha, mierda —dijo Bambi—. Está en la radio, Piojo.

—Silencio, Bambi —dijo el Piojo—. Volumen, rápido.

—Ya sabía, carajo —respondió el Mulato—. ¿Insistirás con que era mentira, Piojo?

—No tenemos mucho tiempo, Mulato —dijo Bambi.

En el exterior hormigueaba un bullicio de gentes, de señoras que cruzaban el semáforo, de niños que bajaban por la vereda en dirección a la Gran Unidad Escolar. El sol del mediodía quemaba los plásticos de los puestos ambulantes a la salida de Lima. El aroma picante de las carretilleras que ofrecían almuerzos viajaba por los pasajes enfundándolos en su brisa caliente. El Mulato se volvió para retroceder, le dijo al Piojo que bajara la cabeza. El Piojo, sin embargo, no se movió. Estaba recostado rascándose la panza, los pies descalzos aireándose en la ventana. Bambi subió el volumen de la radio.

—¿Te convenciste ahora? —dijo el Mulato—. Es el señor Felipe, Piojo.

—¿Cuándo nos ha engañado Manongo? —dijo Bambi.

—No les creo una sola palabra —dijo el Piojo.

—¿No escuchaste su nombre? —señaló la radio el Mulato.

—Si en verdad lo han secuestrado —continuó el Piojo—, ¿por qué Manongo no viene con nosotros? Trabaja con él hace años. ¿Y justo ahora tiene otra cosa, cuando tenemos que liberarlo? De mí no se burla nadie.

—Ya viste la camioneta del general —dijo el Mulato.

—Llegó tempranito —dijo Bambi—. Yo mismo lo vi en su puerta.

—¿Qué más necesitas? —dijo el Mulato—. ¿Cuándo nos ha mentido, además?

—¿Me estás diciendo que Manongo trabaja para Cabanillas? —dijo el Piojo.

—Hace lo que quiere con él —dijo Bambi—. Es como su padre, siempre será soldado.

—Cojudeces —dijo el Piojo—. ¿Se van a creer el cuento? Son un par de borricos. El general también trabaja con el señor Felipe, de años. ¿Por qué no se encarga el general de liberarlo?

—¿Quieres que te cuente la historia de nuevo? —dijo el Mulato.

—Estamos perdiendo el tiempo, Mulato —dijo Bambi.

—Calla, Bambi —dijo el Piojo.

—El general se presentó en su casa a primera hora... —repitió el Mulato—. Y le dijo que lo han secuestrado al señor Felipe, y hasta dónde lo tienen. Pero ya sabes que el general no quiere que lo rescaten porque dice que el señor lo ha traicionado. Eso mismito me lo dijo Manongo cuando me fue a buscar, Piojo. No sé cómo mierda, o de qué fiscal me mencionó su nombre, pero el señor los ha traicionado a los dos. Es por eso que el general no quiere rescatarlo. Está enojadísimo con el señor Felipe.

—Incluso si fuera verdad... —dijo el Piojo—, si el señor Felipe lo hubiera traicionado al general, ¿por qué nosotros tenemos que ir a liberarlo? O sea, ¿vamos a enemistarnos con el general? Esta historia no tiene ni pies ni cabeza, Mulato. Y nos podemos jugar el pellejo. ¿Por qué Manongo no lo hace, a ver?

—Porque a Manongo le han dado otro trabajo —dijo Bambi.

—¿O será que el general necesita que maten a Alessandri? —dijo el Piojo.

—A Manongo no le consta que el señor Felipe lo haya traicionado —dijo el Mulato—. ¿Me harás repetirte la historia, caracho? Manongo cree que lo están cabeceando. No sabe quién miente, quién dice la verdad. Lo único verdadero es que el señor ha desaparecido. Y que el general le ha pedido que se meta a otra casa.

—Es que no se te entiende cuando hablas, negro —dijo el Piojo.

—Además, olvídate de Manongo —dijo Bambi—. Piensa en tu bolsillo. Si es que en verdad son unos viejos los que lo tienen al señor Felipe. ¿Te imaginas cuánto dinero podríamos ganar si lo ayudamos? ¿Cuánto nos pagarían por liberarlo?

—Te podrías comprar otro equipo último modelo, Piojo —dijo el Mulato.

—Qué equipo —dijo Bambi—. Un carrazo, una casita.

El rostro saciado del Piojo sintonizó las noticias en su celular. Le pasó el teléfono a Bambi y, junto al Mulato, contemplaron la imagen de la calle Dos de Mayo, las sirenas de los patrulleros detenidos en el despacho del señor Felipe. Una reportera muy joven confirmaba que Alessandri tenía un vuelo comprado para Estados Unidos a medianoche, y que, sin embargo, no se había presentado en el aeropuerto. Un grupo de cabezas rubias, canosos señores mayores, ejecutivos de grandes compañías, aguardaban en la mampara abierta del edificio. Seis o siete secretarias hacían fila ante las cámaras de televisión. Muertas de miedo, se calentaban los brazos a pesar del calor.

—Aquí hay gato encerrado, Mulato —dijo el Piojo—. Estoy seguro de que hay gato encerrado.

—¿Vas a seguir? —dijo Bambi—. Es tarde, tenemos que llegar de una vez.

—Nada más piénsalo —dijo el Piojo—. ¿Hace cuánto que actúa tan raro, Manongo? Antes nos invitaba a su casa cada vez que Vladimira hacía arroz chaufa, o una truchita. ¿Y ahora? Tiene la casa bajo siete llaves, nadie sale ni entra nunca, no nos visita ni para ver el fútbol. Y no se ha vuelto a ver a Vladimira por San Cosme.

—Eso es cierto —dijo Bambi—. Creo que está con otra hembra.

—Nos hizo ir al albergue solitos —dijo el Piojo—. Desde ahí, otra persona. ¿Y si nos robábamos los costales? Teníamos que haberlo encarado, decirle en su cara sus verdades.

—Bien que recibiste el dinero feliz cuando te pagó —dijo el Mulato.

—Estará con otra costilla, Piojo —dijo Bambi—. No inventes cosas raras.

—¿Y qué si tiene un culito? —dijo el Mulato—. Eres un malagradecido, Piojo. Mira tu celular, tu televisor nuevecito, el sofá que te has comprado en el centro comercial, hasta tu refrigerador para las cervezas. Manongo siempre nos ha cumplido hasta el último centavo. Y si dice que desconfía del general, y si dice que quiere que lo ayudemos al señor Felipe sin que el general se entere, eso mismito hacemos. Allá tú si quieres quedarte. Bajemos, Bambi, no hay tiempo.

—¿Cómo sabes que tiene un culito, Mulato? —dijo el Piojo.

—¿Pueden moverse, par de mierdas? —dijo el Mulato.

Estacionaron el automóvil en un terral polvoriento, a unos metros del solar de la residencia. El silencio del campo envolvía aquel lugar con el murmullo de la brisa, el croar de los insectos entre los arbustos verdes. La cuadra estaba compuesta por un puñado de viviendas vacías, todas iguales, construcciones antiguas de dos pisos con fachadas de jardines muy secos y postes a medio construir. El Mulato se volvió extrañado. Había advertido que la puerta de la casa estaba entreabierta y, tras vigilarse las espaldas, se acercó junto al Piojo. Pronto cruzaron el pasadizo oscuro, por el que todavía flotaba el aroma de la pólvora. Bambi susurró mejor irnos, Mulato. Pero el Mulato no respondió. Se había asomado al umbral de unas escaleras que descendían al sótano. Enjambres de moscas zumbaban sobre los cuerpos. Un policía yacía boca abajo sobre un charco de sangre y, a su costado, esposado todavía en el asiento, Felipe Alessandri parecía dormir.

Silvia contemplaba los ojos cerrados de Antonia, la espalda que subía y bajaba entre sueños. ¿Estaba segura de que no soñaba? No, no lo estaba. Había regresado del hospital cuando la enfermera acostó a Jerónimo, la bruma obnubilaba los postes que titilaban todavía, a medio prender. El óvalo Bolognesi era un cubo algodonado que olía a muelles, a mariscos frescos. Y la jovencita de la recepción sonrió: había regresado, señorita Silvia. ¿Había regresado?, se escuchó preguntar asustada. Subió la escalera pensando en la señora Gertrudis, en Eliseo Salazar, en su padre. Y se pegó el susto de su vida cuando advirtió la silueta al fondo del pasaje. Un rostro de dientes muy blancos despuntaba en la oscuridad. ¿Chama? ¿Chamita? ¿Antonia, eres tú? La sombra no fue capaz de articular palabra, sin embargo, una tristeza inmensa se había hecho de su rostro. Antonia parecía otra persona. Tenía los pómulos hundidos, los labios llagados con cicatrices, las mejillas afiladas como puñales. El llanto le brotó incontenible, produciéndole ahogos. Tenía tantas preguntas que hacerte, chamita, dónde te habías metido, qué te había pasado, estaba muy preocupada, chamita. Pero Antonia no dijo nada. Incluso después de bañarse, incluso después de comer, ya hablarían mañana, chamita. Decidió acostarse en silencio.

Viéndola dormir, Silvia recordó su voz ronca, los surcos de sudor que se le habían formado bajo los ojos. ¿Tenías hambre, chamita? Bajaron a la juguería de la calle Chiclayo cuando estaba por cerrar. Antonia, sin embargo, miraba todo con estupor, absorta en reflexiones íntimas, apenas probaba nada porque se moría de sueño. Era obvio que había bajado de peso, además, la mandíbula le formaba una protuberancia bajo la nariz, sus redondos pechos colgaban sobre las costillas. Silvia cerró los ojos, intentó cubrirla con las sábanas. Un tenue movimiento de manos le hizo saber que estaba despierta, entonces. Los resortes de la cama chirriaron, una manta fue al suelo. Y una voz resopló, entre los cerros de cajas apiladas, con el fondo de la noche que moría en el óvalo Bolognesi:

—Me secuestraron.

Silvia tardó un instante en responder.

—¿Quiénes?

—No puedo decírtelo —dijo Manongo.

—¿Por qué no? —dijo Antonia—. ¿Cómo te llamas?

La cicatriz en el rostro de Manongo desapareció cuando inclinó entre los hombros la cabeza. Estaba sentado en un banquito de plástico con calcomanías de una empresa de pinturas, al que le faltaba una pata que había sustituido con una ruma de ladrillos. Estaba con el pecho desnudo. Un pantalón deportivo le apretaba el vientre.

—¿Estás jodiendo? —bostezó—. ¿Vas a comenzar?

—¿Por qué me has traído a esta casa? —dijo Antonia.

—Ya lo sabes —dijo Manongo—. Era peligroso, la mujer te vio la otra noche.

—El otro muchacho me trataba mejor que tú.

Sonrió, muy sereno.

—¿El cholo Petronio? Era peligroso, incluso para él.

—¿Para él? ¿O para Felipe? —dijo Antonia.

—Eso es problema de ustedes.

—Bien que trabajas para Felipe.

—Así y todo, voy a salvarte.

Las paredes de la casa tenían grietas color ladrillo, y eran de cemento sin pintar. Un lamparón de humedad se había esparcido por el techo de fierros descubiertos. Aunque manchado de grasa, el suelo estaba muy limpio, con cera fresca. Las ventanas filtraban apenas la luz del pasaje, el bullicio de los comerciantes de San Cosme. Antonia quiso doblar las rodillas en la colchoneta, pero tenía las manos atadas.

—¿Y entonces? ¿Por qué no me liberas?

—Ya te lo dije. Si es que lo hago, me matan.

—Si me liberas, regresaré a Venezuela.

—Eso dicen todas, después derechito a la Policía.

—No quiero estar un solo día más en Lima, por favor.

—Mejor —dijo Manongo—. Son demasiados, acá.

—¿Y lo saben tus amigos? ¿Esto que estás haciéndome?

Manongo se abanicó el rostro.

—Eres una suertuda.

Antonia volvió los ojos al ventanal oscurecido por el que despuntaban ahora las palmeras, estrellas moribundas, el cielo gris que se aclaraba conforme moría la noche, dando paso al amanecer. Lima despertaba con la cadencia serena del mar. Se secó las lágrimas con el dorso de la mano, y recogió las piernas bajo los brazos, el mentón sobre las rodillas. Silvia mientras tanto permanecía en silencio. El ceño fruncido, negaba con impaciencia.

—Hay que ir a la Policía, chama.

—¿A la Policía? ¿Para qué a la Policía?

—No puedes permitir que las cosas queden como están.

Antonia susurró:

—Me encerraron con llave, y sin comida.

—¿Y cómo saliste? —dijo Silvia—. Conozco a alguien que puede ayudarnos.

—¿Cómo escapé? —repitió Antonia.

—La Policía te ha estado buscando —insistió Silvia.

—El tipo nunca regresó —dijo Antonia—. Rompí una ventana, salté a la calle.

—¿Puedes confiar en mí? Conozco a un agente, puedo llamarlo.

—Olvídalo —dijo Antonia—. Me llevaré esto a la tumba.

Manongo sonrió, secándose la boca.

—Por tu bien, eso espero.

Había vuelto a la habitación con una botella de pisco, que dejó entre sus pies descalzos, junto a un paquetito de bolsas anudadas con telas del mercado. Entonces le desató la soga de las manos, y le preguntó si quería ir al baño, o tomar agua, o limpiarse con el baldecito. Antonia se frotó las muñecas, pero no se levantó. Permaneció inclinada, las manos en la colchoneta.

—¿Por mi bien? ¿Y cómo sé que no me harás daño?

—Estás rica, no es mi culpa que sepas cachar.

—¿Cómo sé que no acabarás matándome?

Manongo alzó la botella, arrugó los ojos al beber.

—Maté antes, no quiero volver a hacerlo.

—¿Y cómo puedo creerte? Eres un mentiroso.

—Facilito, ya te hubiera matado, pues.

—Y prefieres torturarme, es cierto.

—¿Quieres ir al baño, o no? Te compré cremita.

—¿Cremita? ¿Por qué quieres que vaya al baño?

—Tú sabes, el paquete. Deberías estar contenta.

Antonia alzó la bolsita con ambas manos, y descubrió el papel con el polvo de cristales, reluciente en su blancura sedosa. No se lo llevó a la nariz, sin embargo. Quedó quieta, cerró un instante los ojos.

—¿Qué era eso? —dijo Silvia.

—Soy feo —dijo Manongo—. Y no quiero que te quejes.

—¿Y crees que con esto me vas a gustar? —dijo Antonia.

—No me gusta golpearte —dijo Manongo—. Apura, o va a doler.

—¿Era droga? —dijo Silvia—. ¿Era droga? ¿Para violarte?

—Hubiera preferido que me maten —dijo Antonia.

—No digas cojudeces —dijo Manongo—. Es barato, a cambio de tu vida.

—Desátame los pies —dijo Antonia—. Tengo heridas, eres brusco.

—Ya quisiste escaparte, la última vez —dijo Manongo.

—Te lo ruego —dijo Antonia—. Mira cómo tengo las rodillas.

—Para eso, pues —dijo Manongo—. Usa la nariz, qué esperas.

Se había puesto de pie, bebió la botella sin respirar y de un largo trago. Comenzó a tocarse el colgajo que sobresalía entre una mata de vellos con canas, casi aplastado por el vientre. Entonces apretó las caderas que tenía frente a sí, como si fueran un pedazo de carne, cosa desechable, y les dio media vuelta. Presionó el rostro de Antonia contra la colchoneta, la cabellera asomando entre sus dedos de uñas amarillas. Había comenzado a lamerse una mano, escupiendo. Y con la otra, tiró el paquete: si te duele, úsala. Apenas posó los dedos en la entrepierna fría, que había comenzado a temblar, se recostó sobre ella, y alcanzó con su rostro el rostro cabizbajo que se ahogaba, que respiraba con dificultad. Antonia no podía moverse, exhalaba de dolor con los puños cerrados. Tú sabes lo que me gusta, pendeja, abre la boca.

—Te lo suplico, despacio —dijo Antonia.

—Si te gusta... —jadeó Manongo—. No te hagas.

—Tranquila —dijo Silvia—. Mejor no recordar esas cosas.

—Voy a vomitar —dijo Antonia, y sacó los pies de la colchoneta.

—Si vomitas te reviento —dijo Manongo.

—Dame la droga —dijo Antonia—. Voy a vomitar.

—Muévete —jadeó Manongo—. Así, despacito, muévete.

—¿Quieres agua? —se incorporó Silvia.

Antonia comenzó a temblar, entrechocando los dientes. Silvia se percató de que estiraba los dedos del pie, y los huesos de sus hombros brillaban, gotas de sudor bajaban por su cuello y espalda. La ayudó a levantarse.

—¿Quieres que llame al doctor?

—Llévame al baño —dijo Antonia—. Necesito lavarme.

El mentón de Máximo descansaba sobre el delantal de tela con que lo habían vestido en el Hospital Militar. Los ojos entrecerrados y quietos, parecía levemente despierto. Tenía los labios hundidos, oscuros como moretones. Un cable que salía por su nariz lo conectaba a una máquina de oxígeno que monitoreaba los latidos de su corazón. ¿Vivía, aún? Vivía, pero no podía escuchar, y tampoco moverse. La señora Pascuala lloriqueaba en silencio, se limpiaba los ojos con un pañuelito, sosteniendo entre los dedos las cuentas de su rosario. Remigio tenía una mano en su hombro, y la cabeza alzada en el televisor de la habitación: Felipe Alessandri, hijo del ilustre senador Cornelio Alessandri, había sido asesinado por unos malhechores a las afueras de Lima. Un testigo había visto a los malhechores cuando escapaban por la Carretera Central. Y así la televisión mostraba los rostros de tres delincuentes con semblantes más bien torpes, pequeños. La muerte del policía Eliseo Salazar dejó a Remigio con el corazón en la mano. Desconocía lo que había pasado con Máximo, pero aquello no estaba en los planes. ¿Máximo lo habría matado? Carajo, por qué, no lo creía capaz.

Una mano forrada de anillos emergió por el quicio de la puerta. La santerita Agripina lucía una túnica oscura en cuyo pecho despuntaban la chacana y un tocuyo con las llaves de su bodeguita consultorio. Como nunca, había abandonado las ojotas y calzaba gruesos zapatones que agrandaban su figura. Se acercó con timidez a Remigio. Susurró, cuidándose de evitar los oídos de Pascuala, que lo estaba buscando un señor. Entonces tomó su lugar al costado de Máximo, y regó sobre su túnica unos huairuritos de colores, repitiendo absorta una plegaria, mientras se abanicaba el rostro con una servilleta. Pascuala dijo recemos juntas, mamita. Agripina tomó su mano y la de Máximo. Remigio dejó la habitación. Encontró al general Cabanillas de espaldas, los brazos extendidos en los bordes de la ventana que cerraba el corredor. El cielo sombrío ceñía los contornos de su uniforme. Atrás suyo, el pasadizo estaba en completo silencio, las puertas de las habitaciones invariablemente cerradas, apenas se escuchaba el bullicio de los colectivos en la avenida Brasil. Cabanillas giró sobre su cuerpo. Extendió sonriendo las manos.

—Ah, Campodónico —se acercó—. ¿Cómo se encuentra nuestro amigo?

—Mal —atinó a responder Remigio—. Está muy enfermo, y la edad...

—Un valiente —lo cortó Cabanillas—. ¿Y usted? ¿Algo más satisfecho?

Remigio aguardó un instante.

—Estuvo justo donde dijo que estaría.

—¿Manongo? ¿En casa de Espada, al mediodía?

—En casa de Máximo, al mediodía —repitió Remigio.

—¿Ya lo ve? —celebró Cabanillas—. Podía confiar en mí.

—Lo cual me llena de dudas —dijo Remigio—. ¿Por qué, Cabanillas? ¿Por qué se animó a ayudarnos? ¿Qué ganó usted con todo esto?

—¿Importa a estas alturas? Somos soldados. Y ustedes mis profesores.

—¿Pero los malhechores? ¿Y el policía? ¿Qué pasó en el sótano?

—¿Eliseo Salazar? —pareció lamentarse Cabanillas—. ¿Me creería si le digo que no lo sé?

—¿Cómo no va a saberlo? Hombre, no me tome por tonto.

Cabanillas se puso a silbar, y dio un paseo, las manos a las espaldas.

—Los malhechores viven en el cerro San Cosme, trabajan con Alessandri.

—¿Intentaron liberarlo? ¿Cómo sabían de mi casa?

—Alguien abrió la boca, seguramente.

—¿Quién? —dijo Remigio.

—Son brutos... —le restó importancia Cabanillas—. ¿Acaso no conoce el país, Campodónico? Esta gente se juega la vida por cualquier menudencia. Intentaron rescatarlo, es lo más probable. Y estando ahí el policía...

—Y, sin embargo, nadie tocó a Máximo —dijo Remigio.

Cabanillas sonrió.

—Nuestro amigo tuvo suerte.

—¿Y quién mató al policía?

Una enfermera de uniforme celeste salió de una de las habitaciones. Sostenía entre los brazos un ramo de rosas que se había secado en su recipiente de aguas turbias. Cuando vio al general, pareció sorprenderse. Cabanillas aguardó en silencio, hasta que desapareció por las gradas.

—Espada mató al policía.

—¿Máximo? —palideció Remigio.

—¿Por qué se sorprende?

—Máximo no es un bárbaro.

Cabanillas suspiró:

—Si no es él... sabe quién lo hizo.

Remigio se apretó los nudillos, y quedó en silencio. Contemplaba el rostro saciado de Cabanillas, un rostro que apenas disimulaba con su sonrisita de manual, sacando el pecho muy alto. Era un hombre tan extraño que resultaba deslumbrante. De tanto en tanto se examinaba las uñas. Tenía las mejillas lampiñas, el mentoncito brillante. Su semblante imantaba una expresión de alivio que por momentos parecía risueña.

—Su casa quedó limpiecita, y nadie podrá vincularlo con esto.

—¿Quiénes sacaron los cuerpos? —dijo Remigio.

Cabanillas se dejó ir en un bostezo teatral, con aspavientos.

—¿Más preguntas? —chasqueó los labios—. Usted como operado, Campodónico. A otras cosas, y rápido. Repito: nadie podrá vincularlo con esto.

—Muy bien —aceptó Remigio.

—¿Y ahora? —sonrió Cabanillas.

—¿Qué nos queda ahora? —dijo Remigio.

—¿Qué nos queda? Darnos la mano.

—¿Pero por qué nos ayudó? Sigo sin entenderlo.

La voz de una viejita que pedía información al personal llegó desde el otro extremo del corredor. Cabanillas se volvió a las gradas, pero no había nadie. Contempló el reloj que brillaba en su muñeca, y se acercó a la ventana. Dio una indicación a su chofer.

—O me pregunto... —pareció ponderar Remigio—. ¿Si usted tendría problemas con Alessandri y su guardaespaldas?

—Ningún problema —frunció el ceño Cabanillas.

—¿Será que usted nos usó a nosotros para deshacerse de ellos?

—Campodónico... —sonrió Cabanillas—. Digamos simplemente que les hice un favor, como soldado y alumno. Muerto el perro, muerta la rabia.

—Si así fue... —dudó Remigio, inclinando los ojos—. Se hizo justicia.

—Se hizo justicia —coincidió Cabanillas.

Remigio alargó la mano.

—Le agradezco en nombre de la familia Espada.

El general, sin embargo, no se acercó y, tras llevarse los dedos a la frente, se alejó silbateando. Remigio permaneció un instante sin moverse, descansó la cabeza contra la pared. Cuando se volvió al corredor, el general había desaparecido. Entonces, casi de inmediato, el hospital se pobló de enfermeras bulliciosas, de doctores que pululaban entre las habitaciones, de visitantes comedidos que preguntaban por sus familiares. Alguien habló por el altoparlante buscando a un coronel que apellidaba Calayo. Remigio llenó sus pulmones tras suspirar, se postró con las manos en las rodillas. Empujó la puerta, sin hacer bulla. Máximo seguía durmiendo. Pascuala rezaba el rosario con los ojos cerrados, pero Agripina los tenía muy abiertos.

—Alguna solución encontraremos —susurró el vicario, ocultas las manos en la sotana mientras paseaba por las naves de la catedral.

—Llevo días sin dormir —dijo el padre Filomeno.

—¿Y qué ganas preocupándote? —sonrió el vicario, aunque sin volverse.

Unas beatitas vestidas de morado se encaminaban a través de los altares, entre una maraña de trípodes periodísticos, que solícitos jóvenes instalaban en silencio. Seminaristas en trajes oscuros desplazaban los arreglos florales a través de las bancas cercanas al altar, utilizando las escarapelas de colores rojos para los puestos de honor, y florecitas amarillas y blancas para las posiciones que ocuparían las autoridades de la Iglesia. Funcionarios de protocolo del Palacio de Gobierno cuchicheaban en el portón de la plaza de armas, se volvían a los pasillos para estudiar la posición de las cámaras, siguiendo al pie de la letra el ceremonial para el tedeum por fiestas patrias. Era temprano aún, la luz despuntaba apenas a través de las mamparas en forma de pirámides, tenues rayos se colaban entre las andas guardadas, los maderos astillados de las procesiones.

—¿A qué le temes, pues? —asintió el vicario.

—¿Padre? —pareció confundirse el padre Filomeno.

—¿Por qué estás asustado? —dijo el vicario—. ¿Fueron tantos tus errores?

—Muchísimos —dijo Petronio—. Si yo te contara, hermanito.

Su aseveración acabó con el trino de los pájaros, el rumor del albergue blanqueado por las luces del sol que brillaba sobre el mar.

—No quiero —dijo el hermano Tereso—. Si Filomeno cometió errores, los olvidaré.

—Pero olvidártelo no puedes —insistió Petronio—. Errores el padre ha cometido, hartísimos.

El hermano Tereso se detuvo en el umbral de la habitación desocupada que había pertenecido al padre Filomeno. Contemplaba las motas de polvo que flotaban expuestas por la luz de la mañana, el verdor del jardín que brillaba entre los andamios de los barracones y la cancha de fulbito. Era un día pleno de luz, sin rastro de nubes, con la brisa que peinaba el desierto en el verano. Los obreros cruzaban de a pocos el enrejado del albergue. La iglesia estaba cerrada.

—¿Conoces el evangelio de Lucas, Petronio? —dijo Tereso.

—Harto tiempo que no leo la Biblia, señor —bajó la mirada Petronio.

—*No juzguen, y no se les juzgará...*

—Verdad, pues, sí ya me lo recuerdo...

—*No condenen* —lo cortó Tereso— *y no se les condenará. Perdonen, y se les perdonará.*

Entró a la habitación de paredes percudidas y cachivaches viejos donde tantas veces había pasado la noche. Las añosas estanterías estaban cubiertas de papeles y plásticos sucios, y aun contaban con libros deshojados, recortes con direcciones y teléfonos, unas cuantas postales de santos sin color. El colchón huesudo sobre la cama tenía los bordes mohosos, una hendidura en el centro a la que un lamparón lleno de manchas, de grasa o alguna bebida viscosa, daba forma de círculo. En el velador de la mesa de noche había una semblanza de San Antonio de Padua, y dos fotos: una en blanco y negro, en la que un uniformado cabalgaba un potro en lo que parecía ser un desfile o parada militar; y otra de una familia a orillas del río, entre los juncos y troncos de la selva.

—¿Tu familia son? —preguntó Petronio desde la puerta.

—Mi padre era militar —dijo Tereso—. Lo visitamos una vez, con mi madre y mi hermana.

—¿Esto en la selva es? —se acercó Petronio—. No sabía que tu papacito oficial había sido. ¿Del Ejército, hermano?

—Del Ejército —repitió Tereso.

—¿Y eso el río Magdalena es? —frunció el ceño Petronio.

—El río Magdalena —dijo Tereso—. ¿Por qué lo preguntas?

El rostro moreno caviló unos instantes, antes de responder:

—Yo también he servido, hermano.

—¿Y por qué te sorprendes? —pontificó el vicario—. Los errores son parte de nuestro servicio.

Aquella respuesta abochornó el rostro de barbas blancas que aguardaba junto al atrio de la catedral. El resplandor de luz que bajaba desde la cúpula encendía como un rayo sus canas. El padre Filomeno tenía los pómulos colorados, la frente muy húmeda, cubierta de gotitas que oscurecían sus cejas. Los dedos le temblaron cuando intentó limpiarse las gafas.

—Tienen que haberlo matado por el dinero que nos robaron de la iglesia —siseó.

—¿Tienen que haberlo matado? —repitió el vicario, muy bajito.

—A Felipe Alessandri, padre —dijo el padre Filomeno.

—¿Crees que por eso lo secuestraron? —dijo el vicario.

—¿Por qué, si no? —dijo el padre Filomeno—. Créame cuando le digo, tengo que partir de inmediato y lo más lejos posible.

—Antes déjame preguntarte —añadió muy tranquilo el vicario.

—¿Padre? —dijo el padre Filomeno.

—¿Era Alessandri hombre de la iglesia? —dijo el vicario.

—¿Hombre de la iglesia? —repitió el padre Filomeno.

—Perteneces a la iglesia, Filomeno. No estás solo.

—Por eso mismo... —tragó saliva el padre Filomeno—. Vine a verlo ni bien escuché las noticias. Usted sabe, yo estaba a cargo de ese dinero.

—E hiciste bien en venir —dijo el vicario.

Un monaguillo de cabellos oscuros cruzó el corredor hacia la plaza de armas.

—¿Qué podemos hacer? Tengo que irme, de ser posible, esta misma noche.

Los ojos del vicario se posaron sobre los santos esculpidos en las sillerías del coro. Quedó muy quieto, las manos nudosas a las espaldas, como si estuviera descansando. Sus cabellos rubios, espolvoreados de caspa, mancharon los hombros de su sotana cuando inclinó la cabeza. Pelusillas brillantes le brotaban por el cuello, bajo las cuentas de un rosario. El padre Filomeno repitió su pregunta. Escuchó entonces, tenuemente:

—¿Conoces la ciudad de La Paz?

—¿La ciudad de La Paz? —dijo el padre Filomeno.

—En Bolivia —dijo Petronio.

El hermano Tereso arrugó la mirada:

—¿Lo han mandado a La Paz?

—Cerquita es —dijo Petronio—. Eso sí, la altura con sus lluvias, el frío, durísimo será para el padre. Mal le va a hacer a sus pies. Harto se llueve por allá.

—¿Y por qué no se ha despedido? —dijo Tereso, asomándose a la ventana.

Petronio entonces se agachó para extender los pliegues de la alfombra. ¿Hace cuánto no pasaba la escoba bajo el camastro? El padre Filomeno a duras penas lo dejaba entrar a su habitación por las mañanas. Asumía con serenidad las labores de limpieza, y solía repetirle en su despacho: practica la austeridad, Petronio.

¿Lo recordaba con cariño? Los maderos del suelo estaban levantados, flojos. Y, bajo la cama, había telarañas, pelusillas canosas, restos de polillas. Petronio escuchó decirse: debiste limpiarle, muy sucio lo has dejado vivir.

—¿Te dijo algo sobre eso? —interrumpió sus cavilaciones Tereso—. ¿Por qué no se despidió de nosotros?

—De urgencia ha tenido que irse.

—¿Y tienes su dirección? Me gustaría escribirle. Este es un albergue muy grande.

—¿Consejo necesitas? —dijo Petronio—. Si errores ha cometido, hermano.

—De todos modos —asintió el vicario—. Es un buen prospecto, parece una persona seria.

El padre Filomeno permaneció sin decir nada.

—¿No estás de acuerdo? —añadió el vicario.

—Daría un buen mensaje a la congregación —dijo el padre Filomeno.

—¿A la congregación? ¿En qué sentido? —dijo el vicario.

—Nadie conoce, como Tereso, la parroquia y el albergue —dijo el padre Filomeno.

Habían salido a la plaza de armas, atravesado las veredas soleadas, y conversaban ahora en el despacho del palacio arzobispal. Aquella era una estancia opaca y solemne, muy antigua, con columnas decoradas y ecos que salmodiaban los rumores de la catedral. Los óleos que la ornamentaban con trazos bíblicos contribuían a su aspecto frío, apagado. Había sobre el escritorio un cartapacio con documentos de viaje, algunos recortes de periódicos y una fotografía de una iglesia colonial de grandes proporciones, ubicada en el promontorio de una calle colmada de ambulantes. El padre Filomeno sonrió al conocer su nuevo destino, la magnífica iglesia de San Francisco en la capital de Bolivia. Lucía sosegado, más tranquilo, y por momentos reía feliz. Tenía apoyado el cuello en el espaldar del asiento y miraba, a través de los balcones de madera, retazos del cielo azul, los peatones en las veredas, con sus puestos de frutas, y vagabundos que caminaban tras los racimos de turistas por el centro de Lima.

—Fue mi mano derecha por varios años —pareció recordar.

—Y, sin embargo, no le tembló la voz al acusarte —disimuló una sonrisa el vicario.

—¿Y no es eso lo que se necesita? —dijo el padre Filomeno—. Una persona despierta, que actúe sin remilgos. Yo he sido permisivo, me he equivocado mucho.

—Puede ser —dijo el vicario—. Lo conversaré con el arzobispo, pero no creo que haya problema. Tereso te sustituirá en la dirección del albergue.

—Y la noticia me dejó sin palabras —recordó el hermano Tereso.

Petronio había alzado el sobrecito que estaba entre las fotos del velador, y lo miraba curioso. El nombre de Tereso Espada estaba escrito con una letra armoniosa, corrida, en una tinta muy fina. En el nombre del remitente el Arzobispado de Lima había incluido su tradicional sello de lacre rojo, con las llaves entrecruzadas bajo la tiara papal. Sin premura, entonces, Petronio alzó la fotografía del militar y la contempló a la sombra de la ventana.

—Habrá sido buen jinete, tu papacito.

El hermano se volvió, emocionado. Pasaba las manos por las cómodas, casi con delicadeza, muy tenuemente, palpando una por una las estampitas que poblaban los anaqueles.

—La habitación voy limpiar —dijo Petronio.

—¿Tienes las llaves del despacho?

—¿Pero su desayuno, no quiere?

—¿Ya desayunaron los demás?

Las voces de los obreros ascendieron desde el jardín distribuyéndose los trabajos de la jornada. Como todas las mañanas, se habían reunido en torno al maestro de obras, algunos con bebidas humeantes, otros fumando cigarrillos, compartiendo radios con antena para escuchar las noticias. El bullicio de los niños llegaba desde el comedor de los desayunos. Unas viejitas aguardaban en el portón de la iglesia. Tereso se volvió al corredor:

—Conversaré con los obreros, primero.

Las plazas y calles de Madrid estaban cubiertas de un hielo muy fino, y brillaban. La nieve se apilaba todavía en los pasajes que cruzaban la calle Huertas, formaba montículos color barro en torno a la Academia de Historia, aunque comenzaba a derretirse, fluía cuesta abajo en riachuelos oscuros. ¿Hace cuánto que no caía una tormenta de nieve como aquella en España? Sus padres dijeron que jamás habían visto cosa parecida, al menos desde los años cincuenta. Iñigo entonces esquivaba los charcos a medio congelar de la plaza Santa Ana, la estatua de Federico García Lorca en cuya frente brillaba una corona de nieve. El único teléfono público que quedaba en el barrio tenía la caseta forrada en colores chillones, verdes y amarillos y rojos, por la publicidad de una cadena de comida rápida. El auricular estaba frío como un cubo de hielo. Iñigo lo sostuvo enguantando la mano con las mangas del abrigo. Marcó un número al otro lado del Atlántico.

—Ah, es usted —escuchó decir a Aniceto Roca.

—Esta será la última vez que le llame.

El fiscal pareció suspirar.

—¿Tiene alguna novedad sobre la investigación?

—¿Sobre qué investigación, señor Almagro?

—Sobre la única que me interesa, a estas alturas.

—¿Se refiere a la del engranaje con que usted y Felipe Alessandri se valieron de contactos y terceros para sobornar a los gobernantes de este país?

—Vamos, Aniceto —dijo Iñigo—. No tengo tiempo, y hace frío.

—No tengo ninguna novedad respecto al asesinato de su jefe.

—Ya se lo dije —se acodó en la caseta Iñigo—. Los bandidos que salieron en la televisión no pueden haber tenido que ver con su secuestro. Mucho menos con su muerte.

—Me conozco la historia al derecho y al revés, señor Almagro.

Iñigo suspiró, una humareda le brotó por la nariz y la boca.

—Hice lo posible por ayudarle, Aniceto, y llamaba para despedirme.

—Por cierto... —dijo Aniceto Roca—. Reconozco que hizo bien distrayéndome con la historia de la venezolana. Felipe Alessandri, asesino de mujeres. Vaya giro que dio a la trama, señor Almagro.

—¿Qué dice? A esa muchacha la desaparecieron.

—¿Seguirá repitiendo esa mentira?

—¿Qué mentira? ¿No vio acaso la denuncia?

—Porque dejó el Perú este fin de semana... —suspiró Aniceto Roca—. Antonia Pineda, totalmente sana, y usando sus propios documentos. Las cámaras del aeropuerto la captaron con todo lujo de detalles. La muchacha no tenía un rasguño.

Iñigo quedó inmóvil, los ojos en el humo resplandeciente que expulsaba la calefacción en la azotea del Hotel Reina Victoria. El brazo con que sostenía el teléfono había comenzado a temblar. Perdió la ilación de los argumentos de Aniceto Roca. El fiscal, sin embargo, mantenía la entonación serena de siempre, esa vocecita que más parecía leer los folios a su cargo, y no paraba de hablar. ¿Escuchaba lo que decía? La voz no tenía personalidad, y estaba llena de tedio, de un cansancio inalterable, casi cordial. ¿Cómo sería su despacho? Iñigo lo imaginó en una estancia sin ventanas y de paredes muy sucias, fétida por el calor y la humedad, un ventilador de aspas oxidadas, con restos de comida desperdigados por el escritorio. Torres de papel se apilarían sobre los pupitres como fortalezas. Nadie lo acompañaba.

—¿Qué fue lo que dijo? —atinó a responder, finalmente.

—Que Antonia Pineda no había desaparecido, señor Almagro.

—Vamos, que no estoy para juegos. Si usted mismo vio la denuncia.

—¿Insistirá con el cuento? ¿Se hará el sorprendido?

—No puede ser —dijo Iñigo—. ¿Cómo es posible?

—Se lo pregunto yo a usted, señor Almagro.

—No se haga la víctima, hombre.

—¿Cuánto le cobró la muchacha que puso la denuncia? Silvia Falcó, otra prostituta. ¿Por qué lo hizo? ¿A quién estaba protegiendo, señor Almagro?

—¿Insistirá con lo mismo? Le dije todo lo que sé, joder.

—¿Y por eso inventó esa historia?

Iñigo amagó con cortar la llamada.

—Ninguna historia. La muchacha había desaparecido.

—Por más que persista en la mentira, no obtendrá resultados.

—Me temo que es usted quien persiste en el error, Aniceto.

—La investigación no ha hecho más que comenzar, en todo caso.

—Ahí se equivoca: Felipe está muerto, y con ello su investigación.

La voz tardó un instante en responder.

—Puede que tenga razón... —concedió Aniceto Roca—. La muerte de Alessandri ha supuesto un golpe duro para nuestra unidad. Él tenía gran parte de la información concerniente a los sobornos que recibían los congresistas, y a los malhechores que los sobornaban, y estaba dispuesto a entregárnosla. Quizás por eso mismo hayan acabado con él, señor Almagro. Déjeme decirle algo, sin embargo, y seré franco con usted. A estas alturas, estoy convencido de que pretendió engañarme con la historia de la muchacha de Venezuela mientras hacía planes para dejar el país. Y, por más que lo niegue, estoy también seguro de que usted, o alguien que usted conoce, tiene la información de los dineros mal habidos de Alessandri: cuentas en paraísos fiscales, montos exactos, transferencias de bancos. Así que escuche, por su propio bien: o me entrega ese dinero libremente o, tarde o temprano, llegaré a él por mis propios medios, y lo encerraré en la cárcel. ¿Visitó alguna vez una cárcel en el Perú, señor Almagro? Aquí son terribles, los reos se mueren sin ningún tipo de...

La caseta se llenó de nieve cuando Iñigo dejó caer el auricular en la consola del teléfono. Permaneció un instante sin hacer nada, los ojos en las punteras mojadas, los relucientes botines de cuero hecho a mano. Escondió los dedos en los bolsillos, y se dirigió a la calle del Prado. La plaza de las Cortes estaba colmada de niños que correteaban felices por la nieve, embadurnados hasta las cejas de hielo fresco. Un anillo de coches atorados en el tráfico cercaba la fuente de Neptuno. El Museo del Prado se había convertido en una fortaleza blanca, y más parecía un palacio, un alcázar abandonado en el corazón de la ciudad. Perdió la vista de sus pasos a la altura del monumento a Goya. Entonces los recuerdos de Lima comenzaron a mezclarse con el paisaje blanco y, por un instante, le pareció oler el mar. ¿Lo sorprendió la muerte de Felipe? Lo sorprendió, por supuesto que lo sorprendió. Pero no tuvo pena por él; a lo mucho, melancolía, desesperanza, algo de la nostalgia con que llegó a Lima tras años sin trabajar. Es verdad que al principio coqueteó con la idea de llamar a Eliseo Salazar para indagar por los detalles del secuestro, pero pensó finalmente: ¿para qué? Al llegar a Madrid se dijo que cortaría sus vínculos con el Perú. Salvo claro está en lo concerniente a las investigaciones de Aniceto Roca. Algo extraño estaba sucediéndole, entonces. Era como si alguna fuerza interior se empeñara en destruir cada una de sus memorias, los recuerdos del tiempo que pasó en Sudamérica. Perdía de a pocos la consistencia de los rostros, de las voces, de los aromas. ¿Sería un mecanismo de defensa? Asumió como un hecho irremediable la muerte de Antonia Pineda; decidió cortar cualquier tipo de relación con Eliseo Salazar o Silvia Falcó.

Continuaba subiendo por la calle de la Academia y advirtió la silueta de Ramón Osuna, bajo el arco de la puerta de Felipe IV, en el Parque del Retiro. Un abrigo largo le tapaba las rodillas. Las barbas rubias le ocultaban el cuello, su bufanda le abrigaba también los hombros. Tenía la nariz colorada como una cereza, los ojos acuosos por el frío. Como de costumbre, un cigarrillo torcido le humeaba entre los labios pálidos, empañando sus gafas de toda la vida. Ramón lo reconoció cuando lo tuvo muy cerca. Íñigo advirtió sus párpados hinchados, la vellosidad rubia que tenía bajo los ojos, y pensó en la universidad. El abrazo que se dieron disimuló por un instante la preocupación de su amigo, que le dijo, ni bien entraron al parque:

—Diecisiete millones, macho.

—Cierra la boca —se cuidó las espaldas Íñigo—. No hables de números.

—Diecisiete putos millones, Íñigo.

—¿Estás tonto o qué tienes?

—¿De dónde sacaste tanto?

La aglomeración de gentes los obligaba a andar despacio.

—No todo el dinero es mío.

—Así fuera la cuarta parte, eres millonario.

—Es de un tío que está muerto —dijo Íñigo.

—Da lo mismo, no tienes que volver a trabajar en la vida.

—Debemos ser cuidadosos, Ramón.

—El dinero es todo tuyo. ¿Cómo quieres que lo traiga?

—Después —dijo Iñigo—. Primero me daré unas vacaciones.
Ramón se adelantó, solícito.

—¿Necesitas pasta? Puedo viajar a Andorra ya mismo.

—No hace falta. Saldré a la sierra con mis padres.

—¿Y después? ¿Cuándo estarás de regreso?

Habían llegado al estanque congelado del monumento a
Alfonso XII. El hielo reflejaba en tonos muy vivos la amplitud
del cielo despejado, donde brillaba un sol tibio, la atmósfera
blanca del invierno. Un hombre pequeño y jorobado, enfundado
en botas altas, tocaba feliz el acordeón. Agradecía las propinas
con un rígido acento, arrastrando mucho las erres, hacía piruetas
flexionando las rodillas. Iñigo y Ramón doblaron por el Paseo
de Cuba.

—Después regresaré a Madrid —dijo Iñigo—. Y nos pondremos a trabajar.

—¿En qué? —dijo Ramón—. No puedes mover un duro
sin que Hacienda lo sepa.

—Encontraremos abogados... —sonrió Iñigo—. Pondremos
empresas por todas partes, y a través de terceros. Todo lo haremos
a través de terceros, Ramón. ¿Cuál es el mejor bufete de Madrid?
¿O está en Barcelona?

—¿Y si no funciona? Estoy hasta los cojones de ser contador.

—Olvídate de esa gilipollez, renuncia.

—¿Me estás proponiendo trabajo, macho?

—Eres bueno con los números. Trabajarás para mí.

—¿Y si no funciona? —tincó el cigarrillo Ramón, y lo
apagó con el pie.

Un viento frío sopló, Iñigo se alzó las solapas del abrigo.

—¿Puedo confiar en ti? —susurró.

—¿Qué clase de pregunta es esa? Para lo que sea, hostias.

—Entonces funcionará —dijo Iñigo—. Con el dinero
suficiente, funcionará.

—Toma asiento, Silvita —dijo la señora Gertrudis, el rostro
dorado por el sol del mediodía, ambos ojos cubiertos por algodones redondos—. ¿Una piña colada? ¿Un roncito con hielo?

—No seas malo —tamborileó Abraxas en la mesa de la cantina—. ¿Qué hora es? No son ni las doce. Es temprano para tomar, Nicoya.

—¿Y qué quieres que haga? —dijo Jingo, en el umbral de la puerta, inseguro de si entrar o no a la casa—. No podía venir más tarde, mamá. Mi papá trabaja hasta la una.

El sol desplegaba su brillo sobre la explanada de cemento pulido que dominaba los mares en la mansión de Punta Hermosa. Silvia ocupó una tumbona cuyos soportes se perdían en las aguas de la piscina. Recostada, mojó los tobillos, contempló el horizonte sobre las playas. Lima entonces mostraba un exuberante día de sol. La orilla del mar bajo el acantilado estaba tachonada de puntitos negros, cabecitas que vadeaban los tumbos, y sombrillas de todos los colores. Las aguas lucían transparentes en su brillo verdoso, casi celeste. La señora Gertrudis repitió su pregunta. Silvia no había respondido cuando el mayordomo, un emperifollado caballero de bigotitos lacados, al que llamaban Gabrielito, le acercó una copa espumosa con jarabe, de un amarillo muy cálido. Toma, mamita, dijo la señora Gertrudis. ¿Un cebichito, quieres? ¿Por qué esa carita?

—Ninguna carita, mamá —entró Jingo a la casa—. ¿No te dio Abraxas mis cartas?

—Claro, le dije todo —respondió Abraxas—. Pero no quiso venir, Nicoya.

—Me lo imaginaba —alzó la botella el Nicoya, y llenó dos vasos—. Es un orgulloso, ese cojudo. ¿Cuándo volveré a verlo, Abraxas?

—Esta será la última vez, señora Gertrudis —dijo Silvia—. No tengo mucho tiempo, venía a despedirme. Y a decirle lo que pasó con Antonia. Ahora que sé la verdad, no podía callarme.

—Pensaba que venías por otra cosa —bostezó la señora Gertrudis—. ¿Dónde se ha metido este sonso? ¡Gabrielito! ¡Gabrielito, mi ron!

—No quiero —respondió Abraxas, alejando el vaso de cerveza—. Será difícil que puedan verse. Pero déjalo que regrese, y se habrá olvidado. Jingo no es rencoroso. Volverán a ser amigos.

—Eso es lo de menos, ahora —respondió la mujer, acercándose—. Y las cartas me las sé de memoria. ¿Cómo has estado, hijo? ¿Por qué no abrazas a tu madre?

—Porque estoy apurado —dijo Jingo—. Vine para despedirme, nomás.

—¿Apurada, por qué? —dijo la señora Gertrudis—. Disfruta el verano, Silvita, le hace un bien a la piel. Tienes la carita muy seca.

—Es que estoy saliendo de viaje —dijo Silvia—. Pero necesita saberlo.

—¿Qué cosa? —se incorporó en la tumbona la señora Gertrudis—. ¿Dónde está mi copa, caracho? ¡Gabrielito!

—Aquí mismo —dijo el Nicoya, y empinó los vasos—. Salud, Abraxas.

—Salud, Nicoya —dijo Abraxas—. Oye, quería hablar contigo.

—Te lo advierto —dijo el Nicoya—. No estoy de ánimo para escuchar niñerías.

—Iré al grano, entonces —dijo Silvia—. Usted trabaja con criminales, señora Gertrudis.

—¿Con criminales? —rio la señora Gertrudis—. ¿Y qué quieres que haga, mamacita?

—No sé, algo importante con tu vida —dijo Abraxas—. Se te está pasando el tiempo. ¿No te dicen nada en tu casa? ¿Cuándo postularás a la universidad?

—¿La universidad? —sonrió el Nicoya, y encendió un cigarrillo—. La universidad es una pérdida de tiempo, Abraxas.

—¿Quién te ha enseñado esas cosas? —dijo la mujer—. Lávate las manos antes de sentarte en la mesa. Estás con malos modales.

—¿Tú has cocinado? —dijo Jingo—. Si no cocinas nunca, mamá.

—Cualquiera puede aprender —sonrió la mujer.

—Y mejor si estás chibolo —dijo el Nicoya—. De eso se trata la vida. De no ser esclavo, de ganar billete para ser libre.

—¿O no estás de acuerdo, mamacita? —dijo la señora Gertrudis—. Si una quiere ganar dinero, pero dinero de verdad, en este país de cochinos hay que ser desalmado. Bienvenidos los criminales. Así me gustan a mí.

—Esto no es un juego, señora —se incorporó en la tumbona Silvia—. Usted es mujer como yo, y tiene que saber lo que ocurrió. Se lo digo con la mejor intención. Antonia fue secuestrada, y después la violaron.

—¿Y tú te has creído ese cuento? —dijo Abraxas—. La vida no es una película, Nicoya. Te lo digo de corazón. Te las das de sabihondo, de matón, pero te falta aprender muchas cosas.

—¿Tú crees? —chupó el cigarrillo el Nicoya—. ¿Como cuáles cosas tengo que aprender?

—A ser cariñoso, por ejemplo —dijo la mujer—. ¿Qué te ha pasado, Jerónimo? Antes no eras frío. Te pasabas el día dándome besos. Desde que discutiste con tu papá eres otra persona.

Aguardaba entonces con un brazo apoyado en la mesa servida de la cocina. Tenía la base de los cabellos muy blancos, era pequeña, y parecía desvelada. Aunque brillaba el sol en el jardín, el comedor era oscuro, estaba recién encerado. Los platos habían sido servidos de manera impecable en la mesa de vidrio con que solían recibir a los invitados, en ocasiones especiales. Brotaba de ellos un humo ondulante y delicioso. ¿Su madre los habría cocinado? Jingo dudó. Solían dolerle los dedos cuando alternaba con ollas y sartenes, y le costaba estar de pie mucho tiempo. Se le hizo agua la boca, de todos modos, cuando tuvo en frente el ají de gallina con aceitunas negras, las alcachofas con aderezo de limón, el cauche de queso con camarones. Se volvió para darle un abrazo, aunque breve. La mujer le sirvió un vaso de chicha. Empezó a comer en silencio.

—Ya te dije, me agarré a golpes con un tramposo.

—¿Por eso estuviste en el hospital? —dijo la mujer.

—¿Quién te dijo que estuve en el hospital? —dijo Jingo.

—Yo, Nicoya —dijo Abraxas—. Y lo hago porque soy tu amigo.

—Primera noticia —reaccionó la señora Gertrudis—. Trabajaba conmigo hace tiempo, la venezolana. ¿Primera vez que la violan? Así son las selváticas, Silvita.

—No le diga selvática —dijo Silvia—. A Antonia la secuestraron y la violaron.

—¿Estás escuchando lo que dices? —dijo el Nicoya—. ¿Crees que paso el día sin hacer nada? Son huevadas, Abraxas, trabajo muy duro.

—Te pasas todo el día aquí —dijo Abraxas—. Hasta los mozos te tienen tasado.

—Eso no cambia nada —dijo el Nicoya—. Trabajo mucho, por las noches. Me he asociado con unos compañeros de la Fuerza Aérea. Más bien, si necesitas trabajar en algún momento, ya sabes. Nos faltan manos, Abraxas.

—No tengo ganas, ahora —sacudió sus anillos la señora Gertrudis—. No quiero discutir contigo, hijita. Para discusiones, los políticos de la televisión.

—Pero algo tienes que decirme —se quejó la mujer—. ¿Será posible, Jerónimo? A duras penas abres la boca. ¿Está rico el ají de gallina? Aunque sea dime si está rico.

—Lo sé, estoy raro, perdóname —se apuró en contestar Jingo. Quedó pensativo un momento, sin embargo, y bajó la mirada—. Me han pasado muchas cosas. Solo quería venir a verte, mamá. Te tengo una sorpresa. ¿Quieres verla?

—¿Para qué? A mi edad ya nada me sorprende —dijo la señora Gertrudis—. ¿No quieres otra piña colada? ¿Una agüita tónica? Piénsalo, Silvita, no es mal negocio. Se está tan bien bajo el sol. ¿O es dinero lo que necesitas? Sé clara, hijita.

—Prefiero tener otras cosas —dijo Abraxas—. Aunque plata no te falta, y se nota. ¿De dónde sacaste ese teléfono tan grande? Tu reloj es increíble, viejo.

—¿Lo compraste para mí? —dijo la mujer—. ¿Es un reloj de oro? ¿Cómo lo pagaste, Jerónimo?

—Es un regalo por tu cumpleaños —dijo Jingo.

—Pero si falta todavía —dijo la mujer.

—Es que me iré de Lima —dijo Jingo—. Como sabes, me he enamorado.

—¿Ves? Tenías tu corazoncito, pendejo —dijo el Nicoya—. ¿Quieres un reloj y un celular igualitos? Vente a trabajar con nosotros. Aunque la plata de verdad no se muestra, Abraxas. Hay que invertirla. Como una plantita, hacerla crecer. ¿Es que no sabes nada de dinero, Abraxas?

—Olvídese del dinero, señora —dijo Silvia—. Y abra los ojos. Entre sus clientes hay violadores. Y quién sabe si gente peor.

—¿Violadores, dijiste? —repitió la señora Gertrudis—. ¿Has nacido ayer, mamacita? Así son los hombres. Si una no se da su lugar, si una no se hace respetar, pegan, muerden. Habrá sido culpa de esa fulana. Estoy hasta el copete de esas selváticas. Se dan unas ínfulas, creen que es su país. Y aquí no son nadie. Podrían tomárselas gratis, los hombres. Es un milagro que paguen. ¿O crees que sobra la plata?

—No me importa la plata —dijo Abraxas—. ¿Sabes una cosa? Iré a la universidad. No sé cómo mierda, o con qué dinero, pero iré a la universidad. Me lo acaba de decir mi abuela.

—¿A la universidad? —dijo el Nicoya—. La universidad aquí no sirve para nada.

—De todos modos, estoy feliz de que hayas venido —susurró la mujer—. ¿Adónde es que viajas? Voy a guardar el reloj un tiempito, Jerónimo. Está precioso, no creas. Pero si tu papá se entera que viniste...

—Habrá problemas —dijo Silvia—. Incluso a usted, señora Gertrudis, le pueden hacer daño.

—Prefiero curarme en salud, Nicoya —dijo Abraxas—. Tener un diploma, buscar un trabajo como todo el mundo.

—Cabro —acabó su vaso el Nicoya—. En fin, ¿a dónde se larga Jingo? Ese pendejo sabe hacer sus cosas, Abraxas. No es ningún cojudo. Adonde vaya, le irá bien.

—Como a ti nomás —dijo la señora Gertrudis—. Nadie está a salvo en esta parte del mundo, mamacita.

—Por eso me iré, señora —se levantó de la tumbona Silvia—. Usted me dio la mano, en su momento. Solo quería alertarla. Y darle las gracias.

—¿Te irás? —volvió a ponerse los algodones en los ojos, la señora Gertrudis—. ¿A dónde, Silvita?

—No te lo voy a decir, mamá —dijo Jingo—. Si te digo abrirás la boca. Y no lo quiero tener a mi papá de policía.

—Te juro que guardaré el secreto —dijo la mujer—. Dime, por favor. ¿A dónde te vas, hijito? ¿A otro país?

—A España —dijo Silvia.

—¿A España? —repitió la señora Gertrudis.

—Vaya si tiene suerte el conchasumadre —dijo el Nicoya.

Alzó la mirada al techo desvencijado por el que se colaban, en haces angostos, los rayos del sol. Una mujer baldeaba el suelo terroso de la cantina. Tenía un brazo en cabestrillo, un escapulario en el pecho. Se esforzaba mucho para esparcir el agua, doblada sobre las rodillas, utilizaba el brazo que tenía indispuesto. Había comenzado a caer una garúa muy fina sobre los árboles raquíticos al otro lado de la calle. Un muchachito de cola y pañoleta, que ayudaba en la cocina, salió presuroso. Usando una escalera, subió al techo para extender un cobertor de plástico ahí donde había agujeros o goteras, atento a las indicaciones de otro muchacho, que lo guiaba desde la cocina. Con el plástico extendido, un aura celeste se apoderó de la barra, donde resolvía su crucigrama la casera. El Nicoya se volvió para pedirle otra cerveza. La mujer preguntó si solo quería una.

—Sí, para ti nomás —dijo Abraxas.

—¿Ya no quieres? —dijo la mujer—. Si te has comido todo. ¿Cuándo comerás otro ají de gallina? ¿Otra chichita? ¿Ahí donde vas hay ají de gallina?

—No seas sapa —dijo Jingo—. Tengo que irme, lo siento.

—Un momentito —se levantó la señora Gertrudis, alzó su monedero de la mesa de caña—. En España necesitarás dinero, mamacita.

—¿Dinero? —respondió Silvia—. ¿Dinero a cambio de qué, señora?

—Cómo eres desconfiada —rio la señora Gertrudis—. Una propinita nomás. Y disfruta. Conocí España de chica, hay unos guapos, unos barbones... Con unos años menos te acompañaría. No hay como España, Silvita. ¡Lo que daría por vivir en España!

—¿Y por qué no te vas tú también? —dijo Abraxas—. Se te nota en los ojos la envidia. ¿Quisieras vivir en España, Nicoya?

—¿En España? —dijo el Nicoya—. No te confundas, a mí me encanta el Perú.

—No quieras engañarme —dijo la mujer—. Estás flaco, te has bajado de peso. ¿Por qué te quieres ir? Tu papá quiere hablar contigo. Antes de partir, escúchalo. Es otra persona desde que te fuiste. Le duele mucho tu ausencia. ¿Por qué no lo escuchas, hijito?

—¿Cambiaría algo, mamá? —dijo Jingo—. ¿Acaso no lo conoces?

—No, señora Gertrudis —dijo Silvia—. Voy a conocer recién, espero sea bonito.

—Te encantará —dijo la señora Gertrudis—. Ahora, anda tranquila, y llámalo a Gabrielito. Dile que me traiga otro roncito, y mis cremas para el sol. ¿Qué más necesito, mamacita?

—Solo esto —dijo la mujer, y fue por su cartera—. No hagas preguntas. Ponlo en tu maleta.

—¿Qué es esto? —dijo Jerónimo—. ¿Una estampita? ¿El niño Jesús de Praga?

—Te hará bien —sirvió más cerveza el Nicoya—. Tómate un vasito, al menos.

—Tengo un almuerzo con mi abuela y el señor Remigio —se levantó de la mesa Abraxas—. Son inseparables, desde que murió su hermano Máximo.

—¿El señor Remigio? —dijo el Nicoya—. ¿No que le causaba insomnios?

—Nunca la he visto tan contenta —dijo Abraxas.

—Es mi secreto —dijo la mujer—. Encomiéndate a él. No sabes lo milagroso que es.

—Lo intentaré —guardó la estampita Jingo—. Se hace tarde. Te llamaré pronto.

—Anda tranquilo —dijo el Nicoya—. Y piensa en lo que te dije, Abraxas.

—Tú también —dijo Abraxas—. No es difícil, cabeza te sobra.

—Ahí nos vemos, entonces —dijo el Nicoya.

—Que Dios te acompañe —dijo la mujer.

—Hasta luego, Silvita —respondió la señora Gertrudis.

Silvia cruzó la piscina por la que caía ahora un rocío salado. ¿Subía desde las playas? Las mansiones estaban ubicadas una junto a la otra, compartían el peñasco que dominaba la bahía. Gabrielito la acompañó portando sobre el codo una bandeja con tragos y cremas. Hizo una venia leve, y cerró la puerta a sus espaldas. Una muralla de esmog y fierros oxidados recibió a Abraxas en la vereda. Canalitos de agua sucia discurrían entre los orificios de las pistas, los desagües devolvían la garúa impregnados de basura, de envoltorios que flotaban. Antes de cruzar al paradero, volvió la vista a la cantina. El Nicoya lo miraba sin moverse. Estaba encorvado sobre la mesa, con los antebrazos cruzados, muy rígido. Atrás suyo, la mujer en cabestrillo ahuyentaba unas moscas a palmadas. La casera en la barra le decía algo levantando su periódico, pero Jingo apenas escuchó. Las campanadas de la iglesia dieron las doce, silenciaron con su bullicio la voz de su madre, que aguardaba todavía en la vereda. ¿Lo llamaba? No quiso comprobarlo. Siguió adelante, y cruzó la calle. Rebasó a una cuadrilla de obreros que se refrescaban con una gaseosa en el parque. Las renovaciones del albergue continuaban a toda marcha. Había mucha gente en la iglesia. El hermano Tereso hablaba con un grupo de señoras. Petronio podaba con su costal el jardín. ¿Era ese el muro por el que habían trepado al comienzo? No, estaba más adelante, el mendigo lo pintaba con una brocha.

Índice

Este libro se terminó
de imprimir en
Móstoles, Madrid,
en el mes de
enero de 2024

«Para viajar lejos no hay mejor nave que un libro».

Emily Dickinson

Gracias por tu lectura de este libro.

En **penguinlibros.club** encontrarás las mejores
recomendaciones de lectura.

Únete a nuestra comunidad y viaja con nosotros.

penguinlibros.club

Penguin
Random House
Grupo Editorial

penguinlibros

MAPA DE LAS LENGUAS UN MAPA SIN FRONTERAS 2024

RANDOM HOUSE / CHILE
Tierra de campeones
Diego Zúñiga

RANDOM HOUSE / ESPAÑA
La historia de los vertebrados
Mar García Puig

ALFAGUARA / CHILE
Inacabada
Ariel Florencia Richards

RANDOM HOUSE / COLOMBIA
Contradeseo
Gloria Susana Esquivel

ALFAGUARA / MÉXICO
La Soledad en tres actos
Gisela Leal

RANDOM HOUSE / ARGENTINA
Ese tiempo que tuvimos por corazón
Marie Gouiric

ALFAGUARA / ESPAÑA
Los astronautas
Laura Ferrero

RANDOM HOUSE / COLOMBIA
Aranjuez
Gilmer Mesa

ALFAGUARA / PERÚ
No juzgarás
Rodrigo Murillo

ALFAGUARA / ARGENTINA
Por qué te vas
Iván Hochman

RANDOM HOUSE / MÉXICO
Todo pueblo es cicatriz
Hiram Ruvalcaba

RANDOM HOUSE / PERÚ
Infértil
Rosario Yori

RANDOM HOUSE / URUGUAY
El cielo visible
Diego Recoba